LISA JACKSON

# Rubin und Samt

*Buch*

Durch eine Zwangsheirat gerät die schöne Lady Gwynn in die Gewalt eines erbarmungslosen Barons. Wie gelähmt vor Entsetzen muss sie feststellen, dass seine beiden früheren Ehefrauen skrupellos ermordet wurden – weil sie ihm keinen Sohn geboren hatten. Lady Gwynns einzige Chance zu überleben ist also die Geburt eines Erben. Das Schicksal will es, dass der attraktive, mittellose Trevin McBain unfreiwillig Zeuge ihrer Schmach wird – und der hinreißenden Lady nicht widerstehen kann. Sie verbringen einige heimliche, leidenschaftliche Liebesnächte, denen der ersehnte Sohn entspringt. Doch erst viel später erfährt Trevin, dass er der Vater dieses Jungen ist. Trevin, in der Zwischenzeit ein wohlhabender Lord, kann auch nach Jahren die verführerische Lady Gwynn und das gemeinsame Kind nicht vergessen. Als ihm ein Wahrsager eine tödliche Gefahr für seinen Sohn prophezeit, macht er sich wider alle Vernunft auf, den Jungen zu retten – und Lady Gwynn endlich wieder zu sehen . . .

*Autorin*

Lisa Jackson veröffentlichte schon zahlreiche Liebesromane, die in mehr als ein Dutzend Sprachen übersetzt wurden. Sie ist allein erziehende Mutter von zwei Söhnen im Teenageralter und lebt in Oregon. Nach dem Geheimnis ihres Erfolgs befragt, antwortete sie: »Ich halte es mit Oscar Wilde: Das Leben ist zu wichtig, als dass man es ernst nehmen sollte.«

*Weitere Romane von Lisa Jackson sind im Blanvalet Taschenbuch in Vorbereitung.*

LISA JACKSON

# Rubin und Samt

Roman

Ins Deutsche übertragen
von Elke Iheukumere

BLANVALET

Die Originalausgabe erschien unter dem Titel
»Dark Ruby« bei Dutton Plume,
Penguin Putnam Inc., New York.

*Umwelthinweis:*
Alle bedruckten Materialien dieses Taschenbuchs
sind chlorfrei und umweltschonend.
Das Papier enthält Recycling-Anteile.

Blanvalet Taschenbücher erscheinen im Goldmann Verlag,
einem Unternehmen der Verlagsgruppe Bertelsmann.

Deutsche Erstveröffentlichung Juni 2000

Umschlaggestaltung: Design Team München
Umschlagillustration: Gignilliat/Schlück, Garbsen
Satz: DTP Service Apel, Hannover
Druck: Elsnerdruck, Berlin
Verlagsnummer: 35310
Lektorat: SK
Redaktion: Petra Zimmermann
Herstellung: Heidrun Nawrot
Made in Germany
ISBN 3-442-35310-6

1 3 5 7 9 10 8 6 4 2

Für all meine Freunde
und für meine ganze Familie,
die mich in einer der
schwierigsten Phasen meines Lebens
unterstützt haben:
Ich liebe euch
und werde euch nie vergessen.

# Prolog

*Tower Rhydd, Wales*
*1271*

Im Licht des ersterbenden Feuers leuchteten die Edelsteine im Ring in einem tiefen Blutrot. Sie lockten. Verführten. Baten förmlich darum, von erfahrenen Händen genommen zu werden.

In seinem Versteck hinter dem Samtvorhang leckte sich Trevin über die trockenen Lippen, rieb die Fingerspitzen aneinander und versuchte, sein laut schlagendes Herz zu beruhigen. Im Alter von fünfzehn Jahren war er ein Dieb, ein guter Dieb, ein verwaistes, heimatloses Kind, das stahl, um zu überleben. Nie zuvor in seinem Leben hatte er versucht, etwas so Wertvolles zu stehlen, wie diesen Ring, der so nachlässig auf der Fensterbank lag. Aber er war verzweifelt, und die Juwelen und das Gold würden einen guten Preis bringen, vielleicht sogar genug, um ein anständiges Pferd zu kaufen, da seine Bemühungen, eines zu stehlen, zu nichts geführt hatten. Die schmerzhaften Striemen auf seinem Rücken, wo der Bauer ihn mit der Peitsche geschlagen hatte, hatten sich tief in seine Haut gegraben, sie brannten noch immer wie die Feuer der Hölle, um ihn daran zu erinnern, dass er versagt hatte.

Aber diesmal würde er nicht versagen.

Jetzt hätte er die Möglichkeit, Rhydd und seinen Sünden für immer zu entkommen.

Er lauschte, aber im Zimmer des Lords war es still. Abgesehen von einigen Schritten im Flur und dem Rascheln der

Mäuse in den duftenden Binsen, die man auf den Steinboden des Schlosses gestreut hatte oder dem Zischen der Flammen im Kamin, war außer seinem laut klopfenden Herzen kein anderes Geräusch zu hören.

Geräuschlos schlüpfte er zwischen den Vorhängen hervor und schlich sich über die Binsen zum Fenster, wo er seinen Preis nahm und ihn schnell in die kleine Tasche steckte, die für solche Beute in den Ärmel seiner Tunika eingenäht war. Mit angehaltenem Atem wollte er gerade zur Tür gehen, als er von draußen eine atemlose Frauenstimme hörte.

»Hier herein, Idelle. Schnell.«

Trevins Knie drohten ihm den Dienst zu versagen, als ihm klar wurde, dass die Frau des Lords auf der anderen Seite der Eichentür stand. Er hatte keine andere Wahl, als wieder hinter dem Vorhang zu verschwinden und sich in dem Alkoven zu verstecken, wo die Kleidung von Baron Roderick aufbewahrt wurde. *Hilf mir*, schickte er insgeheim ein Gebet zu Gott, der ihm offensichtlich nur selten zuzuhören schien.

Die Tür wurde geöffnet, und ein Schwall von Luft ließ die Flammen im Kamin heller aufflackern. Goldene Schatten tanzten auf den geweißten Wänden.

Trevin wagte es, durch die dicken Samtvorhänge zu lugen und sah, wie Lady Gwynn die Tunika über den Kopf zog und sie dann achtlos auf den Boden warf. Mit einem gelangweilten Seufzer sank sie nur in ihrem Unterkleid auf das Bett.

Trevins Unterleib zog sich zusammen beim Anblick des Spitzenhemdes auf Gwynns Haut. Idelle, die alte Hebamme und eine Frau, von der man behauptete, sie sei eine Hexe, kam in das Zimmer und schloss die Tür hinter sich. Idelle war halb blind und ein wenig verkrüppelt, sie besaß eine Art besonderer Macht, und auch wenn ihre alten Augen milchig weiß umwölkt waren, so schien sie doch mehr zu sehen als die meisten anderen Menschen im Inneren des Schlosses.

Man sagte, dass sie die unheimliche Gabe besaß, die Seele eines Menschen zu ergründen.

»Es ist die Zeit«, sagte sie, und ihre Stimme war der einer Kröte nicht unähnlich. Vorsichtig stellte sie den Korb mit Kräutern und Kerzen auf einen kleinen Tisch. Sie hielt jeden Docht an eine glühende Kohle, bis all die Bienenwachskerzen angezündet waren. Als die Kerzenflammen im Luftzug flackerten, griff Idelle in einen Beutel in ihrem Korb und streute eine Hand voll stark riechender Kräuter auf den Tisch. Einige leuchteten im Licht der Kerzenflammen, und der Duft von Rosen und Myrte mischte sich mit dem Geruch des brennenden Eichenholzes.

»Dann wollen wir es hinter uns bringen.« Lady Gwynn rutschte auf der Bettdecke hin und her und zog dann ihr Hemd über die Beine und die Hüften nach oben. Trevin wurde es plötzlich viel zu heiß. Höher und höher wurde das Hemd gezogen, bis der durchsichtige Stoff unter ihren Brüsten lag.

Auch wenn er wusste, dass es eine Sünde war, so konnte er den Blick nicht von ihrem nackten Körper abwenden. Weiß und geschmeidig im flackernden Licht des Feuers rutschte sie auf die alte Frau zu.

Trevin biss die Zähne zusammen. Er konnte nicht widerstehen, ihren flachen Bauch zu betrachten, die sanfte Rundung zwischen ihren Rippen und das Nest der rotbraunen Locken, das zwischen ihren Schenkeln zu leuchten schien.

Sein Hals wurde ganz trocken. So also sah eine Edelfrau aus, unter all ihrem Samt und den Pelzen. Oh, was würde er dafür geben, nur einmal mit seinen rauen Fingern über die glatte, unwiderstehliche Haut zu fahren.

»Also, Mädchen. Jetzt lasst mich einmal nachsehen, was Ihr habt.« Idelle kniete neben dem Bett, und ihre Finger, die vom Alter ganz knotig waren, glitten sanft über den Bauch der jungen Frau. Sie drückte und stieß, dabei murmelte sie etwas in der alten Sprache, vielleicht einen Zauberspruch, denn es war allgemein bekannt, dass sie zu den heidnischen Göttern ihrer Vorfahren betete und ihnen Opfer brachte, genau wie der Mann, der Trevin großgezogen hatte, der Zauberer Muir. »Bei den Göttern, es hat keinen Zweck.« Mit einem Seufzer schüttelte sie den Kopf mit dem grauen Haar. Kummer ließ ihr Gesicht, das eigentlich nur noch aus Haut und Knochen bestand, um Jahre älter aussehen. »Ihr seid unfruchtbar, Mädchen. Es gibt kein Baby.«

»Nein!« rief Gwynn, doch ihrer Stimme fehlte die Überzeugungskraft.

Traurig schnalzte Idelle mit der Zunge. »Ich bin sehr traurig darüber, das wisst Ihr.«

»Und du irrst dich! Oh, bitte, Idelle, sag mir, dass ich ein Kind erwarte«, drängte sie verzweifelt.

»Nein, ich ...«

»Psst! Es gibt ein Kind. Es muss einfach so sein!« Trotziger Stolz lag im Blick der Lady, als könne sie mit ihrem Willen allein ein Baby in ihrem Leib heranwachsen lassen. »Oh, lieber Gott, du musst dich irren!« Sie flüsterte, und ihr Kinn zuckte verräterisch.

Auch wenn Trevin es noch so sehr versuchte, er konnte den Blick nicht von ihr losreißen. Sie schob das Hemd noch höher, bis unter ihre Arme, und zum ersten Mal in seinem Leben sah er eine Edelfrau, eine wunderschöne Dame, nackt. Er hatte ab und zu einen Blick auf Dienstmägde und Dirnen geworfen, natürlich, aber nie zuvor hatte er die Frau eines Barons gesehen. Sein Mund war völlig ausgetrocknet, als er die süße Rundung ihrer Brüste betrachtete. Ihre Brustspitzen waren klein und rosig, sie erinnerten ihn an Rosenknospen. Seine verdammte Männlichkeit, die immer bereit war, meldete sich.

»Berühre mich noch einmal. Versuche, das Baby zu fühlen«, bat Gwynn, obwohl sie zu resignieren schien, als würde sie ihr Schicksal begreifen.

Idelles Lippen verzogen sich voller Bedauern. Sie legte die flache Hand unter Lady Gwynns Nabel, schloss ihre Augen und flüsterte einen Singsang. Auf dem Bett lag die nackte Frau ganz still.

Mit einem Seufzer zog Idelle ihre fleckigen Finger zurück. »Es ist nichts da.«

»Was soll ich tun?« fragte Gwynn und schluckte.

»Ich weiß es nicht.«

»Maria, süße Mutter Jesus, hilf mir«, flüsterte Lady Gwynn von dem Bett – dem Bett des Lords. Wenn der Baron eine Ahnung hätte, dass ein armer Stalljunge – nein, ein Dieb – seine Frau nackt gesehen hatte, dann würde die Hölle losbrechen. Trevin würde wahrscheinlich gevierteilt und geköpft werden, seine Eingeweide würden den Schweinen zum Fraß vorgeworfen. Er erschauerte bei dem Gedanken daran, doch konnte er seinen Blick noch immer nicht von ihr abwenden.

Ihre Augen waren vor Furcht weit aufgerissen, und sie biss sich auf die Unterlippe. Die Kerzen neben dem Bett rauchten, und ihr Licht spiegelte sich in den Tränen wider, die über ihre Wangen rannen. Heiliger Petrus, sie war eine echte Schönheit. »Wenn ich keinen Sohn gebäre, wird mein Mann mich umbringen.«

Trevins Herz setzte einen Schlag lang aus. Er hatte Geschichten über die Grausamkeiten des Lords gehört, aber diese Frau umzubringen, diese wunderschöne Ehefrau?

»Nein, er würde niemals . . .«

»Lügt mich nicht an, Idelle.« Gwynn setzte sich auf dem Bett auf, ihr Kinn reckte sich vor und das Hemd rutschte über ihre perfekten Brüste. Verängstigt legte sie die Hand um den mageren Arm der Hebamme. »Es *muss* ein Kind da sein.«

»Es tut mir Leid, Mylady, Ihr seid reif dafür, das weiß ich. Aye, aber . . .«

»Ich *werde* meinem Mann einen Sohn gebären!« Gwynns

hübsches Gesicht änderte sich von Verzweiflung zu einem Ausdruck von Schläue, der Trevin an einen Wolf erinnerte, der ein verwundetes Lamm entdeckt hat. »Ich ... ich ... habe jede Nacht mit meinem Mann geschlafen, ehe er in die Schlacht geritten ist«, sagte sie leise, als wolle sie sich selbst überzeugen. »Ich habe versucht, oh, wie sehr habe ich versucht ...«

»Es ist ein Jammer, um ehrlich zu sein.«

»Und ich habe alles getan, was du mir geraten hast«, fügte Gwynn hinzu, als wäre es die Schuld der Hebamme, dass sie nicht schwanger war. Mit einer Hand deutete sie auf die Bienenwachskerzen, die neben dem Bett standen. »Ich habe die Kerzen mit Myrte, Eicheln und Rosen versehen. Ich habe Fruchtbarkeits-Runen in den Sand gemalt und habe Vater Anthony angelogen, als er mich dabei erwischt hat, wie ich den alten Sitten folgte.« Ihre Augen zogen sich zusammen, und ein müder Ausdruck trat auf ihr Gesicht. »Und dann habe ich, um zu büßen, auf meinen Knien auf dem kalten Steinboden der Kapelle gekniet und habe Stunde um Stunde gebetet und gehofft, dass Gott meine Gebete beantworten würde. Ich habe alles getan, was ich konnte, und dennoch wagst du es, mir zu sagen, dass es kein Baby gibt.«

Idelle runzelte die Stirn und rieb sich über die Haare an ihrem Kinn. »Ich werde Euch nicht anlügen, Mylady.«

»Um die Liebe des heiligen Judas!« Gwynn sprang von dem Bett und lief barfuß durch die Binsen zu dem kleinen Fenster. Mondlicht fiel durch die kleine Öffnung auf ihr wunderschönes, verärgertes Gesicht und warf einen silbernen Schein auf ihr feuriges Haar. »Du musst mir helfen.«

Idelle schnalzte mit der Zunge und rang ihre knochigen Finger. »Das habe ich versucht. Bei den Göttern, ich habe es versucht, Mädchen. Aber manchmal, wenn ein Mann und eine Frau zusammen liegen, wird ihnen ein Kind verwehrt.«

»Aber warum?« fragte Gwynn, sie runzelte die Stirn und

trommelte mit den Fingern aufgeregt gegen die geweißte Wand.

»Wer weiß?«

»Gott straft mich, obwohl es der Fehler des Barons ist.«

Idelle zog die Augenbraue hoch. »Sein Fehler?«

»Aye, aber er wird mich umbringen, wenn ich ihm keine Söhne schenke«, sagte sie noch einmal, wandte sich um und legte den Kopf auf die hohe Fensterbank. Trevin zog sich zurück. Wären die Schatten nicht, so könnte sie ihn jetzt sehen. »Hat man nicht seine erste Frau, Katherine, tot in ihrem Bett gefunden«, sie deutete mit der Hand auf den Stapel von Pelzen auf der von Vorhängen umschlossenen Matratze, »auf genau diesem Bett nach einer Ehe von sechs Jahren, die ohne Kinder blieb?«

»Aye, aber ...«

»Erdrosselt, sagt man, oder erstickt.«

»Der Lord hat es abgestritten, sogar Vater Anthony gegenüber.«

»Und seine zweite Frau, Rose, ist ertrunken, nachdem auch sie ihm kein Kind schenken konnte.«

»Das ist wahr«, stimmte Idelle ihr zu und rieb sich die Fingerknöchel, bis Trevin glaubte, sie würde die Haut von den Knochen abreiben.

Gwynn seufzte laut. »Lord Roderick ist kein junger Mann mehr. Er will Söhne, und ich, Idelle, werde sie ihm geben, auf die eine oder die andere Art.«

Trevin biss sich auf die Lippen. Er hatte gehört, was von den Dienern geflüstert wurde, im Sonnenzimmer, in der Spülküche, den Ställen und in dem ganzen Fürstentum. Sogar die Bauern im Dorf nahmen an, dass Baron Roderick seine erste Frau erstickt und die zweite ertränkt hatte und sich dann eine neue Frau genommen hatte – diese hier, Gwynn von Llynwen, eine Frau von fünfzehn Jahren, und zwar nur aus dem einzigen Grund, damit sie ihm einen Erben gebar. Einen Sohn. Trevin schluckte, sein Hals war so trocken wie Sand.

Durch den Spalt zwischen den Vorhängen beobachtete er, wie die Augenbrauen der Lady sich zusammenzogen und ihr Blick zum Fensterbrett ging. »Mein Ring«, flüsterte sie und wurde für einen Moment abgelenkt, als ihre Finger über die Fensterbank aus Stein tasteten. Trevins Herz drohte stehen zu bleiben. Ein Schuldgefühl schlich sich in seine Seele. »Er hat noch vor einer Weile hier gelegen ... der Rubin, den mein Vater mir geschenkt hat ...« Sie biss sich verärgert auf die Lippen. »Ich weiß, dass ich ihn hierher gelegt habe. Oh, um die Liebe der Heiligen Maria willen, mein Kopf ist ganz durcheinander mit all der Sorge wegen eines Babys!«

Trevin wagte nicht zu atmen, als sie sich bückte und mit den Fingern durch die Binsen fuhr, als wolle sie nachsehen, ob der Ring auf den Boden gefallen war. Auch Idelle begann zu suchen, und der verdammte Ring brannte ein Loch in Trevins Ärmel.

»Wie eigenartig ...«

»Könnte es sein, dass Ihr ihn verlegt habt, Mylady?«

»Nein. Nein. Er war hier. Genau hier an dieser Stelle. Ich weiß es!« Sie schlug mit der flachen Hand auf die Fensterbank, und dann wanderte ihr Blick aufmerksam durch das Zimmer.

Schweißtropfen rannen über Trevins Rücken, als sie auf die Vorhänge starrte. Trevin versteinerte. Konnte sie ihn sehen? Leuchteten etwa seine Augen im Schein der Kerzen? Hatte er sich bewegt und so ihre Aufmerksamkeit erregt? Er schloss die Augen und schickte ein Stoßgebet an einen Gott, dem er nicht vertraute, dann schluckte er, weil ein Kloß, so dick wie ein Ei, in seinem Hals saß. Schweiß trat aus allen Poren, obwohl die Herbstluft, die durch das Fenster in das Zimmer drang, kalt war und die Funken im Kamin aufglühen ließ, so dass rote Schatten an den Wänden emporstiegen. Gütiger Himmel, wie war er nur hierher gekommen – eingeschlossen wie ein in die Ecke gedrängter Fuchs?

Lady Gwynn sank zu Boden. »Ich kann mir jetzt keine Sorgen um den Ring machen«, sagte sie, und ihre Stimme klang leise und verloren. »Nicht jetzt, wo ich keinen Rubin brauche, sondern ein Baby.«

»Ich wünschte, ich könnte ein Kind herbeizaubern, aber ...« Idelle schüttelte den Kopf und kratzte sich am Kinn, wo ihr borstige Haare wuchsen. »Das ist nicht möglich.«

Gwynn stand wieder auf und richtete ihren nachdenklichen Blick noch einmal auf die Hebamme. »Du könntest dich irren.«

»Oh, Mylady, ich wünschte, das wäre so.«

»Meine monatliche Zeit ist noch ungefähr zwei Wochen entfernt. Dann werde ich es ganz sicher wissen.«

»Aber ...«

»Lass mich jetzt allein«, befahl Gwynn, sie wischte sich die Tränen von den Wangen und ließ sich auf das Bett fallen. Ihre langen, kastanienbraunen Locken warf sie verächtlich über die Schulter. »Ich will nichts mehr von deiner Ketzerei hören, alte Frau. Ich bekomme ein Kind, das sage ich dir, so sicher wie es einen Gott gibt, so sicher trage ich den Sohn von Roderick von Rhydd in mir.«

»Ich wünschte, das wäre so.«

»Das ist es. Ich sage es dir. Geh jetzt.« Gwynn deutete mit dem Kinn zur Tür, und der alten Hebamme blieb nichts anderes übrig, als ihren Korb mit Kräutern, Kerzen und Messern zu nehmen und zu gehen.

Doch an der Tür blieb Idelle noch einmal stehen und begann zu zittern, als wäre die Kälte des Winters in ihre Seele eingedrungen. »Lady«, sagte sie besorgt. »Denkt nicht an etwas, das verboten ist.«

»Verboten?«

»Ich sehe es in Euren Augen, Kind«, sagte Idelle, und ihre Stimme war nur noch ein angstvolles Flüstern. »Wenn Ihr versucht, ihm einen Streich zu spielen ...«

»Psst!« machte Gwynn, und ihre Wangen brannten. »Du redest Unsinn, und was kannst du schon sehen? Immerhin bist du halb blind.«

»Mein Sehvermögen kommt von der Seele. Seid nicht dumm«, warnte die alte Frau sie, als könne sie Lady Gwynns ketzerische Gedanken lesen. Sie räusperte sich und meinte: »Wenn Ihr so unglücklich seid, dann werde ich nach dem Priester schicken.«

Gwynn stieß verächtlich den Atem aus und winkte ab. »Vater Anthony und seine Gebete und Buße ist nicht das, was ich brauche. Warum der Mann darum bittet, so hart ausgepeitscht zu werden, dass Blut sein Hemd befleckt, nur um als Diener und Märtyrer Gottes angesehen zu werden, das werde ich nie verstehen.«

»Vielleicht hat er einen Grund zu büßen.«

Gwynn seufzte. »Er ist ein Mann des Glaubens.«

»Aye, aber auch ein Mann, der das Wort des Vaters spricht, ist ein Mann aus Fleisch und Blut.«

»Das mag ja sein. Ich werde mit ihm nicht darüber reden. Es würde ihn nur dazu bringen, zu stottern und so hart zu schlucken, dass sein Adamsapfel auf und ab hüpft, wie die Flügel eines Kolibris.« Gwynns Lächeln war nicht gerade freundlich. »Bitte, verlass mich jetzt.«

»Wie Ihr wünscht Kind, aber seid vorsichtig.«

Trevin presste die Augen zusammen und zählte die Herzschläge, als er hörte, wie Idelle aus dem Zimmer schlurfte. Die große Tür öffnete sich quietschend und wurde dann leise geschlossen, und im Zimmer war bis auf das Zischen des Feuers und das Knacken des Holzes nichts mehr zu hören.

Wenn die Lady sich doch jetzt nur auf das Bett legen und einschlafen würde, dann könnte er verschwinden. Der Ring würde ihm gehören, und er würde Rhydd und seine Vergangenheit hinter sich lassen.

»Komm her.«

Ihre Stimme zerschnitt die Stille des Zimmers.

Trevin versteinerte endgültig.

»Komm her«, befahl Gwynn noch einmal, und Trevin betete, dass irgendwo im Schatten eine Katze saß, die sie zu sich rief. »Du da, Junge hinter dem Samtvorhang, ich weiß, dass du da bist.«

*Heilige Mutter Gottes.*

Er wagte es, die Augen zu öffnen und starrte direkt in ihre Augen. Sie stand vor ihm, ihr Gesicht spähte hinter den Spalt im Vorhang.

Er konnte nichts anderes tun als langsam aus seinem Versteck hervorzukommen und in seiner blutigen, schmutzigen Tunika vor ihr zu stehen. Sie war ein zierliches Ding, ein ganzes Stück kleiner als er, doch sie hielt sich sehr gerade und steif, als würde sie ihn mit der ganzen Macht ihrer fürstlichen Würde einschüchtern wollen. »Du hast gehört, wie ich mit der Hebamme gesprochen habe.«

Es war keine Frage.

»Du kennst meine ... Schwierigkeiten.«

Gütige Maria, sie musterte ihn mit Augen, die die Farbe des Waldes in der Morgendämmerung hatten. »Aye.«

»Und ich weiß, wer du bist. Der Dieb, der kühn genug war, um meinen Ring aus meinem Zimmer zu stehlen.«

Er biss fest die Zähne zusammen.

»Dieses Blut hier ...« Sie berührte mit einem Finger sein Hemd und betrachtete die lange Narbe an seinem Haaransatz. »Ist es dein Blut?«

»Einiges schon.«

»Und auch das eines anderen Mannes?«

Er antwortete nicht. Er wollte sich nicht belasten.

»Hast du ihn umgebracht?«

Er erinnerte sich an den Zorn auf dem Gesicht des Edelmannes, Ian von Rhydd, Rodericks Bruder, als dieser begriffen hatte, dass man ihm auf den Straßen der Stadt seinen mit Juwelen besetzten Dolch gestohlen hatte. Er hatte Trevin entdeckt, der die Beute gerade eingesteckt hatte, hatte ihn am Kragen gepackt und ihn heftig geschlagen.

»Du wirst mich nicht übertölpeln, du schmutziges Straßenkind!«

»Wirklich nicht?« Trevin hatte den Dolch in seine Finger gleiten lassen, und Ian hatte ihm das Handgelenk herumgedreht. Dabei hatte die scharfe Klinge des Dolches Trevins Wange und seinen Hals getroffen.

Blut war geflossen.

Mit aller Kraft hatte Trevin Ian von Rhydd in den Unterleib getreten. Der ältere Mann hatte einen Schrei ausgestoßen wie ein verwundeter Bulle, und Trevin, der durch das Blut, das über sein Gesicht rann, nicht mehr richtig sehen konnte, hatte mit seiner neuen Waffe ausgeholt und hatte dem Edelmann ein Stück seines Ohres abgeschnitten. Dann war er so schnell und so weit weggelaufen, wie seine Beine ihn getragen hatten. Er war durch die lehmige, mit Exkrementen übersäte Straße gerannt, war den Wagen ausgewichen, den Händlern und allen anderen, war um Ecken gebogen, und als das Blut getrocknet war, hatte er sich die Augen gerieben. Er war schließlich hier gelandet, tief im Inneren des Schlosses, wo niemand nach ihm suchen würde. Niemand außer der bezaubernden Frau des Lords.

Jetzt zog Gwynn die Augenbrauen hoch. Sie trat einen Schritt von ihm weg und sagte: »Mein Mann würde dich auspeitschen und dich in den Kerker werfen, wo du für deine Sünden verrotten würdest. Und«, sie hob einen Finger, »wenn er glauben müsste, dass du in seinem Zimmer herumspioniert und seine Frau nackt gesehen hast, dann würde er dir das Leben aus dem Leib peitschen, dann würde er dir die Eingeweide herausreißen und sie den Hunden zum Fraß vorwerfen, während du noch immer leben würdest.«

Wieder sagte sie die Wahrheit. Trevin wurde ganz übel bei diesem Gedanken, doch wich er nicht vor ihr zurück, sondern hielt ihrem Blick stand. »Möchtet Ihr das, Mylady?« fragte er schließlich, weil er nicht in der Lage war, seine spitze Zunge zu zügeln.

»Was ich will, ist ein Baby.«

Sie sah ihn an, und er fühlte, dass sich ein Gedanke in ihrem Kopf formte – ein Gedanke, dessen war er sicher, der ihn zu Tode erschrecken würde. »Also, was soll ich mit dir anfangen?« fragte sie.

Sein Herz dröhnte wie eine Trommel. Wenn er zur Tür zu laufen versuchte, würde sie schreien und die Wachen rufen, und das Fenster war viel zu hoch, als dass er herausspringen könnte; er würde sich beide Beine brechen, wenn er das versuchte. Es gab keine Möglichkeit zur Flucht, es sei denn, er würde sie schnell packen und ihr mit der Hand den Mund zuhalten. Und was dann?

Sie lächelte und klopfte sich mit einem Fingernagel an einen ihrer Zähne, der den Zahn daneben ein wenig überragte. »Dieb«, sagte sie und nickte zufrieden, als der Gedanke in ihrem Kopf Form annahm. »Ich habe dir einen Handel vorzuschlagen.«

»Einen Handel?« Er hatte schon oft genug in der Klemme gesessen, um eine Falle riechen zu können, wenn sich ihm eine in den Weg stellte, doch hatte er keine andere Wahl als ihren Vorschlag anzuhören.

»Es wird nicht einmal unangenehm sein«, sagte sie und räusperte sich, als würde ihr Plan ihr selbst ein wenig Angst einjagen. »Ich . . . ich möchte, dass du die nächsten drei Tage hier in meinem Bett verbringst und dafür sorgst, dass ich ein Kind bekomme.« Ihr Gesicht lief hochrot an, und sie vermied seinen Blick, als würde sie sich plötzlich schämen. »Niemand wird wissen, dass du hier bist, vertrau mir, und in der dritten Nacht werde ich dafür sorgen, dass du Rhydd mit einem guten Pferd und einer Tasche voller Gold und einem neuen Namen verlassen kannst. Keine Seele wird wissen, was aus dir geworden ist, wenn du nicht dumm bist.« Wieder zog sie die Augenbrauen hoch und sah ihn nachdenklich an, als würde sie jeden Teil ihres Planes noch einmal überdenken, ihn sorgfältig abwägen und sich fragen, ob sie, eine Lady von edler Geburt, einem Mann vertrauen könnte, der in ihr Zimmer eingedrungen war, um sie auszurauben.

Sein Herz schlug wild, seine Erregung war hart und drängend, und doch wusste er, dass es ein Fehler sein würde, mit ihr zu schlafen, ein Fehler, den er nicht zu machen wagte. Es wäre so gefährlich wie ein Schritt in die Hölle, auch nur ein Haar auf ihrem herrlichen Kopf zu berühren.

»Komm schon, Junge, bitte«, drängte sie, und eine Sekunde lang schien sie ein verängstigtes kleines Mädchen zu sein, eines, das er gern beschützen würde. »Alles, worum ich dich bitte, ist, bei mir zu liegen und ... und ... danach wirst du als freier Mann hier weggehen.« Sie streckte die Hand aus und legte warme, sanfte Finger um sein Handgelenk, dann zog sie seine Hand an ihre Brust.

Er fühlte die weiche Haut durch ihr Hemd und die zarte Knospe ihrer Brust in seiner Handfläche. *Oh, Mutter Maria, was für eine quälende Ekstase! Das war falsch ... so falsch.* Seine Brust war so eng, als hätte man Fassdauben darum gelegt.

»Es ist eine Sünde«, sagte er, und seine Stimme war leise und rau, sie klang so, als würde sie ihm gar nicht gehören.

Sie schloss die Augen eine Sekunde lang und biss sich auf ihre Unterlippe, die ein wenig zitterte. Dann reckte sie die Schultern und nickte ernst. »Aye, es ist eine Sünde, und wir wissen doch, dass du niemals sündigen würdest, nicht wahr, Dieb?«

»Gütiger Jesus.«

»Das ist nicht die Zeit zum Beten.«

»Aber . . .«

»Ich bitte dich, mir zu helfen«, sagte sie schlicht, und ein Hauch von Unschuld vertrieb ihre Listigkeit. Sie war ein Drachen in einem Moment und ein verängstigtes Mädchen im nächsten.

Und er, verdammt, er war nur ein Mann. Ein schwacher Mann.

Ihre Blicke trafen sich und hielten einander gefangen. Er atmete tief auf. Langsam fuhr er mit dem Daumen über ihre Brustspitze, die sich unter seiner Berührung aufrichtete und verhärtete, und er hörte, wie sie seufzte, so sanft wie der Wind, der durch die welken Blätter fuhr, die noch immer an den Bäumen hingen.

»Das ist falsch.«

»Aber es wird mein Leben retten und auch deines.« Sie lächelte traurig, und Tränen füllten ihre hellbraunen Augen. »Wir haben keine andere Wahl, Dieb. Komm zum Bett. Rette deine eigene Seele und auch die meine.«

»Gott helfe mir.«

Sie hob die Arme und legte sie um seinen Hals, in einer Umarmung, der er nicht mehr ausweichen konnte. Oh, Gott, wie schmerzlich sehnte er sich nach ihr. Verlangen donnerte in seinem Kopf. Heiß pulsierte die Lust in seinen Adern.

Sie legte den Kopf ein wenig schief und bot ihm ihren verlockend weißen Hals. »Bitte.«

Er konnte ihr nicht länger widerstehen. Ein leises Stöhnen kam über seine Lippen. Sein Mund presste sich auf ihren, als erwarte er, dass dieser Augenblick für immer ihm gehören würde, als würde er sich in sein Schicksal ergeben.

Willig öffnete sie ihm die Lippen.

Sein Blut floss wie Feuer durch seine Adern. Heiß. Dunkel. Voller Verlangen.

Sie erbebte.

Konnte es sein, dass diese wunderschöne Frau wirklich nach ihm verlangte?

Zitternd hob er sie hoch, trug sie zum Bett und fiel zusammen mit ihr auf die Decke aus Fellen. Seine Hände suchten den Saum ihres Hemdes, sein Penis war hart und bereit, er hörte nicht auf, sie zu küssen, während er seine Hose aufknöpfte und seine Tunika auszog.

*Das ist verrückt, Trevin! Hör auf, ehe du die Brücke überquerst, die in die Verdammnis führt.*

Ihre Finger strichen über seine muskulösen Schultern, über die wenigen Haare auf seiner Brust. Ihm war so heiß, dass er zu schwitzen begann, er küsste sie leidenschaftlich, seine Zunge schob sich tief in ihren Mund, und seine Hände mühten sich ab mit dem Spitzenband an ihrem Hemd.

Seine Tunika glitt zu Boden, und der Ring, golden und dunkelrot, fiel in die Binsen.

»Ich wusste es«, flüsterte sie. »Du bist wirklich ein kühner Kerl, Dieb.«

*Und dumm genug, mit der Frau des Barons zu schlafen.* Sein Kopf schwirrte, sein Körper war bereit, als er ihr das Hemd hinaufschob und ihre Schenkel mit seinen Knien auseinanderzwang, als er alle Zweifel beiseite warf und mit einem einzigen Stoß tief in sie eindrang, nur um einen Widerstand zu fühlen und dann ein Zerreißen.

Sie stieß einen leisen Schmerzensschrei aus.

Er blieb eine Sekunde lang unbeweglich liegen. Verlangen hatte seinen Körper erfasst, doch wusste er, dass etwas nicht stimmte. »Um der Liebe . . . du . . . du warst noch Jungfrau«, flüsterte er mit rauer Stimme, sein Verstand schrie, dass sie ihn zum Narren gehalten hatte.

Ein winziger Blutfleck zeigte sich auf dem Pelz unter ihnen.

Der Schein des Feuers warf unheimliche Schatten an die Wände.

»Aye.« Tränen hingen an ihren Wimpern.

Seine Gedanken schienen umhüllt von trübem Wasser, als er auf sie hinuntersah, in ihr irritiertes Gesicht, auf ihren Körper, der im Schein des Feuers golden leuchtete. »Ich habe gehört, wie du der alten Frau erzählt hast, dass du glaubtest, schwanger zu sein.« Oh, gütiger Jesus, er brauchte seine ganze Konzentration, um sich nicht zu bewegen, während er fühlte, wie ihre weibliche Wärme ihn umfangen hielt.

Sie sagte kein Wort, sie starrte nur zu ihm auf, mit tränenfeuchtem Blick, sie schluckte und fuhr dann mit den Fingern über seine Rippen.

»Der Baron wird . . .«

»Er wird nie von dir erfahren. Vertrau mir«, bat sie. »Es ist meine Sorge, nicht deine.«

»Wie konnte er . . .?«

»Psst. Es gibt einige Geheimnisse zwischen einem Mann und einer Frau, die man nicht mit anderen teilt. Komm, Dieb, hör jetzt nicht auf.« Sie berührte ihn so sanft, dass er für immer an sie glauben wollte. Langsam rieb sie sich an ihm, sie hob die Hüften und strich mit den Daumen über seine harten Brustspitzen. »Liebe mich.«

»Nein, ich . . .«

»Liebe mich, bitte.«

Oh, herrliche Qual, er konnte ihr nicht widerstehen. Er stöhnte geschlagen auf, dann nahm er ihren Rhythmus auf und konnte nicht mehr aufhören damit, wieder und wieder in sie einzudringen, schneller und schneller, während hinter seinen geschlossenen Lidern die Welt in Flammen barst. Mit einem Schrei verströmte er seinen Samen in sie.

»Ja, Dieb, ja«, flüsterte sie und unterdrückte ein Aufschluchzen. »Du bist so gut.«

*Und ein Dummkopf, wie kein anderer!*

Er sank auf ihr zusammen, fühlte, wie sie die Arme um seinen verschwitzten Körper schlang, doch fand er kein

Glück darin. Keine Befriedigung. Denn tief in seinem Inneren wusste er mit tödlicher Sicherheit, dass dieser Akt sein Verderben sein würde. Auch wenn Lady Gwynn ihn verführt hatte, so war doch die Wahrheit, dass er, ein verwaister Stalljunge, der von einem Zauberer mit einer Vorliebe für Wein großgezogen worden war, zum Dieb geworden war und in einer kühnen und dummen Tat nicht nur den Ring einer Lady gestohlen hatte, sondern auch der Frau des Barons Roderick von Rhydd die Jungfräulichkeit genommen hatte.

Zweifellos würde er dafür zahlen müssen.

# 1

*Black Oak Hall*
*Frühling 1284*

»Ich bringe schlechte Neuigkeiten.« Muir, der selbst ernannte Zauberer und oft der Idiot des Dorfes, glitt wie ein Aal in klarem Wasser über die Schwelle des Kontors. Sein Stock diente mehr der Äußerlichkeit als dass er notwendig war. Er warf einen vorsichtigen Blick über seine Schulter zurück, als hätte er das Gefühl, dass ihm jemand in dieses Zimmer gefolgt war, das den Räumen des Lords so nahe war.

Trevin fand die theatralischen Gesten des älteren Mannes gar nicht lustig. Man wusste, dass Muir seine Rolle immer überbewertete, seine dramatischen Gesten waren Teil seines fragwürdigen Charmes. Trevin saß an einem kleinen zerkratzten Tisch in der Nähe des einzigen Fensters und blickte auf von der kläglichen Buchhaltung, die der Schatzmeister von Black Oak geführt hatte. »Komm rein, Muir«, schlug er vor und lehnte sich weit in seinem Stuhl zurück. »Sei nicht so schüchtern.«

»Du machst dich über mich lustig, Junge«, brummte der alte Mann.

»Du machst dich über dich selbst lustig.«

»Ah, ein jämmerlicher verwaister Junge, den ich bis zum Lord dieses feinen Schlosses großgezogen habe, nimmt jetzt kein Blatt mehr vor den Mund.«

Trevin ließ den Stuhl auf den Boden zurückfallen, bei dem Geräusch zuckte Muir zusammen.

»Aber ich vergesse mich. Es gibt Neuigkeiten aus Rhydd.«

Rhydd. Der Fluch seiner Existenz und der Beginn seiner Reise zu einem Fürstentum, das er nie gewollt hatte und das er jetzt zu regieren gezwungen war. Trevin biss die Zähne zusammen, und die Dunkelheit, die sein Herz ewig umschattete, schien noch finsterer zu werden. Der Federkiel zerbrach zwischen seinen Fingern, die sich danach sehnten, etwas zu tun, irgendetwas anderes als die tägliche Routine, dieses Schloss zu überwachen, das er durch einen glücklichen Wurf beim Würfelspiel gewonnen hatte. Er war es Leid, den klagenden Bauern zuzuhören, die faulen Diener zu sehen und die bröckelnden Mauern und eine Schatztruhe ohne Münzen. »Schlechte Neuigkeiten?«, fragte er leise und zornig. »Gibt es denn noch etwas anderes?«

»Ich nehme an, die Bücher zeigen Schlechtes an.« Muir lehnte sich schwer auf seinen Stock und richtete sein gesundes Auge auf den Mann, den er großgezogen hatte, seit er ein wimmerndes Baby mit blauen Lippen gewesen war. Er war der einzige Mann innerhalb der Mauern des Schlosses, der sich nicht vor Trevins düsteren Wutanfällen fürchtete.

»Aye, die Bücher zeigen Schlechtes an. Sehr Schlechtes. Wie immer.« Trevin rieb sich die schmerzenden Schultern, dann schlug er voller Abscheu das Buch vor sich zu. Eine Staubwolke wirbelte auf. »Aber erzählt mir von Rhydd.«

»Ich habe eine Vision gehabt.«

»Ah.« Trevin verschränkte die Arme vor der Brust und versuchte, den schalen Geruch des Weines nicht zu beachten, der Muirs ständiger Begleiter zu sein schien. Immerhin war er aufgewachsen mit der Vorliebe des alten Mannes für den Wein. »Eine Vision von Rhydd. Was ist es denn diesmal?«

»Es wird Schwierigkeiten geben im Schloss.«

»In Rhydd?« Noch nach dreizehn Jahren konnte er den Namen des Schlosses nicht hören, ohne an die Nächte zu denken, die er in Lady Gwynns Bett verbracht hatte, und an die Tatsache, dass sie neun Monate später einem Sohn das Leben geschenkt hatte. Seinem Sohn. Und er hatte zugelassen, dass dieser Junge den Namen eines anderen trug, alles für den Preis eines Rubinringes, eines mit Juwelen besetzten Dolches und ein paar Goldmünzen.

»Lord Roderick kehrt zurück.«

Trevins Kopf fuhr hoch. Seine Muskeln spannten sich an. »Er ist als Gefangener gehalten worden auf Schloss Carter ...«

»Ich weiß, ich weiß. Solange Frieden geherrscht hat, aber jetzt ist er entwischt, und er wird nach Rhydd zurückkehren.«

»Und du hast das *gesehen?*«

»Aye.« Muir nickte. »In einem Traum.«

»Einen Traum, den du gehabt hast, nachdem du eingeschlafen warst, weil du zu viel Wein getrunken hattest?«

»Nein, Mylord ...«

»Du sollst mich nicht so nennen.« Trevin fand es lästig, dass der Mann, der ihn großgezogen hatte, ihn mit Lord, Sire, Baron oder anderen unsinnigen Worten ansprach.

»Aber du bist jetzt hier der Herrscher.«

»Aye. Weil ich Glück hatte beim Würfeln und das Schloss von einem dummen alten Mann gewonnen habe, der viel zu tief ins Glas geschaut hatte. Aber wir kommen vom Thema ab. Viele deiner ›Träume‹ und ›Visionen‹, Muir, haben sich als unbedeutend erwiesen.«

»In der Vergangenheit, aye, das weiß ich.« Er nickte heftig mit seinem kahlen Kopf. »Aber diesmal ist es die Wahrheit. Wenn du mir nicht vertraust, dann sei so gut und sprich mit dem Bauern Hal, der von Schloss Carter gekommen ist und die Neuigkeit von Rodericks Flucht mitgebracht hat, zusammen mit einem Wagen voller Futtermais und Samen für die Aussaat.«

Trevin konnte nicht anders als ungläubig die Augenbrauen

hochzuziehen. »Der gute Bauer kommt mit der Neuigkeit nach Black Oak genau zu dem Zeitpunkt, an dem du deine ›Vision‹ gehabt hast, Muir? Das ist aber ein glücklicher Zufall, findest du nicht auch?«

»Du zweifelst an mir? An mir, wo ich dich von einem schniefenden, mageren Baby zu einem Mann großgezogen habe?«

»Niemals«, erwiderte Trevin und hätte über die gerunzelte Stirn seines Mentors gelächelt, hätte ihn die Neuigkeit nicht so sehr beunruhigt. Er nahm das Rechnungsbuch und legte es in eine Kiste aus Eichenholz, die mit Eisen beschlagen war. Dann zögerte er und griff ganz ohne Grund nach einem kleinen, verblichenen Beutel, in dem ein Ring verborgen war – der Ring mit dem dunklen Edelstein, den er Lady von Rhydd gestohlen hatte. Selbst wenn er oft Geld oder Essen oder ein Pferd gebraucht hatte in den vergangenen Jahren, hatte er doch niemals das winzige Stück Vergangenheit verkauft, das ihn an sie erinnerte. Dummkopf. Er schob den Ring in seine Tasche und verschloss die Kiste wieder.

Dies war nicht das erste Mal, dass Muir vorausgesagt hatte, dass ein Schatten über Rhydd lag, doch in diesem Moment schien der alte Mann sich sehr sicher zu sein. »Lass uns mal sehen, was der Bauer zu sagen hat.« Schnell schob er den Zauberer aus der Tür und verschloss die Tür hinter ihnen beiden.

Trotz seiner Behauptung, Schmerzen in seinen Knien zu haben, flog Muir förmlich die Treppe hinunter, seine erbärmlich aussehende Tunika wehte hinter ihm her. Die Augen der stets aufmerksamen Hunde beobachteten ihn, als er an ihrem Ruheplatz auf dem Treppenabsatz vorüberkam.

Einer von ihnen bellte einmal auf, doch ließ er den Kopf sinken, als er Trevin entdeckte.

Hal, der Bauer, stand im Schlosshof und stritt über den Wert seines Saatgutes mit dem Verwalter. »Das sind die besten Bohnen in ganz Wales, da könnt Ihr sicher sein«, sagte er gerade, doch als Trevin sich näherte, hörte er auf zu prahlen.

»Muir behauptet, Ihr bringt Neuigkeiten von Schloss Carter«, sagte Trevin, und wie der alte Mann es vorhergesagt hatte, erzählte ihm der Farmer von Rodericks Flucht aus dem Kerker.

». . . ja, der Baron wird in den nächsten Tagen auf Rhydd erwartet«, sagte Hal, als gerade die ersten Regentropfen aus den dicken Wolken fielen, deren Unterseite gerötet war und die langsam über den Himmel zogen. »Es ist ein Jammer, wenn Ihr mich fragt, Mylord, denn es ist kein Geheimnis, dass Roderick ein harter Herrscher ist.« Hal schüttelte den Kopf. »Wir danken unserem Herrn, dass die Lady in der Lage war, ihm einen Sohn zu gebären, denn sonst befürchte ich, hätte sie das gleiche Schicksal erleiden müssen wie die anderen Frauen, die der Baron vor ihr geheiratet hat.«

Die Muskeln in Trevins Nacken zogen sich zu festen, schmerzhaften Knoten zusammen.

»Und jetzt wird er zweifellos noch mehr Söhne haben wollen.«

»Zweifellos.« Trevin verließ den Farmer und den Verwalter, die sich über den Preis des Saatgutes stritten und ging über das nasse Gras des Schlosshofes. Er umfasste den Knauf seines Dolches und verfluchte insgeheim das Schicksal, das ihn dazu gebracht hatte, vor so vielen Jahren den Ring von Lady Gwynn zu stehlen. Wie er ihr bei ihrem Abschied versprochen hatte, hätte er vergessen sollen, dass er einen Sohn gezeugt hatte, dass der Junge, der jetzt auf Rhydd lebte, sein Fleisch und Blut war. Er konnte die Erinnerung daran jedoch nicht beiseite schieben. Auch die Jahre hatten seinen Wunsch nicht verblassen lassen, den Jungen zu sehen, ihn als seinen eigenen Sohn anzuerkennen. Wenn das überhaupt möglich war, so war jetzt sein Wunsch, Gareth von Rhydd seinen Namen zu geben, noch stärker als je zuvor.

Es hatte einmal eine Zeit gegeben, da hatte er geglaubt, er würde noch mehr Kinder zeugen, er hatte geglaubt, dass dieses Schloss mit so vielen seiner Söhne und Töchter erfüllt sein würde, dass er kaum Zeit hätte, an seinen Erstgeborenen zu denken, der in Sünde gezeugt worden war und als Erbe eines anderen Mannes großgezogen wurde. Aber die Zeit und das Schicksal hatten seine Pläne grausam zunichte gemacht, und jetzt war er sicher, dass Gareth von Rhydd sein einziges Kind bleiben würde, der einzige Sohn, den er je gezeugt hatte.

Seit beinahe einem Jahr kämpfte er mit sich, rief sich immer wieder den Handel mit Gwynn ins Gedächtnis, sein Versprechen, über die Herkunft des Jungen zu schweigen. Er hatte das Geheimnis seit Jahren gehütet, dabei war er sicher gewesen in dem Wissen, dass Roderick für immer ein Gefangener von Baron Hamilton auf Schloss Carter bleiben würde, er würde niemals die Wahrheit über den Jungen erfahren und ihn nie in Gefahr bringen können.

»Lord Hamilton konnte man noch nie vertrauen«, sagte Muir, als hätte er Trevins Gedanken gelesen und zog sich die Kapuze seiner Tunika über den Kopf, als der Regen stärker wurde. Sein gesundes Auge starrte ohne zu blinzeln Trevin an. Der alte Mann hatte schon immer die beunruhigende Fähigkeit besessen, zu den schlimmsten Zeiten in die Seele seines jungen Schützlings sehen zu können. Es war ein ständiger Kampf zwischen ihnen beiden, den Zauberer nicht zu tief in seine Seele blicken zu lassen, damit er nicht Trevins Schwächen entdeckte. »Du, Mylord, hast die Pflicht, deinen . . .«

»Der Teufel soll dich holen, Muir«, brummte Trevin, als der Wind ihm den eisigen Regen ins Gesicht trieb. »Und nenn mich nicht Lord.«

Muir winkte ab. »Nur du allein musst mit der Dunkelheit in deiner Seele fertig werden. Nur du musst deinem Schöpfer gegenübertreten und . . .«

»Oh, um der Liebe Christi willen!« Trevin blinzelte in dem

Regen, der ihm über das Gesicht und den Hals rann, dann warf er einen ärgerlichen Blick zum Himmel. Sein alter Handel mit Gwynn konnte ihm gestohlen bleiben. Er würde, bei den Göttern des Guten und des Bösen, ihr zehnfach zurückzahlen, er würde seinen Sohn für sich beanspruchen.

»Heiliger Vater, vergib mir, denn ich habe gesündigt ...« Gwynn flüsterte ihr Gebet im Hauptschiff der Kapelle und hoffte, dass ihre Bitten nicht auf taube Ohren treffen würden. Sicher würde Gott sie doch jetzt nicht verlassen ... oder vielleicht doch? Sie dachte an all die Zaubersprüche, die sie ausprobiert hatte, an all die Runen, die sie gezeichnet hatte, die heidnischen Gesänge, die sie vergebens gemurmelt hatte, in der Hoffnung, dass ihr Mann niemals zurückkehren würde. Sie hatte mit einem anderen Mann geschlafen, sie hatte alle im Schloss betrogen und hatte behauptet, dass ihr Sohn Rodericks Kind war.

*Selbstsüchtige, selbstsüchtige Frau. Ein Kind zu zeugen, damit du leben kannst, und jetzt hast du einen Sohn, der kostbarer ist als das Leben selbst.*

Regentropfen hämmerten auf das Dach, und der Wind heulte draußen laut, während Gwynn betete.

Seit dreizehn Jahren war sie begünstigt worden. Ihr Mann war in der Schlacht verwundet worden und war dann als Gefangener in einem Schloss im Norden festgehalten worden, ohne je den Sohn gesehen zu haben, von dem sie geschworen hatte, dass es seiner war. Das Lösegeld, das Ian, sein Bruder, angeboten hatte, war von Baron Hamilton von Schloss Carter abgelehnt worden, von dem Herrscher, der sich ein perverses Vergnügen daraus gemacht hatte, Roderick als seinen Gefangenen zu halten.

Auf Geheiß von Ian hatte es einige vergebliche Bemühungen gegeben, Roderick zu befreien. Die Angriffe auf Schloss Carter waren vergebens gewesen, sie hatten viele Männer und Waffen gekostet, und Ian hatte schließlich aufgegeben. Gwynn hatte verzweifelt gehofft, dass sie den Mann, den sie geheiratet hatte, nie wieder sehen würde, dass sie nie würde lügen müssen über Gareths Zeugung.

Gareth. Ihr Sohn. Der Junge, der eines Tages Rhydd regieren würde. Gezeugt von einem Dieb vor so vielen Jahren und als Erbe eines herzlosen Mannes ausgegeben, der seine beiden ersten Frauen ermordet hatte.

Oh, grausames Schicksal, dass Roderick jetzt zurückkehrte.

Wie schon so oft in der Vergangenheit, kroch auch jetzt wieder das Schuldgefühl in ihre Seele, doch sie schob es resolut beiseite. Hätte sie nicht mit dem Ausgestoßenen geschlafen, hätte sie nicht drei Tage der bittersüßen Leidenschaft mit ihm verbracht, so hätte sie niemals Gareth bekommen, das einzige Glück ihres Lebens, der Grund, warum sie lebte. »Unser Gott, bitte erhöre meine Gebete«, flüsterte sie, und die Steine des Bodens waren hart unter ihren Knien. Sie reckte den Rücken, senkte den Kopf und schloss die Augen. Sie wollte sich nicht mehr schuldig fühlen, nur weil sie ein Kind geboren hatte, das so klug und so wahrhaftig war wie ihr Sohn.

»Ihr scheint betrübt, mein Kind.«

Gwynn zuckte erschrocken zusammen. Ihre Hand flog an ihre Brust, als wolle sie ihr Herz festhalten. Sie hatte geglaubt, sie sei allein in der Kirche und hatte nicht das Geräusch von Vater Anthonys Lederschuhen auf dem ausgetretenen Boden der Kapelle gehört und auch nicht seinen pfeifenden Atem, als er näher kam.

Gwynn hatte ihre Gebete vergessen, schnell stand sie auf.

»Was bedrückt Euch?« Die sanfte Stimme von Vater Anthony schien als Echo von den Deckenbalken zu schallen, obwohl er in Wirklichkeit kaum seine schmalen Lippen bewegt hatte.

»Oh, Vater Anthony ... Ihr ... Ihr habt mich erschreckt.«

»Das war nicht meine Absicht.«

»Ich ... ich brauchte ... Trost«, sagte sie und sah, dass sich seine blutleeren Lippen zu einem Lächeln verzogen.

Vater Anthony war ein großer dünner Mann, mit gebeugten Schultern und einem Ring von blondem Haar um seinen kahlen Kopf. Jetzt nickte er, als würde auch er den Wunsch verspüren, seine Seele zu reinigen. Er legte die Hand mit den langen Fingern auf ihre Schulter. »Lasst Euch von mir nicht stören.«

»Nein, ich war fertig«, sagte sie und hoffte, dass ihre Wangen nicht so gerötet waren, wie es sich anfühlte. Es war beunruhigend, wie er sich an jemanden anschleichen konnte.

»Ihr habt um die sichere Rückkehr des B-Barons gebetet.« Die Augenbrauen von Vater Anthony zogen sich in einer schweigenden Frage hoch, und sein Adamsapfel begann auf und ab zu springen, ein Anzeichen dafür, wie aufgeregt er war.

»Aye.« Die Lüge floss ihr leicht über die Lippen, doch innerlich zuckte sie zusammen. Es war eine Sache, die Wahrheit so zu verdrehen, dass sie einem genehm war, doch einem Priester in der Kapelle ins Gesicht zu lügen, war etwas ganz anderes. »Danke, Vater«, sagte sie.

»Geht in Frieden.«

Als ob sie das könnte.

»Und bitte, Lady, hört nicht auf Id-Idelle und ihre dunklen Geschäfte. Sie meint es gut, a-aber ...« Er breitete die Finger weit aus, mit den Handflächen nach oben, als würde er den Himmel anflehen, ein großes Mysterium zu begreifen. »Sie ist n-nur eine Frau, und eine schwache Frau noch dazu. Der T-T-Teufel sucht immer nach denen unter uns, die nicht stark sind.« Sein Blick hielt den ihren gefangen. »Lasst Euch nicht von Satan überlisten, selbst wenn er sich Euch in der Verkleidung einer Hebamme zeigt.«

»Idelle ist kein Teufel.«

»Das habe ich auch nicht gesagt. Seid nur vorsichtig, Mylady. Luzifer trägt viele Masken.«

»Ich kenne mein Herz, Vater«, sagte sie, obwohl sie ihm nicht gestehen konnte, was tief in ihrer Seele verborgen war. Sie umklammerte die Falten ihrer Tunika, nickte ihm zu und schlüpfte dann aus der Tür in den Flur, wo die Kerzen flackerten und rauchten.

Der Gedanke, Roderick wieder zu sehen, war wie ein ekelhaftes Gift, das durch ihre Adern rann und sich in ihrem Inneren zusammenballte. Sie hatte ihn nie geliebt, ihr Vater hatte sie mit ihm verlobt, und sie hatte nur zwei Wochen mit dem älteren Baron verbracht, ehe er vor beinahe dreizehn Jahren in den Kampf geritten war. Seit dieser Zeit war sie die Schlossherrin gewesen und hatte sich nur mit Rodericks Bruder Ian auseinander setzen müssen. Sie schauderte bei dem Gedanken an ihren Schwager. Er war ein großer Mann mit massigen Händen, die auf der Rückseite von dem gleichen schwarzbraunen Haar bedeckt waren, das auch an seinem Kinn wuchs.

Obwohl er gebildet war, so besaß er doch eine grobe Art zu reden, und in seinen Augen lag keine Freundlichkeit. Oft, wenn er zu viel Wein getrunken hatte, hatten sich seine Augen zusammengezogen, und er hatte seine Schwägerin schweigend und mit bösem Blick betrachtet. Seine eigene Gemahlin war zwei Jahre zuvor gestorben. Sie war eine kleine Frau gewesen, mit blasser Haut und Augen, die von Krankheit und schmerzlichen Tränen gerötet waren. Margaret hatte ihre Seele im Bett ihres Mannes ausgehaucht und hatte ihn, genau wie seinen einzigen Bruder, ohne einen Nachkommen zurückgelassen. Seit Margarets Tod war Ians Interesse an Gwynn ständig kühner geworden, und sein brütender Blick war immer öfter erfüllt von einer grauenhaften Lust, bei deren Anblick Gwynn eine Gänsehaut überzog.

Bei dem Gedanken daran zog sich Gwynns Magen zusammen. Sie eilte durch eine Tür und dann den kurzen Weg in die Küche, wo der Koch, ein kleiner Mann mit Sommersprossen und dem Namen Jack mit zwei Jungen schimpfte, die einen Spieß drehten, an dem ein Ochse röstete. Fett, das an dem Fleisch herunterlief, tropfte auf die Kohlen, und Rauch stieg in den breiten Kamin hinauf, in dem große Stücke Fleisch hingen, um dort zu räuchern.

»Schneller, schneller, ihr faulen Schweine«, brüllte Jack und gab einem der Jungen eine Ohrfeige. Der Junge schrie vor Schmerz auf, doch er drehte den Spieß in einem schnelleren Tempo. Sein Partner auf der anderen Seite des Spießes vermied den Blick des Kochs und legte all seine Kraft darein, den Spieß zu drehen. »Das ist besser . . . viel besser. Seht zu, dass ihr so weitermacht.« Jack ballte die Hände zu Fäusten und stützte sie in seine schmalen, knochigen Hüften. »Wir möchten den Lord doch nicht enttäuschen, wenn er zurückkommt, nicht wahr?«

Beide Jungen schüttelten heftig die Köpfe, während ein Küchenmädchen, das am Tisch nebenan in einem Mörser Küchenkräuter zerstampfte, ein Lächeln unterdrückte. Schließlich wandte der Koch sich um und stellte fest, dass er mit seinen faulen Helfern nicht mehr allein war. »Oh, Mylady«, sagte er und zeigte bei seinem Lächeln unregelmäßige Zähne. Dann deutete er mit einer ausladenden Handbewegung auf die eifrigen Arbeiter in der Küche. Ein Mädchen schälte Winteräpfel, ein anderes zupfte die Federn aus einem Fasan. Und während die Jungen Bündel mit Feuerholz in die Küche trugen oder Eimer mit sich windenden Aalen, schleppten die Mädchen Körbe mit Gänseeiern herbei. »Wie Ihr sehen könnt, bereiten wir uns auf die Rückkehr des Barons vor.«

»Gut, gut«, lobte Gwynn und tat so, als würde sie sich dafür interessieren. Dabei spielten ihre Finger mit dem Kreuz, das an einer Goldkette um ihren Hals hing.

»Wir machen ein wunderschönes Schloss aus Zucker, und der Jäger hat uns feine Fasane mitgebracht, sechs Kraniche und einen Hirsch.« Der sehnige Mann strahlte bei dem Gedanken an diesen Festschmaus. »Wir haben Aale aus dem Weiher und Lachs und . . .«

». . . mein Mann wird sich freuen. Macht nur weiter so«, unterbrach Gwynn ihn, hob die Hand und ging zur Tür, die in den Schlosshof führte. Das ganze Gerede von der Rückkehr Rodericks machte ihr Kopfschmerzen, und ihr Magen tat ihr weh. Was sollte sie nur tun? Wenn er auch nur einen Blick auf Gareth warf . . . *Gütige Mutter Gottes, bitte, hilf mir.* Seit sie die Botschaft mit der Neuigkeit erhalten hatte, dass ihr Mann geflohen war, hatte Gwynn sich gefragt, ob es nicht besser gewesen wäre, den Jungen zu ihrer Schwester Luella zu schicken. Als Schlossherrin von Schloss Heath, das weit, weit im Süden lag, hätte Luella sich sowohl um die Erziehung Gareths als auch um seine Sicherheit gekümmert. Er wäre Page geworden und dann Junker und hätte all die Fähigkeiten gelernt, die er brauchte, um Ritter zu werden. Er wäre in Sicherheit gewesen. Gwynn hätte Luella eine Nachricht schicken können, dass Roderick nach Rhydd zurückkehrte.

Oh, was war sie doch für eine dumme, dumme Frau gewesen! Hatte sie wirklich geglaubt, dass ihr Mann für immer ein Gefangener bleiben würde, dass er in einem Kerker verrotten würde? In dreizehn Jahren war sie selbstgefällig geworden, sie hatte in der Sicherheit und der Bequemlichkeit von Rhydds dicken Mauern gelebt und hatte so getan, als sei sie der Schlossherr, sie hatte ihren Sohn von ganzem Herzen geliebt, und ihr einziges Problem war es gewesen, sich ihren Schwager vom Hals zu halten.

Seit dem Tod seiner Frau war Ian noch unmöglicher und kühner geworden, immer versuchte er, ihr in einer dunklen Ecke im Flur allein zu begegnen, er berührte sie, wenn sie aneinander vorübergingen, starrte sie aus schmalen Augen mit hinterhältigem Blick an, bei dem ihr ein eisiger Schauer über den Rücken lief.

Doch sie würde tausendmal lieber Ian gegenübertreten, wenn nur Roderick niemals zurückkehrte.

Ihre weichen Schuhe versanken im Lehm, als sie über den Weg durch den Schlosshof lief. Gänse schnatterten laut, schlugen mit den Flügeln und liefen zu dem Weiher mit den Aalen. Zwei Jungen, die einen toten Eber hinter sich herzerrten, machten ihr den Weg frei, und ein junges Mädchen schleppte einen Korb mit nasser Wäsche von den Wäscheleinen weg, die in der Nähe des Nordturmes gespannt waren. Gwynn bemerkte es kaum, dass Regentropfen gegen ihre Tunika prasselten. Sie musste Gareth finden und einem Jungen von kaum zwölf Jahren erklären, dass seinem Leben Gefahr drohte, von dem Mann, der eigentlich sein Vater hätte sein sollen. Als sie sich damals schnell den Plan zurechtgelegt hatte, ein Kind von einem anderen Mann als Roderick zu bekommen, hatte sie geglaubt, dass der Baron nicht wissen würde, dass dieses Kind nicht sein eigenes war. Erst viel später, nachdem er den Jungen schon Jahre lang geliebt und sich um ihn gesorgt hätte, würde er vielleicht vermuten, dass der Junge nicht sein Kind war. Doch zu diesem Zeitpunkt hätte er den Jungen bereits als sein eigen Fleisch und Blut akzeptiert, und er würde sich wie ein dummer Ehemann vorkommen, dem man Hörner aufgesetzt hatte, wenn er seine Vermutungen laut aussprach.

Oh, Himmel, sie musste verrückt gewesen sein zu glauben, dass sie mit ihrem Plan etwas erreichen konnte. Aber hätte sie nicht mit dem Dieb geschlafen, hätte sie ihren Sohn nicht bekommen. Und sie hätte auch nicht all die Jahre der Erinnerung an ihre Liebesspiele gehabt. Selbst jetzt noch, mehr als ein Dutzend Jahre später, konnte sie sich noch an die Wärme seiner Berührungen erinnern, an das Gefühl seiner Zunge auf ihrer Haut, die feuchte Wärme, die seinen Küssen gefolgt war . . .

»Suchst du deinen Sohn?«, Ians Stimme ertönte durch den Schlosshof und warf ein Echo von den dicken Mauern. Sie errötete und fragte sich, ob er wohl den Weg ihrer Gedanken hatte erraten können. Es war dumm und eine Zeitverschwendung, an den jugendlichen Dieb zu denken, der aus dem Schloss und auch aus ihrem Leben verschwunden war, genauso, wie sie es gewollt hatte.

Jetzt stand Ian vor ihr. Mit dem Messer in der Hand beobachtete er eine Gruppe von Jungen, unter denen auch Gareth war, die mit ihren hölzernen Schwertern spielten, die sie sich selbst geschnitzt hatten. Gareth war größer als die anderen und auch viel wendiger. Er war ein muskulöser Junge mit schwarzen Locken, aufmerksamen blauen Augen und schnellen Reflexen, er konnte über Fässer springen oder sich schnell unter einen Heuhaufen ducken, um den Schlägen der dickeren, unbeholfeneren Jungen zu entgehen.

Tom, der Sohn des Metzgers, sprang mit seinem hölzernen Schwert vor, doch Gareth duckte sich, wirbelte auf einem Bein herum und rollte sich unter den Wagen eines fahrenden Händlers. »Schlauer Kerl.« Ian schnalzte mit der Zunge und schüttelte den Kopf. »Viel schlauer als sein Vater.«

Gwynns Herz blieb beinahe stehen. »Wirklich?«, antwortete sie und hob ihr Kinn, obwohl sie in ihrem Nacken den eisigen Hauch des Schicksals zu fühlen glaubte. Sie hatte in den letzten Jahren gelernt, dass die beste Art, mit Ian umzugehen war, ihm öffentlich zu trotzen und sich keine Furcht anmerken zu lassen.

»Aye.« Ians blassgoldene Augen zogen sich zu Schlitzen zusammen, und er kratzte nachdenklich mit der Schneide des Messers über seinen langsam grau werdenden Stoppelbart. Er war groß und muskulös, mit einem feisten Nacken und scharfen Zähnen. »Aber er wird mit der Zeit schon noch wachsen. Sicher wird sein Vater stolz auf ihn sein.« Er lachte leise. »Es ist Zeit, dass Roderick den Jungen kennen lernt.«

Niemals. Es würde niemals Zeit dafür sein. Trotz der kühlen Regentropfen begannen Gwynns Hände zu schwitzen.

»Es wird nicht mehr lange dauern.«

Gütiger Gott, nein! »Gareth, komm!«, sagte sie und ignorierte ihren Schwager. Sie sah, wie der Junge herumwirbelte, einen Stein aus dem Hosenbund zog und damit einen der Jungen am Po traf. Der Junge quiekte schrill auf, und Gwynn musste laut rufen, um seine Schmerzensschreie zu übertönen. »Gareth, bitte. Komm jetzt. Wir müssen uns darauf vorbereiten, dass du deinen Vater kennen lernst.«

Ihr Sohn blickte auf, abgelenkt von seinem Spiel und wurde von Tom getroffen, dessen hölzernes Schwert ihn zwischen den Schulterblättern traf. »Nein!«

»Ich habe dich erwischt!«, rief Tom und lachte dann auf eine Art, die Gwynn an einen wiehernden Esel erinnerte. Er holte noch einmal aus, zu einem erneuten Schlag, doch Gareth täuschte eine Bewegung nach links vor, ehe er nach rechts auswich und nicht nur Tom mit der Spitze seines Schwertes erwischte, sondern auch noch zwei andere Jungen. Er schob seine Waffe in seinen Gürtel, dann lief er zu seiner Mutter, die ihn in Richtung auf das Schloss schob und dabei Ians Blicke auf sich fühlte. »Es ist Zeit, dass ich ein richtiges Schwert bekomme«, sagte er. »Ich bin schon beinahe zwölf ...«

»Wir werden später darüber reden.«

»Aber Mutter ...«

»Später, Gareth.« Er veränderte sich, wurde vor ihren Augen zu einem Mann. Es war nur natürlich, dass er seine eigenen Waffen haben wollte. Und wenn man all das bedachte, was geschehen würde, sollte sie ihm vielleicht wirklich mehr geben als nur den kleinen Dolch, den sie ihm vor Jahren geschenkt hatte. »Erinnerst du dich noch daran, dass ich dir erzählt habe, es wäre besser, wenn du bei meiner Schwester und ihrem Mann leben würdest?«, fragte sie ihn, als sie in dem Zimmer angekommen waren, in dem ihr Sohn schlief und der sich sofort durch ein paar Würfel ablenken ließ, die er von Alfred gewonnen hatte, dem dummen Diener, dessen einziges Talent es war, die Jagdhunde auszubilden und sie fit zu halten.

»Aye.« Gareth sah ihr zu, als sie seine Lieblingstunika, seine Hose und einen Mantel in ein ledernes Bündel schnürte. Schnell öffnete sie die Börse an ihrem Gürtel, holte ein paar Münzen daraus hervor und steckte sie, zusammen mit dem goldenen Kreuz, das sie um den Hals trug und zwei Ringen, in das Bündel.

»Es ist an der Zeit, dass du ...«

»Was?« Als er sie schließlich verstand, wurde er blass. »Zeit, dass ich gehe?«

»Es ist allerhöchste Zeit für deine Ausbildung ...«

»Nein!«

»Widersprich mir nicht, Gareth.«

Seine Augen zogen sich misstrauisch zusammen, wie schon so oft in letzter Zeit. Oh, er sah seinem Vater so ähnlich. »Aber warum ausgerechnet jetzt, Mutter?«, fragte er.

Sie lachte und hoffte, dass es belustigt klang, doch ihre Stimme klang ganz hohl vor Furcht. »Ich war sehr selbstsüchtig, Gareth, dich hier zu behalten, wo doch all die anderen Jungen in deinem Alter und auch noch jüngere, weggeschickt werden, um Pagen zu sein und ...«

»Es ist, weil Vater zurückkommt.« Er starrte sie an, mit Augen, die so blau und so klar waren wie ein Sommertag und die so sehr denen des Diebes ähnelten.

Gwynn schluckte. Was konnte sie sagen? Die Wahrheit? Sollte sie ihre Lüge gestehen? Sollte sie ihrem Sohn den einzigen Grund dafür nennen, warum sie mit einem Stalljungen, der zum Dieb geworden war, geschlafen hatte, um ein Kind zu bekommen und alle zu betrügen, einschließlich des Kindes, das sie geboren hatte? »Jetzt ist nicht die Zeit für Fragen, Gareth, komm jetzt und . . .«

»Es ist eine Sünde, zu lügen. Das hast du gesagt. Und auch Vater Anthony und Idelle, die sich sonst über nichts einig sind, haben es gesagt. Und dennoch lügst du, Mutter. Ich kann es in deinen Augen sehen.«

Seitdem Gareth drei Jahre alt war, hatte er mit einer bemerkenswerten Beobachtungsgabe im Gesicht seiner Mutter lesen können, obwohl er niemals vermutet hätte, dass sie wegen seiner Geburt gelogen hätte.

»Es herrschen schwierige Zeiten, Sohn. Hier, zieh das hier an.« Gwynn warf ihm seinen dicksten Mantel zu, der mit Eichhörnchenfell besetzt war.

»Du hast Angst.«

Seufzend legte sie das Bündel auf einen Stuhl in der Ecke des Zimmers und strich sich eine Haarsträhne aus dem Gesicht. »Ja, Sohn. Setz dich.« Sie deutete zu seinem Bett, und zum ersten Mal in seinem jungen Leben gehorchte Gareth ihr sofort. Das Feuer warf einen Schein auf sein schwarzes Haar, Schatten spielten an der Wand und unter der gebogenen Decke, obwohl es kaum Mittag war. »Es fällt mir schwer, das zu sagen«, gestand sie ihm und wählte ihre Worte sorgfältig. »Lord Roderick ist kein sehr freundlicher Mann.«

Gareth schnaufte. Die Grausamkeit des abwesenden Barons war innerhalb der Mauern von Rhydd allgemein bekannt, und während der Jahre seiner Gefangenschaft waren die Geschichten seiner Erbärmlichkeit schon zur Legende geworden. Kaum ein Kind, das innerhalb der Mauern des Schlosses geboren worden war, kannte nicht die Geheimnisse um den Tod der ersten beiden Frauen des Lords.

Die Geschichten waren mit der Zeit immer mehr ausgeschmückt worden, und der Klatsch, der von Mund zu Mund gegangen war, floss wie böses Gift aus den inneren Mauern des Schlosses durch das Torhaus in das Dorf. Nur wenige Menschen in Rhydd sahen die Rückkehr des Barons als einen Segen an.

»Ich fürchte ihn nicht.«

»Das ist dumm, denn ich ... ich mache mir Sorgen um dich.« Jetzt hatte sie es ausgesprochen.

»Warum?«

»Dein Vater ...« Oh, wie sehr stolperte ihre Zunge bei diesem verräterischen Wort. »... er könnte böse werden, wenn er feststellt, dass du nicht, wie geplant, weggeschickt worden bist, dass du in deiner Ausbildung zu einem Pagen und schließlich zu einem Ritter so weit zurück bist.«

»Bah. Wenn ich wenigstens ein richtiges Schwert hätte, dann könnte ich ...«

»Du wirst dein verflixtes Schwert bekommen«, versicherte sie ihm, um seinen Einwand abzuwehren und begriff, dass er wirklich ein starkes Schwert brauchen würde.

»Wirklich?« Er war erstaunt. Ein Lächeln erhellte sein Gesicht, dann jubelte er laut auf und rief ihr ins Gedächtnis, dass er, auch wenn er schon aussah wie ein Mann, doch noch immer nur ein Junge war.

»Aye, aye. Aber du musst dich jetzt beeilen und deinen Mantel anziehen.«

»Ich kann alles, was ich wissen muss, auch hier lernen«, schmeichelte Gareth, entschlossen, ihre momentane großzügige Laune auszunutzen.

»Nicht, wenn du deine Waffen bekommen möchtest«, widersprach sie und handelte mit dem Jungen, der ein Meister darin war, alles von ihr zu bekommen, was er haben wollte. »Komm, wir dürfen keine Zeit verlieren. Idelle hat dem Stallmeister gesagt, dass er dir ein Pferd satteln soll. Charles wird mit dir nach Heath reiten. Beeil dich jetzt, trödele nicht.«

»Da ist noch etwas.«

»Was?« fragte sie zornig und fühlte, wie mit jeder Sekunde, die verging, die Chancen ihres Sohnes schwanden, in Sicherheit zu entkommen. »Nein, lass nur, komm jetzt!« Mit einer Hand packte sie seinen Oberarm und zog ihn auf die Füße, dann ging sie mit ihm zur Tür. Sie griff nach dem Bündel mit seinen wenigen Habseligkeiten und nahm den Mantel über den Arm.

»Schick mich nicht weg«, drängte Gareth und runzelte die Stirn. »Ich sollte bei dir bleiben und dich beschützen.«

»*Mich* beschützen?«

»Wenn Vater seine anderen beiden Frauen umgebracht hat ...«

»Ich werde schon mit ihm fertig werden. Und du solltest nicht solche Dinge denken. Vielleicht wirst du in Heath lernen, dass du deine Mutter mit Respekt behandeln sollst! Beeil dich!« Jetzt war keine Zeit mehr, sich zu streiten. Sie schob den Jungen die Hintertreppe hinab, am Sonnenzimmer vorbei und dann den Weg zwischen der Küche und dem Schloss entlang.

Der Duft von gebackenem Brot und zerstoßenem Knoblauch stieg ihnen in die Nase, als sie den Weg entlang zur Hütte des Waffenmeisters liefen, wo Gwynn ein herrliches langes Schwert, eine Scheide und einen Gürtel auswählte, den Gareth um seine schlanke Taille band. Dabei grinste er von einem Ohr bis zum anderen.

»Jetzt wollen wir uns beeilen«, drängte Gwynn, ihre Sorge wuchs mit jeder Minute, die verging. Wolken schoben sich über die Sonne, und der Nebel wurde zu dicken Tropfen, die zu Boden fielen und sich in den lehmigen Pfützen sammelten. »Komm«, flüsterte Gwynn, und sie duckten sich hinter dem Kornwagen und liefen zu den Ställen, wo Charles die Zügel von zwei der besten Schlachtrösser des Schlosses hielt und dem Regen den Rücken zukehrte.

Gareth warf seiner Mutter einen verblüfften Blick zu, denn noch nie zuvor hatte er ein anderes Pferd reiten dürfen als den kastanienbraunen Zelter, der ein ausgeglichenes Temperament besaß und nicht sehr schnell war.

Als Gwynn sah, dass er die Augenbrauen hochzog, lenkte sie ein. »Also, du erwartest doch nicht etwa, dass ich dich wie einen armen Mann nach Heath schicke, nicht wahr? Was würde wohl meine Schwester denken?« Sie drückte ihren Sohn heftig an sich und kämpfte mit den Tränen, die ihr in den Augen brannten und ihre Stimme versagen ließen. Würde sie ihn je wieder sehen, ihr einziges Kind?

Schließlich gab sie ihn wieder frei, und als hätte Gareth erst jetzt ihre Furcht wirklich begriffen, starrte er sie an. »Fürchte dich nicht, Mutter, ich werde zurückkommen.«

»Natürlich wirst du das.« Sie schniefte ein wenig und räusperte sich dann.

»Schon bald.«

Oh, es zerriss ihr das Herz. »Aye. Aber mach jetzt, dass du wegkommst!«

Das schwarze Ross, ein feuriges Tier mit dem Namen Dragon, schnaufte und stieg hoch, als Gareth schnell seinen Mantel überzog, sein ledernes Bündel griff und aufzusteigen versuchte. Das riesige Tier warf den Kopf hoch, tänzelte zur Seite und rollte mit den dunklen, misstrauisch blickenden Augen, als der junge Herr auf seinen Rücken zu klettern versuchte.

»Ganz ruhig«, murmelte Charles dem Pferd zu.

Gareth schwang sich in den Sattel, ein stolzes Lächeln umspielte seinen Mund, um den die ersten Bartstoppeln zu sprießen begannen. »Du bist ein großartiges Tier, Dragon«, sagte er und griff nach den Zügeln.

»Gott helfe uns«, murmelte Charles leise vor sich hin. Er stieg schnell auf das andere Pferd, ein rotbraunes Tier mit drei weißen Beinen und einem dunklen Bein und einer breiten Brust. »Lass uns losreiten.«

»Passt gut auf euch auf«, sagte Gwynn und hob die Hand.

Doch als sie diese Worte aussprach, hörte sie in derselben Sekunde den Ton von Trompeten. *Oh, Gott, nein!*

Ein Schrei lief durch den Schlosshof.

Gwynns Knie wurden weich. *Nein! Nein! Nein!*

Doch tief in ihrem Herzen wusste sie, dass all ihre Pläne zunichte gemacht worden waren. Ihre Brust zog sich zusammen, und Verzweiflung schlich sich in ihr Herz.

»Mutter?« fragte Gareth, der die Zügel umklammerte.

Sie biss sich auf die Lippen. »Gott helfe uns«, flüsterte sie, während der Wind durch ihre Röcke fuhr und der Regen gnadenlos vom Himmel strömte.

Die Wachen riefen dem Torwächter zu. »Öffne das Fallgatter und lobt den Himmlischen Vater! Lord Roderick ist zurückgekehrt.«

# 2

»Keine Freudentränen für Euren Ehemann?« fragte Ian.

Gwynn ignorierte sein boshaftes Grinsen und beobachtete, wie ein heruntergekommenes Pferd durch das Tor des Schlosses galoppierte. Auf dem knochigen Tier saß Roderick von Rhydd, oder das, was von ihm noch übrig war. Er war noch nie ein gut aussehender Mann gewesen, und in den letzten dreizehn Jahren seiner Gefangenschaft war er entsetzlich alt geworden. In dem Regen ritt er ohne Kopfbedeckung, und seine einstmals roten Haare waren grau und strähnig geworden, sie passten zu seinem Bart, der jetzt silbern war und nicht mehr rotbraun. Sein Hemd hing in Fetzen, sein Mantel war zerlumpt und schmuddelig grün.

Alle Arbeit im Inneren des Schlosses ruhte. Zimmerleute, Steinmetze und die Bierfrauen hielten in ihrer Arbeit inne und standen in den offenen Türen der Hütten. Die Imker, Hufschmiede und Kerzenmacher hatten sich in der Nähe des Nordturmes versammelt, während die Jungen, die die Steine schleppten und die Mädchen, die die Wolle wuschen, sich umwandten und durch den Regen ihren Lord anstarrten, einen Mann, den sie noch nie zuvor gesehen hatten.

Gwynn schluckte und bekreuzigte sich schnell bei dem Anblick der armseligen Kreatur, die trotz ihrer schäbigen Erscheinung eine nagende Furcht in ihrem Herzen weckte. Roderick war hohlwangig und sein Körper ausgezehrt, er schien nur noch aus Haut und Knochen zu bestehen.

Als das Pferd schließlich stehen blieb, zuckte er zusammen und kletterte aus dem Sattel. George, ein blasser Junge, dessen Gesicht von Pickeln übersät war, lief über das Gras, um die Zügel des Pferdes seines Herrn zu übernehmen. Ein anderer Page kam mit einem Becher Wein aus der Küche gelaufen.

Roderick trank einen großen Schluck, rote Rinnsale liefen durch seinen Bart, dann warf er dem Jungen den Becher zu. Er wischte sich mit dem Handrücken über den Mund. »Bring mir noch mehr«, befahl er, und es schien ihm zu gefallen, wieder einen Befehl erteilen zu können. »Ich werde den Wein zu einem Fasan und einem Stück Wildschweinbraten in der großen Halle trinken.«

»Aye, Mylord.« Um sich vor dem Regen zu schützen, lief der Page mit gesenktem Kopf ins Schloss zurück.

»Bruder!« Ian trat vor, während Gwynn sich darum bemühte, ihre Stimme wieder zu finden. »Es ist gut, dich wieder zu sehen.«

»Wirklich?« Rodericks Augen, die die Farbe von Bier hatten, schienen verschwommen, sein Blick war gehetzt. »Warum hast du kein Lösegeld bezahlt, damit ich freigelassen wurde?«

»Baron Hamilton hat kein Lösegeld verlangt, er wollte nicht einmal darüber reden.«

»Bah! Und warum hast du mir dann nicht bei meiner

Flucht geholfen, wie?«, fragte Roderick, und seine Nasenflügel bebten vor Wut, die sich seit mehr als einem Jahrzehnt aufgestaut hatte.

»Wir haben es versucht. Dreimal in den ersten beiden Jahren deiner Gefangennahme. Aber Schloss Carter ist stark, die Mauern sind unmöglich zu überwinden, und Hamilton schien zu wissen, wann wir einen Angriff geplant hatten.« Ians Entschuldigung klang schwach, selbst in Gwynns Ohren.

»Hamilton ist ein Bastard mit einer schwarzen Seele, aber seine Festung ist nicht so sicher. Ich bin auch ohne deine Hilfe entkommen.«

»Aye, und wie hast du ...«

»Ein Verräter an Hamilton, jemand aus seiner Armee, ist in die entgegengesetzte Richtung geritten, um seine Wachen abzulenken. Und er wird bald durch unser Tor reiten, und wenn er ankommt, dann soll er sofort zu mir gebracht und fürstlich entlohnt werden.« Roderick glättete mit einem Finger seinen Bart. »Du wirst dich an ihn erinnern, Ian. Sein Name ist Sir Webb. Er ist zusammen mit dir geritten. Vor langer Zeit.«

Ian zog eine Schulter hoch und schüttelte dann den Kopf. »Webb? Nein, ich erinnere mich nicht.«

Roderick lachte, sein Lachen endete in einem rasselnden Husten. »Er war der vertraute Ritter von Sir Hamilton, aber ich habe ihn dazu überredet, dass es besser für ihn wäre, mir zu dienen.«

»Du hast ihn bestochen?«

Roderick grinste. »Aye, und er wird die Soldaten von Rhydd für mich führen, denn er hat als ein einzelner Ritter das geschafft, wovon du behauptest, dass es eine ganze Armee nicht geschafft hat. Er allein hat mich befreit.«

»Aber Roderick, glaubst du denn, dass ein Fremder in der Lage sein wird ...«

»Genug! Wir werden später noch darüber reden. Jetzt lass mich diesen Augenblick genießen.« Roderick betrachtete die hohen Mauern und den Nordturm, wo ein Ritter die Flagge hisste: Die grün-goldene Standarte zeigte an, dass der Herr des Schlosses zu Hause war. Eine Sekunde lang schluckte Roderick, dann erfassten seine müden Augen den Rest des Schlosses – alte bekannte Mauern und Türme und auch die Hütten und Gebäude, die neu hinzugekommen waren, während er gefangen gehalten worden war. »Rhydd ist in meiner Abwesenheit aufgeblüht«, sagte er, mehr zu sich selbst.

»Aye.« Ian schlug ihm auf die Schulter, als der Nebel aus dem Gras aufstieg und die Feuchtigkeit durch Gwynns Kleidung drang und ihr die Kälte bis ins Herz kroch. »Aber es ist gut, dass du wieder da bist.«

Roderick zog eine seiner rot-grauen Augenbrauen hoch und kratzte sich den Bart, während sein Blick über einige seiner Ritter ging und dann auf Gwynns Gesicht ruhte.

Lieber Jesus, hilf mir.

»Weib.«

»Mann.« Ihre Stimme klang fest, obwohl sie sich ein wenig überschlug bei diesem Wort.

Rodericks trübe Augen zogen sich zusammen, während der eisige Wind an Gwynns Umhang zerrte. »Ich habe oft an dich gedacht in den vergangenen Jahren.«

»Und ich an dich«, sagte sie.

»Das solltest du auch.« Er sah sie an wie ein Mann, der ein neues Pferd kaufen wollte. »Sag mir, wo ist mein Sohn? Ich habe so viele Jahre darauf gewartet, ihn kennen zu lernen.«

Ihr Rücken versteifte sich. »Gareth«, rief sie, doch der Junge, der immer sehr neugierig war, war bereits von Dragons breitem Rücken gestiegen und war durch den dicken Lehm auf den Mann zugegangen, von dem er glaubte, dass er sein Erzeuger war.

Ein Lächeln umspielte Rodericks Mund, denn Gareth, der nicht ganz so groß war wie er, war ein stolzer Junge, dessen Kinn sich ein wenig arrogant hob und dessen Blick nichts entging. Das nasse Haar klebte an seinem Kopf, und das Wasser lief an seiner Nase hinunter. »Vater.«

Gwynn tat das Herz weh.

Roderick warf einen Blick auf die Pferde und das lederne Bündel. »Er wollte wegreiten?« Die silbernen Augenbrauen zogen sich zusammen.

»Aye.« Die Lüge hatte sie sich bereits zurechtgelegt. »Es ist höchste Zeit, dass er seine Ausbildung als Page und Knappe aufnimmt. Ich hatte eine Botschaft an Luella geschickt und ...«

»Hast du denn nicht gehört, dass ich auf dem Weg nach Hause war?«

Gwynn nickte. »Erst heute Morgen, Mylord.«

»Und dennoch wolltest du meinen Jungen wegschicken?« Seine Nasenflügel blähten sich ein wenig, als wäre ihm plötzlich ein schlechter Geruch in die Nase gestiegen.

»Luella erwartet ihn ...«

»Still!«

Bei seinem lauten Befehl schnaufte Dragon laut und scharrte mit den Hufen am Boden. Charles, der abgestiegen war und die Zügel der beiden Pferde hielt, versuchte das Pferd mit leisen Worten zu beruhigen, während Gareth vor Roderick stehen blieb. Er verbeugte sich nicht, und sein Gesichtsausdruck veränderte sich nicht, er starrte den alten Mann in der zerfetzten Kleidung nur an, während der Regen vom Himmel strömte, und der Wind die welken Blätter durch die Luft wirbelte.

»Man nennt dich Gareth.«

»Aye.«

Rodericks blasses Gesicht rötete sich ein wenig, während er die Bauern und die Diener ansah, die sich in kleinen Gruppen auf dem Schlosshof versammelt hatten. Das Schweigen schien plötzlich ohrenbetäubend. Sogar die Kühe und die Schafe, die an der anderen Seite des inneren Tores eingepfercht waren, waren auf einmal ruhig.

»So. Du bist mein Sohn.« Der Blick des Barons huschte von dem Jungen zu Gwynn.

Gareth nickte, doch er sagte kein Wort.

»Dann ist es ja höchste Zeit, dass wir einander kennen lernen.« Er legte dem Jungen seine knorrige Hand auf die Schulter, und Gwynn stieß erleichtert den Atem aus. Vielleicht war er eitel genug, und seine Erinnerung war umnebelt, so dass er nicht merkte, dass der Junge nicht sein Sohn sein konnte.

»Du wirst nicht nach Heath reiten.«

»Mann, bitte, es ist Zeit dazu«, drängte Gwynn.

Er wischte ihre Argumente mit einer Handbewegung beiseite. »Wir werden später darüber reden.« Sein Blick ruhte noch immer auf Gareth.

Gwynns Herz hämmerte in ihrer Brust, und sie sah, wie verschieden ihr Sohn von dem Baron war. Gareths Haut hatte einen dunkleren Ton, genau wie die des Diebes, sein Haar war rabenschwarz, seine Augen klar und blau. Genau wie die von Trevin. Obwohl Gareth nur ein Junge war, so zeigte sein Gesicht doch bereits Anzeichen dafür, dass seine Gesichtszüge einmal scharf und kantig werden würden.

»Die Heiligen seien gesegnet.« Vater Anthonys Stimme erfüllte den Schlosshof.

»Gütiger Himmel«, fluchte Roderick, als der Priester mit wehender Robe über das nasse Gras und den Lehm des Schlosshofes gelaufen kam.

»Mylord«, rief er, und Gwynn glaubte, Tränen in den Augen des heiligen Mannes zu sehen. Sicher irrte sie sich. Es war nur der Regen, der über seine Wangen lief. »Ich dachte ... äh, ich f-fürchtete, ich würde Euch nie wieder sehen, dass Ihr nie wieder ... oh, wir müssen unserem himmlischen V-Vater für Eure Rückkehr danken.« Er senkte den Kopf und bekreuzigte sich schnell.

Eine leichte Röte stieg in Rodericks Gesicht. »Guter Vater Anthony«, sagte er ruhig. »Es ist tröstend zu wissen, dass Ihr hier wart und um den Segen für Rhydd gebetet habt.«

»Meine Gebete und meine Gedanken waren bei Euch.« Der Priester blinzelte und rang um Fassung. »Vielleicht sollten wir jetzt ein Gebet sprechen, sollten der Heiligen Mutter danken und …«

»Später.« Roderick schüttelte den Kopf und wischte sich den Regen aus dem Gesicht. »Ich bin eiskalt. Jetzt muss ich mich zuerst einmal säubern und dann essen.« Er berührte Gwynns Arm. »Ich nehme an, es ist alles vorbereitet?«

»Aye, Mylord. Das Wasser ist heiß und mit Duft versehen, ein Dankesmahl wird serviert werden, wenn Ihr es befehlt, und frische Kleidung wartet auf Euch.«

»So wie du auf mich gewartet hast.« Sein Lächeln war so kalt wie der Eisregen im Winter.

Gwynn biss die Zähne zusammen. »Aye.« *Oh, heilige Maria, wie würde sie je wieder mit ihm schlafen können?* Wie konnte sie mit ihm das Bett teilen und ertragen, dass er nach ihr griff und sie mit eisigen Fingern und einem noch kälteren Herzen berührte?

»Gut.« Er klatschte in die Hände. »Alle sollen an ihre Arbeit zurückgehen.« Sein freudloses Lächeln ließ Gwynns Blut erstarren, als sein Blick erneut auf Gareth ruhte. »Es gibt so vieles, was ich erfahren muss. So vieles ist inzwischen geschehen.«

»Amen«, flüsterte Vater Anthony.

»Aye. Amen.« Ian bemühte sich nicht, das belustigte Aufblitzen seiner Augen zu verbergen. Ihm gefällt das alles, dachte Gwynn.

»Du, Frau«, fügte Roderick noch hinzu, als er in Richtung auf die große Halle davonstrebte. Es lag ein wilder Unterton in seiner Stimme, ein Ton, bei dem Gwynn die Knie weich wurden. »Ich werde mit dir über unseren Sohn sprechen.«

»Wie du wünschst«, antwortete sie matt. Roderick, der mit jeder Minute kräftiger zu werden schien, seit er innerhalb der Mauern des Schlosses war, ging weiter, während die neugierigen Diener und die Bauern ihm den Weg freigaben und untereinander flüsterten. Die Schafe blökten in dem Pferch in der Nähe, ein Rabe, der böse krähte, flog über ihre Köpfe, und fette Tauben gurrten auf ihren Stangen.

»Der Junge – er sieht nicht aus wie ich«, erklärte Roderick nachdenklich, und seine Schritte wurden länger.

»Er ... er kommt auf meinen älteren Bruder Neal.«

»Wirklich?« Roderick stieg die Treppe zur großen Halle hinauf. »Wie schade, dass Neal bereits als junger Mann gestorben ist und niemand sich mehr an ihn erinnern kann.«

Er weiß es!, dachte sie, und ihr Herz begann zu rasen. Natürlich weiß er es, denn falls er nicht blöde ist oder sein Gedächtnis verloren hat, weiß er, dass er dich nicht geschwängert hat. Wie könnte er auch? Sie schluckte ihre Angst hinunter und hoffte nur, dass er so tun würde, als wäre Gareth sein Sohn, anstatt sich der Demütigung auszusetzen, die Untreue seiner Frau zuzugeben, die dann von ihm behaupten könnte, dass er nicht fähig war, mit einer Frau zu schlafen.

Die Hunde, lebhaft wie immer, saßen auf der Treppe, der Regen ließ ihr graues Fell schwarz aussehen, und sie knurrten, als Roderick sich ihnen näherte.

»Ich werde es nicht zulassen, dass meine eigenen Tiere mir nicht trauen«, meinte er und betrachtete die Hunde mit gerunzelter Stirn. Mit einer Hand winkte er einem Wachmann, der neben der Tür stand. »Bringt sie um und beschafft neue Hunde – junge Hunde, die mir gehorchen werden.«

»Aye, Mylord«, stimmte der Mann bei und ging auf die knurrenden Tiere zu.

»Nein!« Gwynn, die einen Schritt hinter ihrem Mann herging, beeilte sich, ihn einzuholen, als er den großen, offenen Raum betrat. Roderick schloss die Augen und holte tief Luft, als müssten seine Lungen, die so lange die Gefangenschaft ertragen hatten, gereinigt werden von der rauchigen Luft in den Mauern des Schlosses.

»Bitte, tu den Hunden nichts an. Sie waren treu und haben vor so vielen Zimmern gelegen und Wache gehalten.«

Roderick riss die Augen auf. »Was weißt du denn schon von Treue?«

»Mann, bitte . . .«

»Mann«, wiederholte er verächtlich. »Und wie sollte ich dich nennen? Frau?« Er warf einen Blick zu dem Wachmann, dann beugte er sich näher zu ihr, so dass nur sie seine nächsten Worte verstehen konnte. »Vielleicht würde Dirne viel besser zu dir passen.«

Ihr Herz verwandelte sich in einen Stein.

»Schickt die Hunde in den Zwinger«, befahl er und wandte sich dabei an niemand Besonderen. »Ich werde später entscheiden, was mit den Kötern geschehen soll. Und was dich betrifft, *Frau*, gibt es eine ganze Menge, worüber wir reden müssen. Aber das wird warten müssen. Ich bin müde und hungrig.« Er strich sich das feuchte Haar aus den Augen und sah sich in der großen Halle um. Tische und Bänke füllten den vorderen Teil, an den geweißten Wänden hingen bunte Teppiche und Wandbehänge. Kerzen brannten hell, und ein loderndes Feuer knisterte im Kamin und wärmte das düstere Innere. »So habe ich es in Erinnerung«, sagte Roderick, und seine Stimme klang sanfter. »Ah, Rhydd.« Er rieb in einer liebevollen Geste die Fingerspitzen an der Wand. »Ich habe befürchtet, dass ich nie mehr zurückkehren würde.«

Gwynn bedauerte kurz den Mann, der beinahe dreizehn Jahre seines Lebens als Gefangener verbracht hatte, doch dann rief sie sich schnell ins Gedächtnis, dass dieser Mann fähig war zu morden, dass seine beiden vorherigen Frauen gestorben waren und dass sie um das Leben ihres Sohnes fürchtete.

Als Roderick die Empore betrat und sich eine Minute lang auf seinen Sessel setzte und mit den Händen über die abgenutzten Armlehnen fuhr, fragte sie sich, wie sie ihn wohl davon überzeugen könnte, dass Gareth sein Sohn war. »Geh jetzt«, befahl er Gwynn. »Ich werde jetzt mit Ian sprechen, und später werden wir uns unterhalten. Allein. Über deinen Sohn.«

»Unseren Sohn.«

Seine müden, trüben Augen bezichtigten sie der Lüge. »Ich will nichts mehr hören von deinen Schmähungen.«

Panik ergriff Gwynn. Also war sein Verstand nicht benebelt – er wusste, dass sie niemals als Mann und Frau ein Bett geteilt hatten. »Mach dem Jungen keine Vorwürfe ...«

»Ich weiß, wem ich die Vorwürfe zu machen habe.« Er stützte einen Ellbogen auf die Armlehne des Sessels und legte sein Kinn in die Hand. »Dir.«

»Nein ...«

»Und demjenigen, der dir dieses Kind gemacht hat.«

Sie schluckte. »Nein, Roderick, der Junge ist unser Kind. So wahr ich lebe und atme ...«

»Still, Frau!« Roderick war aufgesprungen. Er ging um sie herum, seine Muskeln waren angespannt, seine goldenen Augen blitzten. »Du und dein Sohn, ihr beide habt mich lächerlich gemacht, in meinem eigenen Schloss. Glaubst du denn nicht, dass die Diener und die freien Bauern das sehen können, was ich selbst gesehen habe?«

»Aber wenn du mir zuhören ...«

»Zuhören? *Zuhören?!* Was soll ich mir denn anhören? Noch mehr Lügen. Du und ... *dieser Junge* werdet mir nicht die Respektlosigkeit all derer einbringen, über die ich herrsche.«

»Er ist doch noch ein Junge ...«

»Genug!«

»Es ist doch nicht sein Fehler, dass ...«

Roderick beugte sich ganz nahe zu ihr und griff mit der Faust in ihr Haar. »Wenn du nicht still bist, Mylady«, geiferte er sie flüsternd und voller Wut an, mit Worten, die nur für ihre Ohren bestimmt waren, »dann wirst du keine Möglichkeit mehr haben, mit mir zu handeln.« Sein schlechter Atem waberte in einer dicken Wolke um sie, und sie konnte nur noch nicken. Ihm ungehorsam zu sein würde ihn nur noch zorniger machen, und auch wenn sie nicht um sich selbst fürchtete – diese Zeiten waren längst vorüber –, so wusste sie doch, dass er Gareth schaden konnte, ihrem einzigen schwachen Punkt. Sie brauchte Zeit, um dafür zu sorgen, dass ihr Sohn in Sicherheit war, und wenn sie dafür mit seinen scharfen, verletzenden Worten leben musste oder mit seiner brutalen Kraft oder wenn sie sogar dafür mit ihm ins Bett gehen musste, dann sollte es wohl so sein.

Seine Finger gaben ihr Haar wieder frei, und als hätte er die Blicke der Diener gefühlt, legte er eine Hand in ihren Nacken, zog ihr Gesicht zu sich heran und küsste sie so heftig, dass ihre Lippen gegen seine Zähne gepresst wurden.

Als er dann ihren Kopf wieder freigab, unter dem Jubel und den guten Wünschen der Umstehenden, erhellte ein triumphierendes Lächeln sein Gesicht – der Märtyrer, der Herrscher, der zu seiner Braut und in sein Schloss zurückkehrte. Gwynn hob sich der Magen, und sie musste sich anstrengen, sich nicht zu übergeben. Stattdessen schluckte sie die Galle, die in ihr aufgestiegen war, herunter. Sie schaffte die Andeutung einer Verbeugung und wandte sich schnell ab.

Eine heiße Röte stieg ihr in die Wangen, als sie die Schreie der Männer und ihre groben Scherze hörte. Sie ballte die Hände zu Fäusten und hob trotzig das Kinn, dann nahm sie ihre Röcke in die Hand und hetzte die Treppe zu ihrem Zimmer hinauf, dabei nahm sie immer zwei Stufen auf einmal.

Erst als sie in ihrem Zimmer angekommen war und die Tür fest hinter sich geschlossen hatte, wischte sie sich den ekelhaften Kuss von den Lippen. Sie konnte sich nicht länger zurückhalten und würgte heftig, und der Inhalt ihres Magens ergoss sich in die Binsen zu ihren Füßen.

Was sollte sie nur tun? Wie konnte sie Gareth retten?

Es klopfte leise an der Tür, und Idelle kam in das Zimmer, ihr struppiges Haar, das die Farbe von Stahl hatte, hing zerzaust um ihr Gesicht. »Bei den Göttern, Gwynn, seht Euch das an.« Mit ihren trüben Augen sah sie mehr als manch anderer. Sie zog einen Lappen aus einer Tasche ihrer Schürze und begann, den verschmutzen Boden zu säubern. »Ich fürchte um Euer Leben«, sagte sie, als sie die schmutzigen Binsen zusammenkehrte und sie dann ins Feuer warf. Die Flammen flackerten hoch. »Roderick ist kein sehr versöhnlicher Mann.«

»Und auch kein freundlicher.«

»Aye.« Idelle reckte sich. Ihre milchigen weisen Augen erkannten die Furcht in Gwynns Blick. »Er sieht es so deutlich wie ich, Mädchen, dass der Junge nicht sein Sohn ist.«

»Ich weiß.« Genau hier in diesem Zimmer war Gareth gezeugt worden, hier hatte sie vor so vielen Jahren mit dem Dieb geschlafen. Sie schluckte hart und biss sich auf die Unterlippe. Sie war keine Frau, die jammerte und klagte. Sie glaubte, dass es für jedes Problem eine Lösung gab.

Idelle wischte noch einmal mit dem Lappen über den Fußboden. »Ihr hättet Euch mir anvertrauen sollen, Mylady. Vielleicht hätte ich helfen können.«

»Ich . . . ich dachte, es wäre das Beste, zu . . .«

»Lügen«, warf Idelle ihr vor.

»Aye. Es hat keinen Zweck, jetzt noch darüber zu streiten. Was geschehen ist, ist geschehen. Wir müssen einen Weg finden, Gareth in Sicherheit zu bringen.«

»Vielleicht solltet Ihr seinem Vater Bescheid sagen. Dem Vater, der Euch geholfen hat, ihn in die Welt zu setzen.«

Gwynn schüttelte den Kopf und begann, ruhelos hin und her zu laufen, während sie versuchte, einen Plan für Gareths Flucht zu finden. »Das wäre nicht gut. Ich weiß nicht, was aus ihm geworden ist. Er war nur ein Dieb, der zu lange in meinem Zimmer geblieben ist.« Seufzend schüttelte sie den Kopf. »Vielleicht ist er längst tot.«

»Glaubt Ihr das?« fragte Idelle und schnalzte noch einmal mit der Zunge, auf eine Art, die Gwynn irritierte. »Nun, da irrt Ihr Euch, Mylady, denn ich weiß, was aus ihm geworden ist.«

Gwynn blieb wie angewurzelt stehen und starrte die ältere Frau mit einem Blick an, der ihr das Blut gefrieren lassen sollte. »Ich glaube dir nicht.«

»Trevin der Dieb, aufgezogen von Muir, einem verwirrten Zauberer, der noch die alten Sitten kennt. Mit den Juwelen, die er dem Jungen gegeben hat und denen, die er von anderen vertrauensseligen Menschen gestohlen hat, hat er seinen Reichtum begonnen. Und er hatte Glück, als er in einem Würfelspiel Black Oak Hall von dem alten Lord gewonnen hat, der zu viel getrunken und zu wenig Glück gehabt hat.«

»Nein, du betrügst mich.« Gwynn sank auf das Bett. Natürlich hatte auch sie die Geschichte gehört. Wer hatte nicht davon gehört? Eine dunkle Geschichte umgab das Schloss Black Oak Hall, es gab viel Kummer in den Mauern des Schlosses.

Baron Dryw, ein Dummkopf, der dafür bekannt war, dass er trank und spielte, hatte an einem Abend zu viel Wein getrunken, hatte einige der Ritter eingeladen, mit ihm ein Glücksspiel zu spielen und hatte sein Schloss eingesetzt, um es dann zu verlieren. Einige hatten behauptet, es sei falsch gespielt worden, der Soldat, der gewonnen hatte, hätte betrogen, doch dass er ein wilder Mann war, den niemand herauszufordern wagte. Noch schlimmer, der Baron war gestorben, und es wurde oft geraunt, dass der dunkle Ritter, der die

Herrschaft über Black Oak übernommen hatte, den alten Mann kaltblütig getötet hatte. Gwynn hatte dem Klatsch nur mit einem halben Ohr gelauscht, denn es kümmerte sie nicht, was in den anderen Schlössern geschah, und sie kannte Dryw von Black Oak nicht. »Hat ... hat nicht der neue Baron die Tochter des alten Mannes geheiratet?«, fragte sie, und ihr Interesse war geweckt, während sie den Ehering an ihrem Finger drehte. War es möglich? Der Stalljunge, der zum Dieb geworden war, war Baron geworden? Ein Nachbar von ihr? Der Mann, der nie ihren geheimen Pakt in Frage gestellt hatte, nachdem er sie vor so vielen Jahren verlassen hatte? Ihr bekümmertes Herz zog sich zusammen bei dem Wissen, dass er in ihrer Nähe war.

»Aye.« Ein Schatten legte sich über Idelles trübe Augen. »Faith war Dryws einziges Kind. Das arme Mädchen ist im Kindbett gestorben, und das Baby wurde geboren, ohne dass es überhaupt einen Atemzug gemacht hat.« Idelle seufzte. »Sie haben viel Kummer gehabt in Black Oak. Einige behaupten, das Schloss sei verflucht.« Gwynn hatte das auch gehört, denn die Gerüchte machten schnell die Runde durch das Land. Hätte sie den Geschichten nur sorgfältiger gelauscht, die zwischen den Schlössern hin und her gingen, dann hätte auch sie erfahren, dass Trevin der Dieb der schwarze Ritter war, der mit nicht sehr ehrlichen Mitteln zum Baron eines Schlosses in der Nähe aufgestiegen war, sie hätte gewusst, dass der Vater ihres Sohnes nur etwa drei Tagesritte von ihr entfernt war. Dieser Gedanke hätte sie trösten sollen. Stattdessen lief ein eisiger Schauer durch ihren Körper. »Ich kann nicht glauben, dass ...«

»Ich sage die Wahrheit, wie immer.«

»Aber ...«

»Habt Ihr schon einmal gehört, dass ich gelogen habe?«

Gwynn schüttelte den Kopf und rieb sich die Arme.

»Mylady, bitte«, versuchte Idelle sie zu trösten, als sie

noch eine Hand voll schmutziger Binsen in das Feuer warf und sich dann die Hände an ihrer Schütze säuberte. »Ich weiß, dass gesagt wird, Trevin hätte Dryw umgebracht, obwohl niemand gesehen hat, dass er den Baron von der Mauer des Hauptwalles gestoßen hat. Aber ich glaube das nicht.«

»Du vertraust ihm?«

»Mehr, als ich Eurem Mann vertraue.«

Gwynn konnte ihr nicht widersprechen. »Warum sagst du mir das jetzt?«

»Es ist so ein Gefühl, das ich tief in meinem Inneren habe. Trevin von Black Oak wird kommen und seinen Sohn verlangen.«

»Warum jetzt?«, fragte Gwynn, und ihr Herz schlug ein wenig schneller bei dem Gedanken, ihn wieder zu sehen. »Er hat mir sein Wort gegeben . . .«

»Das Wort eines Diebes und eines Ausgestoßenen.«

»Er ist bis jetzt noch nicht gekommen.«

»Roderick war auch noch nicht auf seinem Weg nach Hause.« Idelle runzelte die Stirn. »Es wird für Roderick ganz offensichtlich sein, dass Gareth nicht sein Sohn ist. Und was dann? Wird er Euch vorwerfen, ihn betrogen zu haben? Das ganze Schloss betrogen zu haben? Ich will Euch keine Angst machen, aber ich mache mir Sorgen.«

»Und was soll ich deiner Meinung nach tun?«, wollte Gwynn wissen, und in ihrem Kopf schien sich alles zu drehen.

»Seid vorsichtig«, warnte Idelle sie und schenkte ihr dann ein rätselhaftes Lächeln. »Und vertraut Eurem Herzen, denn es sagt Euch die Wahrheit.«

Obwohl ein Feuer im Kamin brannte, Kerzen flackerten und rauchten, der Duft von Zimt, Äpfeln und gebratenem Fleisch in der Luft lag, war es in der großen Halle eisig kalt. Roderick, glatt rasiert und gewaschen, in einer sauberen Tunika und Hose, schien kräftiger als zu dem Zeitpunkt, als er in Rhydd angekommen war. Er saß in seinem Stuhl mit den geschnitzten Armlehnen, als wäre er nie weggewesen, als hätte er das Recht, über all die zu herrschen, die innerhalb der Mauern des Schlosses lebten.

Lachen und fröhliche Rufe ertönten in der Halle, wenn man auch darunter eine gewisse Anspannung fühlte, düstere Gesichter, misstrauische Blicke und zusammengepresste Lippen.

Man hatte Trinksprüche ausgetauscht, viel Wein getrunken, und Jack, der Koch, hatte sich selbst übertroffen. Die Zuckerskulptur in Form eines Schlosses hatte erstaunte Ausrufe von den Plätzen am unteren Teil der Tische geerntet und hatte ein Lächeln auf Rodericks grimmiges Gesicht gezaubert. Musiker, Akrobaten und der Possenreißer hatten sie mit Geschichten, Liedern und groben Späßen unterhalten. Gwynn hatte kaum etwas gegessen oder gesprochen. Während Roderick den Aal genossen hatte, Eier in Aspik, Fasane, Wild, Rind und Pflaumenkuchen, hatte sie es nicht geschafft, einen Bissen hinunterzuschlucken. Sie hatte sich nicht einmal die Finger an ihrem Essen schmutzig gemacht oder auch nur einen Bissen Brot gegessen.

Gareth saß auf der anderen Seite neben Roderick. Er hatte hungrig gegessen, ohne große Manieren, und hatte dem Mann, der ihn angeblich gezeugt hatte, immer wieder misstrauische Blicke zugeworfen. Während des Essens hatten sie kaum ein Wort gesprochen, obwohl Ian, der in der Nähe seines Neffen saß, belustigt zu sein schien. Seine kalten Augen blitzten fröhlich, seine Lippen verzogen sich zu einem Lächeln, das nicht von den Musikanten und den Spaßmachern hervorgerufen wurde, die sie unterhielten.

Aber jetzt war die große Halle beinahe leer, die Tische waren weggeräumt und an der Seite des Raumes zusammengestellt worden, wie Roderick es befohlen hatte, und jeder war an seine Arbeit zurückgekehrt. Alle, bis auf die Mitglieder der Familie und Sir Webb, der Ritter, der dem gefangenen Baron bei seiner Flucht geholfen hatte. Webb war von Schloss Carter hierher geritten und stand jetzt am Feuer und wärmte sich den Rücken und die Beine. Stinkender Qualm stieg aus seiner dunklen, nassen Tunika auf. Sein braunes Haar war glatt und ohne Locken, sein Gesicht gerötet von den vielen Stunden im Sattel in diesem kalten Wetter. Er war ein Mann, der seine Bosheit nicht hinter einer Maske der Höflichkeit verbarg, eine Seele, so war Gwynn sicher, die kein Erbarmen kannte. Wenn es je einen Teufel gegeben hatte, so war Webb von Schloss Carter sicher die Wiedergeburt des Satans.

»Gibt es nichts, was du mir sagen möchtest, Weib?«, fragte Roderick schließlich und stocherte sich mit dem Daumennagel in den Zähnen herum, während er jede ihrer Bewegungen aufmerksam beobachtete.

Gwynns Herz blieb stehen. Ihre Finger krallten sich in ihren wollenen Rock. »Ich bin nur froh, dass du in Sicherheit bist.«

»In was? Zwölf, nein, beinahe dreizehn Winter war ich weg, und mehr hast du mir nicht zu sagen?« Er griff nach seinem Becher mit Wein und runzelte die Stirn, als er hineinblickte.

»Nein, Mylord«, antwortete sie freundlich, obwohl jeder Muskel in ihrem Körper vor Anspannung schmerzte.

»Wegen des Jungen?«

Lieber Gott, hilf mir, bitte. »Das ist nicht der richtige Ort dafür.«

»Ah, doch, das ist er, Weib«, drängte er und rollte den Becher zwischen den Händen. »Du hast mich betrogen.«

»Nein ...«

Gareths Kopf fuhr hoch. »Mutter ...?«

»Hör nicht auf deinen Vater. Er ist weit gereist und hat schweres Leid erlitten.« Sie wich Rodericks hasserfülltem

Blick nicht aus. »Mann, ich bitte dich, denke nach, ehe du etwas sagst. Wir sollten später über Gareth und seine Ausbildung zum Ritter sprechen, wenn du nicht mehr so müde bist und auch nicht so viel Wein getrunken hast oder . . .«

». . . oder wenn der Junge die Wahrheit nicht hören kann, ist es nicht so?«, wollte Roderick wissen. Er beugte sich näher zu ihr, die Pupillen seiner Augen waren ganz weit. »Ich spreche nicht von seiner Ausbildung, denn er wird keine bekommen. Weiß er denn nicht, dass seine Mutter eine gewöhnliche Dirne ist? Eine Frau, die mit einem anderen Mann schläft und dann ihr Kind als das Kind ihres Mannes ausgibt?«

»Nein!« Gareths Gesicht lief rot an, er zitterte am ganzen Körper.

»Es ist wahr. Sag es ihm«, befahl Roderick und krallte Gwynns Arm mit seinen schmutzigen, harten Fingern, die überraschend fest zupacken konnten. »Sag ihm, dass er der Sohn ist von . . . von wem? Nun, das ist eine gute Frage, nicht wahr?« Er quetschte noch fester, sein Gesicht war verzerrt und hart, als er die nächsten Worte herausbrachte. »Wer hat in meinem Bett geschlafen und meine Frau geschwängert, wie? Wessen kleiner Bastard ist er?«

»Ich habe genug gehört von deinen Lügen!«, sagte Gareth, er sprang auf den Tisch und griff nach dem Schwert, das Roderick neben seinem Stuhl abgelegt hatte. »Lass meine Mutter in Ruhe!«

»Gareth, hör auf!« rief Gwynn, ihr Herz raste vor Furcht.

»Bastard.« Webb hatte sofort sein Schwert gezogen.

»Nein, vergießt kein Blut!«, rief Gwynn und versuchte, ihren Arm aus dem Griff ihres Mannes zu lösen.

»Du wagst es, dich mir zu widersetzen?« Rodericks Nasenflügel blähten sich, und ein hässliches Lächeln umspielte seine Lippen.

»Lass sie in Ruhe!«, befahl Gareth. Er stand auf dem Tisch

und hatte Rodericks Schwert erhoben, als hätte er die Absicht, ihn in zwei Teile zu schlagen.

Angst ergriff Gwynn. »Gareth, bitte, tu nichts ...«

»Der Junge hat Mut«, sagte Ian und streckte die Hand aus, um seinen Neffen zu greifen. »Aber er hat nicht viel Verstand.« Gareth wich der ausgestreckten Hand seines Onkels aus und stieß einen Becher mit Wein um, der noch auf dem Tisch stand. Die rote Flüssigkeit rann wie Blut über den Tisch, und Ians Gesicht verdunkelte sich.

»Überhaupt keinen Verstand«, stimmte ihm Webb zu.

»Ich habe gesagt, lass sie in Ruhe!«, befahl Gareth, und die Klinge von Rodericks Schwert glänzte gefährlich im flackernden Licht des Feuers.

»Komm runter!«, rief Gwynn und bemühte sich, ihrem Mann zu entkommen.

»Still!« Roderick versuchte vergebens, seine Frau zu halten.

»Lass mich los, Mann«, zischte sie voller Furcht. »Und du, Gareth, tu nichts Dummes!« Sie stolperte zurück, als Roderick plötzlich seinen Griff löste.

Er hob die Hand.

»Nein!«, rief Gareth.

Klatsch! Das Geräusch von Rodericks Hand, die ihre Wange traf, hallte von den Wänden und der Decke wider. »Durchtriebene, hurende Tochter des Satans!«

Gwynn taumelte zurück, sie stolperte über Stühle und den Tisch. Roderick packte sie erneut und schüttelte sie, während sie sich mit Händen und Füßen gegen ihn wehrte. »Ich werde dafür sorgen, dass du die Strafe bekommst, die dir zusteht, verruchtes Weib.« Er hob die Hand und schlug sie noch einmal. Blendender Schmerz explodierte hinter ihren Augen.

»Nein!«, schrie Gareth.

Der Raum drehte sich um sie, doch Gwynn gelang es dennoch, ein wenig Feuchtigkeit in ihrem Mund zu sammeln, und sie spuckte auf die Bestie, die ihr Ehemann war.

»Eine öffentliche Auspeitschung bis du ohnmächtig wirst, dann werde ich dich wiederbeleben und dich noch einmal auspeitschen!«

»Stirb!« Gareth ließ das schwere Schwert niedersausen, und Webb sprang auf den Tisch.

»NEIN!« Gwynns gellender Schrei erfüllte den Raum.

Die Klinge des Schwertes prallte von Rodericks Schulter ab und traf den Arm des dunklen Ritters. Blut floss. Roderick schrie. Webb fluchte und fiel nach hinten, er presste eine Hand auf seine Wunde, das Blut rann durch seine Finger.

»Bastard! Ich werde dich umbringen!« Roderick kam auf den kleinen Kerl zu und griff nach dem Dolch in seinem Gürtel. Webb schoss nach vorn, Ian zog sein Schwert, doch Gareth, der noch immer auf dem Tisch stand, wich ihnen aus, er duckte sich und schwang wild mit dem Schwert hin und her.

»Elender Köter!« Webb wirbelte herum und stach zu.

Gareth sprang leichtfüßig über die Klinge. Webb stach zu, Ian warf sich auf den Tisch. Gareth rollte sich von beiden Männern weg.

»Lauf!« schrie Gwynn, die wieder auf die Füße gekommen war. Ihr Gesicht schmerzte, doch sie griff nach einem Messer auf dem Tisch, und noch ehe Webb ein weiteres Mal ausholen konnte, um ihren Sohn zu treffen, warf sie mit dem Messer nach ihm. Sie traf ihn am Bein, und er zuckte zusammen und verfehlte sein Ziel.

»Aaaggh!«

Roderick griff nach Gareths Bein, doch er fasste ins Leere und stach wild mit dem Dolch um sich. Er traf Gareth am Knie, und das Blut schoss aus einer hässlichen Wunde, als der Junge herumwirbelte, das Schwert niedersausen ließ und es tief in Rodericks Seite bohrte.

Mit einem entsetzlichen Schrei fiel Roderick über den

Tisch, sein Blut vermischte sich mit dem roten Wein, das Schwert steckte noch immer tief in seinem Körper.

»Nein!« Vater Anthony kam in die große Halle gelaufen, sein Gewand wehte hinter ihm her. Sein Gesicht war vor Entsetzen kreidebleich, seine Augen weit aufgerissen. »Um der Liebe dessen willen, was heilig ist, hört auf! Mylord, Mylord!« Er bekreuzigte sich und murmelte Gebete, dann warf er sich mit einer Kraft, die aus der Verzweiflung geboren war, über Roderick, der halb auf dem Tisch lag, zog das Schwert aus seinem Körper und ließ es zu Boden sinken. »Segne diesen Mann, behüte ihn.« Das Gesicht des Priesters war verzerrt von einer Trauer, die so tief war, dass es an die Seele eines jeden Menschen rührte. »Lass ihn nicht sterben, Vater, ich flehe dich an! Jetzt, wo er zu uns zurückgekehrt ist, nimm ihn nicht von uns!«

Gwynn, die noch immer ganz benommen war, griff nach ihrem Sohn, zog ihn vom Tisch und flüsterte in sein Ohr. »Lauf um dein Leben. Suche Idelle oder Sir Charles . . .«

»Er wird nirgendwo hingehen!«, donnerte Ians Stimme durch das Schloss. Er stand neben seinem Bruder, der noch immer zusammengesunken über dem Tisch lag. »Wachen, packt den Jungen. Er ist ein Betrüger. Seine Mutter hat Rhydd betrogen, und daher werde ich hier regieren, weil ich Rodericks einziger Bruder bin.«

»Nein!« Gwynn war außer sich. Ritter kamen in den Raum, einige von ihnen sahen zu Gwynn. »Lasst Gareth in Ruhe.«

Gareth lag noch immer in ihrem Arm, und sie klammerte sich an ihn, als wäre er ihr Leben.

»Ich sagte, packt ihn. Und seine lügnerische Mutter auch«, befahl Ian.

Webb stolperte nach vorn, er fuhr mit der Hand durch die Luft, als wolle er ihr das Kind wegnehmen. Mit dem einzigen Gedanken, ihren Sohn zu retten, stieß Gwynn Gareth zur Tür und stellte sich dem schwarzen Ritter in den Weg. »Lauf! Gareth, LAUF!«

Der Junge rannte los, doch drei Wachen, alles Männer, denen Gwynn einmal vertraut hatte, verstellten ihm den Weg. Der größte von ihnen packte ihren Sohn und hob ihn hoch, doch Gareth wehrte sich mit Händen und Füßen.

»Lasst ihn los!«

»Zu spät, Mylady«, sagte Ian, dessen Gesicht blutverschmiert war, mit wildem Blick.

Mit einem letzten rasselnden Atemzug gab Roderick von Rhydd seine Seele auf und sank zu Boden.

»Oh, nein. Nein, nein, nein!«, sagte Gwynn, als irgendwelche Hände, Hände von jemandem, der hinter ihr stand, von einem Feind, den sie nicht sehen konnte, versuchten, sie festzuhalten. Blut rann auf den Ärmel ihres Kleides, und sie stellte fest, dass es Webb war, der sie festhielt.

»Er ist tot! Der Baron ist ermordet worden!«, schluchzte der Priester, und Tränen rannen über sein Gesicht. »Oh, Vater, der du bist im Himmel . . .«

»Das hast du getan, Frau!« Ian deutete mit dem Finger anklagend in ihre Richtung. »Mit deiner Hurerei und deinem bösen Betrug hast du deinem Mann den Tod gebracht. Du und dein Sohn, ihr seid Mörder.«

»Nein!«

»So ist es.« Er sah sich in dem Raum um, um festzustellen, ob ihm jemand widersprechen würde. Diener, Bauern und Soldaten hatten sich versammelt. Sie umstanden die Szene mit kreidebleichen Gesichtern.

Flehende, ängstliche Augen blickten zu der Leiche eines Führers, den die meisten von ihnen zuvor nicht gekannt hatten. Viele bekreuzigten sich schnell und flüsterten ein Gebet, während andere unfähig schienen, sich zu bewegen.

Ian kletterte auf den Tisch, das Schwert hielt er an seiner Seite. »Macht keinen Fehler«, warnte er alle, die ihn hören konnten. »Als Rodericks Bruder bin ich jetzt der neue Baron. Die Dame hat sich als nicht mehr als eine lügnerische Dirne erwiesen, die meinen Bruder betrogen hat, indem sie so tat, als sei der Sohn eines anderen Mannes sein eigener. Der Junge«, er deutete mit dem blutbefleckten Schwert in Gareths Richtung, »ist kein Nachkomme Rodericks.«

Einige der Diener wagten sich zu sprechen, doch nur ganz leise und nur untereinander. Gwynn sah sie alle – Jack, der Koch, der Imker, Alfred, der die Hunde versorgte, der Kerzenmacher, der Schneider und noch ein Dutzend mehr, standen wie angewurzelt in der großen Halle, als wären sie an ihren Plätzen festgewachsen.

Sie versuchte, sich aus Webbs fleischigen, schmutzigen Fingern zu befreien, doch er packte sie nur noch fester, er drückte so fest zu, dass ihr ganzer Arm schmerzte.

»Der Junge wird morgen bei Anbruch der Nacht gehängt«, erklärte Ian, und Gwynn hatte das Gefühl, jemand hätte ihr mit einer Lanze ins Herz gestochen. Sie stieß einen Schrei aus, der von den Türmen widerhallte. Tränen verschleierten ihren Blick und liefen heiß über ihre Wangen. »Nein, Ian, das dürft Ihr nicht. Macht mit mir, was Ihr wollt, aber lasst Gareth gehen.«

»Er ist ein Verräter . . .«

»Nein, er ist doch noch ein Junge. Ein Junge, der nichts weiß. Ich war diejenige, die gesündigt hat, ich habe Roderick und Rhydd betrogen, ich sollte bestraft werden.« Trotz der festen Hand, die sie hielt, warf sie sich vor ihrem Schwager auf die Knie und flehte ihn an. »Ich werde alles tun«, schwor sie ihm, »ich werde jede Strafe ertragen, aber bitte, bitte, lasst Gareth gehen.«

Von seinem Platz an dem Tisch betrachtete Ian die Frau, die vor seinen Füßen zitterte. Die Lust, die schon immer sein Feind gewesen war, brannte hell in seinen Lenden. Er verlangte schon seit dreizehn Jahren nach Gwynn. Nachts hatte er wach gelegen und an sie gedacht. Er hatte es zugelassen, dass andere Dirnen sein Glied streichelten und küssten, wo er doch nur sie wollte, wo doch nur sie seine Leidenschaft stillen konnte. Jetzt würde sie sich ihm, durch eine Wendung des Schicksals, willig hingeben. Aber für wie lange? Nur bis ihr Sohn in Sicherheit war, dann, dessen war er sich sicher, würde sie lieber sterben als mit ihm zu schlafen. Sie war eine wunderschöne, stolze Frau, so wie es sonst keine gab, und er war von ihrer Leidenschaft für ihren Sohn wider Willen angerührt.

Und dann waren da noch die Diener und die Bauern, an die er denken musste. Die meisten von ihnen schienen Gwynn anzubeten, viele der Soldaten waren ihr treu ergeben. Würde er sie heiraten, dann würden diese Soldaten ihm die Treue schwören. Es war ein Spiel, auf die eine oder die andere Art, aber er war davon überzeugt, dass alles dafür sprach, sich mit dieser Frau zu verbünden. Außerdem war der Gedanke, sie in seinem Bett zu haben, so sehr verlockend, dass er nicht widerstehen konnte.

»So sei es denn, wenn du einverstanden bist, mich zu heiraten und mir meine eigenen Söhne zu schenken, soll Gareth frei sein.« Sie sah voller Hoffnung in ihren wunderschönen feuchten Augen zu ihm auf. »Wenn du mich allerdings betrügst, so wie du Roderick betrogen hast oder wenn du mir deine Gunst vorenthältst oder mir auf irgendeine Weise missfällst, dann wird dein Sohn gejagt werden wie ein Hund. Er wird gehängt, auf das Streckbrett gespannt und gevierteilt werden. Hast du mich verstanden?«

»Aye.« Sie nickte ernst, und Entsetzen entstellte ihr hübsches Gesicht bei dem Gedanken, dass ihr einziges Kind so misshandelt werden sollte.

»Dann, Gwynn, steh auf und trete an meine Seite.« Er sprang von dem Tisch hinunter auf den Boden und warf den Wachen einen Blick zu. »Lasst den Jungen los. Er wird von

Rhydd verbannt werden, doch ihm soll kein Leid geschehen.«

Gareths Gesicht war genauso weiß wie das seiner Mutter. »Mutter, nein . . .«

»Sei still.« Ihre Stimme klang rau. »Du wirst das tun, was Lord Ian sagt.«

»Aber . . .«

»Tu es, Gareth, und widersprich nicht!«, sagte sie fest, obwohl wieder Tränen aus ihren Augen rannen. Der Junge hatte keine andere Wahl. Ein Nicken mit dem Kopf von Ian würde genügen, und man würde ihn wegschleppen, und sie war sicher, dass sie ihn dann niemals wieder sehen würde. Ian wandte sich an den Priester, der noch immer Gebete murmelte und über Rodericks leblosem Körper weinte. »Steht auf, Vater Anthony, und hört auf mit Eurer geistlosen Trauer. Ihr habt viel zu tun. Ihr müsst nicht nur meinen Bruder beerdigen, Ihr müsst auch die Eheriten für Lady Gwynn und mich sprechen.«

»Jetzt gleich?«, rief sie. »Aber der Bann ist doch noch nicht . . .«

»Still! Ich bin der Baron, und deshalb verfüge ich, dass wir noch heute heiraten werden. Es wird keinen Aufschub mehr geben.« Er würde ihr keine Minute Zeit lassen, ihre Meinung zu ändern. »Der Junge ist noch nicht aus dem Schloss. Was also sagst du, meine Braut?«

Sie schluckte, doch dann streckte sie den Rücken durch und hob das Kinn. Es zitterte noch einmal, doch dann war es so hart wie Stahl. »Aye, Mylord«, stimmte sie ihm mit ausdruckslosem Gesicht zu. »Lasst uns heiraten.«

# 3

Die Vision war ganz deutlich am dritten Tag ihres Rittes. In einer Sekunde noch saß Muir auf seinem grauen Zelter, und das Pferd trabte mit leichtem Schritt nach Rhydd, im nächsten Augenblick schon befand er sich in einem dunklen Wald, in dem der Nebel aus den Farnen stieg und Blut wie Lebenssaft von den Bäumen rann. »Was für ein Unfug ist das?«, fragte er, und der Schmerz in seinem schlimmen Auge war beinahe unerträglich, als er auf seine Füße starrte.

In einem undurchdringlichen Nebel sah er, wie eine Schlange durch das Unterholz glitt. Die Viper kroch auf seinen Rücken und legte sich um seinen Hals, dann zischte sie und veränderte sich, sie wurde zu einer Kette, als sie sich in den eigenen Schwanz biss. Kaltes, lebloses Metall schnitt in die Haut seines Nackens und Blut – war es das seine? – begann zu fließen, als die Kettenglieder zuschnappten, eines nach dem anderen, so dass er kaum noch atmen konnte. Das Blut rann in seinen Bart und über seine Tunika und verschwand.

»Muir! Um der Liebe Gottes willen, Mann, wach auf!« Trevin streckte von seinem Pferd die Hand aus und schüttelte den älteren Mann an der Schulter. Auf seinem Pferd zog Muir scharf den Atem ein und lehnte sich in seinem Sattel vor.

»Verschwinde, Teufel, und nimm diesen Schmerz mit dir!«

Trevin riss hart am Zügel seines Pferdes, und das Pferd, das von den vielen Stunden verschwitzt und schmutzig war, machte einen Schritt zur Seite und wäre beinahe mit dem Pferd von Muir zusammengestoßen. Die fünf Soldaten hinter ihnen ritten langsamer und blieben dann stehen. »Was ist los?«, wollte Trevin wissen, während die Pferde schnaubten und mit den Hufen scharrten, ihre Ohren sich unruhig bewegten und ihre Nüstern sich blähten.

»Es gibt Ärger auf Rhydd.«

»Das hast du mir schon vorher erzählt«, murmelte Trevin und blickte zum langsam dunkler werdenden Himmel. Es war beinahe Nacht, schon bald würde es kein Tageslicht mehr geben. Dicke Wolken hingen am Himmel, kein Mondlicht und auch kein Licht der Sterne würde ihnen den Weg in der Nacht weisen. »Wir müssen uns beeilen, wenn wir es noch vor der Dunkelheit bis zu den Toren des Schlosses schaffen wollen.«

»Nein, nein.« Muir legte die Hand vor sein schlimmes Auge, das Auge, mit dem er nicht sehen konnte, das ihm jedoch die Zukunft voraussagte. »Ich sehe Blut, Blut, das in Strömen fließt.«

»In Rhydd?«

»Aye. Aah, dieser Schmerz.«

»Ist es schlimm, wie?«

»Schlimmer, als du es dir vorstellen kannst. Es ist wie der Biss einer Viper, der niemals endet oder Fleisch, das brennt, doch ganz ohne Feuer. Oooh. Bei den Göttern, es ist ein Fluch, das sage ich dir.«

»Für uns alle«, meinte Trevin ein wenig ironisch.

Muir warf ihm einen verächtlichen Blick zu und zerrte an der Kapuze seines Umhanges. »Es ist nicht die Zeit für Späße. Es gibt große Schwierigkeiten in Rhydd, mehr noch als ich zuvor schon gesehen habe.« Er schloss sein gesundes Auge und zuckte zusammen, als hätte ihn ein Blitz getroffen, der vom Himmel herniedergeschleudert worden wäre, um ihn zu vernichten. »So wahr ich lebe und atme«, flüsterte er und zuckte noch einmal zusammen. Sein Pferd scheute und schüttelte seinen Kopf, so dass der Zaum und die Gebissstange klirrten. »Es gibt noch mehr als Schwierigkeiten, Mylord.«

»Nenne mich nicht . . .«

»Es ist eine Kette, die ich entdecke, eine Kette mit Gliedern, die verbunden sind. Vater zu Sohn und Sohn zu Vater, verflucht, einander zu bekämpfen und zu töten.«

»Du redest Unsinn.«

»Nein, Trevin«, widersprach der alte Mann. Er riss sich die Kapuze seines Umhanges vom Kopf und starrte mit dem blinden Auge zum Himmel. »Gott oder Luzifer, ich weiß nicht, welcher von beiden.«

»Ich habe keine Zeit für diesen Unsinn.« Trevin spornte sein mit Lehm bespritztes, schmutziges Pferd an, und das kleinere Pferd von Muir und die Pferde der Soldaten bemühten sich, mit ihm Schritt zu halten, als er durch den Schlamm davongaloppierte.

»Ich fürchte, es lauert Gefahr«, rief Muir ihm nach.

»Du fürchtest dich doch immer vor Gefahr.«

»Aye. Und du begrüßt sie.«

Trevins Mund verzog sich zu einem grimmigen Lächeln. Wie oft hatte man ihn rücksichtslos oder furchtlos genannt oder einfach nur störrisch? Zu oft, um es zu zählen. In der Nähe des Flusses machte der Weg eine Biegung. Das Dickicht aus Eichen und Tannen ging in offenes Grasland über, das um die Klippe herum wuchs, auf der das Schloss erbaut worden war.

Graue Steinmauern umrundeten das Schloss und stiegen von den felsigen Klippen empor, von denen man die umliegenden Wälder überblicken konnte. Hohe Ecktürme und Wachtürme erhoben sich aus den breiten Zinnen und schienen bis zu den grauen Wolken zu reichen, die ruhelos über den Himmel zogen. Eine Standarte in den Farben Smaragdgrün und Gold wehte im Wind, und das Fallgitter war weit geöffnet und lud die Besucher in das Schloss ein.

Trevin zog die Zügel seines Pferdes an und spähte durch den strömenden Regen zu der Festung, in der er zu einem Teil von Lady Gwynns Plan geworden war. Er war damals jung und dumm gewesen – und willig, oh, so willig. Im Bett der

Lady zu schlafen war wirklich ein süßes Opfer gewesen, und er hatte nie vergessen, wie ihre Haut sich angefühlt hatte unter seinen rauen Fingern, wie ihr Körper erbebt war, wenn er sie geküsst hatte, und er hatte auch nicht das reine, schamlose Gefühl der Lust vergessen, wenn er tief in sie eingedrungen war. Versiegelt in seinem Inneren floss noch immer ein dunkles, unerwünschtes Verlangen nach ihr, aber er drängte es zurück.

War sie denn nicht nur eine reiche, raffinierte Frau, deren einziges Ziel es war, ihren eigenen hübschen Hals zu retten? Hatte sie nicht ein Kind empfangen und ihren Ehemann angelogen, hatte sie nicht willentlich Ehebruch begangen, und das alles nur zu ihrem eigenen Vorteil?

Und wie steht es mit dir? Hast du ihr nicht dabei geholfen, hast du nicht alles getan, was auch sie getan hat, um deinen eigenen Hals zu retten?

Aye, er war genauso schuldig wie sie. Und jetzt war ein Junge – ihr Sohn – in Gefahr.

Er wandte sich im Sattel um und gab seiner kleinen Gruppe von Soldaten Befehle. Er würde allein das Schloss betreten, und wenn er nicht bis zu dem Zeitpunkt, an dem die Wache wechselte, mit dem Jungen zurückgekommen wäre oder seinen Männern eine Nachricht geschickt hätte, so sollte Gerald nach Black Oak zurückkehren und Verstärkung holen. Die anderen sollten sich als Spione in das Schloss schleichen.

Es gab bereits einige Leute in den gut bewachten Mauern des Schlosses, die ihnen helfen würden, denn Trevin von Black Oak hatte Männer, die ihm treu ergeben waren, Männer, deren Vergangenheit genauso undurchsichtig war wie die seine, versteckt in den Schlössern der Umgebung, auch in Rhydd. Diese Männer, Verräter an ihren eigenen Baronen, wurden dafür bezahlt, ihm Informationen zu beschaffen und ihn vor irgendwelchen Angriffen auf Black Oak Hall zu warnen.

Sein Plan war ganz einfach. Er würde sich in das Schloss schleichen und sich mit Richard, dem Zimmermann, und Mildred, der Bierfrau, treffen, die beide von ihm dafür bezahlt wurden, Augen und Ohren offen zu halten. Erst dann würde er mit Gwynn allein sprechen, ehe er mit ihrem Ehemann verhandelte. Er schuldete ihr das, weil er seinen Teil ihres Versprechens brach. Sein Gewissen zwickte ein wenig, denn er besaß einen gewissen Ehrenkodex. Wenn er sein Wort gab, so hielt er es normalerweise auch, und er hatte Gwynn versprochen, ihr Geheimnis zu bewahren.

»Das gefällt mir nicht«, murmelte Muir, als die Männer sich im Wald versteckten.

»Vertrau mir.«

»Bah.«

Trevin legte dem alten Mann eine Hand auf die Schulter. »Wenn mein Plan erfolglos ist, dann ist es deine Pflicht, dich um den Jungen zu kümmern.«

»Ich soll mich um ihn kümmern?«

»Wenn mir etwas zustößt, dann bring ihn zu der Höhle. Dort wartest du zwei Tage auf mich.«

»Und was dann?«

Trevin schüttelte den Kopf und grinste Muir böse an. »Dann wirst du ein paar Zaubersprüche für mich sprechen, alter Mann, denn das wird bedeuten, dass mir etwas zugestoßen ist.«

»Genau, wie ich es vorhergesehen habe.«

»Du hast es auf dem Grund eines Bierbechers gesehen.«

Muir schüttelte den Regen von seiner Kapuze. »Jetzt ist keine Zeit für Späße.«

»Vertrau mir, alter Mann, es wird schon alles gut gehen.« Trevin lenkte sein Pferd zu dem offenen Schlosstor, er beugte sich vor und grub dem Tier die Fersen in die Seiten. Das Pferd reagierte sofort. In einem Hagel von Lehm und kleinen Steinen galoppierte es davon.

»Dafür bete ich«, rief Muir ihm nach, seine alte Stimme wurde immer schwächer. »Dafür bete ich.«

»Im Namen des Vaters und des Sohnes und . . .«

Gwynn, die in der Kapelle neben ihrem neuen Ehemann kniete, dem Lord von Rhydd, hörte den Rest des Gebetes des Priesters gar nicht mehr. Sie war verheiratet. Wieder. Und wieder mit einem Mann, den sie nicht liebte, einem Mann, von dem sie sicher war, dass sein Herz genauso schwarz war wie das seines Bruders.

Aber wenigstens wäre Gareth in Sicherheit. Er war auf ewig vom Schloss verbannt. Der Junge würde ganz allein sein in der Welt, und sie würde ihn nie wieder sehen, doch wenigstens würde er leben, und er war schon beinahe ein Mann. Tränen brannten in ihren Augen, und ihr Herz war schwer, doch sie wusste, dass sie keine andere Wahl gehabt hatte.

Vater Anthony, dessen Gesicht kreidebleich und dessen Stimme ausdruckslos und ohne Leben war, hörte endlich auf zu reden. Es war alles vorüber. Bleischwer legte sich das Schicksal auf ihr Herz. Oh, welch grausames, grausames Schicksal. Schnell bekreuzigte sie sich.

»Komm, Weib«, sagte Ian mit einem bösen Grinsen und half ihr auf die Beine. Seine Hand auf ihrem Arm war hart, seine Finger krallten sich wie ein Schraubstock in ihren Arm, und sehr besitzergreifend.

Nie hatte sie die Braut eines Mannes sein wollen, und jetzt war sie mit einem Mann verheiratet, den sie verachtete.

»Warte auf mich in deinem Zimmer, ich habe noch etwas zu erledigen.« Seine Augen leuchteten vor innerer Zufriedenheit, und bei dem Anblick zog sich alles in ihr zusammen. »Ich habe lange Zeit auf diese Nacht gewartet.«

Ihr Magen hob sich, doch ihr gelang ein schwaches Lächeln. Sie könnte alles ertragen, solange sie wusste, dass Gareth nichts zustoßen würde. Sie wollte sich abwenden, doch er gab sie noch nicht frei. »Gwynn«, flüsterte er ihr zu. »Ich kenne dein Temperament und deine Machenschaften. Mache keinen Fehler, du bist nur meine Frau und kannst dich nicht länger aufführen wie ein Baron. Solange Roderick noch lebte, hast du das Schloss regiert, doch jetzt ist er tot. Ich bin dein Mann, und als solcher erwarte ich von dir vollkommenen Gehorsam, denn sonst werden wir Gareth jagen, ihn finden und ihn zurückbringen, damit er gehängt wird.« Seine Finger schlossen sich noch fester um ihren Arm. »Hast du mich verstanden?«

»Aye«, brachte sie zwischen zusammengebissenen Zähnen hervor.

»Du wirst dich mir niemals widersetzen.« Er starrte in ihr Gesicht, und sie wusste, dass er den Schatten des blauen Fleckens auf ihrer Wange sah, eine schmerzliche Erinnerung an die Hand ihres verstorbenen Mannes.

»Niemals, Mylord«, log sie und zwang sich, dieses verhasste Wort auszusprechen.

»Gut.« Er lächelte zufrieden, dann zog er sie an sich und drückte ihr einen Kuss auf die Lippen. Sein Bart kitzelte ihre Haut. Ihr Magen hob sich erneut, doch sie riss sich zusammen. Sie brauchte all ihre innere Kraft, um seinen Versuch der Zärtlichkeit zu ertragen. »Geh in dein Zimmer und warte dort auf mich.«

»Das werde ich.«

Sie lief den dunklen Flur entlang und versuchte sich einzureden, dass sie alles ertragen konnte, solange sie wusste, dass Gareth frei und in Sicherheit war.

Als sie die Tür ihres Zimmers öffnete, entdeckte sie Idelle, die frisches Wasser in die Waschschüssel goss. Frische Binsen verströmten einen eindringlichen Duft, und neue Kerzen waren angezündet worden. Ihre kleinen Flammen warfen ein schwaches Licht, in dem die Farben der Wandbehänge an der

Wand über ihrem Bett leuchtend rot, golden und purpurfarben aufleuchteten, als wollten sie sie trösten.

»Es ist also geschehen?«, fragte Idelle, als die letzten Tropfen aus dem Eimer rannen.

»Aye«, antwortete Gwynn und seufzte unglücklich. »Es scheint mein Fluch zu sein, für immer verheiratet zu sein.«

»Mit dem falschen Mann.«

»Mit überhaupt einem Mann.« Sie blieb vor der Waschschüssel stehen, spritzte sich kaltes Wasser in ihr Gesicht und versuchte, nachzudenken. Sobald sie wusste, dass Gareth weit weg von Rhydd und in Sicherheit war, würde sie ein paar Sachen zusammenpacken und dann so weit wegreiten wie möglich – vielleicht würde sie bei Luella bleiben oder ... oh, es war dumm, an so etwas zu denken. Ian würde sie niemals gehen lassen. Hatte sie ihm nicht ein Schloss voller Söhne versprochen? Hatte er nicht gerade erst geschworen, dass er Gareth wie ein Tier im Wald verfolgen und dafür sorgen würde, dass er gehängt würde, wenn sie sich ihm widersetzte?

Die einzige Möglichkeit, um sicherzugehen, dass Gareth verschont wurde, war die, so zu tun, als sei sie Ian treu ergeben. Jeder Tag, an dem sie vorgab, ihrem Ehemann zu gehorchen, würde ihrem Sohn mehr Zeit geben, so weit vom Schloss wegzufliehen wie nur möglich. Er würde das schnellste Pferd aus dem Stall nehmen und zum Meer reiten müssen, wo er an Bord eines Schiffes gehen konnte, das ihn zu einem weit entfernten Hafen brachte.

Oh, hätte sie doch nur mehr Zeit gehabt für die Vorbereitungen. »Ich muss meinen Sohn sehen«, entschied sie.

»Aber Ian hat gesagt, Ihr solltet hier bleiben.«

»Ich bin seine Frau, nicht seine Sklavin.«

»Da gibt es keinen großen Unterschied.« Idelle schürzte die Lippen.

»Ich werde Gareth sehen, Idelle, und ich werde ihn jetzt

sofort sehen«, erklärte sie und ballte entschlossen eine Hand zur Faust. »Aber Ian darf nichts davon wissen.«

»Mylady, bitte, verärgert den Lord nicht.«

»Das werde ich nicht.« Sie warf Idelle einen verschwörerischen Blick zu. »Sag zu niemandem ein Wort, außer zu Gareth.«

»Das gefällt mir nicht«, klagte Idelle laut.

Gwynn warf ihren Lieblingsumhang über ihr Damastkleid, das sie getragen hatte, um Ians Frau zu werden. Sie ignorierte die Warnung der alten Frau und lief die Hintertreppe hinunter, um die Wachen zu umgehen, die Gott sei Dank auf ihren Posten eingeschlafen waren und deren Köpfe im Takt ihres Schnarchens hin und her schaukelten.

Sie zog die Kapuze ihres Umhanges über ihre Schultern und schlüpfte durch die Hintertür ins Freie. Einige Gänse schnatterten laut in dem nassen Gras. Die Dunkelheit hatte das Land eingehüllt, und außer dem Schein der Feuer aus den offenen Türen und hinter den Fenstern gab es kein Licht.

Doch das kümmerte Gwynn nicht, sie kannte das Schloss sehr gut, und schnell lief sie den breiten Weg entlang zu den Ställen, vorbei an den Gattern für die Schafe und die Schweine, während ihre Schuhe im Lehm und dem nassen Gras rutschten.

Im Inneren des Stalles zündete sie eine Kerze an und stellte sie vorsichtig auf ein Gestell aus Metall, weit genug entfernt von dem Stroh, mit dem der Boden bedeckt war. Ein feuchter Wind ließ die Kerzenflamme flackern und tanzen, und ihr Geruch mischte sich mit dem Geruch nach Pferden, Dung, Schweiß, Leder und Stroh.

Sie schlang die Arme um sich, seufzte und wartete.

»Nun, Mylady, Ihr habt also einen neuen Ehemann gefunden, und der Erste ist noch nicht einmal begraben.«

Gwynn zuckte zusammen, ihr Herz machte einen Satz. Die

tiefe Männerstimme kam aus den Schatten hinter ihr. Sie griff nach ihrem Dolch.

»Wer ist ... oh!« Eine kräftige, raue Hand legte sich über ihren Mund, und der Kopf des Mannes erschien plötzlich neben ihr, sah über ihre Schulter, und sie fühlte seinen heißen Atem an ihrem Ohr. Ihre Hand, die nach dem kleinen Dolch gegriffen hatte, wurde von seiner anderen Hand fest gehalten. »Fürchtet Euch nicht. Ich bin nur ein Dieb.«

»Trevin?« Ihre Knie wurden plötzlich weich, als sein Duft in ihre Nase stieg – ein Geruch, an den sie sich noch von ihren Liebesspielen erinnerte. Langsam nahm er die Hand von ihrem Mund, und sie leckte sich über die Lippen. Konnte es möglich sein? War er wirklich hier?

Noch immer hielt er ihr Handgelenk fest, dann trat er geräuschlos in den kleinen Lichtkreis der Kerze. Zum ersten Mal in dreizehn Jahren starrte sie in die beunruhigenden Augen des Diebes, des Vaters ihres einzigen Sohnes. Ein wohl bekannter Schmerz hatte ihr Herz ergriffen.

»Du ... du hast mich zu Tode erschreckt!«

Er lächelte nicht, und er gab auch ihr Handgelenk nicht frei. Sein freudloses Lachen war böse und beunruhigte sie noch mehr. »Ich bezweifle, dass das überhaupt möglich ist.«

»Was tust du hier?«

»Ich warte auf dich.«

Ihr dummes Herz setzte einen Schlag lang aus.

»Wir müssen miteinander reden.«

»Müssen wir das?« Sie blickte über ihre Schulter und versuchte, ihm ihren Arm zu entziehen. Seine Hand hielt sie noch fester, und sie stellte fest, dass sie gefangen war.

»Was willst du?«

»Meinen Sohn.«

Jetzt hatte er es ausgesprochen. Lieber Gott, was jetzt? Eine schwere Last schien auf ihren Schultern zu ruhen. »Wir haben ein Abkommen geschlossen.«

»Ich werde ihn in Sicherheit bringen.«

»Du? Der Dieb?«, spottete sie. »Ein Ausgestoßener, ein Schwindler, der die Baronswürde von einem verwirrten alten Mann in einem falschen Würfelspiel gewonnen hat? Du willst ihn in Sicherheit bringen?«

»Ohne jeglichen Zweifel, Mylady«, antwortete er voller Selbstvertrauen.

Gütiger Gott im Himmel, war das ihr Herz, das so rasend schnell schlug? Sie warf einen Blick zur Tür und hoffte, dass Gareth sie beide nicht zusammen erwischen würde, sondern warten, bis sie mit diesem ... diesem Eindringling fertiggeworden war. Was sollte sie ihrem Sohn sagen, wenn er durch die offene Tür gelaufen kam? Der Mann, der sich in den Schatten versteckt hatte, der angebliche Baron von Black Oak Hall, der als Krimineller bekannt war, war der Mann, den sie damals auserwählt hatte, um ihren Ehemann zu betrügen?

»Ich bin gekommen, um meinen Sohn zu holen«, wiederholte er, als hätte sie ihn zuvor nicht richtig verstanden.

»Jetzt?« Sie schüttelte den Kopf. »Um der Liebe Gottes willen, Trevin, weißt du denn nicht, was mit dem Jungen geschehen würde, wenn herauskommt, dass sein Vater nicht ... nicht ...«

»Nicht Roderick ist?« Endlich gab er ihren Arm frei.

Mit einem Seufzer schüttelte sie den Kopf. »Das weiß er bereits.«

»Aber du hast ihm nichts von mir erzählt?«

»Ich wusste nicht, dass du der Baron von Black Oak Hall warst.«

Er sah sie einige Sekunden schweigend an, als wäre sie ein Rätsel, das er nicht so recht lösen konnte. »Und wenn du es gewusst hättest?«

»Ich hätte es ihm nicht gesagt. Er ist doch noch ein Junge – noch viel zu jung, um das zu begreifen.«

»Das Urteil darüber solltest du lieber mir überlassen.«

»Du hast auf deine Ehre geschworen, dass du niemals ein Wort davon verraten würdest.«

»Ich habe halt meine Meinung geändert.«

»Wir hatten ein Abkommen«, rief sie ihm ins Gedächtnis, und der Stall schien ihr plötzlich viel zu eng, es fiel ihr schwer, Luft zu holen. Dreizehn Jahre schienen von ihr abzufallen, und er war wieder ihr Geliebter, der einzige Mann, der gehört hatte, wie sie vor Lust aufstöhnte, der gesehen hatte, wie sie sich in der Morgendämmerung an ihn schmiegte, der die intimsten Stellen ihres Körpers berührt hatte.

»Aye, und für ein wenig Flitterzeug habe ich meinen Sohn aufgegeben.« Seine Stimme klang leise und verführerisch.

»Für ein wenig Flitterzeug und für deine Freiheit«, berichtigte sie ihn und trat ein paar Schritte von ihm zurück, um die Verzauberung zu durchbrechen, die sie in seiner Nähe ergriffen hatte. »Wenn ... wenn man dich erwischt hätte, hättest du deine Hand verloren, vielleicht sogar dein Leben.«

»Ich hatte keine andere Wahl«, versicherte er ihr, und sie empfand bei seinen Worten ein tiefes Unbehagen. »Denn du, Mylady, hättest mich mit Freuden dem Sheriff übergeben. Das war wirklich die perfekte Verführung.«

Sie errötete bei der Erinnerung daran. Damals war er kaum ein Mann gewesen, aber jetzt, wo er ihr so nahe war, dass sie den Duft nach Leder und Mann riechen konnte, wo sie seine Wärme fühlte und den dunklen Schatten seines Bartes erkennen konnte, gab es keinen Zweifel daran, dass er ein Mann war, hart, lebendig und stark.

Er war nicht länger der schmutzige Dieb, der sich schlecht benahm, und den sie damals gezwungen hatte, ihr zu Willen zu sein. Keine Spur mehr war von diesem Jungen geblieben. An seiner Stelle stand ein Mann in dem Schatten, ein ernst aussehender Mann mit einem kantigen Gesicht. Ein schwarzer Stoppelbart lag um sein Kinn, Augenbrauen so schwarz wie Ebenholz und lange Wimpern beschatteten seine Augen, die von einem dunklen, eindringlichen Blau waren und die jede ihrer Bewegungen verfolgten. Seine Lippen, die einst jugendlich voll gewesen waren, waren jetzt schmal und zusammengepresst. Er war ganz in Schwarz gekleidet, von seinem mit Lehm bespritzten Umhang bis hin zu seinen Stiefeln, und er schien ihr so höllisch wie der Teufel selbst, dem die Flucht aus den Abgründen der Hölle geglückt war.

»Roderick ist tot, nicht wahr?« fragte er plötzlich.

»Aye, aber . . .«

»Und du hast bereits einen neuen Ehemann gefunden.«

»Das war ein Teil eines Abkommens«, sagte sie und war plötzlich schrecklich wütend. Sie ließ sich nicht länger von ihm einschüchtern, sie trat einen Schritt näher an ihn heran und hob herausfordernd den Kopf.

»Ah, und du, Herrin, scheinst dich mit solchen Dingen auszukennen.«

»Ich halte mein Wort«, erklärte sie hochmütig.

»So, wie ich mein Wort gehalten habe.«

»Bis jetzt.«

»Wie ich schon sagte, ich war jung und dumm, und man hat mich in die Ecke gedrängt.«

Sie gab keinen Zentimeter nach. Das konnte sie nicht. Zu viel stand auf dem Spiel, sogar Gareths Leben. »Du hast mir dein Wort gegeben.«

»Und du hast einem Dieb geglaubt?«

»Ich hatte keine andere Wahl . . .«, sagte sie, und ihr war klar, dass sie seine eigenen Worte wiederholt hatte.

»Eine bittere Ironie, nicht wahr?« spottete er. »Nein, Mylady, es ist an der Zeit, dass ich mir meinen Sohn hole.«

Ein Pferd wieherte leise in der Dunkelheit, und das Stroh raschelte, als ein Tier auf der anderen Seite der Futterkrippe sich bewegte. Gwynn fühlte, wie die Verzweiflung ihr den

Hals zuschnürte. Sie brauchte Zeit, um nachzudenken, um einen Plan zu machen. »Weiß Lord Ian, dass du hier bist?«

Sie fühlte, wie sich sein Körper anspannte, sehen konnte sie es nicht. »Ich habe mit dem Lord noch nicht gesprochen«, meinte er und stützte sich mit einer Schulter gegen einen der Pfeiler, die das Dach trugen. »Ich dachte, es wäre besser, wenn ich zuerst mit dir rede.«

»Das hast du ja jetzt getan«, meinte sie.

»Sag mir, wie konnte das geschehen, dass du ihn geheiratet hast, noch ehe dein anderer Ehemann im Grab liegt? Was ist das für ein Handel, den du mit ihm geschlossen hast?«

»Einer, der nötig war«, wehrte sie ab und wollte ihm keine weiteren Informationen mehr geben. »Und wenn du jetzt bitte gehen würdest . . .«

»Nicht ohne meinen Sohn.«

»Er steckt auch so schon in genügend Schwierigkeiten«, fuhr sie auf. »Und wenn Ian dich hier entdeckt, wird es noch viel mehr Schwierigkeiten geben.«

»Was für Schwierigkeiten?«

Gwynn zögerte. »Hast du gehört, dass es Gareth war, der Roderick umgebracht hat?«

»Ich wusste nur, dass der Baron umgebracht wurde«, antwortete Trevin mit ernster Stimme.

»Es war schrecklich. Roderick kam zurück und hat Gareth zum ersten Mal gesehen. Er hat sofort gewusst, dass Gareth nicht sein Sohn ist und hat mir vorgeworfen . . . nun ja, viele Dinge. Und es waren keine guten Dinge.« Sie räusperte sich und erinnerte sich wieder an das Klirren der Schwerter, die Schmerzensschreie, das Blutvergießen und an Rodericks letzten, rasselnden Atemzug. »Es . . . es hat einen Kampf gegeben, und Gareth hat, in einem Versuch, meine Ehre zu verteidigen, Rodericks Schwert genommen und hat ihn damit umgebracht.«

»Gütiger Himmel.«

»Ian hat all das gesehen und hat Gareth des Mordes beschuldigt. Er hat ihn dazu verurteilt, gehängt zu werden.«

»Nicht, solange ich noch atme.«

Aus irgendeinem Grund fühlte sich Gwynn getröstet, doch was konnte Trevin in Wirklichkeit schon tun? Wurde nicht behauptet, dass er selbst ein Mörder war? Sie legte eine Hand auf seinen Arm. »Das war der Grund dafür, dass ich wieder geheiratet habe. Ian . . . er hat sich nur deshalb damit einverstanden erklärt, Gareths Leben zu verschonen, weil ich zugestimmt habe, ihn zu heiraten.«

Er legte einen Finger unter ihr Kinn und hob ihren Kopf hoch, um sie mit seinen nachtdunklen Augen anzusehen. »Denkst du, dass ich dir glaube, dass du dich selbst geopfert hast?«

»Ich habe nur das getan, was ich tun musste.« Nervös leckte sie sich über die Lippen, und sein Blick wanderte zu ihrem Mund. Ihr Herz schlug schneller, als ihr klar wurde, dass sie ganz allein waren. Dort, wo sein Finger sich in die empfindliche Unterseite ihres Kinns drückte, prickelte ihre Haut, und sie fühlte ein schmerzliches Sehnen. Heiß brannte das Verlangen in seinem Blick, und sie schluckte. O Gott, was tat sie hier mit ihm? Warum konnte sie nicht einfach weggehen und ihn stehen lassen?

»Wo ist Gareth jetzt?«

»Er . . . er hat das Schloss noch nicht verlassen.« Sie nahm all ihre Kraft zusammen und trat einen Schritt von ihm weg, seine Hand gab ihr Kinn frei, als sie seinen Arm losließ. »Ich warte hier auf ihn.«

»Gut.« Trevin verschränkte die Arme vor der Brust und lehnte sich mit der Schulter wieder gegen den Pfosten. »Dann, Mylady«, meinte er, »werde ich auch warten.«

Die Frettchen liefen unruhig in ihrem Käfig hin und her, sie knurrten leise, ihre Klauen kratzten über den Holzboden.

»Schnell, hierher!« Ians Stimme war nur ein Flüstern, als er den dunklen Ritter durch den Kräutergarten führte. Webb humpelte ein wenig, seine Wunde, die mittlerweile genäht und verbunden war, störte ihn noch immer. Sie blieben an einer Ecke des Bergfriedes stehen, an einer geschützten Stelle in der Nähe der Taubenschläge, wo der feucht-kalte Wind nicht so stark war. »Roderick hat Euch vertraut.«

»Aye.« Webb nickte und blies in seine Hände. »Er hat mir versprochen, mich gut zu bezahlen.«

»Und das wird auch so sein.«

Um sich das Vertrauen des Mannes zu sichern, öffnete Ian eine kleine lederne Börse, die an seinem Gürtel hing, und schüttete die Münzen daraus in seine Hand. »Für Eure Dienste an Roderick und Eure Treue zu Rhydd.« Er ließ die Münzen wieder in den Beutel zurückfallen und zog ihn dann zu. Die Münzen klirrten leise – ein süßer Laut. »Ihr werdet den Jungen heute Nacht packen, dann reitet Ihr drei Tage und bringt ihn dann so schnell und so schmerzlos wie möglich um.«

»Es wird mir eine Freude sein«, erklärte Webb. Man hörte ein unterdrücktes Bellen aus dem Hundezwinger, ein paar Meter weiter weg. »Was war das?«, wollte Webb wissen, wirbelte herum und griff nach seinem Schwert.

»Nichts. Nur ein nervöser Köter. Ihr seid schreckhaft, mein Freund.«

»Vielleicht, weil ich mit dem Schwert Eures Bruders verletzt wurde.« Er wandte sich wieder zu Ian um und steckte sein Schwert in die Scheide zurück, sein Gesicht wurde ganz blass bei der Anstrengung. »Es ist ein böser Wind, der heute Nacht um Euer Schloss streicht, Mylord.«

»Seid Ihr ein Poet?«

»Nein, nur ein Soldat, den man für Geld verpflichten kann.«

»Dann habt Ihr einen Job.« Ein weiterer Hund begann zu

heulen, und der Hundeführer schrie seine Schützlinge heftig an.

»Haltet Eure verdammten Schnauzen, sonst werde ich euch eine Lektion erteilen, die ihr so schnell nicht wieder vergessen werdet!«

Ian wartete einige angespannte Sekunden, während derer die Hunde sich beruhigten. Als er dann wieder sprach, war seine Stimme nicht mehr als nur ein Flüstern. »Ihr müsst es so aussehen lassen, als wärt Ihr von Banditen überfallen worden. Ihr werdet behaupten, dass die dreiste Art des Jungen Euch in Schwierigkeiten gebracht hat, als er versuchte, den Räubern zu entkommen, anstatt ihnen etwas von seinem Geld zu geben.« Ian schnippte mit den Fingern. »Nehmt Sir Charles und Sir Reynolds mit Euch. Auch sie müssen natürlich umkommen, und Ihr müsst auch ihre Leichen mit zurückbringen.«

»Aye.«

»Könnt Ihr mit ihnen allen fertig werden?« Ian war nicht sicher, denn auch wenn Webb sich Roderick gegenüber als fähig bewiesen hatte, so war er doch jetzt verwundet.

»Ich habe Freunde, Mylord. Sie werden nur zu gern bereit sein, für ein paar Münzen einem Mann den Hals durchzuschneiden.«

»Gut. Gut.« Ian achtete nicht auf den Anflug von Gewissensbissen. Er war jetzt der Baron von Rhydd. Sein Wort war das Gesetz. Er musste das tun, was für ihn selbst das Beste war und auch für die anderen im Schloss. »Ihr habt mein Vertrauen.«

Der dunkle Ritter schnaufte und spuckte dann in den Garten. »So sollte es auch sein, Mylord.«

Ian leckte sich über seine aufgesprungenen Lippen. Gewalttätigkeit war ihm nicht fremd, doch es war nicht der Fehler des Jungen, dass er als Bastard geboren wurde. Immerhin hatte er den einzigen Mann umgebracht, der Ian im Weg stand, um der Herrscher des Schlosses zu werden. In Wirklichkeit hatte Gareth Ian die Mühe abgenommen, seinen eigenen Bruder umzubringen. Doch jetzt war der Junge lästig. Er musste aus dem Weg geräumt werden. »Seine Mutter muss glauben, dass man Euch umstellt hat. Es wäre gut, wenn Ihr auch eine Wunde davontragen würdet.«

»Noch eine?«

»Immerhin seid Ihr dafür gut bezahlt worden.«

»Macht Euch keine Sorgen, *Mylord*«, spottete Webb. »Ich werde genügend Wunden vorzeigen können.«

»Euer Opfer wird belohnt werden.« Ian seufzte erleichtert auf und zupfte an der Haut, die sich von seinen Lippen löste. »Niemand wird etwas davon erfahren. Es bleibt alles zwischen uns beiden.«

»Aye, Lord Ian. Die Wahrheit ist, dass der Junge, Charles und Reynolds alle von den Banditen umgebracht wurden, die keine Gnade kannten. Sie haben mich zurückgelassen, weil sie glaubten, ich sei auch tot. Keine Folter und auch keinerlei Befragung wird mich je dazu bringen, etwas anderes auszusagen.«

»Ah, Ihr seid ein guter und treuer Mann, Sir Webb«, versicherte ihm Ian und fragte sich, ob dieser Mann wohl einem anderen seine Treue zu einem höheren Preis verkaufen würde. Er hatte ihn schon vor vielen Jahren einmal getroffen, noch ehe Webb Ritter wurde. Damals war er nicht mehr gewesen als ein gedungener Söldner, der für eine Weile mit Ian zusammen geritten war, während Roderick über Rhydd herrschte und seine erste Frau geheiratet hatte. Ian hatte dem Mann damals nicht getraut, doch jetzt war er, durch eine Wendung des Schicksals, gezwungen, sich auf den dunklen Ritter verlassen zu müssen. »Wenn Ihr zurückkehrt, werdet Ihr noch einmal bezahlt werden, Ihr werdet dreimal so viel bekommen, wie wir vereinbart haben. Zusätzlich dazu, falls Ihr glauben solltet, dass ich Eure Dienste nicht zu schätzen weiß, werde ich Euch zu dem vertrauenswürdigsten Ritter ernennen, wenn Ihr Euch erst von Euren Wunden erholt habt.«

»Sorgt dafür, dass ich mich davon erhole«, warnte Webb, und seine Stimme klang leise und war ohne jeden Anflug von Humor. »Denn sonst werden die Ausgestoßenen, die meine Freunde sind, hinter Euch und Eurem Weib her sein.«

»Fürchtet Euch nicht.« Sie schüttelten einander fest die Hand, und Ian fühlte die Kraft in Webbs Fingern – sie waren härter als Stahl.

»So sei es.« Webb band die Börse an seinen Gürtel und zuckte dann zusammen, als ein scharfer Schmerz durch seinen Schenkel fuhr. Seine Wunde pochte schier unerträglich.

Sie gingen in verschiedene Richtungen auseinander, doch keiner von beiden bemerkte das Augenpaar in dem Versteck unter dem Zwinger. Gareth hielt den halb ausgewachsenen jungen Hund fest, den seine Mutter ihm während der Erntezeit geschenkt hatte. Während er versucht hatte, den verspielten jungen Hund ruhig zu halten, hatte er jedes einzelne Wort gehört, das der Mann, von dem er glaubte, er sei sein Onkel, mit dem Ritter gewechselt hatte, den er an diesem Nachmittag verletzt hatte. Ian wollte ihn umbringen lassen, und Webb würde ihm diesen Wunsch gern erfüllen. Gareths ganzer Mut war in dieser kalten Nacht verschwunden, und er zitterte, während er den zappelnden, unruhigen Hund fest an seine Brust gedrückt hielt. Er durfte keine Sekunde mehr verlieren, denn mit jedem Schlag seines Herzens näherte er sich dem Moment, in dem er entdeckt und umgebracht wurde.

Er hatte die Münzen und die Ringe, die seine Mutter zuvor in sein Bündel gelegt hatte und auch das Kreuz, einen Dolch und seinen schwarzen Umhang. Er wagte es nicht, zum Stall zu gehen, aus Angst, entdeckt zu werden. Obwohl er liebend gern auf Dragon in atemberaubender Geschwindigkeit durch das Haupttor geprescht wäre und über die Zugbrücke in den Wald, so konnte er es nicht wagen, Webb oder Ian über den

Weg zu laufen. Außerdem würde er mit den wenigen Münzen ein gutes Pferd kaufen können, wenn er eines brauchte, doch jetzt musste er zunächst einmal so weit weg von Rhydd wie nur möglich.

»Komm, Boon«, befahl er dem Hund leise. Er steckte ein paar Äpfel aus der Vorratskammer ein und einen Laib Brot, das man für die Bettler aufgehoben hatte, dann pfiff er dem kleinen gefleckten Hund, der mehr Energie besaß als Verstand.

Nicht zum ersten Mal in seinen zwölf Jahren öffnete Gareth das Ausfallstor in der Nähe des Hundezwingers. Er zuckte zusammen, als die uralten Scharniere des großen Tores knarrten, und er ließ es hinter sich offen, als er mit dem zappelnden Hund in seinen Armen die zwei Meter hinunter auf den feuchten Boden sprang.

Er landete hart, verstauchte sich den Fußknöchel und lief doch so schnell er konnte über das feuchte Grasland in den schwarzen Schlossgraben. Das brackige Wasser war eisig kalt, doch er schwamm hindurch, seine Haut lief blau an, und sein Körper war kalt bis auf die Knochen.

Boon, der nur mit dem Kopf aus dem Wasser ragte, schwamm begeistert an seiner Seite.

Mit klappernden Zähnen kletterte Gareth an der anderen Seite des Schlossgrabens ans Ufer und humpelte über das offene Grasland, während Boon sich das Wasser aus dem Fell schüttelte.

»Komm!«, befahl Gareth leise. Manchmal besaß dieser Hund wirklich keinerlei Verstand! Er pfiff leise, und Boon kam an seine Seite gerannt.

Im Wald war es so dunkel wie in den tiefsten Tiefen der Hölle. Gareth konnte kaum die knorrigen Umrisse der Bäume erkennen oder den Pfad, der sich durch das Dickicht wand. Dennoch lief er, mit dem Hund auf seinen Fersen.

Ranken hielten ihn auf, Äste schlugen ihm ins Gesicht.

Verrottete Spinnweben klebten an seiner Haut. Dornen rissen seine Hose auf, und seine Stiefel waren so nass, dass sie bei jedem Schritt quietschten, doch er lief schneller und schneller. Sein Knöchel schmerzte, als hätte jemand ein Messer hineingestoßen, sein junges Herz raste, seine Lungen brannten, und Tränen verschleierten seinen Blick. Er wusste nicht, wohin er lief, aber die Furcht trieb ihn weiter.

»Komm, Boon, verflixter Köter!«, keuchte er, als der Hund stehen blieb und knurrte. »Beeil dich! Der Teufel wird uns beide holen, wenn Sir Webb uns einholt.«

»Wer bist du?«

Die tiefe Stimme kam aus der Dunkelheit.

»Ahh!« schrie Gareth, als eine Hand, die aus den Tiefen des Waldes zu kommen schien, sich mit festem Griff um sein Handgelenk legte. »Sei still!«

Der Hund sprang vor, doch die Stimme befahl. »Sitz, du Biest!« Boon gehorchte.

Die Finger um Gareths Arm packten noch fester zu, es war, als würde sich eine unsichtbare Schlinge um ihn legen, und dennoch konnte er niemanden in der dunklen, düsteren Nacht erkennen. »Also, Junge, wer bist du, und wovor läufst du davon?«

Es ist Satan, dachte Gareth wild, und das Blut rauschte durch seine Adern. Luzifer war aus der Hölle hinaufgestiegen, um ihn zu fangen. Er versuchte zu sprechen, doch kein Wort kam aus seinem Mund, er hatte die Stimme verloren, und einen Moment glaubte er, dass er sich vor Angst in die Hose machen würde. »Ich ... ich ...« Sollte er lügen? Und wenn nun dieser Mann, nein, dieser Dämon, einer von Webbs Banditen war, einer von den Männern, die ihm den Hals abschneiden wollten?

»Ich weiß, wer du bist. Du bist Gareth von Rhydd, nicht wahr?«

Gareths Stimme versagte ihm den Dienst, und er griff mit

der freien Hand nach dem Dolch in seinem Gürtel. Er würde diesen Bastard aus dem Hades umbringen, ehe diese Kreatur die Möglichkeit hatte, ihn zu töten.

»Tu das nicht, Junge«, befahl die Stimme. »Denn sonst wirst ganz sicher du und dieser Köter, den du einen Hund nennst, deinem vorzeitigen Ende begegnen.«

# 4

»Irgendetwas stimmt nicht.« Gwynn versuchte mit ihren Augen die Dunkelheit zu durchdringen und schlang die Arme um sich selbst. Sie konnte es nicht ertragen, noch eine einzige Sekunde länger auf Gareth zu warten, Trevins rätselhaften Blick auf sich zu fühlen. »Er hätte eigentlich längst hier sein müssen.«

Irgendwo in der Nähe der Zwinger begannen die Hunde zu bellen und Alfred, der Narr, der so gut mit Tieren umgehen konnte, der sich jedoch nicht mit anderen Menschen verstand, selbst wenn seine Seele davon abhängen würde, brüllte einen lauten Befehl.

»Bist du sicher, dass du der alten Frau vertrauen kannst?«

»Idelle? Aye. Ihr könnte ich mein Leben anvertrauen.« Gwynn spielte mit dem abgenutzten Griff einer Heugabel, die in der Nähe der Tür hing. Der Schlosshof war dunkel, nur hinter wenigen Fenstern der Hütten, die um die große Halle herum standen, sah man noch einen Lichtschein. Einzig das Feuer des Hufschmiedes brannte hell in der Nacht. Gwynn schüttelte den Kopf. »Etwas stimmt nicht.«

»Dann müssen wir den Jungen suchen.«

»Noch nicht.« Nachdenklich kaute sie auf ihrer Unterlippe. Wo konnte der Junge sein? Er war sicher nicht in seinem Zimmer, denn sonst hätte Idelle ihn gefunden und ihn in den

Stall geschickt. Manchmal versteckte er sich in Schränken und in Spalten des Mauerwerks im Inneren des Schlosses und beobachtete die Diener beim Würfelspiel. Während sie die Runen und die Zaubersprüche ihrer Vorfahren gelernt hatte, hatte Gareth gelernt, wie man Glücksspiele spielte – wie sein Vater.

Sie musterte Trevin verstohlen und verfluchte es insgeheim, dass er ausgerechnet an diesem Tag hier angekommen war, zu einer Zeit, in der Gareth in Gefahr war. Ein Zauberspruch kam ihr in den Sinn, ein Spruch, mit dem man seinen Feind verschwinden lassen konnte. Doch sie hielt sich zurück, weil sie nicht sicher war, ob der Mann, der vor ihr stand, der einzige Mann, der sie je geliebt hatte, ein Freund oder ein Feind war. Ihr Verstand riet ihr, ihm nicht zu trauen, doch ihr eigensinniges Herz wollte verzweifelt gern an ihn glauben.

»Ich muss gehen.« Sie wollte durch die Tür treten, doch Trevins Finger schlossen sich um ihren Arm.

»Vorsichtig, Frau«, murmelte er in ihr Ohr, und sein warmer Atem auf ihrer Haut ließ eine Gänsehaut über ihren Körper prickeln und herzzerreißende Erinnerungen in ihr aufsteigen. »Du solltest mich nicht verärgern.«

»Das würde ich nicht ...«, behauptete sie, doch wusste sie, dass sie log.

»Gut, denn ich habe viele Freunde in den Mauern von Rhydd, Männer mit Waffen, die mir zu Hilfe kommen würden.« Er zögerte, dann sprach er weiter. »Wenn du in Schwierigkeiten bist, solltest du zu dem Zimmermann gehen, zu Richard.«

»Dem Zimmermann?«

»Aye. Er ist ein Freund von mir.«

»Und ein Verräter an Rhydd.«

»Wie du es gewesen bist, Mylady, als du mit einem Mann geschlafen hast, der nicht dein Ehemann war.«

Sie versuchte nicht darauf zu achten, wie warm seine Finger auf ihrem Arm waren. »Die Menschen von Rhydd sind Roderick treu ergeben und ...«

»Roderick ist tot.«

»... seiner Frau ...«

»Du, Mylady, bist jetzt mit Ian verheiratet.«

»Oh, zum Kuckuck!« Wie hatte ihr Leben nur so kompliziert werden können? »Jeder weiß, dass ich Ian nur geheiratet habe, um Gareths Leben zu retten.«

Eines der Pferde schnappte nach einem anderen, und das zweite Pferd wieherte und trat aus.

»Psst!« befahl Trevin, und er zog sie fest an sich. Er blies die Kerze aus, und im Stall wurde es sofort dunkel. Durch die offene Tür sahen sie einen Wachmann, der vom Nordturm Ausschau hielt, er hielt eine Fackel hoch und rief dem Torhüter etwas zu.

»Wer ist da?«

»Was?«

Gwynn erstarrte und betete insgeheim, dass man sie nicht finden würde, wie sie im Stall in den Armen des geächteten Baron von Black Oak Hall lehnte. Er hielt sie ganz fest, und sein Duft nach Mann und Leder erinnerte sie ungebeten daran, wie sie vor so vielen Jahren nackt in seinen Armen gelegen hatte.

»Psst«, flüsterte er, und sein warmer Atem strich über ihr Ohr.

Unter ihrer Kleidung wurde ihr Po hart gegen seinen Schenkel gepresst. Er bewegte sich ein wenig, und seine harten Muskeln drängten sich gegen ihre Wirbelsäule. Ungewollt stieg Verlangen in ihr auf, obwohl sie für einen solchen Unsinn im Augenblick wirklich keine Zeit hatte.

Der verflixte Trevin mit seinem sehnigen Körper, sie musste jetzt an Gareth denken. Sie konnte kaum atmen und versuchte, sich auf etwas anderes zu konzentrieren als auf seine Hand, die auf ihrem Bauch lag.

»Ich habe gesagt, wer ist da?«, rief der Wachmann noch einmal.

*Gütiger Himmel, lass mich hier heraus, damit ich Gareth finden kann.* Ihr Atem ging schneller und in ihren Gedanken wirbelten Bilder von Trevin und Gareth, Vater und Sohn, die einander so ähnlich waren und doch so verschieden. Mit jedem Atemzug schlossen sich seine Arme fester um sie, seine Fingerspitzen berührten die Unterseiten ihrer Brüste.

Irgendwo in einem Pferch in der Nähe muhte eine Kuh, und die Hunde begannen noch einmal zu bellen.

»Hier ist niemand, du Dummkopf.« Der Torwächter trat in den Schlosshof und sah sich um. Dann legte er eine Hand um seinen Mund, hob den Kopf und rief nach oben. »Halte du Wache und kümmere dich um deine eigenen Angelegenheiten.«

»Du gütiger Gott, du bist aber schlecht gelaunt.«

»Ja, siehst du nicht, dass du die Hunde wieder alle ganz verrückt gemacht hast, wie?« Der Wachmann brummte etwas vor sich hin, dann ging er zurück in sein Torhaus, und die Wache auf den Zinnen ging zurück zum Turm, seine Fackel leuchtete hell.

»Also«, sagte Trevin, und seine Lippen berührten sanft ihren Nacken. »Du gehst jetzt zum Schloss und suchst den Jungen. Bring ihn hierher zu mir.«

»Das kann ich nicht.«

»Wenn du es nicht tust«, versprach er es ihr, und aus seiner Stimme war seine Verärgerung zu hören, »dann werde ich ihn selbst suchen und werde ihm die Wahrheit sagen. Es ist Zeit, dass er erfährt, wessen Blut durch seine Adern rinnt.«

»Das Blut eines Diebes.«

»Und noch viel schlimmer«, gab er zu, und sie dachte an die Gerüchte, die über ihn im Umlauf waren. Ein schwarzes Herz. Ein Schurkenbaron. Ein Mörder und, wie immer, ein Geächteter.

»Ich werde gehen«, gab sie schließlich nach, als sie es nicht länger ertragen konnte, auch nur eine weitere Minute in seinen Armen zu liegen. Ihr Blut kochte, ihr verräterisches Herz schlug heftig, und ihre Angst um ihren Sohn wurde überdeckt von Bildern, wie sie nackt in seinen Armen lag und ihrem Verlangen freien Lauf ließ, während sie sein Gewicht auf sich fühlte.

Sie schluckte, um die Erinnerungen zu vertreiben, dann schlüpfte sie aus der Tür, und ohne ein Geräusch lief sie durch die schwarzen Schatten des Schlosshofes davon. Rauch von den Feuern des Tages lag noch in der feuchten Luft, als sie durch das Gras und den Lehm auf die große Halle zulief.

Pfützen hatten sich auf dem Weg gebildet, ihre Schuhe und ihre Röcke wurden nass. Sie musste nachdenken, sie musste einen Plan machen, um ihren Sohn zu retten. Trevin und seine Wünsche konnten ihr gestohlen bleiben. Gareth war es, der in Gefahr war.

Ein Plan formte sich in ihrem Kopf, als sie um den Aalteich lief und neben ihr ein Fisch aus dem Wasser sprang. Es war zuerst ein flüchtiger Gedanke, der aber immer deutlichere Formen annahm. Sie würde die Soldaten bestechen, die mit Gareth an die Außengrenzen von Rhydd reiten würden. Sicher würde einer von ihnen den Jungen zum Schloss Heath bringen, wo Luella dafür sorgen würde, dass er in einem sicheren Versteck untergebracht wurde. Und dann, viel später, würde sie ihm folgen. Irgendwie, auf irgendeine Art, würde sie wieder mit ihrem Sohn vereint sein.

Aber du bist mit Ian verheiratet. Bei dem Gedanken zog sich alles in ihr zusammen. Wie konnte sie mit ihm das Bett teilen? Wie konnte sie mit ihm schlafen? Wie konnte sie so tun, als würde sie ihn nicht verachten? Ihr Magen hob sich bei diesem Gedanken, und sie zog ihre Schuhe aus, um leise die Treppe hinaufzulaufen.

Die Kerzen waren heruntergebrannt, das Licht gedämpft. Rauch hing in den Fluren. Sicher hatte Ian sie schon vermisst, und er würde wissen wollen, wo sie gewesen war. Sie würde ihn natürlich anlügen, sie würde behaupten, sie sei ruhelos gewesen und hätte einen Spaziergang machen müssen, um ihren Kopf wieder frei zu bekommen von all dem Schmerz, den sie an dem heutigen Tag erfahren hatte. Sicher würde Ian von ihr erwarten, dass sie Rodericks Tod betrauerte und auch die Verbannung ihres Sohnes.

Sie öffnete die Tür zu ihrem Zimmer – und blieb wie angewurzelt stehen.

Ihr Mund wurde staubtrocken.

»Weib.« Kein Anzeichen eines Lächelns war auf Ians bösem Gesicht zu entdecken. Er saß auf der Bettkante, hatte sich zurückgelehnt und auf einen Ellbogen gestützt, als gehörte dieses Bett, in dem sie schlief, ihm.

Webb, der abscheuliche Ritter, stand in der Nähe des Feuers. Blut, schwarz und getrocknet, klebte an seinem Hosenbein, und in seinen Augen blitzte ein böses Licht, das sie zu Tode ängstigte.

»Wo ist er?«, wollte Ian wissen.

Gwynn stockte der Atem. »W-wer?«, brachte sie heraus und zwang sich, den Raum zu betreten. In diesem Zimmer allein mit den beiden Männern zu sein, ängstigte sie schrecklich, doch es gelang ihr, nach außen hin ruhig zu erscheinen. »Wen suchst du denn?«

»Deinen Sohn, Weib.«

Gütiger, gnädiger Gott im Himmel. »Gareth? Ist er denn nicht im Schloss?«

»Nirgendwo.«

»Aber er muss hier sein.« Insgeheim betete sie, dass Idelle ihn weggebracht hatte und dass er in diesem Augenblick so schnell wie der Teufel zum Schloss Heath ritt.

»Wir haben überall nach ihm gesucht.«

»Überall«, wiederholte Webb und spuckte ins Feuer. Die Flammen knisterten.

»Aber das Schloss ist groß, es gibt viele Orte, wo er sich verstecken könnte. Du kennst doch Gareth, er ist noch ein Junge. Immer spielt er und neckt die anderen.«

»Er ist weg.« Ians Stimme klang ausdruckslos.

»Nein. Ich glaube nicht, dass ...«

»Das Ausfalltor war weder verriegelt noch verschlossen. Ein Wachmann hat es offen vorgefunden, und er ist ganz sicher, dass es geschlossen war, als er das letzte Mal daran vorüberging. Und auch der junge Hund, den du dem Jungen geschenkt hast, ist nicht mehr da.«

Gwynns Knie gaben nach. War Gareth bei Trevin? Waren die beiden zusammen entkommen? Das Ausfalltor, das normalerweise bewacht wurde, war die Hintertür aus dem Schloss, es lag hoch über dem Schlossgraben und diente als Fluchtmöglichkeit, falls das Schloss einmal belagert wurde. Sie zuckte mit den Schultern. »Ich weiß nicht, wo er ist.«

Mit einem verächtlichen Schnaufen humpelte Webb zum Fenster und betrachtete sie schweigend.

»Das kannst du doch sicher besser, Lady«, meinte Ian und kratzte sich am Bart. »Lüg mich nicht an. Sag mir, wo er ist.«

»Ich schwöre bei meinem Leben, ich weiß es nicht.«

»So sei es.« Er nahm den Blick nicht von seiner Frau, als er sich vom Bett abstieß und dann aufstand. Als er Gwynn näher kam, wurde ihr bewusst, um wie viel größer er war als sie. Seufzend griff er nach seinem Gürtel und begann dann, ihn langsam zu öffnen. Furcht beschlich sie. »Also, Weib«, sagte er, als er den Gürtel schließlich in der Hand hielt. »Meine Geduld ist zu Ende. Diesmal wirst du mir sagen, wo du den Jungen versteckt hast. Ich möchte dir kein Leid antun, aber wenn es nötig ist, werde ich das tun, was ich muss, um dieses Schloss zu regieren.«

»Und das schließt ein, mich auszupeitschen?«, fragte sie und weigerte sich, ihm zu zeigen, dass die Furcht ihr die Luft abschnürte.

»Es bedeutet nur, dass ich mich nicht davor fürchte, jeden, auch meine neue Braut, dazu zu bringen, sich meinem Willen zu beugen.« Er betastete den Gürtel. »Bete, dass ich dazu keine Gewalt werde anwenden müssen.«

»Tu, was du willst«, antwortete sie und hielt seinem Blick stand. »Ich fürchte dich nicht, Ian. Und das werde ich auch niemals tun.«

»Wer zum Teufel seid Ihr?«, keuchte Gareth, als er versuchte, sich aus dem Griff, der ihn so fest hielt, zu befreien.

»Weißt du das denn nicht?«

»Seid Ihr Luzifer?«

»Bei den Göttern, Junge, würde Lord Trevin dich zum Teufel schicken?«

»Lord Trevin?« Gareth versuchte, den Mann zu erkennen – denn er schien ein Mann zu sein und kein Monster aus dem Wald –, der ihn gepackt hatte, aber es war zu dunkel, um etwas sehen zu können, bis auf den weißen Bart und das Loch seines Mundes. »Ihr redet in Rätseln. Und jetzt lasst mich bitte los.«

»Noch nicht, mein Junge. Es ist meine Pflicht, dich in Sicherheit zu bringen, also werde ich mir nicht länger irgendwelche Frechheiten von dir anhören.«

»Eure *Pflicht?*«

»Aye, gegenüber Trevin von Black Oak.«

»Sprecht Ihr von dem Geächteten, der das Schloss gestohlen hat?« Obwohl Gareth zitterte, so spuckte er doch auf den Boden. »Ich habe von ihm gehört. Der alte Bart hat gesagt, er ist ein Betrüger.«

»Vielleicht.«

»Ein Betrüger, der einen dummen, betrunkenen alten

Mann übers Ohr gehauen hat, der dumm genug war, bei einem Würfelspiel seine ganze Baronie einzusetzen.«

»Nun ...«

»Und dann, hat Bart gesagt, als der Lord begriffen hatte, was er getan hat, hat dieser Trevin, der nichts als ein geächteter Ritter war, dem Lord ein Schwert in den Leib gerammt und hat ihn in den Burggraben geworfen!«

»Nein, nein, nein. Wer ist dieser Bart?«

»Der beste Jäger in ganz Rhydd ... nun ja, das war er wenigstens, bis er wegen eines Wolfes seine Finger verloren hat.«

»Bah! Er kennt nur die halbe Wahrheit.«

»Nein, Matilda – sie bearbeitet die Felle der Tiere, die der Jäger erlegt hat, sie hat auch gesagt, dass Trevin von Black Oak ein Dieb und ein Mörder ist.«

»Nun, sie ist eine Lügnerin, und der alte Mann – Bart oder wie immer er auch heißen mag, ist ein Dummkopf. Weißt du denn nicht, dass man auf alte Frauen nicht hören soll? Sie sind der Fluch der Existenz eines Mannes, das kann ich dir sagen. Und jetzt komm.«

»Bart ist keine Frau.«

»Ah, nun, einigen Männern kann man auch nicht trauen.«

»Ich werde nirgendwo hingehen.« Der Mann sprach nicht nur, als wäre er ein Dummkopf, er roch dazu nach säuerlichem Wein.

»Ich habe Essen und ein warmes Feuer, Junge, also komm mit, ehe derjenige, vor dem du davonläufst, dich findet.«

»Lasst mich in Ruhe!« Gareth versuchte, sich zu wehren, und Muir brauchte seine ganze Kraft, um ihn festzuhalten. Der Hund jaulte wild und sprang auf und ab, er schnappte nach seinen Beinen. »Du – Biest – geh weg!«

»Nein, Boon, fass. Fass!« Gareth trat um sich und traf Muirs Schienbein.

»Du elendes Gör. Wenn du nicht der Sohn von ...« Er biss

sich auf die Zunge, obwohl sein Bein schmerzte. »Ich bin hier, um dir zu helfen, wenn du dich nur beruhigen würdest.«

»Mir zu helfen?«

»Aye. Ich will dich vor denen retten, die dich lieber im Grab sehen würden, noch ehe du dreizehn Jahre alt bist.«

Gareth hörte auf sich zu wehren, zu treten und zu kratzen. »Ihr wisst davon?« fragte er.

»Aye. Platz, du kleiner Köter!«

»Boon, hör auf!«, befahl Gareth und betrachtete den bärtigen Mann genauer, der ihn mit seinen alten Händen festhielt. Er war klein und rundlich, mit einem wallenden Bart und einer rauen Stimme. Sein Atem stank grässlich nach saurem Wein, und sogar in der Dunkelheit konnte Gareth ahnen, dass seine Kleidung ärmlich war und dass etwas mit seinem Gesicht nicht stimmte.

»Warum seid Ihr in den Wäldern von Rhydd?«

»Ich habe natürlich auf dich gewartet.«

»Natürlich«, spottete Gareth, und der alte Mann schnaufte verächtlich.

»Wir müssen hier verschwinden. Wenn du geflohen bist, bedeutet das, dass es Schwierigkeiten geben wird, genau wie ich es in meiner Vision gesehen habe.«

»Vision? Was seid Ihr? Ein Zauberer?« Gareth bezweifelte das. Der alte Mann war ein Trunkenbold, mehr nicht. Jede Vision, die er haben mochte, hatte er sicher auf dem Grunde eines Bechers Bier gehabt, wenn Gareth sich nicht irrte.

Muir seufzte theatralisch auf. »Im Augenblick, so scheint es mir, bin ich ein bemitleidenswerter Mann mit einem Jungen, der viel zu viele Fragen stellt und mit einem Hund, der mir am liebsten an die Gurgel gehen würde. Beeile dich und laufe in diese Richtung.«

Gareth pfiff nach dem jungen Hund.

»Oh, sei doch still«, murmelte Muir ärgerlich. Er hatte noch nie viel für Jungen in diesem Alter übrig gehabt. Sie waren zu alt, um unschuldig zu sein und zu jung, um irgendetwas Wichtiges zu wissen, sie machten einem immer nur Schwierigkeiten. Trevin war im Alter von zwölf Jahren extrem schwierig gewesen. Muir hatte ihm ständig aus der Patsche helfen müssen.

»Wohin gehen wir?«

»An einen Ort, wo wir sicher sind.«

Gareth passte sich dem Schritt des alten Mannes an, der einen Stock in der Hand hielt, den er jedoch nicht benutzte und der einen Weg durch den Wald fand, zu einem Pferd, das an einen kleinen Baum angebunden war. Das Zaumzeug klirrte, als das Pferd versuchte, die wenigen mageren Halme, die in dem Wald wuchsen, in der Dunkelheit zu fressen.

In diesem Augenblick jaulte der junge Hund aufgeregt, und in der Entfernung hörte man das Bellen von Hunden.

»Die Heiligen seien verdammt.« Die Hunde von Rhydd würden losgelassen werden, um ihn zu jagen, wie einen verwundeten Hirsch. »Steig auf«, drängte der Betrunkene, und Gareth hatte keine andere Wahl, als dem krüppeligen alten Mann zu folgen, der mit erstaunlicher Leichtigkeit auf das Pferd stieg. Er schnalzte mit der Zunge, und obwohl es in dem Wald stockdunkel war, schlug das Pferd einen schnellen Trab an.

Wieder bellte der Chor der Hunde, und Gareth erstarrte. Seine Zähne klapperten, und er verbannte die Erinnerung daran, wie das Schwert in Rodericks Körper eingedrungen war. Es war so ganz anders gewesen als bei den Spielen, die er mit Tom spielte, dem dummen Sohn des Metzgers. Das Gefühl, wie das Metall die Haut durchdrang und auf den Knochen traf, war kalt und unheimlich. Er hielt den Hund ganz fest an sich gedrückt, fühlte seine Wärme und wünschte, dass all die Schwierigkeiten niemals begonnen hätten.

Wenn doch nur Roderick, der Mann, von dem er geglaubt hatte, er sei sein Vater, nie geflohen wäre.

»Schnell«, drängte der Zauberer das Pferd.

Ihr Weg war verschlungen, und sie änderten ein paarmal die Richtung, so dass schließlich Gareth, der den regenfeuchten Wald kannte wie seine Westentasche, nicht mehr wusste, wo sie waren. Schließlich lenkte der alte Mann das Pferd durch ein Tal und um einen kleinen See herum. Auf der anderen Seite des Sees, in einem Dickicht aus Adlerfarn und Fichten, stieg er ab und zeigte Gareth den schmalen Eingang zu einer Höhle.

»Das soll ein sicherer Ort sein?«, flüsterte Gareth. Er hätte sicher einen besseren Platz gefunden.

»Vertrau mir.«

»Ich kenne Euch nicht, alter Mann.« Er war misstrauisch. Warum sollte er diesem alten Dummkopf glauben? Gab es überhaupt jemanden, dem er glauben konnte?

Er sah, wie der angebliche Zauberer das Pferd tätschelte und es dann an einen dürren Baum band. »Komm, Junge. Es ist Zeit, etwas zu essen.«

Gareths Magen knurrte, als der alte Mann eine einzelne Fackel von einem Stapel neben einem Felsüberhang nahm und sie anzündete. Er hatte Gareth den Rücken zugekehrt, und Gareth sah nur einen abgetragenen schwarzen Umhang mit einer staubigen Kapuze und Stiefel, die dringend neue Sohlen und Absätze gebraucht hätten. Er hielt die Fackel hoch und führte Gareth über einen staubigen Weg ins Innere der Höhle.

»Sind hier Bären drin oder Dachse?«, fragte Gareth und wünschte, er wäre klug genug gewesen, seinen Bogen und seinen Köcher mitzunehmen, während er sich bemühte, in alle Ecken und Nischen der Höhle zu blicken. Seine einzige Waffe war sein Dolch, und er schien ihm sehr klein, wenn er an wilde Kreaturen mit scharfen Zähnen dachte.

Boon war auch keine große Hilfe. Der junge Hund fiepte und folgte Gareth ängstlich.

»Nein. Hier gibt es nur ein paar Fledermäuse.«

»Aber ...« Er schluckte seine Angst hinunter. Exkremente und ein paar gebleichte Knochen von den verschiedensten Tieren lagen auf dem Boden. Über ihnen hörte man das Rauschen von Flügeln. Gareth musste sich in Erinnerung rufen, dass es sicher besser war, mit dem alten Mann in dieser Höhle zu sein als allein im Wald, wo er sicher sein konnte, dass jeden Augenblick Sir Webb aus der Dunkelheit auftauchen und ihm den Hals durchschneiden würde.

»Sie ist leer, habe ich gesagt. Würde ich dich in die Nähe eines scheußlichen Raubtieres mit scharfen Zähnen führen, wenn es doch mein Auftrag ist, dich in Sicherheit zu bringen?«

»Nein, aber ...«

»Psst. All deine Fragen gehen mir durch den Kopf und machen mir Kopfschmerzen. Hier sind wir schon ...« Er legte die Fackel auf einen Haufen trockener Äste, die in einem Kreis von Steinen lagen. Mit einem Knistern fingen die Äste Feuer, Flammen und Rauch stiegen auf. Goldene Schatten spielten auf den unebenen Felswänden und der hohen Decke, von der Wurzeln hingen, die im Rauch des Feuers hin und her wehten.

In einer Ecke standen zwei Pritschen, darauf lagen Felle, die alt und staubig waren. Der Hund schnüffelte in den Ecken herum, sein Atem ließ kleine Staubwolken aufsteigen.

»Hier sind wir, zu Hause«, murmelte der verkrüppelte Mann und wandte sich zu seinem jungen Schützling um.

Der Schrei blieb Gareth im Hals stecken.

Der alte Mann war abscheulich. Er hatte nur ein Auge, und sein Gesicht war entstellt.

Der Zauberer lächelte und zeigte einige wenige Zähne. »So etwas hier«, sagte er und deutete auf sein Gesicht, »passiert, wenn ein Junge zu großspurig wird und glaubt, dass er einen stärkeren Feind übertrumpfen kann.«

»Aber ... aber Ihr habt nur ein Auge.«

»Nein, Sohn, ich habe zwei Augen. Eines davon sieht, was der Rest der Welt auch sieht, und das andere hat Visionen, die niemand sonst sehen kann.« Er setzte sich auf einen großen Felsbrocken und legte die knorrigen Hände auf den Stock. »Das ist ein Fluch. Bis ich blind wurde und blutete, war ich nicht anders als alle anderen Männer in der Stadt auch. Aber ich wurde erwischt, als ich einen reichen Mann beraubte ... nun, die Geschichte ist noch umfangreicher, aber es ist besser, wenn du all das später hörst, wenn überhaupt. Kurz und gut, eine alte Frau hat mich wieder gesund gepflegt und hat mir einiges ihrer Zauberei beigebracht.«

Er runzelte die Stirn bei der Erinnerung. »Damals habe ich gelernt, meine anderen Fähigkeiten einzusetzen. Meine Ohren und meine Nase wurden zu meinen Augen. Meine Finger zeigten mir die Dinge, als meine Augen mir den Dienst versagten, und als dann endlich der Verband abgenommen wurde, konnte ich nur mit einem Auge das Tageslicht sehen. Das andere Auge jedoch konnte die Dinge erkennen, die die anderen Menschen nicht sehen können – die dunkle Seite der Nacht.«

Ein Schauer lief durch Gareths Körper. »Wer seid Ihr?«

»Man nennt mich Muir.«

»Von Black Oak?«

Der alte Mann lächelte schief. »Im Augenblick gehöre ich hierher, in diese Höhle. Zieh deine nassen Sachen aus und lege sie ans Feuer, dann wärmst du dich im Bett. Es wäre mein Verderben, wenn ich dich krank bei Trevin abliefere. Mach jetzt ...« Er deutete mit der Hand auf die Pritschen, doch der Junge rührte sich nicht von der Stelle.

»Was will dieser Trevin von mir?«

Muir zögerte. »Das wird er dir selbst sagen müssen, Junge, aber vertrau mir, er ist kein Freund von Ian von Rhydd.«

»Wo ist er jetzt.«

»Ich fürchte, das weiß ich nicht.« Der alte Mann runzelte die Stirn, dann betrachtete er Gareths Bündel, während der kleine Hund sich ein paarmal um sich selbst drehte, ehe er den richtigen Platz gefunden hatte, wo er sich hinlegen und den Jungen beobachten konnte. »Hast du daran gedacht, etwas zu trinken mitzubringen?«

»Nein.«

Muir seufzte, dann rollte er sein gesundes Auge gequält zur Decke. »Das dachte ich mir. Es ist mein Schicksal in diesem Leben, ständig einen ausgetrockneten Hals und eine trockene Zunge zu haben.«

Gareth zog sein Hemd aus und glaubte dem alten Bock kein Wort. Doch im Augenblick hatte er keine andere Wahl, als ihm zu vertrauen und trotz allem zu hoffen, dass Webb oder die anderen Soldaten Ians ihn in dieser Höhle nicht fanden. Denn auch wenn der alte Mann glaubte, sie seien hier in Sicherheit, so war die Höhle doch eine Falle und hatte nur einen Eingang.

Wenn man sie entdeckte, wäre ihr Schicksal besiegelt.

Sie hatte ihn betrogen. So sicher wie der Mond sich hinter den Wolken versteckte, hatte Gwynn ein doppeltes Spiel mit ihm gespielt. Insgeheim verfluchte Trevin sich dafür, dass er ein solcher Dummkopf gewesen war, dann verschmolz er mit den Schatten und suchte sich den Weg zum Schloss. Er hörte die Geräusche der Nacht, der Fluss rauschte heftig auf der anderen Seite der Schlossmauern, eine Eule im Wald rief, und die Schweine grunzten und schnauften in ihren Ställen.

Warum hatte er ihr vertraut? Hatte sie ihn denn nicht schon einmal für ihre Zwecke ausgenutzt? Hatte sie ihn nicht verführt und mit ihm gehandelt? Hatte sie ihm nicht seine Freiheit gegeben im Austausch gegen ein paar Nächte in ihrem Bett? Dieses Frauenzimmer besaß kein Herz, keine Moral und ganz sicher keine Treue.

Außer zu dem Jungen. Sie schien sich wirklich Sorgen zu machen um ihren Sohn und seine Sicherheit. *Seinen* Sohn, rief er sich ins Gedächtnis, als er um den Fischweiher schlich und dann geräuschlos das Schloss betrat. Irgendetwas stimmte nicht, dessen war er sicher. Die Hunde in den Zwingern waren unruhig, die Tauben in ihrem Schlag gurrten aufgeregt, und Gwynn war schon viel zu lange weg.

Er hatte gesehen, wie sie die große Halle betreten hatte, und folgte ihr jetzt auf diesem Weg. Seine Schritte wurden durch die Binsen auf dem Boden gedämpft. Einige Ritter dösten auf ihren Posten, zwei andere waren in ein Schachspiel versunken, und einer hob gerade die Röcke einer Magd, in der Nähe des Ganges, der zu der Kapelle führte. Das Bild der Schenkel der Frau, die sich so willig um den Körper des Ritters schlangen, brannte sich tief in Trevins Gedächtnis ein. Es war schon so lange her, seit er mit einer Frau zusammen gewesen war, und als er Gwynn zuvor so fest in seinen Armen gehalten hatte, hatte sein Körper sich geregt.

Seit dem Tod seiner Frau hatte er mit keiner anderen Frau mehr geschlafen, und er hatte auch keine Frau gewollt.

Bis heute Abend. Der Duft von Gwynns Haar, das Gefühl, wie ihr Brustkorb sich heftig hob und senkte, ihre festen Brüste, ihre Taille in seinen Händen und ihr Po, rund und fest, wie er sich gegen seine Schenkel drängte, war zu viel gewesen. Er hatte keine Zeit, sich von einer Frau ablenken zu lassen, von keiner Frau und schon gar nicht von Gwynn, und dennoch kletterte er jetzt gerade die Treppe zu ihrem Zimmer hinauf, verbarg sich in den Schatten, und sein Herz klopfte voller Erwartung.

Es hatte viele Frauen gegeben, seit er damals vor so vielen Jahren Gwynn geliebt hatte, doch keine von ihnen hatte ihn mit dieser ursprünglichen, schmerzlichen Leidenschaft erfüllt. Er hatte sich selbst eingeredet, dass der Grund dafür war, dass sie seine erste Frau gewesen war, eine verbotene Frucht, doch als er nun den Weg zu ihrem Zimmer entlangschlich, fühlte er das Gleiche atemlose Verlangen, das sein Herz zusammenpresste, wie vor so vielen Jahren.

Er hockte sich in der Nähe der Tür nieder und hörte Stimmen durch die Tür.

»Ich schwöre Euch, Lord Ian, ich weiß nicht, wo Gareth ist.«

»Lügnerin!«

»Nein, Ihr dürft nicht . . .«

Klatsch!

Trevin sprang auf. Er trat fest zu. Die Tür gab nach.

Mit gezogenem Schwert sprang er in das Zimmer.

»Was zum Teufel?«, rief Ian, und sein Blick ging von seiner wunderschönen Frau, die mit geballten Fäusten vor ihm stand, zur Tür. »Wenn das nicht der Dieb ist.« Er hielt den Gürtel noch immer in einer Hand, während er die andere Hand gehoben hatte, um zuzuschlagen.

»Lasst sie in Ruhe«, befahl Trevin und entdeckte den dunklen Ritter in einer Ecke des Raumes.

»Sie ist meine Frau.«

»Und Ihr, Lord, seid bestimmt für die Hölle, wenn Ihr nicht sofort Eure Hand senkt.« Trevins Stimme klang tödlich, und er blickte den neuen Baron von Rhydd mit brennender, kaum gezügelter Wut an. »Gwynn, geh.«

»Nein, Trevin, das ist nicht dein Kampf.« Gwynn warf ihm einen ängstlichen Blick zu und flehte insgeheim, dass er seinen Mund halten würde.

»Ist er das nicht?« Er schob sein Schwert in die Scheide zurück, doch sein Blick nagelte die beiden Männer in dem Raum fest – beide seine eingeschworenen Feinde. »Ich kenne Euch.« Ian verzog den Mund. »Ihr seid der elende kleine Köter, der meinen Dolch gestohlen hat.«

»Aye, und der Euch das Gesicht aufgeschlitzt hat.«

Ians rechte Hand ging zu seiner Wange, und er berührte die Narbe, die bis unter seinen Haaransatz ging.

»Verschwinde hier, Gwynn, sofort«, befahl Trevin und ahnte, dass bald ein Kampf ausbrechen würde. Aus der Halterung an seinem Bein zog er den Dolch.

»Ihr habt ihn noch immer.«

Trevin grinste boshaft. »Hier.« Er warf den mit Juwelen besetzten Dolch Ian zu. Rubine, Smaragde und Saphire leuchteten im Licht des Feuers, während das kleine Messer durch die Luft segelte und dann in der ausgestreckten Hand des Lords landete. »Ich habe mir Eure Waffe nur ausgeborgt.«

»Ihr seid Trevin von Black Oak.« Webbs Augen hatten sich zu schmalen Schlitzen zusammengezogen, man sah nur noch das Licht des Feuers, das darin zuckte. »Ihr habt Baron Dryw umgebracht.«

»Was habt Ihr hier zu suchen?«, fragte Ian und ging langsam um Gwynn herum, dabei nahm er den Blick nicht von Trevin. Seine Finger schlossen sich fester um den Griff des Dolches.

»Ich bin gekommen, um meinen Sohn zu holen.«

Gwynn zog scharf den Atem ein und schüttelte dann den Kopf. »Er weiß nicht, was er sagt.«

»Euren Sohn?«, fragte Ian. »Euren Sohn?«

Trevin nickte.

Gwynn war verzweifelt. »Er weiß nicht ...«

»Den Jungen, Gareth?« Dunkle Augenbrauen zogen sich erstaunt hoch, dann lachte er auf. »*Euer* Sohn? Ihr, ein niedriger Dieb, damals selbst noch ein Junge, Ihr seid der Vater dieses Jungen?« Ian warf Gwynn einen ungläubigen Blick zu, er sah ihre hochroten Wangen und ihre Augen, die Feuer sprühten. »Bei der Liebe Gottes!«

»Wo ist er?«, wollte Trevin wissen.

Ian spielte mit dem Dolch. »Ihr habt mit Rodericks Frau geschlafen, während er in der Schlacht war?«

»Du hast vermutet, dass Gareth nicht der Sohn meines Mannes war«, unterbrach ihn Gwynn, und ihre Stimme zitterte leicht.

»Aber ich habe nicht gewusst, dass du eine solche Dirne bist, um mit einem gewöhnlichen Dieb zu schlafen, einem Mann, der es nicht einmal wert ist, Rodericks Schuhe zu putzen.«

»Was macht es denn aus, wer Gareths Vater ist?«, fragte sie, während Webb sich das Bein rieb und sein Schwert aus der Scheide zog.

Ians Mund verzog sich zu einem hässlichen Grinsen. »Ich hatte gehofft, du hättest einen besseren Geschmack, Weib. Du hättest deine Hurerei wenigstens mit einem Edelmann tun können.«

»Wo ist der Junge?«, fragte Trevin Webb, der Ians Absichten erraten hatte und sich langsam auf die andere Seite von Gwynn schob.

»Eine gute Frage.« Ian rieb sich den Stoppelbart an seinem Kinn und, die Narbe, die bis zu seinem Haaransatz reichte, schien plötzlich viel deutlicher hervorzutreten. »Genau das habe ich gerade meine Frau auch gefragt.«

»Indem Ihr versucht habt, ihr die Antwort aus dem Leib zu prügeln?« Trevins Finger umfassten den Griff seiner Waffe. Schweiß trat ihm auf die Stirn.

»Der Junge hat meinen Bruder umgebracht, den Baron. Seine Strafe ist es, für immer von Rhydd verbannt zu werden.«

Trevin zuckte die Schultern. »Dann hat er Euch vielleicht die Mühe erspart und ist von selbst gegangen.«

»Nein! Er wäre nicht weggegangen, ohne zuerst mit mir zu sprechen«, behauptete Gwynn, und aus ihrer Stimme klang Verzweiflung.

»Verschwinde, Lady«, warnte Trevin sie.

»Bleib hier!«, befahl Ian.

»Jetzt!«, rief Trevin, und Gwynn stürzte zur Tür. Ian warf mit seinem Dolch nach Trevin, doch der junge Mann duckte sich und wirbelte herum. Das Messer bohrte sich in die Eichentür.

Webb ging auf den Eindringling los. Sein Schwert sauste durch die Luft. Trevin zog den Bauch ein, doch die Spitze von Webbs Waffe schlitzte seinen Umhang auf und traf seine Haut. Gwynn riss den Dolch aus der Tür und warf damit nach Webb. Die Klinge bohrte sich in seine Schulter, und er schrie wie ein Schwein, das man abgestochen hatte. Blut floss über seinen Arm, und er zog den verhassten Dolch aus seiner Haut.

»Lauf!«, rief Trevin, und diesmal floh Gwynn durch die Tür. Trevin ging langsam rückwärts, sein Schwert schwang er vor sich durch die Luft. Er folgte Gwynn und verbarg sich dann blitzschnell in einer Ecke, während Gwynn die Treppe hinunterlief. Er duckte sich, und als Ian auf die Treppe zulief, hielt er sein Schwert bereit.

»Wachen! Dort ist ein Verräter. Ein Verbrecher! Fangt ihn!« Ian bog um die Ecke. Trevin holte aus. Sein Schwert traf Ian am Schienbein. Er schrie voller Schmerzen auf und rollte die Treppe hinunter.

Trevin lief nach oben, durch das Sonnenzimmer und von dort aus auf den Fenstersims. Er sprang los und flog durch die Luft, packte einen anderen Fenstersims und rutschte dann an der Mauer hinunter, riss sich die Finger und seinen Körper auf, bis seine Füße auf dem mit Stroh gedeckten Dach der Hütte des Zimmermanns landeten. Er biss sich dabei auf die Zunge, Schmerz durchfuhr seinen Körper.

»Um der Liebe Gottes willen, Mann«, rief Richard, als Trevin vom Dach hinunterrollte und auf den Boden fiel. »Seid Ihr verrückt?«

Trevins ganzer Körper schmerzte, Blut drang durch seine Tunika und seinen Umhang, doch wie vereinbart, reichte Richard ihm die gestohlene Uniform eines Soldaten von Rhydd. »Wo ist der Junge?«

»Bereits verschwunden, wie es scheint.« Trevin zog sich aus, und mit Hilfe von Richard schlüpfte er in die Rüstung. Der Geruch nach Sägespänen und Holz verschwand, als er ihm den Helm über den Kopf stülpte. Hunde bellten, Soldaten schrien, Pferde wieherten nervös, und man hörte das Geräusch von Stiefeln.

»Und wo ist die Lady?«

»Ist sie nicht hierher gekommen?«

»Nein, ich habe sie nicht gesehen.«

»Dann muss ich bleiben.«

»Nein, das könnt Ihr nicht.«

Konnte er Gwynn zurücklassen? Trevin erinnerte sich daran, wie rot ihre Wange gewesen war vom Schlag von Ians Hand. Und wozu? Nur weil sie ihm nicht gesagt hatte, wo ihr Sohn war? Jetzt hatte sie ihn betrogen, hatte sich ihm widersetzt. Die Folter, der Ian sie aussetzen würde, würde gnadenlos sein. Diese verflixte Frau.

»Ich kann nicht gehen.«

»Ihr werdet umgebracht werden, und ich auch. Für Euch habe ich einen von Ians Soldaten niedergeschlagen, vielleicht habe ich ihn sogar umgebracht.« Richards Stimme klang hart. »Meine Familie wird darunter leiden, und meine Frau ist wieder schwanger.«

»Ich werde Lady Gwynn nicht verlassen.«

»Ihr müsst, Trevin, oder ich werde Euch selbst verraten.« Richard, dessen Gesicht in der Dunkelheit ganz bleich war, blickte ihn mit wilder Entschlossenheit an. »Ich werde mich um die Lady kümmern.«

»Das ist nicht nötig«, flüsterte eine leise Stimme, und Idelle trat durch die Tür. »Sie ist in Sicherheit.«

»Hier in Rhydd?«

»Nein.«

»Sie hat das Schloss verlassen?«

Die alte Hebamme duckte sich in eine Ecke, hinter einen Stapel mit Brettern. »Macht Euch keine Sorgen um sie, Trevin von Black Oak. Ihr müsst Euer eigenes Herz heilen.«

»Aber wie kann ich wissen, ob sie in Sicherheit ist?«

»Vertraut auf Gott.«

»Und so etwas sagt Ihr – die Frau, von der man weiß, dass sie Zaubersprüche kennt und die Dämonen herbeirufen kann?«

»Der Lady geht es gut. Sie hat mich gebeten, es Euch zu sagen. Und jetzt geht, denn sonst wird Ian nicht nur Euch umbringen, sondern auch uns.«

Trevin hatte das Gefühl, dass sie log. »Seid Ihr ganz sicher?«

»Ich schwöre auf das Leben der Lady und auf das ihres Sohnes, dass Lady Gwynn in Sicherheit ist. Und jetzt müsst auch Ihr verschwinden.«

Trevin machte sich nicht die Mühe, mit ihr zu streiten. Er musste der alten Frau vertrauen. Aber er schwor sich, als er zu den anderen Soldaten trat, die ihre Pferde von dem Stallmeister entgegennahmen, dass er ihr persönlich den Teufel aus dem Leib treiben würde, sollte er Gwynn von Rhydd noch einmal lebend sehen.

Oder, dachte er zornig, er würde sie lieben, bis keiner von ihnen beiden einen Funken Kraft mehr in ihren Körpern hatte.

»Lasst uns vorbei, es ist der Wille Gottes«, befahl Vater Anthony, und führte den Esel, der den mit Särgen beladenen Karren zog. Die Räder knirschten unter dem Gewicht der Last, und der Esel wieherte laut und protestierte gegen seine düstere Aufgabe.

Tief in dem Sarg verborgen, schloss Gwynn die Augen und verfluchte insgeheim Idelles morbiden Plan für ihre Flucht.

»Jetzt?« fragte der Wachposten. »Aber es ist doch ...«

»Es ist der Wille des Herrn«, drängte Anthony, und Gwynn, die den Wortwechsel hörte, wagte nicht, sich zu bewegen. Sie lag unter einer Leiche, einer dünnen Bauersfrau, die die Wolle gesponnen und gefärbt hatte, bis der Husten, der tief in ihrer Lunge begonnen hatte, so schlimm und so schmerzhaft geworden war, dass er sie endlich von dieser Welt befreit hatte.

»Davon habe ich nichts gehört.«

»Dann hört Ihr es jetzt«, drängte der Priester.

Gwynn musste sich bemühen, nicht aufzuschreien oder zu würgen, doch sie verschloss ihren Geist vor der Frau, die über ihr lag und rief sich ins Gedächtnis, dass sie schon bald ihren Sohn wieder sehen würde. Sie hatte in Rhydd nichts mehr zu suchen, und wenn sie nur entkommen könnte, dann würde sie einen Weg zum Schloss Heath finden, das zu Fuß nur eine Entfernung von zwei Wochen im Süden lag. Es wäre eine gefährliche Reise, aber sie hatte genug Juwelen und Geld eingesteckt, um sich ein Pferd und eine Wache zu besorgen, wenn sie nur diesen schrecklichen Teil ihrer Flucht überstehen würde. Warum nur war der Wachmann so störrisch? Obwohl die Nacht eisig kalt war, begann sie zu schwitzen.

»Man hat mir befohlen, niemanden passieren zu lassen.« Die Wache schien sich ihrer Sache sicher zu sein, und Gwynns Herz sank.

»Selbst gegen den Willen des Herrn?«

»Wen habt Ihr denn da?«

»Bartholomew, den Müller.«

»Aye. Er ist heute Morgen umgekippt.«

»Dann das Mädchen, Kate, die in dem Mühlenteich ertrunken ist und Brenna, eine der Frauen, die bei der Schafschur gearbeitet hat.«

»Nun, Ihr habt doch sicher nichts dagegen, wenn ich einmal nachsehen, wie?«

»Ihr v-v-vertraut mir nicht.«

»Es ist meine Aufgabe, Vater.« Man hörte Schritte, und der Wagen bewegte sich unter dem Gewicht des Wachmannes. Lieber Gott im Himmel, bitte, rette mich. Mit einem lauten Knarren öffnete sich einer der Sargdeckel. Goldenes Licht fiel durch die Astlöcher des Sarges, in dem Gwynn lag.

Ihr Körper war in Schweiß gebadet. Zu atmen war beinahe unmöglich.

»Ja. Das ist Bartholomew, der arme alte Kerl. Wir werden niemals einen besseren Müller bekommen.«

»Aye, das ist wahr«, antwortete Anthony, seine Stimme klang nervös, als die Geräusche der Soldaten und ihrer Pferde sich ihm näherten. Rufe, Klirren von Zaumzeug und Waffen, das ängstliche Wiehern der Pferde, waren deutlich zu hören.

Der zweite Sarg wurde geöffnet, und der Wachmann seufzte. »Es ist schwer, ein Kind so zu sehen. Ich habe sie noch gestern beobachtet, als sie hinter den kleinen Schweinchen hergelaufen ist.«

»Hört zu, Mann«, erklärte der Priester ernst. »D-da-das ist genug der Entweihung der Toten!«

»Wie ich schon sagte, das ist meine Aufgabe. Es ist ja nicht so, als würde ich mir gern die Toten ansehen, glaubt mir.« Der Wachmann schob ein Brecheisen unter den Deckel des letzten Sarges, und mit einem Knarren öffnete er sich. Gwynn fühlte einen Schwall frischer Luft. Sie schloss die Augen, doch durch die Lider erkannte sie den gleichen flackernden goldenen Lichtschein, als der Wachmann seine Lampe hob.

»Ahh, Brenna. Wir werden dich vermissen, Mädchen.«

*Lieber Gott, gib, dass er mich nicht sieht, bitte.* Gwynn hielt den Atem an, und die Zeit schien stillzustehen.

»Beeilt Euch, Mann.«

Mit einem dumpfen Geräusch wurde der Sargdeckel geschlossen. »Ihr könnt weiterfahren.«

*Danke,* betete Gwynn insgeheim. Der Wagen rollte an,

und Gwynn war dankbar für den schalen Geruch in dem engen Sarg, und sie fühlte die Hand der toten Frau, die gegen ihre stieß. Im Dunkeln hörte sie, wie das Fallgitter geöffnet wurde und das Echo der Hufe des Esels, als er seine schwere Last über die Brücke des Schlossgrabens zog.

Nur noch einen Moment würde sie dieses Elend ertragen müssen. Doch es schien eine Ewigkeit zu dauern, bis der Priester dem Esel befahl, stehen zu bleiben, und der Wagen aufhörte zu rumpeln.

»Gott möge mir vergeben«, murmelte er, als er den Deckel öffnete und Brennas Körper von Gwynn hob. Ohne auch nur eine Sekunde an Zeit zu verschwenden, kletterte Gwynn aus dem Sarg, dann biss sie sich auf die Lippe, um nicht zu würgen, als sie von dem Wagen hinunter auf den Boden sprang.

»Danke, Vater«, sagte sie, und ein Schauer lief durch ihren Körper, als der Priester vorsichtig den Leichnam von Brenna wieder in den Sarg legte. »Und dankt auch Idelle noch einmal von mir.«

Er runzelte die Stirn. »Idelle. Es war ihre Idee.«

»Aber ohne Eure Hilfe hätte es nicht geklappt.«

Er seufzte und blickte zur Ostmauer des Schlosses. »Lebt wohl, Mylady. Und b-b-bitte, denkt mit Liebe an R-Roderick.«

»Und an Euch, Vater Anthony.«

»Aye, und jetzt verschwindet, ehe wir beide erwischt werden und dann am Galgen für unsere Seelen beten müssen.«

»Gott segne Euch.« Sie hob die Röcke und lief über den Friedhof davon, durch das nasse Gras und das Unkraut und dann in den Wald hinein.

Ganz gleich, was noch mit ihr geschah, sie würde ihren Sohn wieder finden.

Und was war mit seinem Vater?

Sie fühlte sich ein wenig schuldig, weil sie Trevin in Rhydd zurückgelassen hatte, doch tief in ihrem Herzen wusste sie, dass er einen Weg zurück in die Sicherheit finden würde. Sie griff nach der Börse mit den Juwelen, die sie in die Tasche ihres Umhangs gesteckt hatte. Sie durfte nicht zu sehr an Trevin denken. Das war gefährlich.

Nach dreizehn Jahren hatte sie geglaubt, dass jegliches Gefühl, das sie einmal für ihn gehegt hatte, gestorben war. Oh, wie sehr hatte sie sich doch geirrt. Als sie daran dachte, wie sein Körper sich im Stall so eng an den ihren geschmiegt hatte, gerieten ihre Gedanken außer Kontrolle. Ihr Herz begann zu rasen, als erwartete sie seinen Kuss.

Dumme, dumme Frau! Woran denkst du nur? Du solltest es doch besser wissen und nicht dein Herz einem Dieb schenken, denn wenn du das tust, dann kannst du sicher sein, dass er es dir ganz bestimmt stehlen wird.

## 5

Verflucht sei der dumme Kerl, wo zum Teufel nur steckte Trevin? Muir lief durch den Nebel, sein gesundes Auge blickte nach Osten, seine Geduld wurde auf eine harte Probe gestellt, während die Feuchtigkeit der Morgendämmerung kleine Tröpfchen an den Spinnweben bildete. Drei Nächte hatte er gewartet, zwei lange Tage hatte er damit gerechnet, dass Trevin kommen würde, doch er war enttäuscht worden und hatte jetzt den Jungen mit seinen unendlichen Fragen am Hals.

»Warum müssen wir auf ihn warten?«

»Ist er denn nicht mehr als nur ein Dieb und ein Mörder?«

»Was will er von mir?«

»Kommt, alter Mann, lasst uns weiterziehen.«

Geplapper, Geplapper, Geplapper, begleitet von dem Jaulen des noch nicht ausgewachsenen Hundes hatte dazu geführt, dass Muirs Kopf dröhnte. Der Hund lief immer weg und jagte Vögel und Nagetiere und alles, was sich im Umkreis bewegte. Oh, es war ein elendes Los, das Muir aufgebürdet worden war, und nicht ein Tropfen Wein oder Bier half ihm, seine Last zu lindern.

»Also, wo ist dieser diebische Baron?«, fragte Gareth und streckte seine mageren Arme über den Kopf und blinzelte verschlafen. Der verflixte Köter war neben ihm, er gähnte und zeigte seine sauberen weißen Zähne.

»Er wird kommen.« Würde er wirklich kommen? Hatte er nicht gesagt, er sollte nur zwei Tage auf ihn warten?

Gareth runzelte die Stirn. »Woher wollt Ihr das wissen?«

»Weil er immer sein Wort hält.«

»Oh, ich wette, das tut er. Der mörderische, diebische Betrüger, der sein Schloss von einem dummen alten Mann gestohlen hat? *Er* soll sein Wort halten?« Gareth schüttelte den Staub aus seinem Haar. »Bah!«

»Du musst Vertrauen haben, Junge.«

»Warum? Ich muss hier verschwinden.«

»Ach, wirklich? Und was wird dich davor schützen, Hals über Kopf in die Hände der Soldaten von Baron Ian zu fallen?«

»Ich fürchte mich nicht vor ihnen«, erklärte Gareth kühn.

»Dann bist du ein Dummkopf, denn sie würden dir zuerst den Hals abschneiden, ehe sie mit dir reden.«

Der Junge besaß wenigstens genug Verstand, dass ihm bei diesen Worten ein Schauer durch den Körper rann und er über seine Schulter sah, als erwarte er, dass sich die Soldaten von Rhydd im Dickicht der Eichen versteckten, die einen kleinen Weiher umstanden. Oh, er war wie sein Vater, wirklich, und ein wenig auch wie sein Großvater, obwohl dieser Gedanke Muir gar nicht gefiel, und wie immer, so biss er sich auch diesmal auf die Zunge und schwieg. Trevins Herkunft war ein Geheimnis, das er mit in sein Grab nehmen würde.

Muir hatte Trevin großgezogen, seit er ein Baby war, er hatte ihm beigebracht, wie man auf der Straße überlebte, und er hatte sich abgewandt und nicht hingesehen, als Trevin nur zu leicht gelernt hatte, wie er einen Penny aus der Tasche eines reichen Mannes holen konnte. Als Junge hatte er oft genug Fragen über seine Mutter gestellt, doch Muir hatte sein Versprechen gehalten und hatte den Jungen angelogen, er hatte ihm gesagt, dass er nicht wisse, wer ihn geboren oder gezeugt hatte und dass man Trevin als kleines Baby vor der Tür seiner Hütte ausgesetzt hatte. Mit den Jahren, als Trevin älter geworden war und als Stalljunge gearbeitet hatte, um dann zu entscheiden, dass es wesentlich einfacher war, zu stehlen, hatte er aufgehört, nach den Umständen seiner Geburt zu fragen.

Und jetzt, was sollte er tun? Muir und der Junge konnten hier nicht viel länger bleiben. Der Junge und der junge Hund wurden ruhelos, das Pferd brauchte mehr Futter als der Wald bieten konnte, und die wenigen Vorräte, die sie bei sich gehabt hatten – geräuchertes Fleisch und Brot – waren beinahe aufgebraucht. Und wenn sie blieben, würden sie schließlich entdeckt werden. Jedoch konnten sie momentan noch nicht nach Black Oak zurückkehren, aus Furcht, dass ihnen auf dem Weg dorthin unterwegs die Soldaten von Rhydd begegnen würden.

Muir dachte daran, einen oder zwei Zaubersprüche anzuwenden, doch dann verwarf er den Gedanken wieder. Was er wirklich brauchte, war ein Becher Bier. Vielleicht auch mehr als nur einen Becher.

Die Sonne stieg über den Hügeln im Osten auf und schickte ein blendendes Licht durch den Nebel, lange Schatten fielen auf den feuchten Boden. Muir betrachtete das Sonnenlicht als gutes Omen. Sie würden noch einen Tag länger warten und dann würden sie, mit der Hilfe der Götter, ihr Lager aufgeben.

Und wohin sollten sie gehen?
Um der Liebe von Myrddin willen, es war wie verhext.

In der Mitte der ersten Nacht hatte Trevin, der die Uniform von Rhydd trug, sein Pferd hinter die anderen berittenen Soldaten zurückfallen lassen und es dann schließlich in den Wald gelenkt. Er war weit nach Osten geritten, war dem Lauf des Flusses gefolgt und hatte das schnell dahinfließende Wasser überquert, dort wo der Fluss flach war. Als er erst einmal auf dem anderen Ufer war, hatte er die Wege vermieden und war über Pfade geritten, die vom Wild und den Schäfern gebahnt worden waren, die durch die Hügel zogen und in den dichten Wald.

Er drängte sein Pferd meistens in der Nacht voran, während des Tages ruhte er sich und sein Pferd aus und nutzte seinen Orientierungssinn und auch das blasse Licht des Mondes und der Sterne, wenn der Himmel klar war.

Schließlich, als er davon überzeugt war, dass er eine kalte, endlose Spur für seine Feinde hinterlassen hatte, zwang er sein Pferd dazu, durch den Fluss zu schwimmen, einige Meilen unterhalb der Höhle.

Er hatte gehofft, der Suchmannschaft zu entgehen. Doch die Soldaten des Barons von Rhydd waren beharrlich. Sie hatten die Suche noch nicht aufgegeben. Zweimal hatte Trevin eine Gruppe ausgebildeter Jäger mit ihren Hunden entdeckt, die den Wald abgesucht hatten. Die Hunde waren wild herumgerannt, hatten gebellt und überall geschnüffelt, und dann waren sie verwirrt im Kreis herumgelaufen, bis ihre Herren sie zusammengerufen und sie mit Hilfe von Peitschen weitergetrieben hatten. Jedes Mal war Trevin seinen Verfolgern ausgewichen, doch sein Glück würde ihm nicht ewig hold sein, und er fürchtete, dass Ian von Rhydd niemals aufgeben würde.

Jetzt war die Dämmerung erneut angebrochen, und sein

Magen knurrte, weil seine Vorräte, die er auf seiner Flucht immer wieder aufgefüllt hatte, langsam zu Ende gingen. Er musste es bis zur Höhle schaffen und den Jungen finden. Ian hatte noch keine Zeit gehabt, eine Belagerung des Schlosses von Black Oak zu organisieren, doch es würde nur noch wenige Tage dauern, bis es so weit war.

Was sollte er tun, wenn Muir Gareth nicht gefunden hatte? Was würde geschehen, wenn der Junge in die grausamen Hände von Ian gefallen war? Und was war mit Gwynn? War sie den Mauern von Rhydd entkommen oder stand sie wieder ihrem brutalen Ehemann gegenüber? Trevin biss die Zähne zusammen bei dem Gedanken, wie Ian sie geschlagen hatte, wie er sie mit seinem übel riechenden Mund küsste. Und auch wenn Gwynn dem Gesetz nach Ians Frau war, so konnte Trevin doch den Gedanken nicht ertragen, dass dieser Mann mit ihr schlief.

Er war derjenige, der sie lieben sollte, so wie er es in der Vergangenheit getan hatte. Er sollte fühlen, wie ihre Lippen sinnlich über seine Haut glitten, er sollte ihre Süße kosten und zusehen, wie ihre hellbraunen Augen einen silbrig grünen Schimmer bekamen und sich weiteten, wenn er in sie eindrang. Oh, alle Heiligen, wie würde er es lieben, seinen Körper an ihren zu schmiegen.

Bitter überlegte er, dass das eine Art war, Rache an Ian zu nehmen, wenn er mit ihr schlief, doch dann schob er diesen Gedanken schnell wieder von sich. Auch wenn Gwynn keine Madonna war, so würde er sie doch nicht so grausam ausnutzen. Und er wagte auch nicht, etwas für sie zu fühlen. Er hatte einen Schwur abgelegt . . .

Hat Gwynn nicht zu ihrem eigenen Nutzen mit dir geschlafen?

Er fluchte leise vor sich hin. Diese verflixte Gwynn war lediglich eine sündige Qual. Wo war sie, und wie konnte es nur sein, dass sie in diesen wenigen Stunden für ihn von so großer

Wichtigkeit geworden war? Er wollte doch nur seinen Jungen haben und nicht die Frau, die ihn geboren hatte. Dennoch erfüllte sie seine Gedanken, bei Tag und auch bei Nacht. Sei vorsichtig.

Jahrelang hatte er geglaubt, sie sei verwöhnt und eitel. Hatte sie nicht mit ihm gehandelt und dann mit ihm geschlafen, um ein Kind zu bekommen und den Jungen dann als Rodericks Kind auszugeben, um ihren eigenen hübschen Hals zu retten? Wunderschön war sie gewesen und leidenschaftlich. Die Tage und Nächte, die er mit ihr verbracht hatte, waren der wahre Himmel gewesen, obwohl sie eiskalt geplant hatte, um das zu erreichen, was sie wollte.

Die Jahre, die vergangen waren, hatten ihr ihre Schönheit nicht genommen, sie waren freundlich zu ihr gewesen und hatten ihr eine Tiefe geschenkt, eine Adligkeit, die er nicht erwartet hatte. Sie war nicht länger ein raffiniertes Weib. Sie schien gewillt zu sein, alles zu tun, sogar Ian von Rhydd zu heiraten, um ihren Sohn – *seinen Sohn* – vor dem Galgen zu retten. Sie war noch immer wunderschön, doch jetzt besaß sie auch diesen Stolz, dem er nicht trauen konnte. Was er auch gar nicht wollte.

Diese finsteren Gedanken gingen ihm durch den Kopf, als er auf einen wenig benutzten Weg einbog, der durch ein Dickicht kahler Bäume zu einer alten, ungenutzten Mühle führte, die er als Versteck genutzt hatte, als er einmal, vor langer Zeit, ein Geächteter gewesen war. Ein Lächeln umspielte seine Mundwinkel, denn er vermisste diese wilden, ungezügelten Tage, als er sich mit anderen, die ein ähnliches Leben führten, zusammengeschlossen hatte. Als Krimineller war es ihm besser ergangen als in seinem Leben als Adliger, fand er, und wunderte sich über die Wendung des Schicksals, die ihn dazu geführt hatte, über Black Oak Hall zu regieren. Es war ein Scherz.

Er zog die Zügel an, und sein Pferd trabte langsamer an

dem Bach entlang, der über die Felsen plätscherte und in der Nähe der Ruinen eines umgestürzten Turmes einen kleinen Teich bildete. Ein verrottetes Wasserrad bewegte sich noch immer, die zerbrochenen Schaufeln ließen die Achse des Rades knarren, als sie sich langsam mit der Strömung drehte.

»... und lass ihn in Sicherheit sein.«

Gwynns Stimme wurde vom Wind zu ihm getragen, als wäre es ein Traum.

Trevin glitt leise aus dem Sattel und führte sein Pferd durch das Unterholz in ein schattiges Tal, wo Gwynn mit dem Rücken zu ihm mit einer dreiklauigen Rune, die aussah wie ein Hühnerfuß, über den Boden fuhr und dann in der einbrechenden Dunkelheit Staub hochwarf. Ein kleiner Mistelzweig – ein Kraut zum Schutze – lag am Fuße einer Esche.

*Gütiger Himmel, sie war wunderschön.*

In der anbrechenden Nacht fing sich der Wind in ihren Röcken und spielte mit den langen, feurigen Strähnen ihres Haares, die sich unter ihrer Kapuze hervorgestohlen hatten. Sie wandte ihr Gesicht zum Himmel und murmelte Worte, die er nicht verstand, mit Lippen, die er vor so langer Zeit geküsst hatte, Lippen, die er niemals vergessen hatte. Er hatte von seinen Spionen in Rhydd gehört, dass sie die alten Riten ausübte, die sie von der alten Idelle gelernt hatte, doch bis zu diesem Moment hatte er den Gerüchten nicht geglaubt.

Sie fiel auf die Knie, senkte den Kopf und flüsterte ein Gebet an den Gott der Christen wegen ihrer heidnischen Art, mit der sie im Staub gekratzt hatte.

Er bekam kaum Luft, wie immer, wenn er sie ansah. Während er sie beobachtete, bewegten sich ihre Lippen ohne ein Geräusch, und dennoch wusste er, dass sie darum betete, dass ihr Kind in Sicherheit war. Ein Junge, der nicht bei ihr war. Heidnische Riten und christliche Gebete, was auch immer nötig war, sie würde es tun, um Gareth in Sicherheit zu wissen.

Ihr Pferd, ein elender Klepper, der sein Gewicht auf sein rechtes Vorderbein verlagert hatte, wedelte mit den Ohren und stieß dann ein leises Wiehern aus. Gwynn wandte sich schnell um, ihr Gesicht war versteinert, und sie griff an ihren Gürtel, an dem ein kleiner Dolch hing. »Wer ist da?«

»Psst.«

Ihre Augen weiteten sich kurz vor Furcht, bis sie ihn erkannte. »Um der Liebe Gottes willen, Trevin, du hast mich zu Tode erschreckt! Du trägst die Uniform von Rhydd.« Erleichterung breitete sich auf ihrem Gesicht aus. »Ich dachte, du seist einer von Ians Männern.«

»Das war nur eine Verkleidung für meine Flucht.«

»Dann bist du also allein?«

»Aye.«

»Wo ist Gareth?«, fragte sie voller Hoffnung.

Trevins Magen zog sich zusammen. »Ich hatte gehofft, er wäre bei dir.«

»Nein«, antwortete sie, schürzte sorgenvoll die Lippen und runzelte die Stirn.

»Bist du im Wald nicht einem alten Zauberer begegnet?«

»Einem Zauberer?«

»Ja, einem Zauberer mit wenig Haaren, einem dichten weißen Bart, einem gesunden Auge und einer heftigen Vorliebe für Wein.«

Sie schüttelte langsam den Kopf, und ihre Augen zogen sich misstrauisch zusammen. »Sag mir, dass du diesem ... diesem Trunkenbold nicht das Leben meines Sohnes anvertraut hast.«

»Gareth wird bei Muir in Sicherheit sein.«

»Oh, um der Liebe all dessen willen, was heilig ist!« Sie hob beide Hände und starrte in den dunklen Himmel, als hoffe sie auf eine himmlische Eingebung. Ihre Wangen waren rosig angehaucht, ihre Lippen noch dunkler. Er fühlte, wie sich sein Unterleib gegen seinen Willen regte, und schalt sich einen Dummkopf. »Du bist ein Verrückter, Trevin von Black Oak«, schalt sie und seufzte erschöpft auf. »Ein alter Mann mit nur einem Auge und einem Verlangen nach Alkohol?«

»Er ist ein guter Mann.«

»Aye, und wahrscheinlich verbringt er seine Tage mit dem Versuch, Wasser in Wein zu verwandeln.«

»Ich denke, das überlässt er Gottes Sohn«, antwortete Trevin, ohne seinen Sarkasmus vor ihr zu verbergen. »Und wieso verurteilst du ihn, Lady? Habe ich dich nicht gerade dabei gestört, wie du eine Zauberformel gesprochen hast?«

»Nur für Gareths Sicherheit.«

»Aye.«

»Und für mein Pferd, das lahmt«, fügte sie noch hinzu und warf einen besorgten Blick auf das Tier. »Ich habe es von einem Bauern gekauft, der mir versichert hat, es sei gesund, aber ...«

»Lass mich mal sehen.« Trevin ging auf das Pferd zu und sah, wie die Muskeln des Wallachs zitterten und er misstrauisch die Ohren anlegte. »Es ist ja gut«, beruhigte er ihn leise und fuhr mit der Hand über den Rücken des Pferdes und hob dann sein Bein. Das Pferd schnaubte, doch es gehorchte ihm.

In der Dunkelheit beugte sich Trevin über das Bein des Pferdes und nahm es zwischen seine Schenkel. Vorsichtig untersuchte er es und fand einen Stein, der sich tief in den Huf des Wallachs eingegraben hatte. Als er den Stein berührte, wieherte das Pferd vor Schmerz auf und versuchte, ihm das Bein zu entziehen. »Beweg dich nicht, du Teufel«, befahl Trevin, doch es gelang ihm nicht, den scharfen kleinen Stein zu entfernen.

»Wir werden bis morgen früh warten müssen«, erklärte er und gab das Bein des Wallachs wieder frei.

»Das können wir nicht. Wir müssen Gareth finden.«

»Mit einem lahmen Pferd?«

»Wenn wir zu Fuß gehen müssen ...«

Gedämpfte Stimmen aus einiger Entfernung drangen an sein Ohr. So schnell wie der Blitz packte er Gwynn und legte ihr die Hand über den Mund.

»Was ...« Sie wehrte sich gegen ihn, bis auch sie das Geräusch von Hufen hörte und das Klirren des Zaumzeugs. Gwynn erstarrte. Jeder Protest erstarb auf ihren Lippen. Er fühlte, wie ihr Herz vor Angst schneller schlug.

Fackeln leuchteten auf und warfen einen unheimlichen goldenen Schein. Zwei Reihen von jeweils acht Flammen konnte man auf dem Hauptweg hinter den Bäumen erkennen, sie bewegten sich langsam auf die alte Mühle zu. »Komm«, flüsterte er in ihr Ohr. In schweigendem Einverständnis griffen sie nach den Zügeln ihrer Pferde und liefen schnell durch den Bach. Das Wasser spritzte unter den Hufen der Pferde auf, doch sie wieherten wenigstens nicht. Wasser, so kalt wie der Schnee im Januar, drang durch Trevins Stiefel, und zusätzlich machte er sich große Sorgen. Er würde es nicht erlauben, dass man sie fand, er würde lieber sterben, als Gwynn von den Männern von Ian von Rhydd fangen zu lassen.

Dieser Gedanke beunruhigte ihn. Warum kümmerte er sich darum? Aye, sie war Gareths Mutter, doch mehr nicht. Sie war recht ansehnlich, ja. Sie war auch klug, aber war sie es wert, dass er sein Leben für sie hingab?

Gwynn glitt aus, doch kein Laut kam aus ihrem Mund.

Trevin griff nach ihrem Arm, noch ehe sie fallen konnte, aber er wurde vollends nass. Er ließ sie nicht mehr los, zog sie durch das Wasser und half ihr dann am anderen Ufer durch den glitschigen Lehm an Land.

Geräuschlos versteckten sie sich in einer dichten Ansammlung von Fichten, als die kleine Gruppe von Soldaten die Lichtung vor der Mühle erreichte.

»Wir werden hier unser Lager aufschlagen«, befahl eine kräftige Männerstimme, bei der sich alles in Trevin zusammenzog. Webb, riesig und beeindruckend, schwang sich von seinem kräftigen schwarzen Ross mit der unregelmäßigen Blesse. Mit einem Fluch landete er auf dem Boden, er humpelte zu der offenen Tür der Mühle und rieb sich den Arm. »Dieser verdammte Bastard von einem Jungen. Ich kann es gar nicht erwarten, ihn endlich in meine Finger zu bekommen.«

Neben Trevin erstarrte Gwynn, ihr Gesicht war kreidebleich.

»Er wird schon noch lernen, wen er mit dem Schwert aufschlitzen kann oder der Teufel soll meine Seele holen«, schwor Webb.

Gwynn keuchte leise auf, und sie wäre losgelaufen, um ihren Sohn zu verteidigen, wenn Trevin sie nicht festgehalten hätte. Eine Hand legte er auf ihren Mund, mit der anderen hielt er sie an sich gedrückt, während sie versuchte, sich gegen ihn zu wehren. »Später«, hauchte er an ihrem Ohr, denn er begriff ihren Wunsch, dem Mann, der ihr Kind bedrohte, körperlichen Schaden zuzufügen. Mehr konnte er nicht tun, um sich selbst zusammenzureißen und die wütende Frau in seinen Armen zurückzuhalten. »Überlasse ihn mir.« Er verzog den Mund, seine Augen zogen sich zusammen, und jeder einzelne Muskel seines Körpers war bereit zum Kampf. Nichts hätte ihm im Augenblick besser gefallen, als Webb mit der Faust auf sein hässliches Kinn zu donnern, doch jetzt war nicht der richtige Zeitpunkt dafür.

Geduld war, wie immer, eine Tugend.

Webb hielt seine Fackel hoch und verschwand in der Mühle. Trevin verfolgte die Bewegungen seines Feindes im Inneren der Mühle durch den Lichtschein, der durch die Risse in den Mauern und durch die wenigen Fenster schien.

Die kleine Gruppe bereitete sich auf die Nacht vor. Schon bald würden alle, bis auf einen Wachposten, schlafen. »Komm«, flüsterte Trevin in Gwynns Ohr und dankte den Heiligen, weil sie ihm diesmal gehorchte.

Er führte sie und die Pferde auf einem dunklen Pfad von der Lichtung weg, einen steilen Abhang hinauf. Als die Nacht sich endgültig über sie senkte und der dunkle Wald noch finsterer wurde, gingen sie langsamer weiter, bahnten sich einen Weg durch überhängende Äste und stolperten über Wurzeln und Maulwurfshügel. Immer höher stiegen sie, der Weg war steil, und Gwynns Wallach folgte ihnen nur widerwillig, er humpelte und zerrte an seinem Zaumzeug.

»Wir müssen hier verschwinden«, erklärte Trevin, als sie den baumlosen Hügel erreichten. Der Wind heulte um den Berg, und es roch nach Regen. »Aber wir sind zu Fuß zu langsam, dein Pferd ist lahm, und meines ist müde.« Er rieb sich das Kinn, ein Plan formte sich in seinem Kopf. Es war zwar ein Risiko, aber es war die Sache wert. Er lächelte vor sich hin. »Ich denke, es wird das Beste sein, wenn wir uns ein paar Pferde von Sir Webb ausleihen.«

»Was?«, fuhr Gwynn auf, und im Mondlicht sah er, wie ihre herrlichen Augen ganz groß wurden, als sie die Bedeutung seiner Worte begriff. »Nein, Trevin, das ist zu gefährlich. Webb würde nichts besser gefallen, als eine Gelegenheit zu bekommen, dich umzubringen.«

»Ich dachte, du wolltest ihm persönlich den Hals rumdrehen.«

»Das würde ich, wenn ich damit Gareth retten könnte, aber Ian wird dann nur noch mehr Männer ausschicken, und dann würde auch ich des Mordes schuldig gesprochen werden.« In der Dunkelheit verzog sie besorgt das Gesicht. Aye, sie war wunderschön, wie eine Göttin, und genauso hinterlistig.

»Meinem Sohn wird kein Leid geschehen«, schwor Trevin. »Vertrau mir.« Er reichte ihr die Zügel seines Pferdes und zog dem lahmen Wallach das Zaumzeug über den Kopf. »Lass ihn frei«, befahl er. »Und du reitest mit meinem Pferd immer nach Süden. Ich werde dich einholen.«

»Nein, ich werde nicht . . .«

»Hör mir zu, Weib, das ist deine einzige Möglichkeit.«

»Und wenn du nun nicht zurückkommst?« Energisch schob sie das Kinn vor, und ihr Blick hielt den seinen gefangen. Oh, wie gern hätte er die Hand ausgestreckt und die glatte Haut an ihrem Kinn gestreichelt, doch er hielt sich zurück. Er durfte keine Minute verlieren. Er konnte sich nicht die Zeit nehmen, über sein Schicksal nachzudenken und darüber, wie viel er sich aus ihr machte. Er hatte nicht die Muße, an ein Versprechen zu denken, das er vor langem gemacht hatte, einer anderen Frau.

»Ich komme zurück.«

»Tapfere Worte von einem dummen Mann. Was passiert, wenn du gefangen wirst?« Ihr Kinn zitterte ein wenig, als hätte sie Angst um ihn, als würde sie sich etwas daraus machen. Aber sicher bildete er sich das nur ein; sie dachte nur an sich selbst und an den Jungen. »Wie kann ich diesen Muir und meinen Sohn finden?«, fragte sie heftig.

»Muir und Gareth werden dich finden.«

»Ah, jetzt soll ich also einem halbblinden Trunkenbold und einem Jungen vertrauen.«

»Nein«, sagte er und gab einem dummen Impuls nach. Obwohl er wusste, dass es ein Fehler war, legte er die Arme um die Braut von Ian von Rhydd und senkte den Kopf. Seine eiskalten Lippen pressten sich auf ihre, in einem Kuss, der unzählige Erinnerungen aus einer anderen Zeit, von einem anderen Ort zurückbrachte. Sie fuhr zurück, doch dann sank sie gegen ihn und seufzte, ihr Widerstand wurde mit dem Wind hinweggeweht. Ein Schauer lief durch seinen Körper, und wildes, ungewolltes Verlangen stieg in ihm auf und raste durch sein Blut. Er zog sie heftig an sich und küsste sie, bis sich alles um ihn zu drehen schien. »Du sollst nur mir vertrauen, Lady«, murmelte er an ihren Lippen, »nur mir.« Schnell gab er sie wieder frei, und sie wäre beinahe hingefallen. Lieber Gott, was hatte er sich nur dabei gedacht?

»Trevin …?«

Er wandte sich ab. »Ich werde dich finden«, versprach er und verfluchte sich selbst. Erinnerungen stürmten von allen Seiten auf ihn ein.

*Schwöre mir, Trevin, dass du niemals eine andere Frau liebst. Schwöre es.* Die Worte seiner sterbenden Frau verfolgten ihn.

Seine Antwort dröhnte in seiner Seele. *Ich schwöre es. Mit meinem Leben, Faith. Ich werde niemals eine andere lieben.*

Als Trevin das Lager erreichte, waren die Fackeln heruntergebrannt. Zwei Soldaten bewachten die angebundenen Pferde, und obwohl Trevin gehofft hatte, dass die Wachen eingeschlafen wären, so standen die beiden Männer doch zusammen und unterhielten sich, sie machten Späße, und es sah so aus, als würden sie nie einschlafen. Einer der beiden war ein untersetzter Mann, dessen Lachen rau war, der andere war dünn und groß, wenig mehr als ein Skelett mit etwas Fleisch darauf. Er unterhielt den anderen Mann mit unflätigen Erzählungen, die nur in Bruchstücken Trevins Ohren erreichten.

»… einen süßen dicken Hintern hatte sie … und sie hat ihre Röcke für jeden Mann gehoben, der ihr ein Bier gekauft hat … ihre Freundin war eine Xanthippe, sie gackerte wie ein Huhn …«

Im Schatten der Bäume zog Trevin seinen Dolch aus der Scheide, er hielt ihn zwischen den Zähnen, während er zwischen die Beine der Pferde kroch. Sein Plan war ganz einfach. Er würde das Zaumzeug über das stärkste der Pferde ziehen, dann würde er das Seil durchschneiden, mit dem alle Pferde zusammengehalten wurden, so vielen Pferde wie möglich auf das Hinterteil schlagen, und wenn sie wieherten, hochstiegen und vor Schrecken auseinander stoben, würde er sich in dem Durcheinander davonstehlen. Und wenn dann die Tiere wieder zusammengetrieben worden waren und man feststellte, dass eines der Pferde fehlte, würden er und das Pferd längst über alle Berge sein.

»... ich sage dir, Kumpel, einen besseren Ritt findest du nicht mehr auf dieser Seite von ...«

Trevin lächelte grimmig, als er das Pferd fand, auf dem Webb gesessen hatte – ein starker schwarzer Hengst mit einer unregelmäßigen Blesse auf der Nase. Vorsichtig, den Blick auf die beiden Wachen geheftet, legte Trevin dem Pferd eine Hand auf den Hals. Das warme Fleisch erzitterte unter dem glatten Fell. Das Pferd trat einen Schritt zur Seite und schnaubte, und Trevin duckte sich, als eine der Wachen zu ihm hinübersah.

»Ruhig«, brummte der große Mann, und einige Sekunden lang hörte man kein anderes Geräusch als das Atmen der Pferde und das Stampfen der Hufe. Das Pferd bewegte sich noch einmal, und ein schwerer Huf landete auf Trevins Fuß. Ein scharfer Schmerz durchzuckte sein Bein, und beinahe wäre ihm der Dolch aus dem Mund gefallen.

Eine Eule schrie, und das Pferd trat einen weiteren Schritt zur Seite und damit von Trevins Fuß herunter. »O je«, meinte der Wachmann. »Das ist ein blöder Vogel. Ich würde ihn mit meinem Pfeil erschießen, wenn es nicht so dunkel wäre.« Er wandte sich zu dem anderen Mann um, und Trevin stieß vorsichtig den angehaltenen Atem aus. Er schwitzte, und seine Muskeln waren so angespannt, dass sie schmerzten.

Ohne ein Geräusch gelang es ihm, dem Pferd das Zaumzeug über den Kopf zu ziehen. Das Tier rollte mit den Augen, schnaubte und trat aus. Ein anderes Pferd wieherte erschrocken auf.

»Also wirklich, was ...?«

Trevin wartete nicht länger. Er nahm den Dolch aus dem

Mund. Mit einem schnellen Schnitt durchtrennte er das Seil, mit dem alle Pferde aneinander gebunden waren.

»Hast du etwas gehört?«

»Oh, du heiliger Christus!«

Trevin schwang sich auf den Rücken des Schwarzen. Das Pferd stieg hoch. Andere Pferde wieherten, bockten und stiegen ebenfalls hoch. Die Leine zerriss. Trevin bückte sich tief auf den Rücken des Pferdes, sein Kopf hämmerte. Mit dem Zügel schlug er auf die anderen Pferde ein.

Die Hufe donnerten los.

Schrilles Wiehern drang durch den Wald.

»Halt! Wer ist ... oh, um der Liebe des Heiligen Petrus willen!«

Die Pferde liefen wild auseinander. Das Donnern der Hufe dröhnte durch den Wald. Äste brachen ab. Die Wachen schrien.

Trevin duckte sich tief auf den Rücken des Pferdes, mit gesenktem Kopf ritt er auf den Bach zu.

»Wacht auf, ihr verdammten Dummköpfe!«

»Was in Teufels Namen ist hier los?«, ertönte Webbs Stimme durch die Nacht. »Haltet sie! Verdammte Hölle, fangt sie wieder ein!«

Trevin lenkte sein Pferd zum Bach.

Pferde rasten zwischen den Bäumen entlang.

Wachen stolperten hinter ihnen her.

»Beeil dich, verdammt!«, knurrte Trevin.

Das Pferd überquerte den Bach mit einem einzigen Sprung. Es landete hart auf der anderen Seite und galoppierte den Hügel hinauf. Äste schlugen auf Trevin ein, einige Male strauchelte das Tier, um ihn herum hörte er Schreie und angstvolles Wiehern. »Komm schon, du elendes Stück Pferdefleisch«, brummte Trevin und drängte das Pferd weiter, während er vor sich hinlächelte. »Lauf!«

»Verdammt noch mal, was zur Hölle ist passiert?«, schrie

Webb, doch seine Stimme wurde übertönt vom Donnern der Hufe. Trevin hörte die Antwort nicht mehr, er grinste bei dem Gedanken, dass er den Mann übertölpelt hatte, der geschworen hatte, seinen Sohn umzubringen.

Gwynn blickte über ihre Schulter zurück. Es war schon Stunden her, seit Trevin aufgebrochen war zu seiner gefährlichen Mission. Ihr Herz schlug in einem stetigen Rhythmus der Angst. Sein dummer Plan könnte sich auch gegen ihn gewendet haben, vielleicht war er ja jetzt bereits Webbs Gefangener, blutig und zerschlagen und gezwungen, Gareths Aufenthaltsort zu verraten. Bei dem Gedanken schnalzte sie mit der Zunge und zwang das Pferd, schneller zu traben. Der Mond stand tief am Himmel, die Nachtluft war kalt, und der Wind blies durch ihren feuchten Umhang und die Tunika. Sie hatte in dieser Nacht nur wenige Reisende getroffen, nur einen einsamen Mönch auf einem Esel und einen Bauern mit einem Ochsengespann, das vor einen schweren Wagen gespannt war. Beide Begegnungen waren schon Stunden her.

Mit eisigen Fingern berührte sie ihre Lippen und erinnerte sich an Trevins Kuss, der so hart und so fest und heiß gewesen war. Sie verspürte einen ziehenden Schmerz in ihrem Unterleib, und sie schalt sich selbst dafür, weil sie so ein Dummkopf war und ein so sündiges Verlangen fühlte, wie nur er es in ihr wecken konnte. Ob es ihr nun gefiel oder nicht, sie war wieder eine verheiratete Frau, und auch wenn sie ihre Eheschwüre unter falschen Voraussetzungen gesprochen hatte, nämlich im Austausch für das Leben ihres Sohnes, so wurden sie doch von Gott und der Kirche als geheiligt angesehen.

Was hatte sie doch für ein Pech.

Hatte sie denn in dreizehn Jahren nichts gelernt? Ihr verräterischer Körper erinnerte sich sogar jetzt noch an seine Berührungen und an das Gefühl der Hände des jungen Diebes auf ihrer Haut. Hände, die gezittert hatten, als er ihre Brüste streichelte, Finger, die warm waren und fest und wissend. Jetzt war der Junge ein erwachsener Mann geworden, vielleicht sogar ein Mörder, doch ganz sicher der Vater ihres eigenen Sohnes. Er war ein Mann, dem sie aus dem Weg gehen musste, ein geächteter Baron, der sein Schloss in einem Glücksspiel gewonnen hatte. Oh, du launisches, launisches Herz!

In weiter Entfernung dröhnten Hufschläge durch die Nacht, als würde der Reiter versuchen, schneller als der Satan selbst zu sein. Trevin. Sicher hatte er sie endlich eingeholt. Oder war es jemand anderes? Einer von Ians Männern? Ein Räuber oder ein anderer Verbrecher, der vor der Gerechtigkeit floh? Ihr Pferd war müde, und sie konnte einem ausgeruhten Pferd nicht entkommen, doch das wollte sie auch gar nicht, wenn sich herausstellte, dass der Reiter Trevin war. Es gab auch keinen Ort, an dem sie sich verstecken konnte, keinen Schutz eines Gebäudes, keine Brücke und auch keine Bäume auf diesem Teil des Weges. Obwohl der Mond nur eine schwache Sichel hinter den Wolken war, erstreckten sich doch zu beiden Seiten des Weges nur düstere Felder.

Dem Geräusch nach war es nur ein einzelner Reiter, deshalb zog Gwynn die Kapuze über ihren Kopf und holte ihren Dolch aus der Scheide. Sollte der einsame Reiter jemand anderer als Trevin sein, so war sie vorbereitet.

Sie blickte über ihre Schulter zurück und entdeckte einen dunklen Schatten, der rasch näher kam, einen Reiter, der sich tief über ein riesiges Pferd beugte. Das Tier war mit Lehm bespritzt und schweißbedeckt, und sogar in der Dunkelheit erkannte Gwynn Trevin. Er ritt leicht, als hätte er sein ganzes Leben auf dem Rücken eines so herrlichen Tieres verbracht.

Ihr verräterisches Herz machte einen kleinen Sprung, und sie erwiderte Trevins Lächeln. Ah, er sah so wundervoll aus, das konnte sie nicht abstreiten. Sogar in der Dunkelheit leuchteten seine Augen, und sein Kinn war kantig, seine

Schultern breit und muskulös. Er zog die Zügel seines Pferdes an, das Tier schnaubte laut und fiel dann in Schritt. »Habe ich dir nicht gesagt, dass ich dich einholen würde?«, grinste er.

»Aye.«

»Du hast an mir gezweifelt.« Aus seiner Stimme klang leiser Spott, als sei er zufrieden mit seiner Leistung.

»Immer.«

»Es ist ein Fehler, dass du mich unterschätzt, Gwynn.« Er lachte laut auf. »Das hat Sir Webb heute Abend auch entdeckt. Jetzt ist er nicht nur ein halber Krüppel ...«

»Das hat Gareth getan.«

»Wirklich?« Noch einmal lachte Trevin, und sein Gelächter klang vergnügt durch die Nacht. »Gut. Jetzt hat der dunkle Ritter auch kein Pferd mehr.« Trevin tätschelte dem schweißnassen Pferd den Hals.

»Also wird Webb jetzt nur noch entschlossener sein, uns und Gareth zu finden«, erklärte sie und fand die ganze Situation gar nicht zum Lachen. »Ich fürchte, du hast ihn nur zu einem noch schlimmeren Feind für uns alle gemacht, Trevin. Jetzt wird er ganz sicher keine Ruhe mehr geben, ehe er nicht unseren Sohn gefangen hat.«

»Er wird die Möglichkeit dazu gar nicht bekommen«, versicherte Trevin ihr, doch jetzt lächelte er nicht mehr, sein Gesichtsausdruck wurde wild, wie der eines in die Enge getriebenen Wolfs. Ein Schauer lief durch Gwynns Körper, und der Wind, der über das offene Land blies, ließ sie frieren bis zum Grund ihrer Seele.

*Gott helfe uns*, betete sie insgeheim, doch sie fühlte tief in ihrem Herzen, dass die Totenglocke des Schicksals läutete.

# 6

»Ihr habt ihr bei ihrer Flucht geholfen!« Ian schlug mit der Faust auf den Tisch in der großen Halle, während der elende Wurm, Vater Anthony, vor ihm zitterte und bebte.

Ians Becher mit Wein wackelte, die rote Flüssigkeit floss auf die zerkratzte Oberfläche des Eichentisches. Der Mann war ein Idiot.

Die Hunde, diese unnützen Tiere, hatten in der Nähe der Tür des Schlosses geschlafen. Bei Ians Ausbruch sprangen sie auf und begannen wie wild zu bellen.

»Ruhe!«, befahl Ian, und die beiden Tiere drehten sich um sich selbst und legten sich dann wieder hin, beide bellten noch einmal kurz auf, und der Priester, dieser elende Dummkopf, leckte sich ängstlich über die Lippen.

Ian wandte seine Aufmerksamkeit wieder dem mitleiderregenden Kerl vor sich zu. Wäre Vater Anthony kein Geistlicher und würde er nicht von allen im Schloss respektiert, dann würde er ihn so lange auspeitschen lassen, bis ein Geständnis über seine Lippen kam.

»Ich weiß n-nicht, wovon Ihr sprecht, Mylord«, beharrte der Priester, und Schweiß tropfte über sein Gesicht, und sein Adamsapfel hüpfte nervös auf und ab. Seine beringten Finger spielten mit dem schweren goldenen Kreuz, das er an einer Kette um seinen Hals trug.

Ian wünschte sich nichts sehnlicher, als die Glieder dieser Kette in die Faust zu nehmen und diesen Dummkopf damit zu erdrosseln. Stattdessen winkte er einem Pagen, der schnell den verschütteten Wein vom Tisch wischte und ihm den Becher wieder auffüllte. »Lügt mich nicht an, Anthony. Muss ich Euch daran erinnern, dass es eine Sünde ist, zu lügen?« Er zog skeptisch eine Augenbraue hoch und beobachtete, wie der dürre Mann sich unter seinen Augen wand. »Niemand hat in dieser Nacht das Schloss verlassen, außer den Soldaten und Euch. Alle Soldaten, bis auf einen, sind zurückgekehrt. Irgendwie ist es dem Dieb gelungen, sich als einer meiner Männer zu verkleiden, und schon bald werden wir auch die Leiche des fehlenden Soldaten finden.«

Der Gedanke störte ihn zusätzlich, denn das bedeutete, dass entweder einer der Männer, dem er die Bewachung des Schlosses aufgetragen hatte, ein verdammter Idiot war, oder es gab einen Verräter in ihrer Mitte. »Und die Lady ist mit Euch geflohen.«

»A-aber, Mylord, die Wache hat die Särge ü-über-prüft.«

Ians Kopf dröhnte, sein Bein schmerzte heftig, wo Trevins Schwert ihn getroffen hatte, und die Erniedrigung, dass jemand wie Trevin McBain ihn wie einen Tölpel hatte aussehen lassen, machte ihn wütend. Dieser stotternde Idiot log, und er half ihm nicht dabei, seine Lage zu verbessern. »Also«, begann er noch einmal mit gespielter Geduld, »Ihr könnt mir die Wahrheit sagen, wir sind allein hier, und Euch könnte die Erniedrigung einer öffentlichen Verhandlung erspart werden.« Er nahm einen Schluck Wein aus seinem Becher. »Ihr werdet nicht gewinnen.«

»Aber ...«

»Der Wachmann, der die Särge überprüft hat, die Ihr zum Friedhof gefahren habt, hat gesagt, er kann sich nicht daran erinnern, alle Leichen gesehen zu haben.«

»Aber er hat doch jeden Sarg geöffnet!«, widersprach Vater Anthony. »Da war der Müller Bartholomew und Brenna und das kleine Mädchen, Kate. Ihr müsst mir glauben ...«

»Was ich glaube, ist, dass Ihr ein treuer und vertrauenswürdiger Diener meines Bruders wart, doch dass Eure Treue zu dem neuen Baron zu wünschen übrig lässt ...« Er blickte zur Decke, wo der jahrelange Rauch die Balken geschwärzt hatte, als erwarte er, in den verstaubten Balken die richtige Antwort zu finden.

»Bitte, Mylord, v-vertraut mir.« Vater Anthony sank auf der anderen Seite des Tisches auf die Knie, sein Adamsapfel hüpfte auf und ab. »Ich bin Euer treu ergebener Diener.«

Diese Zurschaustellung falscher Treue machte ihn ganz krank. »Es gibt Möglichkeiten, Eure Ergebenheit auf die Probe zu stellen, müsst Ihr wissen.«

Anthony schluckte.

»Würdet Ihr im Fluss ertrinken, wenn man Euch unter Wasser drückt, oder würde Euer Glaube Euch retten? Könntet Ihr über glühende Kohlen gehen, ohne dass Eure Haut verbrennt, oder wenn Ihr untreu wäret, würde ...«

»Bitte, Ihr m-müsst mir glauben, Lord Ian. Ich bin ein treuer Diener Rhydds.«

Er war kurz davor, zusammenzubrechen, und Ian war erleichtert. Er hasste es, einen Geistlichen so kriechen zu sehen.

»Nun, wir werden sehen, was der Wachmann zu sagen hat.« Ian schnippte mit den Fingern und winkte dem Ritter zu, der neben der Tür Wache stand. »Ruft ...«

Die Tür flog auf, sie schlug gegen die Wand, und die Hunde bellten wie verrückt. Sir Webb, mit gerötetem Gesicht und blitzenden dunklen Augen stürmte zitternd vor Wut herein.

Was denn jetzt?, fragte sich Ian und wusste instinktiv, dass Webb schlechte Neuigkeiten brachte.

Der dunkle Ritter durchquerte mit großen Schritten die Halle. »Mylord«, brachte er zwischen zusammengebissenen Zähnen hervor und warf dem Priester einen Blick zu, der selbst den härtesten Stahl zum Schmelzen gebracht hätte. »Ich muss mit Euch reden.«

»Und ich mit Euch.« Ian winkte dem Priester, zu gehen. »Mit Euch werde ich mich später befassen.«

»D-d-d-danke, Mylord.« Vater Anthony lief schwitzend davon, so schnell er konnte. Er murmelte vor sich hin und flüchtete die Treppe hinauf.

Ian bereitete sich auf schlechte Neuigkeiten und einen

Schwall von Ausflüchten und Entschuldigungen vor. »Wo ist der Junge?«

»Wir haben ihn nicht gefunden.«

»Ich nehme an, Ihr habt Euch die Mühe gemacht, nach ihm zu suchen.«

»Er ist ein schlauer Kerl, dieser Junge.«

»Richtig.« Ians Kopf hämmerte, er nahm einen Schluck aus seinem Becher. »Und was ist mit McBain?«

»Auch er ist verschwunden«, knirschte Webb und rieb sich die Schulter, wo ihn der Hieb getroffen hatte. »Und ich fürchte, noch dazu mit meinem besten Pferd.«

»Moment! Solltet Ihr nicht eine Suchmannschaft anführen und Euch dann absetzen, damit Ihr dem Leben des Jungen ein Ende bereiten konntet? Ich hatte erwartet, dass Ihr und Eure Suchmannschaft mit ein paar Leichen zurückkommen würdet und mit einer weiteren Wunde für Eure Bemühungen.« Ian kam auf die Füße, und in seinem Bein brannte ein plötzlicher Schmerz – frisch, heiß und heftig. Er begann in seinem Schienbein und schoss bis in sein Knie. Er zog scharf den Atem ein und warf dem Ritter, in den sein Bruder so großes Vertrauen gesetzt hatte, einen bösen Blick zu. »Ihr habt versagt.«

»Es ist nur eine Verzögerung.«

»Ihr seid dafür bezahlt worden.«

»Aber noch nicht genug«, erklärte Webb ungerührt.

Ian stöhnte, sank auf seinen Stuhl und biss die Zähne zusammen gegen den pulsierenden Schmerz, den der Dieb ihm zugefügt hatte. »Wagt nicht auch noch zu behaupten, dass Ihr nicht wenigstens meine Frau gefunden habt.«

Webbs Mund verzog sich bitter. »Auch sie ist verschwunden.«

Ian schloss kurz die Augen. Dummköpfe. Er war umgeben von Idioten und Einfaltspinseln. Da entdeckte er eine Bewegung an dem Vorhang, der diesen Raum von der großen Halle abtrennte und fragte sich, wer wohl im Schatten lauschte. »Lady Gwynn ist nicht verschwunden«, erklärte er und deutete beziehungsvoll auf die Stelle, wo derjenige, der ihn belauschte, sich verbarg. »Sie ist irgendwo. Sie hält sich versteckt, sucht nach ihrem Kind.«

»Vielleicht ist sie zusammen mit dem Dieb«, lenkte Webb ein. Leise ging er um den Tisch. »Obwohl sie nicht zusammen verschwunden sind, haben wir ein lahmes Pferd gefunden, in der Nähe der Mühle, wo mir mein Pferd gestohlen wurde, und Spuren von zwei Tieren sowie Stiefelabdrücke, einige von einem recht großen Mann, die anderen viel kleiner, sie könnten einer Frau gehört haben.«

»Also wollt Ihr mir sagen, dass meine Frau bei Trevin von Black Oak ist.« Er hatte das natürlich erwartet. McBain hatte Gwynn bei ihrer Flucht geholfen. Man hatte ihm allerdings gesagt, dass die beiden das Schloss auf verschiedenen Wegen verlassen hatten. Deshalb hatte er auch gehofft, dass sie nicht zusammen sein würden. Eifersucht brannte in seinem Blut. Seit Jahren hatte er auf sie gewartet – auf die Frau seines Bruders, die einfach mit einem anderen Mann geschlafen und dann ein Kind zur Welt gebracht hatte, das sie als Rodericks Nachkommen ausgegeben hatte. Eine lügnerische Dirne war sie, doch eine Schönheit, nach der er sich verzehrt hatte, solange er denken konnte, sogar zu der Zeit, als er mit diesem Mädchen mit den wässrigen Augen verheiratet gewesen war, mit Margaret. Was war sie doch für ein kalter Fisch gewesen, sie hatte einfach dagelegen und sich nicht gerührt, während er in sie eingedrungen war. Ihr Bett war wie ein Grab gewesen.

Aber mit Gwynn würde das alles ganz anders sein. Sie war eine feurige Frau, die Frau seines Bruders. Ians Unterleib zog sich voller Erwartung zusammen bei dem Gedanken. Er konnte es nicht erwarten, mit ihr zu schlafen. Er würde zusehen, wie ihre Augen groß wurden, wenn er wild in sie eindrang, wenn er sie zu der seinen machte und fühlte geradezu wie ihr Körper sich heiß um ihn schloss. Wieder und wieder würde er sie nehmen, auf so viele verschiedene Arten, wie er nur wollte, und jedes Mal würde er erneut die Macht fühlen, wenn sie sich ihm unterwarf.

Vielleicht könnte ja Trevin der Dieb zusehen, wenn er sie zähmte.

Webb öffnete den Vorhang abrupt und entdeckte eine Frau, die in dem Erker kauerte. Frannie, die Weberin. Sie hatte braunes Haar, sanfte Rehaugen, ihre Zähne waren ein wenig zu groß und ihre Lippen zu schmal. »Warum bist du nicht an deinem Webstuhl?«, fragte Ian.

»Vergebt mir, Lord Ian, aber ich sehe mir gerade diese Gardinen an. Die Herrin ... sie, äh, sie hat mir gesagt, dass sie entweder gereinigt oder ersetzt werden müssen ... und ich habe mich gefragt, wie viel Samt wir dafür brauchen werden ...«

Ian glaubte ihr kein Wort. Es gab viele Diener innerhalb der Mauern des Schlosses, die Gwynn treu ergeben waren, freie Männer und Bauern, die sich liebend gern gegen ihn wenden würden, wenn sie es nur anordnete. »Du kannst später die Gardine ausmessen«, sagte er. »Und solltest du auch nur ein einziges Wort von dem weitererzählen, was du hier gehört hast, gute Frau, dann sind deine Tage gezählt.«

Sie schluckte. »Aber, Mylord, ich ...«

»Du solltest meine Geduld nicht auf die Probe stellen.«

Mit einem schnellen Knicks, wandte sie sich um und huschte davon.

»Ein Spion?«, fragte Webb.

»Vielleicht.« Ian strich sich über den Bart. Er fühlte die unterschwellige Unzufriedenheit im Schloss, er hatte gehört, dass ein paar der Diener darüber redeten, dass er Gwynn dazu gezwungen hatte, ihn zu heiraten und dass er ihren Sohn verbannt hatte. Er würde vorsichtig sein müssen, denn der Gedanke an einen Aufruhr gefiel ihm nicht.

»Mylord«, Webbs Stimme lenkte ihn von seinen besorgten Gedanken ab, »man hat mir einen Streich gespielt«, gab er zu. »Und er hat mich mein bestes Pferd gekostet. Aber jetzt hat der Bandit nicht nur ein Pferd von Rhydd gestohlen, er hat auch noch die Frau des Barons entführt. Sicher könnte man jetzt einen Preis auf seinen Kopf aussetzen.«

Ian starrte den Vertrauten seines Bruders an. In Wahrheit verachtete er Webb, denn der dunkle Ritter hatte seine Pläne ruiniert, indem er Roderick dabei geholfen hatte, seine Freiheit wiederzuerlangen, wo doch Ian viel Geld dafür gezahlt hatte, dass er gefangen blieb. Es war sehr teuer gewesen, Baron Hamilton all das Gold zu geben, das er verlangt hatte, doch man hatte ihm versichert, dass Roderick nie entkommen würde. Bis Webb all seine Pläne ruiniert hatte. Er hatte Glück gehabt, dass das Schicksal eingeschritten war und der falsche Sohn des Barons ihm das Schwert in den Leib gerammt und ihn getötet hatte und so Ians Herrschaft über das Schloss möglich gemacht hatte. »Man wird Euch für Eure Mühen gut bezahlen, Sir Webb, das habe ich Euch geschworen. Aber Ihr habt versagt. Ich wünsche, dass Ihr den Jungen tötet, dass Ihr den Dieb einfangt und mir meine geliebte Frau zurückbringt.« Das Lächeln auf seinem Gesicht war so kalt wie der Tod. »Ist das zu viel verlangt?«

»Nein, Mylord«, versicherte Webb ihm, doch seine Augen blitzten zornig, und Ian begriff, dass der dunkle Ritter nicht gern Befehle von jemandem entgegennahm, auch nicht vom neuen Herrn von Rhydd. Webb könnte sich für einen höheren Preis auch gegen Ian wenden.

»Nehmt frische Pferde und ausgeruhte Soldaten mit – jeweils zehn –, und findet die Verräter. Behandelt sie so, wie wir es besprochen haben und überlasst mir den Rest. Sobald meine Wunden verheilt sind und ich wieder reiten kann, werde ich eine Armee nach Black Oak führen und das Schloss dieses Bastards belagern, der es gewagt hat, sich mir zu widersetzen und meine Frau zur Verräterin gegen ihr eigenes Schloss gemacht hat.« Er rieb sich den Verband an seinem Bein und zuckte vor Schmerzen zusammen.

Trevin von Black Oak war so kühn gewesen, ihn zweimal zu verwunden. Die Wunde in seinem Gesicht war nie wieder verschwunden, und jetzt fühlte er auch noch diesen nagenden Schmerz in seinem Bein. »Trevin McBain wird gefangen genommen, gerichtet und als mörderischer Entführer verurteilt werden. Der Galgen ist zu schade für ihn.« Ian erwärmte dieser Gedanke. »Ich werde ihn gestreckt und gevierteilt sehen, seine Eingeweide werden verstreut und sein Kopf abgeschlagen werden. Der wird dann am Nordturm ausgestellt, um alle im Schloss, einschließlich meine Frau, daran zu erinnern, was der Preis für Untreue ist.«

Er winkte einem Pagen mit struppigem Haar und einem unreinen Gesicht, damit dieser ihm einen neuen Becher Wein brachte. Sein Bein tat nicht mehr so sehr weh. Der Schmerz, der in seinem Kopf gedröhnt hatte, hatte auch ein wenig nachgelassen. Die Zeit war, wie immer, auf seiner Seite. Er durfte nur nicht vergessen, geduldig zu sein. Doch das war schwierig. Sehr schwierig.

»Ihr seid dumm«, erklärte Gareth und sah dem alten Mann zu, wie er mit einem Stock Figuren in die Erde am Eingang der Höhle zeichnete. Er war eigenartig mit seinem einen Auge, seinem Verlangen nach Alkohol, dem nutzlosen Stock und seinen knorrigen Fingern. Er sprach von eigenartigen Bildern, von blutigen Kettengliedern, von einer Zukunft des Ruins, von Visionen, die er mit seinem blinden Auge sah. Dumm. Das war er. Ohne jeden Verstand.

»Nein, Kind. Sei still und halte diesen grässlichen Hund von mir fern.« Der junge Hund spielte, er tobte durch das Dickicht, scheuchte die Wintervögel auf und knurrte unsichtbare Beute an, während er durch das Unterholz streifte.

»Boon macht keine Schwierigkeiten«, murmelte Gareth, und sein Magen knurrte protestierend.

»Sei still, Kind, du störst meine Gedanken.«

Der Hund sprang, neugierig wie stets, zu dem Zauberer hinüber und zerrte ausgelassen an seinem zerlumpten Umhang. Fest schlossen sich seine Zähne um den schmutzigen Saum, er zog daran und hätte dabei Muir beinahe umgeworfen. »Bei Pwyll, du bist ein elender, kleiner Köter. Verschwinde.«

»Pwyll ist ein Dämon«, protestierte Gareth.

Der Hund knurrte und ging rückwärts, dabei schüttelte er den Kopf von einer Seite zur anderen und zerfetzte den alten Stoff.

»Ich sollte dich in eine Kröte verwandeln oder in eine Schlange oder eine Schildkröte, du blöder Köter.« Muir hob den Stock, als wolle er den Hund schlagen oder ihn mit einem Zauberspruch belegen.

»Nein!« Gareth sprang vor, doch der Hund lief davon, und der abgetragene Stoff von Muirs Umhang zerriss. Als der Stock nach unten fuhr, rannte Boon weiter in den Wald, dort wandte er sich um und blickte triumphierend zurück, sein Gesicht beinahe ganz verborgen von einem Busch Farn, und der eroberte Stoff pendelte aus seinem Maul.

»Ahh, sieh nur, was er jetzt getan hat.« Muir blickte zum Himmel und rieb sich die Stirn, als wolle er einen großen Schmerz davon vertreiben. Mit einem raschen ärgerlichen Blick auf den Hund und dann einem Blick zu dem bewölkten Himmel und die Stellung der Sonne, murmelte er: »Es ist Zeit, dass wir hier verschwinden.«

»Ich dachte, wir sollten hier auf Euren Freund warten.«

»Aye, aber wir haben schon lange genug gezögert.« Muir zog die Augenbrauen zusammen. »Es sei denn, wir wollen den Zorn von Ian von Rhydd erwarten.«

Gareth war froh, aus der Höhle wegzukommen. Im Inneren der Höhle schien ihn die Dunkelheit zu verschlingen, und in der staubigen Luft fiel es ihm schwer zu atmen. Außerdem war er es leid, dazusitzen und zu warten, zu versuchen, Kaninchen und Eichhörnchen zu fangen, die viel schlauer waren, als er es erwartet hatte. Ohne seinen Bogen und seinen Köcher voller Pfeile war er ein nutzloser Jäger. Selbst die Fische in dem Bach glitten ihm durch die Hände. Er pfiff dem jungen Hund, der Muir beäugte und dann aus dem Dickicht kroch, den Stoff vorsichtig als stolze Trophäe in seinem Maul.

Der Zauberer beachtete den Hund gar nicht. »Los, los«, sagte er, als könne er es nach Tagen der Untätigkeit nicht erwarten, hier wegzukommen. »Es ist weniger als zwei Tagesritte bis nach Black Oak.«

»Warum müssen wir dahin?«

»Dort sind wir in Sicherheit.«

»Habt Ihr denn nicht gesagt, das Schloss würde belagert werden?«

»Aye, aber noch nicht.«

»Woher wisst Ihr das denn?«

»Ich habe es gesehen.«

»Ja, ja, wie so viele andere Dinge, die auch keinen Sinn ergeben, mit Eurem blinden Auge.«

»Alles wird zu seiner Zeit enthüllt werden«, erklärte Muir und deutete mit seinem Stock zur Höhle. »Nun trödele nicht. Wir müssen unsere Sachen zusammensuchen und uns auf den Weg machen. In Black Oak gibt es gutes Essen und auch etwas zu trinken.«

Gareths Magen hüpfte bei dem Gedanken an Tische voller Schüsseln mit Sauce, Würsten, einem Wildbraten und Johannisbeertorte. Ihm lief das Wasser im Mund zusammen, als er an Eier in Aspik, ausgestopften Aal und Brot mit Butter und Honig dachte, der ihm auf die Finger tropfte. Einen Moment war sein Hunger größer als eine andere Sorge, ein Gedanke, der an ihm nagte, seitdem er aus Rhydd entkommen war. »Was ist mit meiner Mutter?«, fragte er, als die Gedanken an das brutzelnde Fleisch und die süßen Torten wieder verschwanden. »Ist sie in Sicherheit?«

»Das kann ich nicht sagen.«

»Natürlich ist sie das nicht, immerhin hat sie Sir Ian geheiratet.« Gareth runzelte bei diesem Gedanken die Stirn. Er hatte seinem Onkel noch nie getraut, immer hatte er ihn als faul und lüstern eingeschätzt. Viel zu oft hatte Gareth beobachtet, wie der ältere Mann die Mädchen mit lüsternen Blicken betrachtet hatte, die mehr als zehn Jahre jünger waren als er, und obwohl er mit Margaret verheiratet gewesen war, hatte er vielen Küchenmädchen die Röcke gehoben.

Solange sich Gareth erinnern konnte, hatte er sich in Ians Nähe unwohl gefühlt und hatte gewusst, dass das alte Scheusal seine Mutter begehrte.

»Sie hat Ian geheiratet, damit ich nicht umgebracht wurde.« Der Gedanke ärgerte ihn maßlos, und seit er aus dem Schloss entkommen war, hatte ihn das Schuldgefühl nicht verlassen. »Ich muss wissen, ob sie in Sicherheit ist.«

»Das habe ich nicht gesehen«, gestand Muir.

»Ihr habt vielleicht Visionen, alter Mann. Mir scheint allerdings, sie kommen nur, wenn es Euch passt.«

»Lass uns nicht streiten.«

»Sie ist mit einem Schwein verheiratet«, knirschte Gareth und wünschte, er hätte das Vergnügen, Ian von Rhydd ein Schwert in den Leib zu stoßen.

»Junge!« Muirs Stimme brachte ihn in die Wirklichkeit zurück. »Beeile dich.« Der alte Zauberer hatte seinem Pferd das Zaumzeug über den Kopf gestreift. »Es ist Zeit.«

Gareth half dem alten Mann auf sein Pferd, dann folgte er ihm, und Boon lief fröhlich hinter ihnen her. Tief in seiner Tasche rieb er über einen glatten Stein, der ihm Glück bringen sollte. So sehr er sich auch ein heißes Mahl und ein weicheres

Bett als das Lager in der Höhle wünschte, so musste er doch zuerst wissen, dass seine Mutter in Sicherheit war.

Die Höhle war leer.

Trevin nutzte die noch warmen Kohlen, um das Feuer wieder anzuzünden. Es gab Anzeichen, dass Muir und sein junger Schützling bis vor kurzer Zeit an diesem Ort gewesen waren, doch jetzt war die Höhle leer, bis auf die Fledermäuse, die mit dem Kopf nach unten in den Nischen und Ritzen an der Decke hingen.

Gwynn seufzte verärgert auf. Ihr Herz war voller Hoffnung gewesen bei dem Gedanken, wieder mit ihrem Sohn vereint zu sein, sein junges Gesicht wieder zu sehen und zu wissen, dass ihm nichts fehlte.

Doch zumindest wusste sie nun, dass er noch lebte. Sie erkannte die Abdrücke der Pfoten des jungen Hundes und von zwei verschiedenen Stiefelgrößen. Sie könnten auch von jemand anderem stammen, doch sie glaubte fest, dass Gareth den Zauberer gefunden hatte und dass die beiden auf dem Weg an einen sicheren Ort waren – wo auch immer dieser Ort sein mochte. Sie schickte ein Dankgebet zum Himmel und nahm sich vor, noch einen Zauber für seine Sicherheit zu sprechen.

Über ihnen kehrten die Fledermäuse von ihrem Ausflug zurück, sie flatterten mit den Flügeln, suchten sich ihre Schlafstelle eng beieinander und platzierten sich mit dem Kopf nach unten als eine riesige, unruhige Masse in der Nähe des Eingangs. Als das Feuer brannte und die Flammen knisterten, störte sie das nur wenig.

Gwynn rieb sich die Arme und nahm sich vor, keine Furcht davor zu haben. Fledermäuse und Insekten waren Kreaturen der Erde, vor denen sie keine Angst zu haben brauchte. Männer und Waffen waren ihre wirklichen Feinde.

Gwynn hängte ihren Umhang an eine Wurzel, die in die

Höhle hineinwucherte und musterte den geächteten Baron. Mit seinen breiten Schultern und den schmalen Hüften war er einen Kopf größer als sie. Sein Kinn, das jetzt dunkel war von Bartstoppeln, war kantig, seine Gesichtszüge hart, und seine Augen von einem so leuchtenden Blau, dass es sie einschüchterte. Er strahlte eine Respektlosigkeit aus, die sie anziehend fand, eine stolze Intoleranz gegenüber Wichtigtuerei und Arroganz.

Er war ein ruhiger Mann, der während ihrer Reise seine Gedanken für sich behalten hatte. Sein Gesichtsausdruck war oft grimmig und nachdenklich gewesen, doch er war ohne Rast weitergeritten. Seine Augen hatten ständig den Horizont abgesucht, und sein Mund hatte sich entschlossen zu einer schmalen Linie zusammengepresst. Er sah aus wie ein Mann, der unnahbar war, der niemanden brauchte.

Dennoch fiel es ihr schwer zu glauben, dass er ein Mörder sein sollte. Aye, er hatte wahrscheinlich in der Schlacht einen oder zwei seiner Feinde getötet, doch sie bezweifelte, dass er den alten Baron von Black Oak umgebracht hatte. Trevin McBain war ehrgeizig, ja, und er hätte auch ohne weiteres den betrunkenen alten Mann bei dem Würfelspiel um sein Schloss betrügen können, doch ihn ermorden? Ein Schauer lief durch ihren Körper, und sie weigerte sich zu glauben, dass er dazu fähig wäre, den alten Mann von der Mauer in den Tod zu stoßen.

»Wo ist Gareth?«

»Er und Muir und der Hund waren hier«, er deutete auf die Fußabdrücke und die Spuren der Pfoten im Staub, »vor gar nicht langer Zeit, denn die Glut ist noch warm. Jetzt sind sie auf dem Weg nach Black Oak.«

»Oder sie sind gefangen worden, nachdem sie hier weggegangen sind«, meinte Gwynn und sprach ihre schlimmsten Ängste aus.

»Muir würde so etwas nicht zulassen.«

»Oh, und er ist Zauberer genug, sich in Rauch aufzulösen und Gareth mitzunehmen?«, fragte sie, als das trockene Moos und der Zunder Feuer fingen. Die Flammen knisterten und der Rauch stieg an die geschwärzte Decke über ihnen.

»Du selbst beschäftigst dich doch auch mit Zauberei.«

»Ich behaupte aber nicht, eine Zauberin zu sein.« Sie sah, wie die Schatten über sein Gesicht huschten und fühlte tief in ihrem Inneren eine Ruhelosigkeit. »Ich wende Zaubersprüche an, aye, aber sie sind eher so wie ein Gebet um Glück, Gesundheit und gutes Gelingen. Ich zeichne Runen und hoffe auf Segen, aber ich kann keinen Menschen verschwinden lassen.«

»Dem Jungen wird es gut gehen.«

»Wie kannst du das wissen?«, fragte sie, als er sich auf einen Stein setzte und mit einem langen Stock im Feuer stocherte.

»Weil Muir mich großgezogen hat.« Er sah zu ihr auf, und ihre Blicke hielten einander für einen Moment gefangen. In dieser Sekunde wurde ihr Mund so trocken wie der Staub auf dem Boden. Sie räusperte sich und wandte sich ab, so dass sie ihn nur noch von der Seite her sehen konnte. »Ich habe meine Mutter nicht gekannt. Mein Vater ...« Er zuckte nicht sehr interessiert eine Schulter hoch. »Wer weiß? Muir hat mir beigebracht, eine Münze aus einer Börse zu stehlen und einen Ring von einem knochigen Finger. Er hat mir zu essen gegeben und ein Bett, in dem ich schlafen konnte. Er hat mir befohlen, die Dinge der Kirche zu lernen und auch die Sitten unserer Vorfahren, und er hat mich nie in Gefahr gebracht. Bei ihm war ich stets in Sicherheit.«

»Bei Gareth ist das anders«, behauptete Gwynn und setzte sich auf einen flachen Stein in der Nähe des Feuers, um ihre Füße zu wärmen. »Ian hat behauptet, dass Gareth ein Verräter und ein Mörder ist. Obwohl er versprochen hat, meinen Sohn nur zu verbannen, wenn ich ihn heirate, so habe ich doch mein Wort gebrochen, und deshalb ist unser Sohn in Gefahr, ganz gleich, was für einen Zauber dein Zauberer auch anwenden mag.«

»Du hast dein Wort Ian gegenüber gebrochen, weil er dich geschlagen hat.«

»Er ist mein Mann«, erklärte sie schlicht, auch wenn ihr allein bei dem Gedanken schon übel wurde. Wie könnte sie je zu ihm zurückkehren? Wie könnte sie es zulassen, dass er sie berührte? Wie könnte sie bei ihm liegen?

»Aye, und er würde unseren Sohn liebend gern umbringen.« Trevin stand auf und klopfte sich den Staub von den Händen. »Du hast Recht. Gareth wird erst in Sicherheit sein, wenn Ian tot ist.« Er starrte sie an. »Und auch du, Mylady.«

Das stimmte, aber sie könnte sich noch immer der Gnade des neuen Herrn ausliefern und hoffen, dass in Ian von Rhydds abscheulichem Herzen noch ein Funken Anstand steckte. »Ich werde zu ihm zurückgehen, werde ihn beschwichtigen. Vielleicht wird er dann Gareth in Ruhe lassen.«

»Nein.«

»Aber wenn es bedeutet, dass das Leben meines Jungen ...«

Trevin kam mit wenigen Schritten auf sie zu, packte sie am Arm und riss sie zu sich hoch. »Hör mir zu, Frau«, sagte er, und dabei bewegten sich seine Lippen kaum. »Ich werde es nicht zulassen, dass du dich in Gefahr begibst.«

»Ich habe keine andere Wahl.«

»Es gibt immer eine andere Wahl. Nur ein schwacher Geist gibt auf.« Ihre Blicke trafen sich, und sie war verloren. Ihr Pulsschlag dröhnte in ihren Ohren, und sie bemühte sich, einen Schritt von ihm wegzumachen, die Hände, die um ihren Arm lagen, abzuschütteln, und dennoch konnte sie nichts anderes tun als zu schlucken. »Du, Mylady«, meinte er gedehnt, »hast immer das getan, was nötig war, um das zu bekommen, was du haben wolltest. Du hast mit mir geschlafen, damit du schwanger wurdest, du hast Schloss Rhydd regiert als wärest du, eine Frau, der Lord, und als es dir passte, hast du deinen Schwager geheiratet.«

»Um ... um mein Kind zu retten«, stotterte sie, während er den Kopf ein wenig schief legte und sie betrachtete, als sähe er sie zum ersten Mal. Er war ihr so nahe. So nahe. Es war viel zu gefährlich, ihm zu erlauben, sie zu berühren. Sein Duft stieg in ihre Nase, seine Finger waren warm, und sie hatte das Gefühl, keine Luft mehr zu bekommen.

»Du, Lady Gwynn«, sagte er mit einer Stimme, die kaum hörbar war, »bist anders als jede andere Frau, die ich kennen gelernt habe.«

Sie wusste nicht, ob seine Worte als Kompliment oder als Beleidigung gemeint waren, doch das war ihr auch gleichgültig. Ihr Herz raste, und sie konnte ihre Augen nicht von seinem Mund losreißen. »Und ... und du, Dieb, du bist ganz anders als alle anderen Männer.«

»Aye.« Sein warmer Atem strich über ihr Gesicht und ihr Haar, seine Hände gaben ihre Arme frei, doch nur, um sich um ihren Rücken zu legen und sie noch näher an sich zu ziehen. »Oh, Lady, wie sehr quälst du mich«, flüsterte er mit gepresster Stimme. »Hätte ich dich doch nie kennen gelernt.« Er senkte den Kopf, doch dann zögerte er einen Herzschlag lang. Sein Mund war nur noch einen Hauch von ihrem entfernt.

Sie leckte sich nervös über die Lippen, und er stöhnte auf. »Verdammt, Frau«, brachte er heraus, und dann pressten sich seine Lippen auf ihre. Sie sollte ihn aufhalten, sollte ihn von sich stoßen, und dennoch konnte sie es nicht. Warm und fest lagen seine Lippen auf ihren, und ihre Haut prickelte. Alles in ihrem Kopf drehte sich, und sie wusste, dass sie mit einem gefährlichen Feuer spielte, dass sie sich von ihm lösen musste, von der süßen Verführung seines Kusses, doch sie brachte die Kraft dazu nicht auf.

Seit Jahren hatte sie darauf gewartet, so etwas zu fühlen, auf die Verzauberung der Berührung dieses Mannes. Wie viele Nächte lang hatte sie sich vorgestellt, in seinen Armen zu liegen? Wie oft hatte sie von seinen Berührungen geträumt, nur um dann allein aufzuwachen und sich nach ihm zu sehnen?

Seine Zunge drückte sich gegen ihre Zähne, und willig öffnete sie ihm ihren Mund, sie begrüßte es, als sich seine Zunge tief in ihren Mund schob, als wären sie seit Jahren Geliebte.

Er stöhnte leise auf und zog sie noch näher an sich, er bog ihren Körper zurück, während er sie küsste, hielt die Hände fest auf ihrem Rücken und drängte seine Hüften gegen sie. Sie fühlte seine Hitze, fühlte die Härte seiner Erregung, den pulsierenden Druck seines Körpers, der dem ihren so nahe war.

*Lass mich stark sein,* betete sie, doch sie war so schwach. Verlangen durchströmte sie, und tief in ihrem Inneren begann ein süßer, ziehender Schmerz. Seine Zunge umspielte ihre, und sie wollte mehr; sie wollte ihn überall berühren, wollte ihre Lippen und ihre Finger seinen kräftigen Körper erforschen lassen, jetzt, wo er ein Mann war. Bilder davon, wie sie nackt mit ihm zusammen kam, stiegen voller Sehnsucht in ihr auf, und sie fragte sich, was es denn wohl schaden könnte, wenn sie sich ihm hingab, ihm, dem einzigen Mann, der sie kannte.

Seine Finger fanden den Verschluss ihrer Tunika, und der Stoff öffnete sich. Er bedeckte ihren Hals mit Küssen, und seine Lippen waren fest und dennoch zärtlich.

Ihre Brüste schmerzten, und ihr stockte fast der Atem, als er die Oberseite ihrer Brust küsste, die sich aus dem Ausschnitt der Tunika drängte. Unter dem samtenen Stoff reckte sich ihm ihre Brustspitze entgegen, so wie sie es auch vor so vielen Jahren getan hatte.

»Du irrst dich«, hauchte er, und seine Lippen hinterließen eine heiße Spur auf ihrem Hals.

»Wieso?«

»Du bist eine Hexe.«

»Nein.« Wärme stieg in ihr auf und floss durch ihren ganzen Körper.

»Aber du verzauberst mich, Kleines. Weit mehr, als du es solltest.« Mit einem Seufzer hob er den Kopf und seine Hände umfassten die Bänder ihrer Tunika. »Wir haben keine Zeit für das hier . . . und ich will es nicht.«

Enttäuschung stahl sich in ihr Herz, während sie die Funken des Feuers betrachtete, die zur Decke tanzten. Sie fühlte, wie er mit sich kämpfte, verstand es nicht, warum er sie so fest in seinen Armen hielt und dennoch versuchte, sie von sich zu stoßen. »Aber . . .«

»Und du bist die Braut eines anderen Mannes. Du bist die Frau meines Feindes.«

»Nur mit dem Körper, nicht mit dem Geist.«

Einer seiner Mundwinkel hob sich zu einem zynischen Lächeln. »In den Augen des Gesetzes und der Kirche.« Er gab sie frei und trat einen Schritt von ihr zurück, als wäre es gefährlich, ihr so nahe zu sein.

»Das hat dich damals nicht zurückgehalten«, rief sie ihm ins Gedächtnis.

»Aye, und seitdem war ich verflucht.«

»Genau wie ich.« Ihr war plötzlich kalt, sie griff nach ihrem Umhang, warf ihn über ihren Kopf und versteckte sich in den weiten, dunkelblauen Falten, die sie fest um sich schlang. Ihre Lippen prickelten noch von seinem Kuss, ihr Körper fühlte noch immer seine Wärme.

Er betrachtete sie. »Solange Lord Ian lebt, wirst du seiner Gnade ausgeliefert sein«, sagte er.

Sie reckte sich, voller Wut hob sie den Kopf. »Mach keinen Fehler. Ich werde keines Mannes Gnade ausgeliefert sein, Geächteter.«

Sein Lächeln war nicht fröhlich, und als würde er es sich

selbst schwören, erklärte er: »Mach dir keine Sorgen. Ich werde mich um den neuen Lord von Rhydd kümmern und das tun, was nötig ist.«

Angst ergriff sie, als sie verstand, was er damit meinte. »Du meinst, du willst ihn umbringen?«

Trevins Augen glitzerten rätselhaft. »Wenn es nötig ist.«

»Nein, er ist ein gefährlicher Mann«, rief sie und griff nach seinem Arm, nur um ihn sofort wieder loszulassen.

»Das bin ich auch.« Er zwinkerte ihr zu, doch unter dem Leuchten in seinen Augen verbarg sich noch mehr, etwas, das tiefer war und dunkler als das, was er ihr anvertraute. »Bleib hier und warte.«

»Nein ...«

»Ich werde in das nächste Dorf reiten und mir den Klatsch anhören, um zu erfahren, ob die Soldaten von Rhydd auf dem Weg nach Black Oak sind.«

Sie betrachtete das Innere der Höhle mit den vereinzelten gebleichten Knochen, dem Unrat der Fledermäuse und den geflügelten Bewohnern. Sie fürchtete sich nicht so leicht, doch der Gedanke, allein hier bleiben zu müssen, machte ihr Angst.

»Ich werde nur ein paar Stunden weg sein. Vor dem Morgengrauen bin ich wieder zurück.«

»Man wird dich fangen.«

»Vertrau mir, Lady Gwynn. Ich bin schon viel klügeren Feinden als deinem Ehemann entkommen.«

»Aber er hat Soldaten, und ...«

»Psst.« Wieder griff er nach ihr. Seine Lippen legten sich auf ihre, in einem Kuss, der ihr den Atem nahm und ihr Herz in wildem, sehnsüchtigem Takt schlagen ließ. Ihre Knie gaben nach. »Warte auf mich«, befahl er, und erneut hatte sie das Gefühl, dass etwas ganz anderes ihn beschäftigte, dass er etwas vor ihr verbarg.

»Und wenn du nun nicht zurückkommst?«

»Ich werde zurückkommen.«

Sie zog skeptisch eine Augenbraue hoch, und er drückte ihr noch einen leichten Kuss auf die Lippen.

»Habe ich dich nicht auch bis hierher gebracht?«

»Aye, es ist dir gelungen, meinen Ehemann zu verärgern, meinen Sohn in große Gefahr zu bringen, Ian zu hintergehen, den Ritter, dem er am meisten vertraut, zu verwunden, Webbs Pferd zu stehlen und mich in diese ... diese ...«

»Dieses Versteck zu bringen.«

»... in dieses Grab. Wir sind keinen Schritt vorangekommen, um Gareth zu finden, seit der Nacht, in der ich Rhydd verlassen habe.«

»Du bist sehr ungeduldig, Mylady.«

»Ich mache mir Sorgen um meinen Sohn.«

»Fürchte dich nicht.«

Oh, wenn sie ihm doch nur vertrauen könnte, wenn sie doch nur glauben könnte, dass er Gareth retten würde. Sie trat mit dem Fuß nach einem kleinen Stein. »So sei es denn, Geächteter. Ich werde einen Tag auf dich warten. Aber wenn du bis zum morgigen Abend nicht zurück bist, werde ich weiterreiten.«

»Und wo willst du hin?«, fragte er und schnürte seinen Gürtel enger.

»Zum Schloss Heath.«

»Das ist eine lange Reise.«

Sie warf das Haar aus ihrem Gesicht zurück. »Wenigstens werde ich dann nicht in einer Höhle hocken, nur mit Fledermäusen als Gesellschaft.«

»Aber du wirst dort Gareth nicht finden.«

»Vielleicht nicht. Aber ich habe ihm gesagt, dass wir uns bei meiner Schwester treffen werden, und dort wäre er jetzt, wenn ihm seine Flucht gelungen wäre und er nicht von deinem Freund, dem Zauberer, gefangen genommen worden wäre.«

»Er ist sicher aufgehoben bei Muir.«

Der Gedanke, ohne Trevin hier bleiben zu müssen, ängstigte sie, doch ihr Stolz verbat es ihr, ihre Furcht auszusprechen. »Wie ich schon sagte, Mylord, ich werde bis zur Dunkelheit morgen hier warten.«

Er wandte sich um und ging zum Eingang der Höhle. »Vertrau mir«, rief er über seine Schulter zurück, dann verschwand er hinter den großen Felsbrocken, die den Eingang zu der Höhle verbargen.

Ihr Herz sank, als sie nach einer Weile Hufschläge hörte, die sich von der Höhle entfernten.

*Vertrau mir.*

Oh, süße Mutter Maria, wenn sie das doch nur könnte.

Nie zuvor in ihrem Leben hatte sie sich so einsam gefühlt.

# 7

Der alte Mann ist ein Idiot, dachte Gareth, der auf Zehenspitzen auf einem umgekippten Fass stand und durch einen Schlitz im Fenster der Taverne blickte. Er war kein Zauberer, kein Hexer und auch kein Genie. Er war ganz einfach nur ein alter Dummkopf, ein Trunkenbold, der von »dem Kreis« schwafelte mit seinen zerbrochenen Gliedern und den Blutflecken. Es war nichts anderes als das Gerede eines geistlosen alten Mannes, und es würde auch kein Amulett oder die Betrachtung des Horizontes oder das Deuten mit seinem blöden Stock zum Himmel etwas daran ändern, dass Muir nichts anderes war als ein niedriger Dieb.

Während Gareth im Schatten wartete, klapperten seine Zähne, und eine Gänsehaut überzog seinen Körper. Der Mond stieg immer höher am Himmel. Das Innere des schäbigen Gasthauses war düster, das einzige Licht kam von einer

Gruppe von Kerzen und der Glut des ersterbenden Feuers. Männer saßen um die Tische, sie lachten und scherzten, und Muir, verflucht sei er, bekam die Nase gar nicht mehr aus dem Krug.

Es war sicher, dass Muir die dunklen Künste praktizierte, die von der Kirche nicht gern gesehen wurden, obwohl Gareth noch kein Anzeichen dafür gesehen hatte, dass der alte Mann wirklich ein Zauberer war. Der einzige Geist, der ihn zu beflügeln schien, war der, der in einem gefüllten Krug steckte, und die Zaubersprüche, die er zu beschwören versuchte, klangen immer wirrer und schienen nie zu klappen.

Doch was seine Prophezeiungen betraf – sie reichten, um Gareth zu verängstigen, obwohl er das natürlich niemals zugeben würde. All das Gemurmel über einen dunklen Kreis und Glieder einer Kette. Vater zu Sohn und Sohn zu Vater oder ähnliches Geplapper. Der alte Mann war dumm, schlicht und einfach dumm, obwohl es Gareth bei seinem Gemurmel ganz unheimlich wurde. All der Unsinn, dass sich die Geschichte wiederholte, dass Söhne die Väter umbrachten, ließ ihm das Blut in den Adern gefrieren.

»Was für ein Zauberer«, raunte Gareth zu Boon, der vor seinen Füßen herumwuselte, auf dem Boden schnüffelte und dann leise fiepte, als würde er seinem Herrn zustimmen. »Wenn er so schlau ist, warum kann er dann nicht einen Krug Wein herbeizaubern, anstatt extra deswegen hierher zu kommen?«

Boon untersuchte interessiert einige Kisten, die in der Nähe der Hintertür standen. Der Gestank nach Abfall lag in der Luft, und die Stimmen aus dem Gasthaus drangen bis auf die Gassen wo Geschäfte und andere Gasthäuser die verkehrsreiche Straße säumten. Pferde schnaubten, Kühe muhten, und ab und zu krähte sogar ein Hahn, obwohl es schon dunkel und die Temperatur so niedrig war, dass Gareths Atem als kleine weiße Wölkchen vor seinem Mund standen.

»Komm schon, komm schon«, grummelte er, während er zusah, wie sich der alte Mann am Kopf kratzte und dann seinen Krug hochhielt, um ihn erneut auffüllen zu lassen.

»Wir sind verloren, Hund«, murmelte Gareth und überlegte, ob er Muir nicht sich selbst überlassen sollte. Was hatte er schon davon, wenn der diebische Baron wollte, dass er bei dem Alten blieb? Mit seinem Humpeln und nur einem gesunden Auge war Muir für ihn eher ein Hindernis als eine Hilfe. Außerdem machte sich Gareth Sorgen um seine Mutter. Wenn er auch nur ein bisschen Mut oder Verstand besaß, dann würde er den Trunkenbold hier zurücklassen, auf dem Pferd zurück nach Rhydd reiten und den alten Ian mit dem Schwert durchbohren. Aber bei dem Gedanken, einen Mann wirklich umzubringen – irgendeinen Mann –, verspürte er einen eisigen Kloß tief in seinem Magen. Ein Leben zu beenden war gar nicht so mutig und edel, wie er es früher immer gedacht hatte, und bei der Erinnerung, wie er ein Schwert in den Körper eines Mannes gestoßen und dann zugesehen hatte, wie das Leben aus diesem Körper entwich, hob sich sein Magen.

*Feigling. Wäre es dir denn lieber, wenn deine Mutter ihr Leben dem widerlichen Ian hingäbe?* Er erschauerte und wünschte, Muir würde sein Verlangen nach dem Alkohol gestillt haben, damit sie ihre Reise fortsetzen konnten. »Wir haben unser Schicksal einem Dummkopf anvertraut, fürchte ich, Boon.« Doch auch wenn er wütend auf den Zauberer war, so fühlte er trotz allem eine gewisse Zuneigung zu dem alten Mann. Hatte Muir ihm nicht zu essen gegeben? Hatte er ihm nicht eine Unterkunft geboten? Selbst wenn er die ganze Zeit über an ihm herumgenörgelt hatte, so hatte er ihm doch ständig versichert, dass sie bald in Sicherheit wären. Vielleicht war der alte Mann ja doch kein so schlechter Kerl.

Boon jaulte kurz. Der junge Hund stand auf den Hinterbeinen, die Vorderfüße hatte er gegen das Fass gestemmt. Er rang um Gareths Aufmerksamkeit, und sein Schwanz wedelte heftig hin und her. »Du bist ein guter Hund, Boon.« Gareth bückte sich und streichelte den Kopf des Hundes. »Aber du musst leise sein. Muir kommt bald.« Er blies in seine Hände, weil sie eisig kalt waren und hoffte, dass das auch wirklich der Wahrheit entsprach.

Bei dem Klang von Hufschlägen hob er den Kopf und kletterte von dem Fass hinunter. Er schlich durch die Gasse zur Vorderseite des Gasthauses, wo er eine Gruppe von Soldaten entdeckte, die die Straße hinuntergeritten kamen. Sie ritten zu zweit nebeneinander und trugen die grünen und goldenen Farben von Rhydd. Mit schnellem Trab ritten sie in die Stadt.

Sir Webb, dessen Gesichtsausdruck genauso grimmig verzogen war wie sein Mund, führte die Gruppe an.

Gareths Mund wurde staubtrocken. Er versteckte sich hinter einer Zisterne und betete, dass der Hund, der von einer Ratte abgelenkt wurde, die am Zaun entlanghuschte, sich nicht zeigen würde.

»Hier.« Die Stimme von Sir Webb dröhnte durch die Nacht. »Wir werden etwas essen und uns ausruhen, dann werden wir am anderen Ende der Stadt unser Lager aufschlagen.«

Gütiger Himmel! Gareth wich in die Schatten zurück und flitzte zur Hintertür des Gasthauses, wo er in die warme Küche schlüpfte, in der eine große Frau auf einem Hocker saß, die Hände um den Rührhebel eines Butterfasses gelegt. Ihr Gesicht war gerötet, Schweiß stand auf ihrer Stirn. Die Rührschaufeln in dem Fass klapperten stetig, bei jeder Bewegung ihrer Arme. »Bei den Göttern, Junge, du hast mich zu Tode erschreckt!« rief sie. »Wer bist du, warum schleichst du dich durch die Schatten wie eine Schlange von einem Felsen?«

Gareth hatte keine Zeit für Höflichkeiten, doch er hoffte, dass er nicht so verängstigt aussah, wie er sich fühlte. »Bitte, gute Frau, würdet Ihr so freundlich sein, den alten Mann mit dem schlimmen Auge zu mir zu schicken?«, flehte er. An einem Haken über dem Feuer hing ein schwarzer Kessel mit Stew, ein herrlicher Duft von gekochtem Hammel stieg daraus empor. Gareths Magen knurrte.

»Was?« Die Frau schüttelte den Kopf, doch hielt sie in ihrer Arbeit nicht inne. »Geh und hol ihn selbst, Junge. Kannst du denn nicht sehen, dass ich hier Butter mache? Ich möchte auf keinen Fall, dass meine Butter sauer wird.«

»Das wird sie schon nicht. Bitte«, wiederholte Gareth und zuckte dann zusammen, als er ein lautes Schnarchen hörte. Er wirbelte herum und entdeckte einen dürren Mann, der den Kopf gegen einen Stapel Feuerholz gelehnt hatte und schlief.

»Du versteckst dich doch nicht etwa vor jemandem, oder?«, fragte die Frau, und ihre buschigen Augenbrauen zogen sich zusammen, während sie den Kopf schief legte und den Schweiß an ihrer Schulter abwischte.

Gareth schüttelte den Kopf. »Nein, aber ...«

»Der Sheriff sucht dich doch nicht etwa?«

Es hatte keinen Zweck, ihr zu widersprechen. »Nein.« Gareth ging zu der Tür, die das Hinterzimmer von der Wirtsstube trennte und öffnete sie einen Spalt, gerade in dem Augenblick, als Sir Webb mit klirrender Rüstung den Raum betrat. Alle Unterhaltung erstarb, und die Leute, die ihr Bier tranken, blickten über ihre Schultern, um die neuen Gäste zu betrachten.

Gareth sank das Herz bis zu den Füßen. Er konnte sich nicht zeigen, denn der dunkle Ritter würde ihn sofort erkennen. Er schluckte hart, als Muir den Kopf hob und mit dem gesunden Auge die Soldaten anstarrte, die den Raum füllten und nach Bier riefen.

»Oh, als hätte ich es geahnt!«, brummte die dicke Frau beim Klang so vieler neuer Stimmen. »Kaum eine Seele kommt die ganze Nacht, und jetzt platzt eine ganze Armee herein.« Sie wandte den Kopf. »Will. Will, wach auf. Hol noch ein neues Fass und hilf Bess bei der Arbeit. Wir haben eine Menge durstiger Männer in Rüstung – wenn ich richtig höre.«

Mit einem lauten Knurren hörte das Schnarchen einen Moment auf, ehe es dann gleichmäßig weiterdröhnte.

»Will!«, zeterte die Frau scharf, und mit einem röchelnden Husten erwachte der dürre Mann und sprang auf die Beine.

Er warf einen Blick auf Gareth und fuhr sich dann mit der Hand über die Augen. »Wer zum Teufel bist du, Junge?« Einer seiner Vorderzähne fehlte, und seine Haut war fleckig.

»Das sagt er nicht, also mach dir gar nicht erst die Mühe, ihn danach zu fragen. Hol das verdammte Fass und hilf Bess vorn bei der Arbeit. Oh, um der Liebe Zeus willen.« Sie seufzte und hörte mit ihrer Arbeit auf, die Rührschaufeln bewegten sich langsamer und blieben dann stehen. »Ich mache es schon.«

Mit gerunzelter Stirn wischte sie sich mit dem Handrücken den Schweiß ab und trocknete ihre Hände dann an der Schürze.

Gareths Herz schlug wild, als sie die Tür öffnete und in den Schankraum trat. »Was kann ich Euch bringen, meine guten Männer?«

»Bier. Für alle, die die Farben von Rhydd tragen«, dröhnte Webbs Stimme.

»Gut. Gut. Es wird nur eine Minute dauern, bis mein Mann das neue Fass angestochen hat.«

Mit scharrenden Füßen und leiser Unterhaltung suchten sich die Soldaten einen Platz auf den Bänken in der Nähe des Feuers. Ellbogen an Ellbogen saßen sie, stützten sich auf die schweren Tische, reckten die Hälse und machten ihre Späße. Gareth beobachtete sie durch den Türspalt und war erleichtert, als er sah, dass Muir wenigstens so viel Verstand besaß, das Gesicht abzuwenden, als fände er plötzlich das Feuer außerordentlich faszinierend.

Als die dicke Frau das Bier in die Becher goss, rieb sich Webb die Schulter und sah sich in dem Raum um. »Wir suchen nach Trevin von Black Oak«, sagte er mit leicht verzerrtem Gesicht.

Gareth verspürte nur eine leise Freude wegen der Tatsache, dass er es gewesen war, der den dunklen Ritter verwundet hatte. Denn alles, was er damit erreicht hatte, war, Sir Webb noch ärgerlicher zu machen und seine Entschlossenheit zu stärken, ihn zu fangen.

»Ihr sucht den Baron?« Die Frau brachte ein Tablett mit Bechern an den Tisch und stellte sie dann vor die Männer.

»Aye, er ist ein Dieb und ein Mörder, dieser Kerl. Habt Ihr denn nicht gehört, dass er Lord Roderick umgebracht und dann seine Frau entführt hat?«

Also hatte Muir doch Recht gehabt. Seine Mutter war bei dem Baron. Gareth wusste nicht, ob er sich darüber freuen oder sich Sorgen machen sollte.

»Was sagt Ihr?« Die Frau verschüttete etwas von dem Bier auf dem Tisch und wischte es geübt mit dem ausgebleichten Saum ihrer Schürze auf.

»Man sagt, er hat Lord Dryw um sein Schloss betrogen und den alten Mann dann umgebracht, als er sich dagegen gewehrt hat. Er hat ihn einfach vom Turm geworfen.«

»Das habe ich auch gehört«, antwortete die Frau, als ihr Mann brummend unter der Last eines Fasses Bier an Gareth vorbeiging. Einen Moment war Gareth die Sicht versperrt, und als Will und das Fass dann die Sicht wieder freigegeben hatten, saß Muir nicht länger am Feuer, als hätte er sich wirklich in Luft aufgelöst. Langsam trat Gareth von der Tür weg, bereit, durch die Tür auf die Gasse zu laufen.

Ein entsetzliches Jaulen drang durch die Nacht.

In voller Flucht kam eine graue Katze in die Küche gezischt

und hechtete durch den Spalt in der Tür in den Schankraum. Wild bellend verfolgte Boon sie, er raste an Gareth vorbei, der Katze dicht auf dem Schwanz.

»Nein!«, flüsterte Gareth und versuchte, den Hund zu packen, doch der war schon in den Schankraum gejagt.

»Also, wa . . .?«, stotterte Will, als die Katze zwischen seinen Beinen hindurchrannte.

Männer lachten, ein Dienstmädchen schrie auf, und der Hund, der wie besessen bellte, stürmte hinter der entsetzten Katze her, bis diese am weiten Rock der Wirtsfrau hochkletterte. »Autsch, Heilige Maria! Katze, hör auf! Nimm deine verdammten Krallen von mir!« Bier floss über, Männer lachten, und Boon sprang an der Frau hoch, seine Pfoten verhakten sich in ihrem Rock. »Du Köter! Raus mit dir«, schrie die Frau und trat nach dem lärmenden, springenden Hund, während die Katze von der Hüfte der Frau auf einen Pfosten sprang. Von dort kletterte sie nach oben, bis auf einen der Balken unter der Decke.

Boon, der sich wie ein Verrückter gebärdete, rannte um den Pfosten herum und hüpfte durchdringend kläffend auf und ab.

»Verdammter Köter. Immer kommen sie hier herein.« Die Frau griff nach einem Besen, der in der Nähe des Feuers stand und begann, damit den jungen Hund zu vertreiben.

»Ist das nicht der Hund . . .?«, fragte Webb stirnrunzelnd.

Gareth wäre fast gestorben.

»Aye, der Hund aus Rhydd. Der Hund des Jungen . . .«

Gareth pfiff laut, und der Hund hielt inne, wandte sich um und spitzte die Ohren, dann blickte er verwirrt in Richtung auf das Hinterzimmer. »Komm!«, befahl ihm Gareth von seinem Versteck aus.

»Wer ist da?«, donnerte Webbs Stimme durch den Raum.

Er würde seinen Hund nicht im Stich lassen. »Boon!« Gareth hielt die Tür auf, doch er blieb versteckt im Schatten.

»Das ist der Junge«, sagte eine andere Stimme. »Er hat seinen Köter Boon genannt.«

»Um Himmels willen, packt ihn!«, befahl Webb, und Gareth wich zurück. Dabei stieß er einen Sack Mehl um, und das weiße Pulver bedeckte den Boden. Er wäre beinahe gefallen, stolperte gegen den Herd, über dem das Stew kochte, und verbrannte sich den Arm an dem geschwärzten Topf, während er seinen Dolch zog. Wie klein das Messer zu sein schien, wenn er an Webbs Männer dachte, die alle mit Schwertern oder Keulen und Rüstung bewaffnet waren.

Der Hund kam schwanzwedelnd durch die Tür gerannt. Gareth verschwendete keine Zeit. Er war bereits auf der Treppe, und dann lief er durch den Hof. Hinter sich hörte er die Stiefel der Soldaten und die rasselnden Schwerter, als Ians Männer in die Küche stürmten.

»Wartet!« Eine Stimme, so sanft wie der Wind und so weit wie das Meer, befahl ihnen, stehen zu bleiben. »Es ist nicht der Junge, den ihr sucht.«

Nein, Muir! Nein! Tu das nicht!

Muir! Gareths Schritte wurden langsamer.

»Bringt mich zu Ian von Rhydd, und dann werden wir verhandeln.«

»Was? Dich, alter Mann?«, höhnte eine kräftige Stimme.

»Ich bin ein Zauberer.«

»Bah! Und ich bin König Edward.«

Gelächter ertönte in dem Gasthaus, während die Männer zögerten.

»Lord Ian wird mit mir reden«, drängte Muir. »Oder ich werde Morrigu rufen, die Große Mutter ...«

»Geh mir aus dem Weg, du einäugiger heidnischer Dummkopf. Wir wollen hier nichts von der Kriegsgöttin hören.«

Gareth wandte sich um und lief durch den Hof, über die mit Kies bestreute Straße und dann durch eine schmale Öffnung im Zaun. Mit dem Hund hinter sich, schlüpfte er durch den Spalt, schrammte sich das Bein auf und rannte dann in die Dunkelheit, nur weit weg von dem gefährlichen Ort. Rannte an den Rückseiten der Geschäfte vorbei, unter dunklen Treppen hindurch, an geschlossenen Türen. Hühner flatterten mit den Flügeln und gackerten erschreckt auf ihren Stangen, Hunde bellten, und Gareth stolperte über Stapel mit Feuerholz und über Kessel, die zum Waschen der Wäsche benutzt wurden.

Seine Lunge brannte. Sein Kopf dröhnte. Seine Beine schmerzten.

Doch er konnte nicht aufhören zu laufen.

Er hörte die Männer hinter sich, die Schritte der Stiefel im Lehm, Flüche, die ausgestoßen wurden und Stimmen, die schwächer wurden, während er im Zickzack durch die Stadt lief und dann in den nahen Wald. Sein Atem brannte in der Lunge, seine Beine schmerzten, doch er lief immer weiter. Er wusste nicht, in welche Richtung er lief, doch er fand Trost im Wald, denn dort gab es Bäume, auf die man klettern konnte, Büsche, hinter denen man sich verstecken konnte, Wege, die in die verschiedensten Richtungen führten. Er stolperte über Wurzeln, und niedrig hängende Aste schlugen ihm ins Gesicht, doch er lief in der Dunkelheit immer weiter und wusste, dass er seine Verfolger abschüttelte, weil ihre Schritte und ihre Stimmen sich immer weiter entfernten.

Ein Krampf in seinem Unterschenkel zwang ihn, stehen zu bleiben, sein Magen hob sich. Er rang nach Atem, dann würgte er plötzlich.

*Bitte, Gott, rette mich. Rette Muir. Rette Mutter.*

In seinem Kopf drehte sich alles. Er konnte nicht klar denken.

*Bitte, hilf mir. Bitte.*

Er sank in einen Haufen welker Blätter und wartete keuchend. Was konnte er sonst tun? Muir war sicher gefangen genommen worden, denn der alte Mann kannte keinen Zauberspruch, der ihn einfach verschwinden ließ, und jetzt war Gareth ganz allein in dem dunklen Wald, nur ein hungriger Hund und ein verwirrter Richtungssinn waren ihm geblieben.

»Großartig«, murmelte er, und das Herz war ihm schwer. »Verdammt großartig.« Er hatte mehrere Möglichkeiten, doch keine von ihnen war es wert, darüber nachzudenken. Er konnte versuchen, Muir zu befreien, indem er die Soldaten verfolgte, doch damit würde er sich selbst in Gefahr bringen. Oder er konnte versuchen, den Bastard zu finden, der, wenn er dem Zauberer glauben konnte, seine Mutter entführt hatte – den mordenden Dieb.

Und wohin würde dieser Mann gehen? Sehr wahrscheinlich zu seinem Schloss, das er sich auf unredliche Weise angeeignet hatte. Genau wie die Soldaten. Es war alles ein schreckliches Durcheinander. Er schloss die Augen und stellte sich das Gesicht seiner Mutter vor. Niemals hätte er geglaubt, dass er sie vermissen würde. Niemals hätte er zugegeben, dass ihm so viel an ihr lag. Immerhin war er schon beinahe ein Mann.

Aber er musste sie retten. So, wie sie ihn gerettet hatte.

*Und was ist mit Muir? Schuldest du nicht auch ihm dein Leben?*

Er legte das Gesicht in die Hände und versuchte, nachzudenken. Er würde den alten Mann retten, natürlich würde er das tun. Doch zuerst würde er seine Mutter suchen, und wenn das bedeutete, dass er dem geächteten Baron gegenübertreten musste, dann sollte es wohl so sein. Wenn Trevin, wie Muir es angedeutet hatte, nach Black Oak zurückkehrte, dann würde Gareth dort auf ihn warten.

»Es war wie ein schlechter Traum, das sage ich Euch«, versicherte Bess, als sie im Schatten hinter dem Gasthaus mit Trevin sprach. »Und die Soldaten, sie suchen nach Euch und nach dieser Frau, die Ihr entführt habt.« Bess, die in dem Gasthaus arbeitete, war ein süßes Ding, mit einer schmalen Taille, üppigen Brüsten und Hüften, die sanft genug waren, einen leidenden Mann voller Verlangen zu trösten, doch dafür interessierte sich Trevin nicht. Er hatte sich auch zuvor nie dafür interessiert, selbst die ganzen Jahre nicht, die er sie schon kannte. »Ich habe so getan, als würde ich Euren Namen nicht kennen«, sagte sie. »Und die meisten der anderen Läuse haben sich nur dafür interessiert, mir die Hände unter die Röcke zu schieben, wenn Sir Webb ihnen den Rücken zugedreht hat.«

»Einige Dinge ändern sich nie, Bess«, versicherte ihr Trevin.

»Nicht für Euch, Mylord . . .« Sie lächelte schüchtern, und Trevin seufzte.

»Erzähl mir von dem Jungen.«

»Ich habe keinen Jungen gesehen – nur den einäugigen Mann, der geredet hat, als wäre er ein Dummkopf, das sage ich Euch. Ständig hat er geplappert über eine Kette, Vater zu Sohn, Sohn zu Vater, Blut zu Blut und noch mehr von solchem Unsinn. Aber Lizzie, sie ist die Köchin, sie hat einen Jungen in der Küche gesehen, doch er und sein verflixter Hund sind verschwunden. Sie sind durch die hintere Gasse gerannt, als hätten sie einen Geist gesehen, sagt Lizzie.«

»Er ist entkommen?« Trevin verspürte einen Hoffnungsschimmer.

»So weit ich es weiß, ja. Doch der alte Mann, der Zauberer, hatte nicht so viel Glück. Sir Webb hat ihn mitgeschleppt, hat ihn gefesselt, hat ihn wie einen Rehbock auf einer Jagd zusammengebunden.«

Trevin biss die Zähne zusammen. Muir und sein verflixtes Verlangen nach Bier. Jetzt war er gefangen, und der Junge . . . oh, um der Liebe des Heiligen Petrus' willen, der Junge konnte wer weiß wo sein und durch den Wald irren. Aber wenigstens lebte er noch. »Danke, Bessie«, sagte er, und die junge Frau beugte sich vor und bot ihm im Schein des Mondes einen Blick auf ihre großen Brüste, die sich einladend aus ihrem Ausschnitt drängten.

»Euch, Mylord, würde ich jeden Gefallen tun«, flötete sie.

»Du hast schon genug getan.« Er reichte ihr eine Münze, und sie schürzte verlockend die Lippen.

»Ich will Euer Geld nicht, Trevin von Black Oak. Ich kannte Euch schon, als Ihr noch ein ganz kleiner Kerl wart, ein Dieb und nicht besser, als wir alle hier.«

»Wer sagt, dass ich mich verändert habe?« Er ließ die Münze zwischen ihre Brüste fallen, und sie kicherte, als er sich auf Webbs Pferd schwang. »Weiter geht's nicht, Bess.«

»Aye, und ich habe Euch noch nie gesehen, Ihr Bastard mit dem schwarzen Herzen, und hier – Ihr habt doch nach etwas zu essen gefragt, nicht wahr?« Sie reichte ihm einen Stoffsack, aus dem es nach frisch gebackenem Brot duftete.

»Du bist ein Engel.«

»Ach, verschwindet schon!« Sie errötete im Mondlicht.

Mit einem freudlosen Lachen zog Trevin die Zügel an, und sein Pferd wirbelte herum. »Hiya!« Das Pferd galoppierte los. Trevin ritt nach Osten durch die Stadt und hoffte, dass Bess ihn beobachtete. Obwohl er ihr vertraute, so würde er doch nicht zulassen, dass sie etwas sah, was sie vermuten ließ, wo er und Gwynn sich versteckten. Wer wusste schon, welche verborgenen Blicke seine Unterhaltung mit ihr beobachtet hatten? Nur Gott konnte wissen, was sie ausplaudern würde, wenn man ihr die richtige Bezahlung bot oder wenn sie von Ian von Rhydds Schwert bedroht wurde. Nein, weder sie noch sonst jemand in diesem Ort würde sein Ziel erraten können.

Mit dem Mond als seinem Führer ritt er an den Feldern einiger Bauern vorbei, ehe er danach in einem großen Bogen die Stadt umritt – in die entgegengesetzte Richtung.

Also war Gareth frei, doch wo steckte er? Und Muir, der verfluchte Kerl, was hatte er sich dabei gedacht, unterwegs anzuhalten, um sich zu erfrischen, ehe er zum Schloss ritt?

Er kniff die Augen zusammen gegen den eisigen Wind, der über das Land blies, dann gab er seinem Pferd die Sporen. Er musste zu Gwynn. Bei dem Gedanken an sie und an den letzten Kuss, den er ihr gestohlen hatte, zog sich seine Brust zusammen. Gott im Himmel, es war ihm nie gelungen, diese Frau aus seinen Gedanken zu verbannen, nicht einmal zu der Zeit, als er mit Faith verheiratet gewesen war. Das Schuldgefühl tief in ihm war wie ein Dorn in seinem Fleisch. Seine tote Frau hatte etwas viel Besseres verdient als den Ehemann, der er für sie gewesen war. Faith hatte ihn geliebt, und er hatte nie die Macht ihrer Leidenschaft erwidert. Wegen Gwynn.

Eine Frau, die ihren Körper verkaufen würde, um ihren Sohn zu retten.

Gott helfe ihnen allen.

Der Weg gabelte sich, und er ritt nach Westen, zu der Höhle. Die ausgreifenden Schritte des Hengstes zögerten nicht, auch wenn sein Fell schweißbedeckt war und Lehm seine Brust und seine Beine bespritzte.

»Du bist ein feines Tier, Dunkler«, lobte Trevin und drängte den Hengst, noch schneller zu laufen. Seine Gedanken überschlugen sich. Er konnte nichts mehr für Faith tun; sie war für ihn und für die Welt verloren, aber Muir, der Mann, der ihn großgezogen hatte, war etwas ganz anderes.

Webb würde Muir zu Ian bringen, der wahrscheinlich Folter anwenden würde, um die Wahrheit aus dem alten Mann herauszuholen. Aber Muir war schlau, auch wenn man sonst nichts Gutes von ihm behaupten konnte, und wenn der Geist des Alkohols seinen Kopf nicht benebelte, war er jedem Mann gewachsen, auch dem neuen Herrscher über Rhydd. Die Magie des alternden Zauberers existierte wirklich, aber, so hatte Trevin erfahren, sie schwankte bei Unkonzentration, und manchmal, in den schwierigsten Situationen, hatte sie völlig versagt.

Er durfte keine Zeit verschwenden. Trevin würde Gwynn holen und sie in die Sicherheit von Black Oak bringen. Dann musste er zusammen mit seinen Männern nach Rhydd reiten und den Zauberer befreien.

Und genau das würde Ian auch erwarten.

Die Überraschung wäre also nicht auf seiner Seite. Er würde schlau sein müssen. Er lächelte, während sein Pferd dahingaloppierte. Irgendwie würde er seinen Feind überlisten.

Auf die eine oder die andere Art.

Gwynn trat in den Fluss und zog scharf den Atem ein. Die Temperatur war nahe dem Nullpunkt, und sie fühlte förmlich, wie ihre Haut blau wurde, doch sie zitterte nur eine Sekunde, ehe sie in das tiefer werdende Wasser watete. Sie war entschlossen, den Schmutz von ihrem Körper zu waschen. Tagelang war sie unterwegs gewesen, sie hatte in der Höhle gelebt, und in den letzten Stunden, bevor es dunkel wurde, hatte sie auf Händen und Knien nach Kräutern, Beeren und Wurzeln gesucht. Auch wenn sie erfahren war im Umgang mit Dolch, Bogen und Schwert, so lag doch ihre wahre Stärke darin, Zauberformeln zu beschwören und zu heilen.

Es hatte eine Zeit gegeben, da hatte sie über Idelle und ihre heidnische Art gelacht, doch in den letzten dreizehn Jahren hatte sie viel über die Macht der Eiben, der Eschen, des Fingerhutes, der Disteln und der anderen Kräuter gelernt. Sie war Christin, aye, und sie betete zum Himmlischen Vater, doch sie vertraute auch auf die alten Sitten und glaubte an Morrigu, die Große Mutter, und an ihre Gaben der Erde. In ihrem Bemühen, Gareth zu finden und ihn zu retten, schwor sich Gwynn, jede Fähigkeit, jeden Zauber und jede Waffe zu nutzen, die ihr helfen konnten.

Alles, was für sie zählte, war ihr Sohn.

Langsam sank sie auf die Knie. Sie biss sich auf die Unterlippe und schloss die Augen, als das eisige Wasser die empfindliche Stelle zwischen ihren Schenkeln berührte. Sie zog scharf den Atem ein, als ihr Körper von der Kälte ganz taub wurde, dann schrubbte sie sich ab, mit der Hilfe der Strömung des Wassers und einer Hand voll Moos wusch sie sich den Schmutz unter den Fingernägeln weg, zwischen ihren Zehen und in ihrem Haar. Das Wasser war frisch und reinigend, es half ihr dabei, einen klaren Verstand zu bekommen.

Was sollte sie tun, wenn Trevin nicht zurückkam? Was wäre, wenn er nichts von Gareth gehört hätte? Was, o gütiger Gott im Himmel, sollte sie nur tun, wenn ihr Sohn bereits tot war? Denk nicht an so etwas, sagte sie sich, und spritzte Wasser in ihr Gesicht. Sie blinzelte, als die Wassertropfen an ihren Wimpern hingen. Sicher war Gareth in Sicherheit, und es ging ihm gut, er war gut aufgehoben in Black Oak, wo Trevins Diener ihn gut versorgen und seine Soldaten ihn beobachten würden. Trevin würde dafür sorgen, dass jeder Schild in Black Oak seinen Sohn schützen würde.

Obwohl sie dem ehemaligen Dieb, der jetzt zum Baron geworden war, nicht vollkommen traute, so glaubte sie doch, dass er sich etwas aus Gareth machte. Warum sonst wäre er das Risiko eingegangen, sich zuerst Rodericks und jetzt Ians Zorn zuzuziehen? Warum sollte er durch die Dunkelheit reiten, Uniformen und Pferde stehlen und sich offensichtlich Sorgen um sie machen? Sie war nicht so dumm zu glauben, dass der Dieb sich etwas aus ihr machte, nein, sie war Gareths Mutter, mehr nicht. Er sah sie noch immer als die selbstsüchtige Braut Rodericks, die alles getan hatte, sogar ihre Jungfräulichkeit aufgegeben hatte, um den alten Mann zu betrügen und ihn in dem Glauben zu lassen, dass er einen Sohn gezeugt hatte.

Es war schon eine lange Zeit her.

Noch ehe sie Mutter geworden war.

Noch ehe sie die Angst um ihr Kind gekannt hatte.

Noch ehe sie sich in einen Banditen verliebt hatte.

Sie riss die Augen auf. Liebe? Sich verliebt? Nein, ihre Gedanken waren benebelt, ihre Sorge um Gareth trübte ihren Verstand. Sie liebte Trevin nicht. Er war für sie nur ein Mittel, um ihren Sohn zu retten. Nichts mehr. Sie war eine dumme Frau, die Liebe mit Lust verwechselte.

Dennoch beunruhigte dieser Gedanke sie.

Sie lag fast bewegungslos in dem Fluss und ließ das Wasser dort, wo die Strömung einen kleinen Strudel bildete, ihren Körper umspülen.

Trevin.

Der Bandit.

Sie kannte ihn erst eine kurze Zeit, und dennoch fürchtete sie sich, dass sie begann, ihm zu vertrauen. Oh, dummes, verräterisches Herz. Er war ein Dieb und vielleicht sogar ein Mörder.

*Und der Vater ihres Sohnes.*

Trevin von Black Oak war kein Mann, an den eine vernünftige Frau ihr Herz verlieren würde. Er war zu grob, zu grimmig, zu grüblerisch und zu selbstsicher, immer gab er ihr Befehle. Aber nur vorübergehend. Sobald sie und Gareth wieder miteinander vereint waren, würden sie den räuberischen Baron verlassen. Seine Gedanken an sie und ihren Sohn würden nur noch eine Erinnerung sein.

Einen anderen Weg gab es nicht.

Sie war nicht in der Höhle. Trevin hielt die Fackel hoch und suchte in dem dunklen Inneren, doch außer der Glut, die noch immer glühte, gab es kein Anzeichen von ihr. »Diese verflixte, dumme Frau«, murmelte er und störte so die wenigen Fledermäuse, die noch unter der Decke hingen. Er fühlte einen heftigen Schmerz in seiner Brust, den er schnell zu verdrängen suchte. Er hegte keine Gefühle für diese Frau. Überhaupt keine.

Ärgerlich verließ er die Höhle. Warum war sie weggegangen? Hatte sie ihm denn nicht versprochen zu warten? Aus den Augenwinkeln bemerkte er eine Bewegung in der Nähe der Bäume.

Er löschte seine Fackel im Lehm. Kein Grund, dass ein Feind ihn hier entdeckte. Langsam zog er seinen Dolch aus der Scheide und bereitete sich auf einen Kampf vor. Wenn Webb die Höhle gefunden hatte und Gwynn ... Wut, so dunkel und so wild wie das Herz des Teufels, strömte durch seinen Körper. Er würde jeden umbringen, der ...

Er entdeckte ihr Pferd, das unverdrossen versuchte, die wenigen Grashalme auszurupfen, die im silbernen Mondlicht feucht glänzten.

Konnte sie entführt worden sein? Waren Sir Webb und seine Bande von mörderischen Soldaten auf sie gestoßen? Eine Sekunde überwältigte ihn das Entsetzen, und eine eiserne Faust schien sein Herz zu packen. Sicher hätten die Männer sie nicht mitgenommen und das Pferd dagelassen ...

Leise schlich er sich durch das Unterholz und sah sich um, bis er das Plätschern des Wassers hörte und ihren Körper entdeckte, der weiß wie Alabaster im Fluss leuchtete.

Alles in ihm zog sich zusammen.

Ein Feuer züngelte in seinen Lenden.

Behutsam steckte er den Dolch in die Scheide zurück.

Ihre weißen Brüste hoben sich über das Wasser, ihre dunklen Spitzen zeigten zum sternenübersäten Himmel. Ein wenig tiefer sah er das dunkle Haar, das sich deutlich von ihrer blassen Haut unterschied. Brennende Lust erwachte in ihm.

Sie war noch genauso schön, wie er sie in Erinnerung hatte, und er dachte darüber nach, noch einmal mit ihr zu schlafen. Das wäre eine süße Qual. Aber sie war die Frau eines anderen Mannes, ob sie es nun gewollt hatte oder nicht.

Und wie war Rodericks Frau, als du das letzte Mal mit ihr geschlafen hast?

Wie einfach hatte sie ihre Tugend verspielt. Doch er machte ihr keinen Vorwurf. Sie hatte ihre Jungfräulichkeit hingegeben, um ihr eigenes Leben zu retten. Hätte er an ihrer Stelle nicht das Gleiche getan?

Er wollte sie haben. Verdammt, er verlangte mehr nach ihr, als es gut für ihn war. *Erinnere dich an Faith und an deinen Schwur an sie.* Schuldgefühle schlichen sich in sein Herz. Er hatte seine Frau niemals geliebt, und dafür fühlte er eine tiefe Reue. Sie war nur ein paar Tage nach ihrer neugeborenen Tochter gestorben, und sie hatte ihn mit Schmerz in den Augen und schwachen Fingern gebeten, sein Herz niemals einer anderen zu schenken. Sie wusste, dass er bei anderen Frauen körperlichen Trost finden würde, doch sie hatte ihn darum gebeten, nie wieder sein Herz zu verschenken.

Jetzt räusperte er sich, und Gwynn zuckte zusammen. Wasser spritzte auf, das Haar fiel ihr in die Augen, und sie versuchte vergebens, ihre Brüste und ihre Beine mit ihren Händen zu bedecken. »Wer . . . wer ist da?«

»Bedeck dich«, sagte er und entdeckte ihre Tunika, ihr Hemd und ihren Umhang, die an dem Ast eines Baumes in der Nähe hingen. Schnell holte er sie. Er wollte ihr die Kleidungsstücke gerade zuwerfen, damit sie sich anziehen konnte, doch sie hob abwehrend die Hand.

»Warte. Halt sie einfach nur fest und dreh mir den Rücken zu. Ich möchte nicht, dass alles ins Wasser fällt und nass wird.«

Wenn er sich nicht so sehr um Gareth und um Muir gesorgt hätte, dann hätte er sich geweigert, ihren Wunsch zu erfüllen, und es hätte ihm Spaß gemacht, ihren Zorn zu sehen, wenn sie stolz und so nackt wie am Tage ihrer Geburt aus dem Wasser gekommen wäre. Doch jetzt war nicht die Zeit für so etwas.

»Wie du willst, Mylady«, stimmte er zu, denn natürlich verstand er den Grund für ihre Bitte. Langsam drehte er sich um, die Kleidungsstücke hielt er in der ausgestreckten Hand, als sie aus dem Wasser kam und ihm jedes einzelne Teil nacheinander aus der Hand nahm. Vorsichtig wagte er einen Blick über seine Schulter und sah, wie sie sich bemühte, ihr Hemd anzuziehen, das an ihrem nassen Körper klebte. Ihr Nabel war ein einladender Anblick, ihre Rippen waren unter ihren vollen Brüsten sichtbar, als sie sich reckte, Brüste, die die Hand und den Mund eines Mannes wunderbar füllen würden.

Sein Körper regte sich, als das Mondlicht auf ihren Körper fiel und das krause dunkle Haar zwischen ihren Schenkeln glänzte. Sie sah seinen Blick und runzelte missbilligend die Stirn, während sie ihre Kleidung eilig zurechtzupfte. »Wo ist Gareth?«, fragte sie.

»Er ist entkommen.«

»Das weiß ich. Wo ist er?«

»Er ist nicht mehr bei Muir.«

»Was?«

Er wandte sich zu ihr um, als sie den Gürtel um ihre schmale Taille schloss. »Muir wurde gefangen genommen.«

»Oh, gütiger Jesus.« Sie wurde noch blasser.

»Aber Gareth wurde nicht gefasst.« Er erzählte ihr alles, was er wusste, während sie ihn ständig unterbrach und ihn mit Fragen überhäufte, sich wortreich sorgte und immer ängstlicher wurde, je mehr Zeit verging.

»Wir müssen ihn finden. Glaubst du, er ist zurück nach Rhydd gegangen? Vielleicht nach Black Oak oder nach Heath zu Luella?«

»Mach dir keine Sorgen. Wo auch immer er ist, wir werden ihn finden.«

»Aber wo? Oh, der arme Junge.« Sie knetete ihre Hände und fuhr sich dann nervös mit allen Fingern durch die Haare, während sie aufgeregt am Ufer hin und her lief. »wir müssen ...«

»Ich habe gesagt, ich werde ihn finden.« Seine Stimme klang fest, er wurde ärgerlich.

»Aye. Genau wie du gesagt hast, ich solle dir vertrauen? War das nicht der letzte Befehl, den du mir gegeben hast?« Sie rang beide Hände zum dunklen Nachthimmel.

»Beruhige dich.«

»Du sollst mir nicht sagen, was ich zu tun habe, du Bandit«, schnauzte sie ihn an.

»Dann hör mir wenigstens zu.«

»Warum?«, verlangte sie zu wissen. »Damit du mich wieder anlügen kannst? Damit du mir sagen kannst, ich solle dir vertrauen?«

»Damit wir unseren Sohn finden können.«

»Ha! Ist es nicht das, was wir versucht haben? Ich habe auf dich gehört, bin dir gefolgt, habe auf dich gewartet«, schimpfte sie, und ihr Gesicht verzerrte sich vor Wut. Seine Geduld ging langsam zu Ende. »Und was habe ich davon? Du weißt nicht, wo Gareth ist, du weißt nicht, ob sie ihn gefangen haben, ihn verletzt haben oder was aus ihm geworden ist ... ooh!«

»Sei still, Weib!« Er packte sie grob und wollte sie schütteln, damit sie zu sich kam. Doch kaum hatten seine Hände ihre Taille berührt, verschwand sein Zorn vor der süßen Verführung ihrer Augen. »Ich verfluche dich, Frau«, brummte er, dann küsste er sie. Lange und hart und mit all dem aufgestauten Verlangen, das ihn schon seit Tagen quälte. Ihre Lippen waren eisig kalt, unter ihrer Kleidung zitterte sie, und einen Moment lang glaubte er, sie würde ihn schlagen. Doch stattdessen gab sie nach, ihr Körper schmiegte sich an seinen, ihre Lippen erwiderten den Kuss, als hätte auch sie nur darauf gewartet, um sich darin zu verlieren.

Obwohl sie nur sehr wenig Zeit hatten, obwohl das Mondlicht bald verschwinden und die Morgendämmerung anbrechen würde, obwohl sie die letzte Frau auf der Welt war, nach der er sich sehnen sollte, konnte er doch der Verlockung ihrer Lippen nicht widerstehen, ihrem sanften, nachgiebigen Körper und dem Drang, diese Frau mit ihrer verführerischen Zunge und dem wunderschönen Gesicht zu nehmen und sie zu erobern.

Sie seufzte an seinen Lippen, und seine Zunge schob sich tiefer in ihren Mund, umspielte die ihre, streichelte ihre Lippen und erforschte die feuchte Höhlung ihres Mundes.

Heiß floss das Blut durch seine Adern, sein Körper reagierte voller Erwartung, und er zog sie mit sich zu Boden. Ein Dutzend Gründe, warum er diesen Wahnsinn beenden sollte, schossen ihm durch den Kopf, doch die glühende Lava der Lust, die in seinem Körper und in seiner Seele brannte, war stärker.

Mit zitternden Fingern öffnete er die Bänder ihres Umhangs. Schnell zog er ihr dieses störende Kleidungsstück über den Kopf. Seine Lippen berührten ihren Hals, und er fühlte, wie das Blut in seinen Ohren rauschte. Er verlangte nach ihr. Mehr, als er je in seinem Leben nach einer Frau verlangt hatte. Mehr, als richtig war.

*Erinnere dich an Faith. Daran, dass du sie nicht geliebt hast. Wegen Gwynn. Hast du nicht an ihrem Grab geschworen, dass du niemals wieder ...*

Gwynn erschauerte, sie flüsterte seinen Namen an seinem Ohr. Seine Lippen glitten tiefer und küssten ihr Schlüsselbein. Sie schmeckte nach Wasser, duftete nach Wald und war warm und sicher in dieser kalten, gefährlichen Nacht.

*Gott helfe mir.*

Mit einer Hand öffnete er ihren Gürtel, die andere griff nach dem Saum ihrer Tunika.

»Trevin«, hauchte sie. »Tu das nicht ... oh, bitte ...«

Sie bog ihm ihren Körper entgegen, als er ihr die Tunika

über den Kopf zog, das feuchte Hemd klebte an ihrer Haut. Er sah die beiden dunklen Kreise, wo sich ihre Brustspitzen gegen den dünnen Stoff drängten, und er umschloss eine von ihnen mit seinen Lippen, küsste sie und saugte daran. Er schloss kurz die Augen, als das Verlangen jeden weiteren klaren Gedanken ausschloss.

Er brauchte Gwynn. Er brauchte sie jetzt, und alle anderen Gründe, warum er sie nicht besitzen sollte, konnten zum Teufel gehen – selbst sein eigenes treuloses Versprechen, das er einer sterbenden Frau gegeben hatte.

Er schob sich über sie und küsste ihre Lippen. Eine Hand vergrub sich in ihrem nassen Haar, die andere schloss sich um ihre Brust. Er fühlte eine Sehnsucht, die so stark war wie das Leben selbst. Er wollte sich in ihr verlieren, mit ihr den sinnlichen Rhythmus der Liebe tanzen, er wollte fühlen, wie sie sich unruhig unter ihm bewegte und seinen Namen zum Himmel schrie, er wollte seinen Samen in den warmen Hafen ihres Leibes verströmen.

»Trevin«, stöhnte sie noch einmal, und er hob den Kopf, um sie wieder zu küssen. Ihre Hände fanden den Verschluss seines Mantels und seiner Tunika, und sie half ihm, die Kleidungsstücke abzustreifen. Ein Schauer lief durch seinen Körper, doch nicht von der kühlen Nachtluft, nein, es war das Feuer, das in ihm brannte. Ihre Finger glitten über seine Muskeln und über die Narben an seinem Körper. Sie zitterte vor Verlangen. Er hielt sich zurück, denn er traute sich selbst nicht. Und als sie dann nach den Bändern griff, mit denen seine Hose geschlossen wurde, hielt er ihre Hand fest. Er konnte es nicht tun. Er wollte es nicht.

Es war Wahnsinn.

»Nein, Kleines«, flüsterte er, und mit all der Kraft, die er aufbringen konnte, widerstand er dem Wunsch, sie zu nehmen. Er wehrte sich gegen das Feuer in seinen Lenden.

Langsam schob er den Saum ihres Hemdes hinauf und hob

ihre Beine auf seine Schultern. »Die heutige Nacht gehört dir, mein Liebling. Damit du es nie wieder vergisst.«

»Aber ...«

»Psst«, hauchte er an ihrem Körper, und Gwynn widersprach ihm nicht länger. Sie schloss die Augen und seufzte, als er sie berührte, als seine Lippen ein ganz besonderes Wunder beschworen, als seine Zunge sie streichelte und in sie eindrang und sie in einem Meer von Gefühlen zu ertrinken drohte.

Er lächelte, als sie ihren Höhepunkt erreichte, lächelte, weil er ihr kurzfristig all ihre Ängste um ihren Sohn nehmen konnte.

Und was ist mit dir, Trevin? Was ist mit dem Versprechen, das du Faith gegeben hast? Er kniff die Augen zusammen und schob diese Erinnerung weit von sich.

Eine kostbare Zeit lang war in diesem tiefdunklen Wald nur noch das gemeinsame Feuer zwischen ihnen wichtig, das Verlangen, das sie gefangen hielt.

Er dachte nicht an den Morgen.

Die heutige Nacht sollte ihr gehören.

## 8

»Was ist das?«, fragte Ian, als Webb einen alten Mann vor sich her in den Schlosshof schubste, in eine Ecke, wo man die Zielscheiben aufgestellt hatte. Zum ersten Mal seit Tagen war der Himmel strahlend blau, und eine schwache Wintersonne bemühte sich, die so sehr ersehnte Wärme zu geben.

Ian, der seine Waffen überprüft hatte, senkte den schweren Bogen, als der alte Mann näher schlurfte. Er trug Fußfesseln, seine Hände waren auf den Rücken gebunden, und er stolperte über das unebene Gras. Ein paar Schritte vor dem Lord des Schlosses blieb er stehen und hob den Kopf, um Ian anzusehen. Ian wich entsetzt zurück. Webbs Gefangener besaß nur ein Auge. Das andere war blind und vernarbt. Wer war dieser Mann, und warum fühlte Ian den Hohn einer teuflischen Erinnerung?

»Wir haben den Jungen nicht gefunden, Mylord«, gestand ihm Webb. Seine Schultern waren starr, sein Mund grimmig zusammengepresst.

»Um der Liebe Christi willen . . .«

»Aber dieser Mann, ein Zauberer, wie er von sich selbst behauptet, wurde zusammen mit einem Jungen gesehen, der aussah wie Gareth.«

Ian ging auf die beiden zu und bedauerte sofort seine schnelle Bewegung, denn ein heftiger Schmerz schoss durch sein Bein. Dieser verdammte Trevin von Black Oak. Der Bastard würde in der Hölle schmoren für all die Mühen und Qualen, die er verursacht hatte. »Der *Junge* ist entkommen?«

»Er hatte sich versteckt, Mylord, aber wir haben diesen hier gefunden.« Sir Webb stieß den alten Mann vor, und er fiel auf ein Knie, weil er das Gleichgewicht verlor. »Er hatte die Nase in einem Gasthaus in einen Becher gesteckt. Er nennt sich Muir, und er will nicht von seinem Begleiter sprechen.«

»Hat denn keiner Eurer . . . Überzeugungsversuche seine Zunge gelöst?«, fragte Ian, während er versuchte zu überlegen, wo er den alten Mann schon einmal gesehen hatte. *Muir.* Hatte er den Namen nicht schon einmal gehört? Der Zauberer – wenn er das wirklich war – schien ihm irgendwie bekannt. Am Rande von Ians Erinnerung regte sich etwas, doch er konnte es nicht recht fassen. Waren sie einander schon einmal begegnet? Wann? Warum konnte er sich an ein so hässliches, abscheuliches Gesicht nicht erinnern?

Webb zog eine dunkle Augenbraue hoch. »Ich dachte, Ihr

würdet vielleicht selbst versuchen, ihn zu überreden, Mylord.«

Ian überlegte sich diesen Vorschlag, doch er konnte sich nicht vorstellen, diesen mitleiderregenden armen Kerl auszupeitschen. Er war fast ein Krüppel und dazu noch halb blind. Ian würde es keine Befriedigung verschaffen, den bereits krummen Rücken mit der Peitsche noch krummer zu bearbeiten. »Vielleicht später«, wich er aus, »aber wir werden ihn nicht umbringen. Wenn wir ihn hier behalten, besteht noch immer die Möglichkeit, dass der Junge oder seine Komplizen zurückkehren und versuchen, ihn zu befreien.«

»Aye.« Webb grinste, als ein Adler hoch über die Festungsmauern flog. »Eine solche Gelegenheit sollte man sich nicht entgehen lassen.«

Nachdenklich rieb sich Ian den Stoppelbart an seinem Kinn. »Seid Ihr wirklich ein Zauberer, alter Mann?«

»Einige behaupten das.« Der Mann besaß die Frechheit, ihm mit eisigem Auge ins Gesicht zu starren, und Ian bemühte sich, den Schauer zu verbergen, der ihm durch den Körper fuhr, als er den Hass entdeckte, den der alte Mann ausstrahlte.

»Ich will nicht wissen, was einige behaupten. Was sagt Ihr?«

»Es ist nur Zauberei, wenn Ihr daran glaubt.«

»Verwirrte Worte von einem Betrüger«, wehrte Ian ab, dann fügte er noch hinzu: »Oder von einem Köder. Denn das ist es, was Ihr seid, alter Mann, ein Köder für Eure Freunde.«

»Ihr wäret weise, wenn Ihr meine Freunde fürchten würdet«, antwortete der ungerührt und voller Stolz, auch wenn er in einem schmutzigen, zerrissenen Umhang vor ihm stand, der auf dem Boden schleifte und so zerfetzt war, dass er kaum seine vom Alter gebeugten Schultern bedeckte. »Und, Mylord«, fügte er mit dem Anflug eines Lächelns hinzu. »Ihr wäret weise, wenn Ihr auch mich fürchten würdet.«

»Euch? *Euch?* Macht Ihr Witze?« Ian lachte bei Muirs Unverfrorenheit, auch wenn er einen Anflug von Furcht verspürte. Der Zauberer war zu selbstsicher. Zu arrogant. Und zu hässlich. »Seht Euch doch nur an, Alter, Ihr steht bereits mit einem Fuß im Grab. Nicht ich bin gefesselt wie ein zusammengebundener Eber. Wenn Ihr in der Lage seid zu zaubern, dann wäre es weise, jetzt damit zu beginnen.« Er winkte einem Pagen, der in der Nähe der Schießscheiben stand. »Löse die Bolzen!«

»Alles zu seiner Zeit. Vertraut mir, Mylord«, spottete Muir. »Ich werde meine Zauberkraft zu gegebener Zeit nutzen.«

»Eure Zeit läuft rasch ab.«

Muirs Blick zeigte keinen Anflug von Angst. »Wir werden sehen.«

Auch wenn es keinen Grund dazu gab, so konnte Ian das Gefühl nicht abschütteln, dass die Temperatur im Schlosshof gefallen war. Es war, als wäre ein kalter Wind aufgekommen, doch merkwürdigerweise rührte sich kein Lüftchen.

Der Page kam mit den Bolzen, und Ian nahm wieder seinen Bogen in die Hand und richtete ihn auf die Schießscheibe, die er bemalt hatte wie einen Soldaten. Er stützte sich auf einem Ballen Heu ab. »Bringt ihn weg«, befahl er den Wachen, weil er den unheimlichen Blick des alten Mannes nicht länger ertragen konnte. »Sperrt den Zauberer in den Kerker, aber sorgt dafür, dass ihm kein Leid geschieht. Ich will, dass er am Leben bleibt.«

»Aye, Mylord.« Ein Soldat, ein magerer Mann mit Namen Harold, legte eine Hand auf die dürren Schultern Muirs. »Kommt mit.«

Muir wäre beinahe gefallen, er warf noch einen unheimlichen Blick über seine Schulter zurück. »Das wird Euch Leid tun, Ian von Rhydd. Sehr Leid.«

Obwohl der Lord nicht wusste warum, so fühlte er doch eine plötzliche, namenlose Furcht.

Warum sie ihm überhaupt zuhörte, wusste Gwynn nicht, denn zum ersten Mal in ihrem Leben hatte sie ihm nicht widersprochen und war mit Trevin nach Black Oak Hall geritten. Sie hatte gehofft, dass Gareth dort auf sie warten würde, doch als sie mit ihren Pferden durch das brüchige Tor auf den Schlosshof ritten, wusste sie, dass sie einfältig gewesen war. Ohne den Zauberer würde Gareth nicht hierher kommen.

Wo also war er? Auf dem Weg zum Schloss Heath? Kehrte er vielleicht nach Rhydd zurück? Bitte Gott, beschütze ihn, er ist doch noch ein Junge.

Black Oak Hall war beinahe eine Ruine, obwohl es Bemühungen gab, wie es schien, den ausgebrochenen Mörtel in den Mauern auszubessern und die verrottenden Balken in den Hütten zu ersetzen, die sich um die große Halle gruppierten, und auch die Dächer neu zu decken.

»Lord Trevin kehrt zurück«, rief eine Wache von dem höchsten Turm, und Gwynn erschauerte, als sie zu dem Turm hinaufblickte, weil sie sich wieder an die Geschichten erinnerte, dass das Schloss verflucht sei. War das der Turm, von dem Baron Dryw in den Tod gefallen – oder gestoßen worden war?

»Lord Trevin!«

»Es ist gut, dass Ihr zu Hause seid, Mylord.«

»Macht Platz, macht Platz.«

Aufgeregte Stimmen folgten dem Ruf der Wache. Der Schmied verließ sein loderndes Feuer, die Zimmerleute legten Hammer und Sägen beiseite, die Waffenschmiede, die die Rüstungen mit Sand säuberten, klopften sich die Hände ab und kamen über den Schlosshof gelaufen. Da gerade erst die Mittagsstunde vorüber war, war der Schlosshof, der wesentlich kleiner war als der von Rhydd, erfüllt mit Arbeitern und Tieren, Händlern und einer Schar von Musikern.

Trevin zügelte sein Pferd, und Gwynn, die neben ihm stehen blieb, fühlte sich verloren, als wäre sie allein in einem fremden Land. Sie musterte die Gesichter, die zu ihr hinaufstarrten, doch nirgendwo in der Menge konnte sie einen Jungen entdecken, der ihrem Sohn ähnlich sah. Ihr Herz sank. Wo war Gareth? Hatte man ihn zusammen mit diesem Dummkopf von einem Zauberer gefangen? Verrottete er in einem Kerker in Rhydd? Hatte er sich verlaufen oder lag er verletzt irgendwo im Wald? Verfolgten ihn Banditen oder Wölfe?

*Hör auf damit, Gwynn. Gareth ist ein kluger Junge. Hab Vertrauen.* Mit wilder Entschlossenheit reckte sie das Kinn und schluckte ihre Angst hinunter.

Trevin stieg von seinem Pferd und warf die Zügel einem schielenden Pagen zu, der Webbs Pferd misstrauisch betrachtete. Das Pferd schnaubte und schüttelte den Kopf, als der nervöse Junge es davonführte.

Mit starken Händen half Trevin Gwynn aus dem Sattel und gab die Zügel einem anderen, noch jüngeren Knaben mit strohfarbenem Haar, das ihm zerzaust vom Kopf abstand. Außerdem fehlten ihm einige Zähne.

»Gott sei Dank, dass Ihr gesund zurückgekehrt seid, Lord Trevin«, begrüßte ihn ein dürrer Priester. Er war einen Kopf kleiner als der Lord des Schlosses und vollkommen kahl, den einzigen Haarschmuck auf seinem Kopf bildete ein rötlicher Bart. Sommersprossen zierten sein Gesicht, seinen Kopf und seinen Hals.

»Es ist gut, Euch wieder zu sehen, Vater.« Trevin schüttelte dem Mann die Hand.

»Euch auch.«

»Mylord.« Ein Verwalter eilte auf ihn zu, seine Stiefel quietschten im nassen Lehm des Schlosshofes. Er war so groß wie Trevin, aber weder Fett noch nennenswerte Muskeln zeigten sich an seinem Körper. »Willkommen zu Hause«, begrüßte er ihn warm. »Ihr seht gut aus, und dieses Ross«, mit bewunderndem Blick sah er zum Stall, wo Webbs Pferd angebunden und bereits geputzt wurde, »er wird eine gute Ergänzung der Herde werden.«

»Nicht wahr?«, antwortete Trevin und grinste, seine Augen blitzten verschmitzt. »Ich habe ihn von ... einem alten Freund geborgt.«

Gwynn stieß empört die Luft aus. Alter Freund? Webb?

»Geborgt? Für immer?«, fragte der Verwalter, der die Gedanken des Barons offensichtlich lesen konnte.

»Sehr wahrscheinlich.«

Oh. Sie sind diesen geächteten Baron und seine diebische Art schon gewöhnt, dachte Gwynn. Eigenartig, doch sie dachte an Trevin gar nicht mehr als an den Dieb, aber sie war ja auch dumm. Nur weil er sie geküsst hatte, bis sie beinahe das Bewusstsein verlor, war das noch lange kein Grund, in ihm etwas anderes zu sehen als das, was er wirklich war.

»Wir haben uns Sorgen gemacht, als Ihr nicht zurückgekehrt seid. Sir Gerald sagte, Ihr würdet bald kommen, aber ich muss zugeben, dass ich schon das Schlimmste befürchtet hatte.«

»Dazu bestand kein Grund, Emerson«, wehrte Trevin ab. Zu dem Verwalter und zu den anderen, die sich um sie versammelt hatten, sagte er: »Ich möchte, dass Ihr alle Lady Gwynn von Rhydd willkommen heißt. Sie ist mein Gast, und sie wird als solcher behandelt werden. Was auch immer sie wünscht, soll sie bekommen.«

»Willkommen, Mylady.« Der Verwalter verbeugte sich tief vor ihr. »Ich bin Emerson, und es freut mich, Euch zu Diensten sein zu dürfen.«

Gwynn nickte, obwohl sie keine Zeit für Förmlichkeiten hatte. Wo war Gareth? Küchenmägde, Bierfrauen, Bauern, Schmiede und Zimmerleute füllten den Schlosshof. Kinder folgten ihren Eltern, Jungen und Mädchen mit frisch gewaschenen Gesichtern oder tropfenden Nasen, denn das Wetter war kalt. Aber Gareth war nicht unter ihnen.

»Die Lady ist hierher gekommen, um ihren Sohn zu suchen, einen Jungen namens Gareth. Er ist zwölf Jahre alt und hat schwarzes Haar und blaue Augen, er ist ungefähr so groß . . .« Trevin hob die Hand bis an die Schultern. »Wahrscheinlich reist er alleine, vielleicht sogar ohne ein Pferd.«

»Ich habe keinen Jungen gesehen, den ich nicht kenne«, antwortete Emerson und runzelte konzentriert die Stirn, während er um Zustimmung heischend zu einem anderen Soldaten blickte.

»Ich auch nicht, Mylord«, stimmte ihm der Ritter mit dem lockigen blonden Haar zu. »Ich habe Wache am Tor gestanden und auch am Westturm. Kein Junge, auf den die Beschreibung passt, außer Jake, dem Sohn des Waffenschmiedes, den wir alle schon seit Jahren kennen, ist nach Black Oak gekommen.«

»Das stimmt.« Eine dicke Frau mit breiten Hüften, die sich unter ihrer Tunika abzeichneten, und einem schmuddeligen weißen Kopftuch um ihren Kopf, trat näher. Ihre Hände waren rau und aufgescheuert, ihre Schürze voller Blut. Ein Mädchen von drei Jahren klammerte sich an ihr Bein und blickte mit neugierigen, wachsamen Augen zu Gwynn auf.

»Ich auch nicht«, stimmte der Priester mit ein.

Gwynn war entsetzlich müde, am liebsten wäre sie zusammengebrochen und hätte geweint oder Trevin geschüttelt und von ihm verlangt, ihren Sohn herzubringen. Doch sie blieb einfach nur stehen, schmutzig, aber stolz, eine Mutter, die sich entsetzliche Sorgen um ihren Sohn machte. Ihr Herz war schwer, ihr ganzer Körper schmerzte, und sie sehnte sich nach Seelenfrieden, der verschwunden war, seit sie gehört hatte, dass Roderick geflüchtet und auf dem Weg nach Hause war. Es war erst wenige Tage her, und dennoch fühlte sie sich, als seien Wochen vergangen. Sie war müde, hungrig und gereizt.

Das Flüstern, das durch die Menge der Bauern und freien Männer ging, besagte, dass kein Junge, auf den Gareths Beschreibung passte, sich in den morschen Mauern von Black Oak verbarg. Gwynns Hoffnung schwand vor der nackten, kalten Wirklichkeit, dass Gareth wahrscheinlich gefangen war oder sich verlaufen hatte oder noch etwas Schlimmeres. *Lieber Gott im Himmel, war es möglich, dass er gestorben war und sie diese Tragödie gar nicht bemerkt hatte?* Das Herz tat ihr weh. Sicher hätte doch sie, die ihn auf diese Welt gebracht hatte, gefühlt, dass er sein Leben aushauchte, wenn er gestorben wäre.

Sogar Trevins breite Schultern schienen in sich zusammenzusinken, als begriffe auch er jetzt, wie nutzlos ihre Suche war. Er nahm Gwynns Hand und führte sie zu der großen Halle. »Komm. Wir werden essen und uns ausruhen, dann werde ich einen Plan schmieden, wie ich den Jungen finden kann.«

»*Du* wirst einen Plan schmieden? *Du* willst ihn finden?«, wiederholte sie, und ihre Augen zogen sich ärgerlich zusammen. »Mach keinen Fehler, Mylord, mich wirst du nicht zurücklassen. Wenn es einen Plan gibt, Gareth zu retten, dann werde ich Teil dieses Planes sein.«

»Es könnte gefährlich werden ...«

»Glaubst du etwa, das macht mir etwas aus? Wir reden von Gareth, Trevin. Von meinem Sohn!«

»Und von meinem.«

Die Tür zu der großen Halle öffnete sich, als sie die Treppe hinaufschritten. Das Innere war erhellt von Hunderten von Kerzen und Wandleuchtern. Ein riesiges Feuer knisterte im Kamin, es erfüllte den Raum mit Wärme, und sein goldenes Licht spiegelte sich an den geweißten Wänden wider und fing sich in Trevins Augen. Zum ersten Mal seit Tagen fühlte Gwynn Wärme auf ihrer Haut.

Diener liefen um sie herum, Ritter standen auf ihrem Posten, Pagen eilten durch die Flure. Es wurde bereits ein Tisch gedeckt mit Wein, Äpfeln, Käse und Brotlaiben.

»Ich wusste nicht, wann Ihr zurückkommen würdet, Mylord«, erklärte ein Mann mit Hängebäckchen und silbernem Haar. »Wenn Ihr mir ein paar Minuten Zeit gebt, dann werde ich ein Festmahl für Euch ausrichten, wie Ihr es seit der Weihnachtsfeier nicht mehr gesehen habt.«

Trevin winkte ab. »Macht Euch keine Sorgen, James«, sagte er und zog für Gwynn einen Stuhl neben den seinen auf die Empore. Dankbar sank sie darauf. »So hungrig, wie wir sind, werden wir das essen, was Ihr uns vorsetzt, und wir werden glauben, dass es das beste Essen in ganz Wales ist.«

Der Koch wölbte stolz die Brust. »Das wird es auch sein, das schwöre ich. Aber für den Augenblick solltet Ihr mit dem wenigen vorlieb nehmen, dann solltet Ihr Euch ein wenig ausruhen, aber wenn Ihr geschlafen und Euch umgezogen habt, nun ... bis dahin wird alles bereit sein.« Er klatschte in die Hände, und einige Pagen eilten durch die Hintertür in die große Halle. »Ich habe bereits befohlen, dass Wasser aufgewärmt wird und in Euer Zimmer und auch in das Zimmer der Lady gebracht wird.«

»Gut, gut.« Trevin nahm Platz auf seinem Stuhl – auf dem Stuhl des Lords –, einem geschnitzten Sessel, der wahrscheinlich dem früheren Baron gehört hatte, nahm Gwynn an. Er lehnte sich zurück, schnitt Käse, Äpfel und Brot und reichte es ihr. Während sie aßen und dazu Wein tranken, lauschte Trevin aufmerksam den Problemen, die in seiner Abwesenheit im Schloss aufgetreten waren. Der Oberbaumeister war besorgt über die Wände aus Flechtwerk und Lehm, die mit Kalk geweißt werden sollten, der Zimmermann war nicht glücklich mit seinem neuen Lehrling, der Verwalter war sicher, dass jemand in der Küche von den Gewürzen stahl, der Waffenmeister war besorgt, dass sie nicht genügend Stahl hatten, um Waffen zu schmieden, die dringend gebraucht wurden. Es gab noch mehr Beschwerden, doch Gwynn hörte kaum zu, als sie in ein Stück Apfel biss. Sie war viel zu müde, um an etwas anderes zu denken als an ihren Sohn und an den nichtsnutzigen Banditen, seinen Vater.

Trevin würde ewig ein Geheimnis für sie bleiben. Er war leider ein erfahrener Bandit, er konnte einem Mann sein Pferd unter seiner Nase wegstehlen. Nur zögernd war er ein Herrscher geworden, doch er lauschte den Klagen und den Problemen innerhalb der Mauern des Schlosses und urteilte voller Gerechtigkeit und mit einem scharfen Verstand. Er war ein rücksichtsvoller Geliebter, und er schaffte es, dass sie an nichts anderes mehr dachte als nur noch daran, ihn zu berühren und zu fühlen. Und jetzt gab es für ihn eine neue Rolle, die eines Vaters, und er schien sie voll zu genießen. Wie gesagt, ein Nichtsnutz.

Trevin lauschte, während die Männer und Frauen des Schlosses ihn willkommen hießen, die Lady kennen lernen wollten oder ihm den neuesten Klatsch erzählten und sich über die Mühen in Black Oak beklagten, obwohl auch er sich Sorgen zu machen schien. Die Haut spannte sich über seinen Wangenknochen, er presste die Lippen zusammen, und tiefe Linien bildeten sich um seinen Mund.

Gwynn musste ihn immer wieder ansehen. Wie hatte es nur geschehen können, dass sie sich so viel aus einem Mann machte, dem sie nicht traute? Warum schlug ihr dummes Herz schneller, sobald er sie ansah? Hatte sie denn nicht schon genügend Probleme, wenn sie sich Sorgen um Gareths Sicherheit machte? Sie konnte und wollte sich von diesem geächteten Baron nicht ablenken lassen. Doch sie konnte auch nichts dagegen tun, dass sie ihn unter gesenkten Augenlidern hervor bewundernd musterte.

Aye, er war ein wirklich gut aussehender Mann. Sein Haar, das so schwarz war wie die Nacht, fiel ihm in die Augen, die die Farbe eines Sommerhimmels in der Dämmerung hatten. Seine Haut war dunkel, genau wie die von Gareth, und sein Lächeln, wenn es sich denn mal zeigte, konnte das Herz eines jeden weiblichen Wesens schmelzen lassen. War sie nicht selbst seinem dunklen Charme erlegen? Hatte sie ihm nicht erlaubt, sie zu entkleiden und sie an Stellen zu küssen, die nur ein Ehemann kennen sollte?

Sie fühlte, wie ihr eine heiße Röte in die Wangen stieg, und genau in dieser Sekunde sah Trevin sie an. Seine Augen hielten die ihren für den Zeitraum eines Herzschlages gefangen. Ihre Brust schien ihr plötzlich zu eng, ihr stockte der Atem. Es war, als könne er in diesem kurzen Moment in ihr lesen und dem lüsternen Weg ihrer Gedanken folgen.

Sie richtete ihre ganze Aufmerksamkeit auf den Laib Brot und schnitt eine Scheibe davon ab. Was war nur los mit ihr? Sie konnte nicht in seiner Nähe sein, ohne daran zu denken, wie sie einander geliebt hatten. Sogar wenn sie im Sattel saß und ihn von hinten betrachtete, wie er Webbs Hengst geschickt führte, erinnerte sie sich an seine Berührungen. Sie dachte an wenig anderes als daran, wo Gareth wohl sein mochte und an Trevins Küsse.

Sie merkte, dass er sie beobachtete. Schnell bestrich sie das Brot mit Butter und träufelte Honig darüber. Was dachte sie sich nur? Sie durfte nicht zulassen, dass Bilder von Trevins Körper sie ablenkten. Jetzt durfte sie nur noch an ihren Sohn denken und daran, wie er in Sicherheit zu bringen war. Nichts anderes war wichtig. Als sie die Scheibe Brot gegessen hatte, waren ihre Finger klebrig. Sie leckte sie ab und stellte dann fest, dass Trevin sie belustigt beobachtete. Verlegen nahm sie das feuchte Tuch und die Schüssel mit warmem Wasser von einem Pagen entgegen und vermied, Trevin anzusehen.

Nach weiteren Entschuldigungen und Versprechungen des Kochs, ihnen ein Festmahl zu bereiten, »so wie Ihr noch nie eines gegessen habt«, wurde Gwynn in ihr Zimmer geführt, das in der Nähe der Unterkunft des Priesters lag. Man hatte ein Feuer angezündet, und es war warm in dem Zimmer. Eine

Wanne mit Wasser, aus dem nach Lavendel duftender Dampf aufstieg, stand am Fuß des Bettes.

Das Bad sah einfach himmlisch aus.

Ein Mädchen mit roten Locken, Sommersprossen und einer Stupsnase, dem einige Zähne fehlten, wartete auf sie und rang nervös die Hände. »Ich soll Euch baden, Mylady«, sagte sie und verbeugte sich linkisch. »Mein Name ist Hildy, und wenn Ihr etwas braucht, dann sagt es mir bitte.«

»Danke.« Gwynn entschied sich, dieses dumme Mädchen, das aussah, als hätte es noch nie zuvor einer Lady gedient, zu ihrer Freundin zu machen. Obwohl sie wusste, dass sie jeden einzelnen Augenblick bei Trevin sein sollte, um von ihm zu verlangen, dass er sie in die Pläne mit einbezog, die er für Gareth machte, so konnte sie doch dem warmen, duftenden Wasser nicht widerstehen. Mit Hildys Hilfe zog sie ihre schmutzige Kleidung aus und seufzte dann zufrieden, als sie in das heiße Wasser glitt.

»Oooh, wie habe ich mich danach gesehnt«, gestand sie. Ihre Haut prickelte, und sie benutzte die duftende Seife, um ihr Haar und ihre Fingernägel zu reinigen. Während das heiße Wasser ihren Körper streichelte, wurde sie an ihr letztes Bad erinnert und daran, dass Trevin sie überrascht hatte, als sie im Fluss badete. Nur zu lebhaft erinnerte sie sich an die Verzauberung seiner Lippen und wie besitzergreifend seine Hände über ihren Körper geglitten waren, während er sie so intim geküsst hatte.

Das Mädchen plapperte ununterbrochen über alles und nichts. ». . . der Baron, Lord Trevin, ich, äh, ich denke, er ist ein guter Mann, ganz gleich, was einige von ihm behaupten.«

»Und was behaupten sie?«, fragte Gwynn und bewegte ihren Nacken hin und her.

»Nun, Ihr wisst schon, dass er Baron Dryw umgebracht hat, um das Schloss zu behalten, und dass er Lady Faith geheiratet hat, um sicherzugehen, dass er es nicht mehr verlor.

Es ist ein Jammer, denn sie hat ihn wirklich geliebt. Sie hat nie geglaubt, dass er ihren Vater umgebracht hat, und immer hat sie gehofft, dass er lernen würde, sie zu lieben, das arme Ding.«

»Er hat seine Frau nicht geliebt?« Plötzlich gehörte Gwynns ganze Aufmerksamkeit dem Mädchen.

»Wer weiß?« Hildy seifte Gwynns Haar ein und massierte dann ihren Kopf mit Händen, die überraschend geschickt waren. »Sie hat es nicht geglaubt, und das ist alles, was zählt.«

»Aber sie hat ihn geliebt?«

»Von ganzem Herzen.« Hildy nahm ein Gefäß von einem Regal in der Nähe und füllte es mit Wasser aus der Wanne. Langsam goss sie es über Gwynns Haar. »Sie hat geglaubt, wenn sie ihm ein Kind schenkt, würde er ihr sein Herz zuwenden, wirklich, aber dann, ach, nun ja, das Baby kam verkehrt herum zur Welt, und die Hebamme konnte es nicht retten – es war ein Mädchen, Alison haben sie es genannt. Lady Faith«, Hildy räusperte sich und blinzelte, »sie ... sie ist verblutet und hatte noch immer das arme kleine tote Mädchen in ihrem Arm. Es war wirklich ein Jammer.« Sie machte ein Kreuzeszeichen vor ihrer Brust, und Wasser spritzte dabei von ihren Händen.

»Ja ... ja, das ist es«, stimmte Gwynn ihr zu, sie war entsetzt von dieser Geschichte und gerührt von Hildys Bewunderung für Trevins Frau.

»Der Baron, er hat sich dafür verantwortlich gefühlt, wenn Ihr mich fragt.«

»Aber wieso?«

»Weil es die verdammte Wahrheit war.« Hildy sprach leiser, als sie das Wasser aus Gwynns Haar strich. »Er hat Lady Faith nie geliebt, das konnte man in seinen Augen sehen. Wenn Ihr mich fragt, er ist gar nicht fähig zu lieben. Er sieht unwahrscheinlich gut aus, aye, und meistens ist er ein sehr anständiger Mann. Ich denke, er hat ein Herz aus Stein. Ich bemitleide jede Frau, die dumm genug ist, ihm ihr Herz zu schenken.«

»Ich auch«, gestand Gwynn.

»Als Lady Faith und das Baby starben, ist er . . . nun ja, er wurde sehr unglücklich, wenigstens schien das so.« Sie sah Gwynn an. »Ich sage Euch, manchmal glaube ich, dass ein Fluch auf Black Oak liegt.« Sie schüttelte den Kopf und legte einen Stapel Handtücher auf einen Hocker neben der Wanne. »Ich bin gleich wieder da, Mylady«, sagte sie und ging zur Tür. »Der Baron hat befohlen, dass Ihr saubere Kleidung bekommt.«

»Wie freundlich von ihm«, hauchte Gwynn. Sie badete, bis das Wasser sich abkühlte und schloss die Augen, während Hildy kam und ging und Kleidung auf das Bett legte. Dann machte sie sich daran, Gwynns Schuhe zu säubern, ehe sie sie zum Trocknen neben den Kamin stellte. Ein Dutzend duftende Kerzen brannte, ein Feuer knisterte, und Gwynn verspürte zum ersten Mal seit Tagen ein Gefühl der Zufriedenheit. Wenn doch nur Gareth hier wäre, dann könnte sie in Black Oak Frieden finden.

*Mit Trevin? Frieden? Denk daran, er ist ein Bandit – einige glauben sogar, dass er ein Mörder ist. Alles, was er von dir will, ist dein Sohn. Sonst nichts. Du bist nur die Frau, die seinen Erben geboren hat.* Sie wollte solch dumme Gedanken nicht glauben. Hatte Trevin sie nicht erst in der vergangenen Nacht geliebt, hatte er nicht gegeben, anstatt zu nehmen, hatte er ihr nicht Glück geschenkt, anstatt es zu fordern? Weil er will, dass du ihm vertraust, weil er dich in die Falle der Verführung locken will, damit du eingelullt wirst in den Frieden, den du momentan empfindest. *Lass dich nicht für dumm verkaufen, Gwynn. Lass dich nicht schon wieder von einem Mann manipulieren, ganz besonders nicht von einem Banditen wie Trevin von Black Oak Hall.* Erinnere dich an das, was Hildy gesagt hat – dass er unfähig ist zu lieben, dass er nicht einmal seine Frau geliebt hat.

Aber hatte sie ihre Ehemänner geliebt?

Das Wasser wurde schließlich kühl, und zögernd trocknete Gwynn sich ab, ehe sie ein Spitzenhemd wählte und ein Kleid aus Samt und Brokat in der Farbe des Weines. Das Kleid war nicht schwer, aber es hielt sie warm. Es lag eng um ihre Brust und passte ihr in den Hüften, dabei reichte es bis zum Boden.

»Ihr seid wunderschön, Lady«, sagte Hildy voller Bewunderung, als sie Bänder in Gwynns noch feuchtes Haar flocht.

»Hat das Kleid der Frau des Lords gehört?«

»Aye.« Hildy reichte ihr einen breiten silbernen Gürtel, der Gwynn gut passte, dann trat sie zurück, klatschte in die Hände und seufzte. »Die Lady hat es nie getragen, denn sie war schwanger, als es genäht wurde, und dann, die Arme«, wieder bekreuzigte Hildy sich, »dann hat sie das Baby bekommen und ist gestorben. Es war ein Jammer, wirklich. Sie war sehr freundlich, Lady Faith. Und ehrlich bis in ihre Seele. Sie war dabei an dem Tag, wisst Ihr, an dem Tag, an dem ihr Vater zu Tode fiel.«

»Wirklich?«, fragte Gwynn und ärgerte sich über ihre Neugier.

»Aye, sie ging im Garten spazieren. Lord Dryw und Sir Trevin waren auf den Zinnen, sie stritten sich laut, und dann sah es plötzlich so aus, als würden sie aufeinander losgehen, und der Baron fiel über die Umrandung und landete im Schlosshof, gleich neben dem alten Brunnen.« Sie schüttelte den Kopf und runzelte die Stirn, dann bekreuzigte sie sich noch einmal. »Es war ein trauriger Tag für uns alle.«

»Sir Trevin stand bei dem Baron?«, fragte Gwynn, um sicherzugehen.

»Aye.« Hildy nickte, und ihre Löckchen tanzten um ihr Gesicht. »Aber er hat den Lord nicht umgebracht. Nein, das hat er nicht. Es war ein Unfall.« Sie versuchte, sich selbst etwas einzureden, als müsste sie und nicht Gwynn überzeugt werden. »Sogar Lady Faith hat ihm das geglaubt, denn hätte sie sonst den Mann geheiratet, der ihren Vater umgebracht hat? Das glaube ich nicht.«

»Hast du den Unfall gesehen?«, fragte Gwynn und schluckte.

»Mit meinen eigenen Augen. Zuerst haben die Lords miteinander geredet, dann haben sie sich gestritten, dann sind sie aufeinander losgegangen, Ihr wisst schon, sie haben sich geschubst, und dann ... dann hat der Baron Sir Trevin verflucht, er hat ihm gesagt, sie würden sich in der Hölle wieder sehen. Dann ... dann ...«, sie atmete heftig, ihre Augen richteten sich auf ein Bild, das nur sie sehen konnte, »... dann ist er durch die Schießscharte gefallen und hat einen entsetzlichen Schrei ausgestoßen.« Sie schloss die Augen, und ein Schauer ging durch ihren Körper, als würde sie den Aufschlag des Körpers fühlen. »Es war schrecklich, Mylady.«

»So klingt es auch.«

»Lady Faith, sie ... sie ist nie darüber hinweggekommen, aber sie hat Trevin trotzdem geheiratet. Verflucht, sage ich Euch. Wir sind alle verflucht durch einen Fluch, den niemand brechen kann.«

»Ein Fluch ist dazu da, um gebrochen zu werden«, erklärte Gwynn, auch um das abergläubische Mädchen zu beschwichtigen.

»Aber nicht hier in Black Oak. Ich weiß das. Ich bin hier, seit meine arme Mutter mich auf die Welt gebracht hat, und ich habe hier den Tod gesehen und Geister.«

»Geister?«

Hildy nickte. »Aye, sie wandeln durch das Schloss, und ich denke, es war einer der Untoten, der den Baron in den Tod gestoßen hat. Der Teufel, er schläft niemals, müsst Ihr wissen.«

»Das habe ich gehört«, antwortete Gwynn.

»Ja, und manchmal denke ich, er lebt gleich hier in den Kerkern von Black Oak. Warum sonst hat wohl Baron Dryw sterben müssen oder Lady Faith? Und die kleine Alison, warum sollte sie nicht aufwachsen dürfen, wie?« Sie räusperte sich. »Der Baron, Lord Trevin, also, es hat keinen Tag gegeben, an dem er hier in dem Schloss ist und das Grab nicht besucht.«

»Das Grab seiner Tochter?«, Gwynn erschauerte.

»Und das seiner Frau. Er hat sie vielleicht nicht geliebt, als sie noch lebte, aber jetzt, denke ich, vermisst er sie sehr. Oh, wir sind schon ein trauriger Haufen hier in Black Oak.« Sie schnüffelte, dann fragte sie: »Glaubt Ihr, dass Ihr den Fluch brechen könnt, der auf uns allen liegt?«

»Ich?«

»Ich habe Eure Kräuter gesehen, Mylady, und es geht das Gerücht, dass die Herrin von Rhydd eine Zauberin ist.«

»So etwas habe ich nie von mir behauptet.«

»Aber Ihr werdet uns helfen, nicht wahr?« Sie biss sich auf die Unterlippe und richtete den Blick zu Boden. »Seht Ihr, ich wünsche mir das nicht für mich selbst, sondern für das Baby, das ich in mir trage.« Sanft rieb sie über ihren Bauch. »Ich bin schwanger.« Sie lächelte und blinzelte dann. »Aber ich habe keinen Ehemann, und ich bete, dass der Fluch von Black Oak nicht auch auf mir liegt. Ich . . . ich möchte mein Baby nicht so verlieren wie Lady Faith.«

»Das wirst du schon nicht. Du bist jung und kräftig.«

Ein Schauer lief durch Hildys Körper, und sie schüttelte den Kopf, dabei tanzten die Löckchen um ihr Gesicht. »Das ist nicht genug. Es sind in diesem Jahr schon drei Babys geboren worden, die nicht geatmet haben. Andere sind in ihrer Wiege gestorben und haben ihren ersten Sommer nicht erlebt.« Sie war jetzt kreidebleich. »Ich möchte nur das Beste für mein Kleines. Sicher könnt Ihr das doch verstehen, denn auch Ihr seid eine Mutter.«

»Aye.« Natürlich konnte sie das verstehen.

»Dann bitte, Mylady, benutzt all Eure Zauberkraft, die Ihr besitzt, und beendet den bösen Fluch, der über diesem Schloss liegt.«

»Ich . . . ich werde es versuchen. Aber ich kann nicht versprechen, dass es auch klappen wird.«

»Das genügt.« Hildys Laune besserte sich bereits.

Erschüttert strich Gwynn die Falten in Lady Faiths Kleid glatt. Nicht nur trug sie das Kleid einer anderen Frau, sie hatte auch den Mann dieser Frau geküsst, als wäre er ihr Ehemann. Sie fühlte sich plötzlich wie eine Verräterin an einer Frau, die sie im wahren Leben nie gekannt hatte. Die Geschichte, die Hildy ihr erzählt hatte, war bedrückend, und dennoch musste sie mehr über Black Oak und Trevin erfahren, den Vater ihres Kindes. »Erzähle mir«, ermutigte sie Hildy, als sie sich die neuen Stiefel anzog, die Hildy irgendwo aufgetrieben hatte, »von Muir.«

»Oh, der!« Hildy winkte ab. »Niemand weiß, ob er wirklich ein Zauberer ist oder nicht. Es stimmt, er scheint Dinge mit seinem schlimmen Auge zu sehen, und manchmal scheinen auch seine Zauberformeln zu wirken. Aber dann gibt es wieder Zeiten, wenn er ganz apathisch ist und das, was er sagt, nicht viel Sinn ergibt, wenn Ihr mich fragt. Er und der Baron, nun, die beiden kennen sich schon sehr lange, sie sind zusammen hierher gekommen, aber so wie ich das sehe, ist Muir ganz einfach nur eigenartig. Er hat sich nicht die Mühe gemacht, Zauberformeln auszusprechen, um den Fluch von dem Schloss zu nehmen, das kann ich Euch sagen.«

»Ihr traut ihm nicht?«, fragte Gwynn.

»Oh, er ist ein recht guter Kerl, nehme ich an. Aber die Hälfte der Zeit, denke ich, ist er so einfältig wie der größte Dummkopf der Stadt.«

Das war der Mann, dem Trevin Gareths Leben anvertraut hatte? Aber was wusste Hildy wirklich?

Sie sprachen weiter, und Gwynn ruhte sich ein wenig aus, sie schlummerte ein auf dem Bett einer anderen Frau, ehe ein Diener an der Tür ihr mitteilte, dass das Essen fertig war. »Ich werde hier sein, um Euch zu bedienen, Mylady«, sagte Hildy, als Gwynn aufstand und zur Tür ging. »Lord Trevin hat mich gebeten, Eure Zofe zu sein, während Eures Besuches hier.«

»Es wird nur ein kurzer Besuch sein, fürchte ich.«

Das Gesicht des Mädchens legte sich in grüblerische Falten. »Aber der Baron hat gesagt, Ihr würdet zwei Wochen bleiben oder so ...«

»Hat er das?« Gwynn raffte die Röcke. »Nun, dann hat er sich eben geirrt. Ich werde schon bald wieder abreisen, um meinen Sohn zu suchen.« Sie verschwand durch die Tür und fügte insgeheim hinzu: *Und niemand, nicht einmal Gott selbst oder der verdammte Baron von Black Oak, wird mich aufhalten!*

Sie lief durch den Flur, dass die Kerzen flackerten. Sie erschreckte eine Katze, die fauchend das Weite suchte, und sie flog geradezu die Treppe hinunter in die große Halle, wo Trevin bereits am Tisch saß. Er hob den Kopf, als er ihre eiligen Schritte hörte, und für ein paar atemlose Sekunden war sie gefangen von dem verführerischen Blau seiner Augen. Ihre Füße zögerten, ihr dummes Herz machte einen kleinen Hopser. Einer der Ritter, der blonde Ritter mit dem Namen Stephen, führte sie an den Tisch.

Die meisten der Gäste saßen auf Bänken an den Tischen, die unterhalb der Empore standen. Alle Köpfe wandten sich zu ihr, und neugierige Blicke betrachteten sie, als sie neben Trevin Platz nahm.

»Mylady«, sagte er und zog eine seiner dunklen Augenbrauen hoch. »Du siehst atemberaubend aus.«

Sie errötete und hob das Kinn. »Danke, Mylord.« Sie unterdrückte ein Lächeln und fügte dann hinzu: »Darf ich das Gleiche auch von dir behaupten?«

Er lachte auf. »Das darfst du, Lady Gwynn, du darfst alles, was du willst.« Sein Lächeln war absolut unverschämt, und ihr verräterisches Herz klopfte noch lauter. Er hatte sein Haar frisch gewaschen, und es lockte sich ein wenig. Sein kantiges Kinn war rasiert, seine blauen Augen blitzten vergnügt im Licht der Kerzen. Er trug frische Kleidung, ganz schwarz, mit Leder besetzt und mit Silber verziert. Dunkel sah er aus, gefährlich und mehr wie ein Bandit als ein Baron.

»Das Kleid steht dir.«

»Wirklich?« Sie räusperte sich und war froh, dass ihre Stimme ihr gehorchte. »Das ist der erste Gegenstand hier, der mir gefällt«, neckte sie ihn und fragte sich, warum sie sich die Mühe machte, mit ihm zu flirten. Sie betrachtete die anderen Gäste, aber außer einigen neugierigen Blicken schien sich niemand über Gebühr für ihre Unterhaltung zu interessieren.

Trevin zog einen Mundwinkel hoch. »Hildy hat dir nicht gefallen?«

»Nein, sie ist ein gutes Mädchen, aber . . .«

»Das Zimmer hat dir auch nicht gefallen?«

»Das Zimmer ist in Ordnung, aber ich werde hier keine Gefangene sein, Mylord.«

»Niemals.«

Ein Page füllte ihre Becher mit Wein.

»Gut, dann werde ich also gehen können, wann ich will, um nach Gareth zu suchen.«

Er antwortete nicht, denn James, der Koch, kam just in diesem Moment herein und führte die Diener an, die Platten voller Speisen brachten. Er hatte nicht gelogen, als er behauptet hatte, er würde ein herrliches Festmahl für sie ausrichten. Platten mit Sülze, Fasan und Sauce, Lachs, Reiher und Eiern, Torten und Kuchen und ein ausgestopfter Pfau mit seinen aufgerichteten Federn wurden zum Haupttisch getragen. Wieder teilte sich Gwynn ein Essbrett mit Trevin, und sie wurde behandelt, als wäre sie wirklich die Herrin von Black

Oak Hall. Die Dienerinnen und Pagen erfüllten ihr jeden Wunsch, sie brachten ihr warme feuchte Tücher, mit denen sie ihre Finger säubern konnte, boten ihr Wein oder Bier an und fragten sie, ob sie Lachs dem Aal vorziehen würde oder Taube dem Pfau. So schnell sie auch einen Gang beendet hatte, ein anderer, der noch leckerer war als der zuvor, wurde gereicht.

Trevin aß mit großem Appetit, als hätte er einen ganzen Monat nichts zu essen bekommen. Sie konnte ebenfalls der Verlockung der Düfte und der Gewürze nicht widerstehen, dem Geschmack heißen, frischen Essens, obwohl sie ganz krank war vor Sorgen um ihren Sohn.

Musikanten spielten, und Akrobaten boten ihre Künste dar, als wäre das Mahl ein ganz besonderes. Die meisten der Anwesenden schienen über Trevins Rückkehr glücklich zu sein. Dennoch fühlte Gwynn, dass hinter dem Lachen und den guten Wünschen in den Schatten des Schlosses, gleich unter der Oberfläche all des Jubels, ein unsichtbarer Strom bösen Geistes lauerte. Nicht alle im Schloss schienen ihrem Herrn zu trauen. Gwynn wunderte sich, während sie ein Stück Wild auf ihr Essbrett legte, über die Spannungen, die sie in den uralten Mauern von Black Oak spürte. Es war beinahe so, als würde der Geist des alten Barons Dryw sich in den dunklen Ecken des Schlosses verstecken.

Ein Schauer, so leicht wie die Schritte eines Gespenstes, kroch über ihren Rücken. Sie schalt sich selbst dafür, dass Hildys Erzählungen von Flüchen und Geistern ihr Urteilsvermögen für dieses Schloss beeinflusst hatten. Doch sie konnte das Gefühl nicht abschütteln, als würde etwas in Black Oak Hall nicht stimmen.

Nach dem Essen räumten Pagen die Tische ab, und die Hunde suchten nach Resten, die auf den mit Binsen bedeckten Boden gefallen waren. Trevin blieb auf seinem Stuhl sitzen und sprach mit allen. Es schien keine Regeln zu geben, wer ihn anreden durfte. Jeder, vom Hundeführer an, der seine beste Hündin durch Krankheit verloren hatte, bis hin zum Imker, der besorgt war über die Größe der aus Stroh gefertigten Bienenkörbe, schien seinen Rat zu brauchen.

Es gab natürlich auch Menschen, die sich von ihm fern hielten, und Gwynn fragte sich, ob das die Männer und Frauen waren, die ihm nicht trauten, die glaubten, dass er ein Dieb, ein Betrüger und ein Mörder war. Wie viele Ritter und Soldaten glaubten, dass er Lord Dryw umgebracht hatte? Würden sie die Waffen gegen ihn erheben oder sich im Dunkel der Nacht in sein Zimmer stehlen, um ihm den Hals durchzuschneiden?

Sie erschauerte bei dem Gedanken und betrachtete ihn unauffällig. Er war ein starker, lebhafter Mann, mit einem Körper aus Sehnen und Muskeln und voll wilder Entschlossenheit. Bestimmt könnte er für seine eigene Sicherheit sorgen.

Er wandte sich zu ihr, einen kurzen Moment hielten ihre Blicke erneut einander gefangen, dann sah sie schnell weg, verlegen wegen ihrer verworrenen Gedanken. Das Beunruhigende an ihrem inneren Kampf war, dass sie begann, sich etwas aus diesem Dieb zu machen, nicht, weil er der Vater ihres Kindes war, sondern weil ein Teil von ihm sie anrührte, auf eine Art, wie es noch kein anderer Mann zuvor getan hatte. Es war natürlich einfältig. Etwas anderes als Misstrauen für ihn zu empfinden war gefährlich. Wie Hildy sie schon gewarnt hatte, Trevin von Black Oak war kein Mann, an den eine Frau ihr Herz verlieren sollte.

Aber verflixt, sie tat es.

# 9

»Hier, du einäugiger Bastard!« Die Wache, ein kräftiger, untersetzter Mann mit dichtem schwarzem Haar auf seinen Armen, warf Muirs Stock in die Zelle und schloss krachend die Tür. »Und jetzt will ich kein Gejammer von dir mehr hören.«

»Danke«, sagte Muir und unterdrückte ein Lächeln. Er hatte sich beklagt, dass er seinen Stock nicht mehr hatte, seit man ihn in den Kerker geworfen hatte. Es war ein schrecklicher Ort. Wasser drang durch die Wände und mengte sich auf dem Fußboden mit dem feuchten, schimmeligen Stroh. Ratten mit glänzenden Knopfaugen, in denen sich das Licht der Fackeln widerspiegelte, huschten durch die Räume, in denen abgemagerte Männer um ihr Überleben kämpften. Muir hatte erfahren, dass die meisten der Gefangenen erst seit kurzer Zeit hier saßen, es waren Männer, die es gewagt hatten, das Recht des neuen Barons auf die Herrschaft über Rhydd anzuzweifeln, und schon jetzt befanden sie sich in einem Besorgnis erregenden Zustand.

Die Wache kehrte zu ihrem Stuhl und dem Tisch zurück, wo der Mann damit beschäftigt war, an einem Wetzstein Messer zu schärfen. Das Kratzen von Metall gegen Stein war ein rhythmisches Geräusch, und die meisten der Gefangenen hockten wie in Trance da, sie sprachen nicht miteinander und bewegten sich kaum.

Muir wartete, bis sich der Wachmann wieder über das Messer gebeugt hatte, und die Kerze, die das einzige Licht war, zeigte, dass er sich ganz auf seine Arbeit konzentrierte. Erst als der Zauberer sicher war, dass der Wachmann ihn vergessen hatte, kroch er in die dunkelste Ecke seiner Zelle und schraubte mit ruhiger Hand den falschen Boden seines Stockes ab. Aus dem ausgehöhlten Inneren holte er Moos und Steine, Amulette, Beeren und Kräuter, eine Kerze und, was am wichtigsten war, ein Messer, das so klein war, dass man es in der Hand eines Mannes verstecken konnte – eine winzige, perfekte Klinge, mit der man Schlösser öffnen konnte, die sich aber auch tief in einen Körper bohren konnte. Muir lächelte vergnügt vor sich hin und versteckte das Messer in einer besonderen Tasche, die in den Ärmel seines zerrissenen Umhangs genäht war.

Er legte den Rest seiner Besitztümer wieder leise zurück und entschied sich, abzuwarten, bis die Zeit perfekt war, um seine Flucht gelingen zu lassen. Zuerst würde er Informationen sammeln, würde dem Klatsch aus dem Schloss lauschen und herausfinden, was genau Ian von Rhydd geplant hatte. Dann würde er verschwinden, doch nicht, ehe er den Baron um ein paar Krüge seines besten Weins erleichtert hatte.

Zufrieden, dass die Dinge sich günstig entwickeln würden, schloss er die Augen für ein kleines Schläfchen, doch ein stechender Schmerz schoss ihm durch den Kopf. »Jesus, bitte habe Erbarmen«, murmelte er und biss die Zähne zusammen. Sein blindes Auge brannte vor Schmerz, er war so heftig, dass er sich zusammenkrümmte und die Hände vor das Gesicht legte.

»Was ist denn jetzt schon wieder?«, fragte der Wachmann und schob seinen Stuhl zurück.

»Ach, nichts«, log Muir und hoffte, den Schmerz zurückzudrängen, der brannte, als hätte man ihm ein glühendes Eisen auf den Körper gedrückt.

»Dann halt den Mund!«

»Aye.«

Die Vision traf ihn hart. Mit der Macht eines Sturmes. Er sah zu deutlich das Bild des Jungen und des kleinen Hundes, die durch den Wald liefen. Gareth und sein verflixter Welpe. Der Junge wanderte mit leichtem Schritt durch das Dickicht, der Hund war ihm auf den Fersen, und verschwommene Schatten kamen näher, sie folgten dem Jungen mit einer so tödlichen Sicherheit, dass Muir das Herz stehen blieb. Gerade als die Dunkelheit den Jungen überwältigen wollte, hörte Muir ihn aufschreien, und Ketten rasselten heftig, sie zeigten sich ihm aufgerollt, wie ein Labyrinth, und Blut tropfte zwischen den verrosteten Gliedern hindurch. Vater zu Sohn und Sohn zu Vater.

»Nein!«, rief Muir, als er begriff, dass das alte Geheimnis kurz vor seiner Enthüllung stand, dass alles, wofür er sein ganzes Leben lang gearbeitet hatte, zerstört werden würde. Oh, Morrigu und Cerridwen, lass es nicht geschehen!

»Halt den Mund, alter Mann, denn sonst wirst du nicht lange genug leben, um den Galgen zu sehen!«

»Aye, aye«, flüsterte Muir und wünschte, er hätte einen großen, beruhigenden Schluck Bier. Er umklammerte seinen Stock, als sei er lebenswichtig für ihn, dann lehnte er den Kopf gegen die kalte Mauer, und der Schmerz ließ nach.

Es gab keine Möglichkeit, sich zu verstecken, kein Entkommen vor dem Schicksal. Das Schicksal hatte es gewollt, dass Gareths Zukunft auf Muirs gebeugten Schultern ruhte.

Es war ganz sicher dass er, Trevin, Gareth und Lady Gwynn verloren waren, wenn er nicht die Möglichkeit fand, ein wenig Zauberei anzuwenden – ein Wunder, um es genau zu sagen.

Es war an der Zeit, dass sich die Dinge wendeten, entschied Gwynn, als sie sich aus ihrem Zimmer stahl und durch den düsteren Flur zum Zimmer des Herrn von Black Oak schlich. Sie warf noch einen schnellen Blick über ihre Schulter zurück, dann huschte sie die wenigen Stufen hinauf, denn sie wollte nicht, dass irgendjemand im Schloss von ihrem Plan erfuhr.

Als sie an einem dunklen, leeren Alkoven vorübereilte, fühlte sie eine Kälte, die von dieser Stelle ausging, als würde ein unsichtbares Unwetter sie einhüllen und ihr Blut gefrieren lassen. Spukte es wirklich in diesem Schloss, wie Hildy es behauptet hatte?

Es ist nur die Einbildung eines dummen Mädchens, schalt sie sich selbst, dennoch rann ein Schauer durch ihren Körper.

Sie erreichte die Tür zu Trevins Zimmer und zögerte. Zuvor, als nach dem Essen die Tische abgeräumt wurden, hatte sie gehört, wie Trevin leise mit zwei seiner engsten Vertrauten gesprochen hatte. Sir Gerald und Sir Stephen wollten sich mit ihm in seinem Zimmer treffen, ehe der Mond über dem westlichen Turm aufgegangen war. Gwynn hatte über Kopfschmerzen geklagt und war in ihr Zimmer gegangen. Sie hatte erklärt, dass sie lieber allein sein wollte und dass auf keinen Fall eine ständig plappernde Zofe mit ihr in ihrem Zimmer schlafen sollte. Erst nachdem Hildy nach unten verschwunden war, war Gwynn in den leeren Flur geschlüpft.

»Gott sei mit mir«, flüsterte sie.

Als sie erst einmal in dem Zimmer war, schloss sie die Tür leise hinter sich und blieb stehen, um sich in dem geräumigen Zimmer umzusehen. Wandbehänge hingen an den weiß gekälkten Wänden und ein mehrarmiger Leuchter mit Kerzen hing an der hohen gewölbten Decke. Ein Feuer knisterte fröhlich im Kamin, und Kerzen in Wandhaltern brannten und warfen ein goldenes Licht auf die Wände und die Decke.

Das Bett war niedrig und bot keine Möglichkeit, sich darunter zu verstecken. Eine Bank, ein dreibeiniger Hocker und ein Schreibpult standen neben dem Kamin. An der Wand stand ein Schrank, doch sie wagte es nicht, sich darin zu verstecken, denn Trevin würde sicher seinen Umhang ausziehen und ihn in den Schrank hängen. Sie betrachtete die kunstvoll geschnitzte Anrichte daneben und entschied, wenn sie fest den Atem anhielt, könnte sie sich hinter dem schweren Möbelstück verstecken. Es war nur sehr wenig Platz, und die Anrichte war viel zu schwer, als dass sie sie hätte wegschieben können. Doch wenn sie sich dahinterzwängte, würde sie alles hören können, was in dem Zimmer gesprochen wurde, und wenn Trevin dann eingeschlafen wäre, könnte sie sich wieder hinausschleichen.

Es gab keinen anderen Ort, an dem sie sich verstecken konnte, also zwängte sie sich hinter das breite Möbelstück. Eine Maus rannte in wilder Flucht vor ihr davon, und Spinnweben berührten ihr Gesicht und schlangen sich in ihr Haar. Aber sie drückte nur schnaubend den Rücken gegen die Wand. Ihre Brüste pressten sich gegen die Rückwand der hohen Anrichte, und ihre Nase füllte sich mit Staub. Vorsichtig atmete sie aus und stellte fest, dass sie kaum Luft bekam. Doch sie wartete geduldig, während die Geräusche aus dem Schloss durch die Fenster und die Tür zu ihr drangen. Sie hörte Bruchstücke von Unterhaltungen, und das Klirren von Tellern, das Scheppern von Rüstungen und das Klingen von Hämmern hielten sie davon ab, einzuschlafen. Ab und zu bellte ein Hund, und eine Eule klagte. Tauben flatterten in ihre Schläge, als die Bewohner des Schlosses sich auf die Nacht vorbereiteten.

Nach einer Zeit, die ihr vorkam, als wären Stunden vergangen, hörte sie Schritte auf der Treppe, und dann wurde die Tür geöffnet. Schwerter und Sporen klirrten und Männerstimmen, die sie nicht kannte, begrüßten die Rückkehr ihres Herrn.

Die Bank kratzte über den Steinfußboden, als die Gruppe der Männer, von denen sie keinen sehen konnte, sich in der Nähe des Feuers niederließ.

»Morgen müssen wir Gareth finden«, sagte Trevin.

»Und was ist mit der Lady?«

»Sie bleibt hier.«

Gwynn biss sich auf die Zunge, sie kochte vor Zorn.

»Weiß sie das?«

»Nein, aber Stephen, eine Frau würde uns nur behindern,

und wir müssen schnell sein und einen wachen Verstand haben.«

»Aye, Mylord«, mischte sich eine dritte Stimme ein. »Wenn es einen Kampf gibt, können wir uns nicht zusätzlich um sie sorgen. Sie würde mehr Schwierigkeiten bereiten, als wir gebrauchen können.«

»Ich denke, das wird ihr nicht gefallen.« Stephen klang besorgt. »Es ist immerhin ihr Sohn.«

»Eine Frau weiß nicht, was sie will«, behauptete der dritte Mann.

Gwynn ballte die Hände zu Fäusten, sie fühlte, wie sich ihre Fingernägel in die Handflächen bohrten.

»Sehr wahr. Eine Frau ist ein dummes Ding.« Das war Trevins selbstgefälliger Kommentar. Gwynns Zorn stieg ins Unermessliche. Und sie hatte geglaubt, dass sie sich in diesen blöden Kerl verliebt hatte! »Sie wird hier bleiben und hier warten, falls der Junge zurückkehrt.«

»Werden wir nach Rhydd reiten?«

»Aye, aber wir werden uns aufteilen; eine Gruppe wird der Köder sein, um Rhydds Soldaten in die falsche Richtung zu locken, die anderen werden dann die Mauern von Rhydd erklettern und Muir retten.«

»Den Zauberer?« Jemand schnaufte verächtlich. »Warum sollen wir seine verwanzte Haut retten? Hat er nicht den Jungen verloren?«

»Vergesst nicht, dass Muir mich großgezogen hat«, ermahnte Trevin die anderen ernst. »Ich habe ihm den Jungen anvertraut, und wenn er jetzt gefangen ist, dann ist das meine Schuld, so sicher, als hätte ich ihn selbst in den Kerker geführt. Ich will auf keinen Fall an seinem Tod schuld sein.«

Die anderen stimmten ihm brummend zu, und sie machten weitere Pläne, unterhielten sich und stritten, während Gwynn hinter dem Schrank kauerte. Oh, wie gern wäre sie hervorgesprungen aus ihrem Versteck und hätte all den Männern, ganz besonders diesem arroganten Trevin McBain, dem Dieb, Lügner und Verführer gesagt, was sie doch für Idioten wären, dass eine Frau ihnen sehr wohl bei ihrer Aufgabe würde helfen können. Gwynn konnte mit Pfeil und Bogen genauso gut umgehen wie die meisten Männer, und auch wenn ein Schwert für sie zu schwer war, um stundenlang damit zu kämpfen, so war sie doch mit ihrem kleinen Dolch sehr gefährlich. Außerdem benutzte sie ihren Verstand viel öfter als ihre Muskeln, um das zu erreichen, was sie wollte. Trevin, ob er das nun wusste oder nicht, würde ihre Hilfe sehr gut brauchen können, um Gareth zu finden.

Sie konnte nicht alle Pläne hören, die die Männer machten, denn manchmal klangen ihre Stimmen leise und gedämpft und wurden übertönt durch die anderen Geräusche aus dem Schloss.

Das Feuer knisterte und knackte, Hunde bellten draußen, der Wind fuhr durch die Latten über den Fenstern, und ab und zu klopfte es laut an der Tür. Jedes Mal, wenn es an der abgenutzten Eichentür pochte, schlug Gwynns Herz schneller, denn sie fürchtete, dass jemand in ihr Zimmer gesehen und festgestellt hatte, dass sie nicht dort war und jetzt dem Lord Bescheid sagen wollte. Sie strengte sich an, zu hören, was gesagt wurde und biss sich auf die Lippen. Doch bei keiner der Störungen ging es um sie, und endlich verabschiedeten sich auch Trevins Soldaten.

Gott sei Dank.

Ihre Schritte entfernten sich, und die Tür des Zimmers schloss sich hinter ihnen.

Gwynn, die kaum wagte zu atmen, rührte sich nicht.

Ein Schloss klickte.

*Nein!* Wo versteckte er den Schlüssel? Sollte sie in diesem Zimmer allein mit ihm eingesperrt sein?

Schweiß trat ihr auf die Stirn, und ihre Handflächen juckten. Was sollte sie tun? Sollte sie bis zum Morgen warten, wenn man ganz sicher feststellen würde, dass sie nicht in ihrem Zimmer war?

*Denk nach, Gwynn, denk nach!* Sie hatte keine andere Wahl als zu warten, bis er fest schlief. Dann könnte sie nach dem Schlüssel suchen, die Tür aufschließen und leise zurück in ihr Zimmer schleichen. Am Morgen würde er feststellen, dass jemand in seinem Zimmer gewesen war und die Tür aufgeschlossen hatte, doch sie hatte keine andere Wahl. Das Zimmer lag viel zu hoch, als dass sie es hätte wagen können, aus dem Fenster zu klettern. Wenn sie in den Schlosshof sprang, würde sie sich bestimmt den Hals brechen.

*Lieber Gott, hilf mir.* Sie würde auf keinen Fall hier in Black Oak zurückbleiben, wo man sie wie eine Gefangene behandeln würde, während ihr Sohn vielleicht in Gefahr war.

Die Minuten vergingen, sie hörte, wie Trevin seinen Gürtel öffnete und die Stiefel auszog. Die Geräusche brachten Erinnerungen zurück, an die sie jetzt nicht denken wollte. Er öffnete die Tür des Schrankes und hängte die Tunika und die Hose hinein. Schweiß stand auf ihrer Stirn, ihre Hände waren feucht, und Schweißtropfen rannen über ihre Wirbelsäule, als sein Duft in ihre Nase stieg. Sie atmete langsam aus, als die Türen des so nahe stehenden Schrankes endlich wieder geschlossen wurden und seine Schritte über die Binsen ihr zeigten, dass er zur anderen Seite des Zimmers gegangen war.

Bitte, lass ihn lange und tief schlafen, betete sie insgeheim, als er noch ein Scheit Holz auf das Feuer legte und dann, so nahm sie an, auf das Bett sank.

Jetzt musste sie nur noch warten.

Ein Insekt oder etwas Ähnliches, kroch ihr über den Nacken. Sie konnte sich nicht bewegen, wagte es nicht, zu schreien, also ertrug sie es, wie der Käfer über ihre Schulter und dann am Ausschnitt ihres Kleides entlangkroch, ehe er endlich irgendwo verschwand. Ihre Finger hatte sie zu Fäusten geballt, und sie schloss die Augen, um sich auf die Geräusche zu konzentrieren, die von dem Bett kamen. War es sein stetiger, tiefer Atem, den sie hörte, oder war es das sanfte Rauschen des Windes? Schnarchte der Lord leise unter der Decke oder bildete sie sich dieses Geräusch nur ein, weil sie sich wünschte, dass er schlief. Schlief Trevin schnell ein oder warf er sich unruhig in seinem Bett hin und her und ärgerte sich, wenn der Schlaf sich nicht einstellen wollte?

Was machte es schon? Am Morgen würde er feststellen, dass sich jemand in seinem Zimmer versteckt hatte und dann geflohen war. Sicher würde er vermuten, dass sie es gewesen war. Und was dann? Würde er seine Meinung ändern und sie, anstatt sie wie einen verwöhnten Gast zu behandeln, in ihr Zimmer einschließen oder etwa noch schlimmer, sie in den Kerker werfen, weil er wütend auf sie war?

Nein. Sie brauchte sich nur daran zu erinnern, wie er sie berührt und liebkost hatte. Sicher würde er sie nicht in einer feuchten dunklen Ecke des Schlosses gefangen halten.

Sie lehnte die Stirn gegen die Rückwand des Schrankes, und ihre Beine begannen zu schmerzen, weil sie zu lange unbeweglich gewesen war. Oh, Himmel, sie konnte nicht die ganze Nacht hier rumhocken. Sie presste die Augen zusammen und hoffte, irgendein Geräusch zu hören, das ihr sagte, dass jemand in der Nähe war. Doch das ganze Schloss war ruhig, und abgesehen von einem unterdrückten Husten ab und zu und vom Rascheln der Mäuse oder dem Pfeifen des Windes um die Türme, hörte sie nichts.

Jetzt oder nie.

Langsam schob sie sich hinter der Anrichte hervor, dabei machte sie kein Geräusch, nur ihr Herz hämmerte laut. Sie blickte hinter dem Schrank hervor. Das Zimmer war dunkel, bis auf die Asche im Kamin, die noch immer glühte.

Trevin lag auf dem Bett, er bewegte sich nicht. Sein glatt rasiertes Gesicht lag im Schatten, goldenes Licht von der Glut im Kamin tanzte über seine Schultern und über das dunkle

Haar auf seiner breiten Brust. Durch ihren Magen flatterten ein paar Schmetterlinge bei seinem Anblick, denn die Decke war verrutscht und bedeckte nur einen kleinen Teil seines Körpers. Eines seiner kräftigen, muskulösen Beine hatte sich bis zur Hüfte unter der Decke hervorgestohlen, und Gwynn riss mühsam den Blick von der verlockenden Rundung seines Pos und wandte sich zur Tür.

Ein Schritt. Zwei.

»Willst du schon so bald wieder gehen?«

*Oh, Süßer Jesus, nein!* Beim Klang seiner Stimme blieb sie wie angewurzelt stehen.

»Wirklich, Lady Gwynn, hast du jede Einzelheit unseres Plans mitgehört?«

*Lieber Gott im Himmel, gib mir Kraft.*

»Hast du etwa geglaubt, ich hätte dich nicht entdeckt hinter der Anrichte, wie einen Dieb auf frischer Tat?«

Langsam wandte sie sich zu dem Bett um, sie sah, wie seine Augen belustigt aufblitzten, sah seine weißen Zähne in seinem dunklen Gesicht. Oh, wie sehr freute er sich darüber, sie zu verspotten.

»Nun, Mylord, wie es scheint, sind wir jetzt quitt.«

»Wirklich?«

»Aye. Ich habe dich entdeckt, wie du dich vor vielen Jahren hinter meinem Schrank versteckt hast, und jetzt hast du mich erwischt.«

Er reckte sich lässig, und der Schalk in seinen Augen warnte sie, dass sie noch mehr Schwierigkeiten bekommen würde. »Das stimmt, bis auf eine kleine Kleinigkeit.«

Was auch immer diese Kleinigkeit war, es klang gefährlich. »Ich weiß nicht, was du meinst.«

»Nun ...« Er schwang beide Beine aus dem Bett und stand auf. Sie keuchte erschreckt und zwang sich, nur in sein Gesicht zu sehen, denn er war so nackt wie am Tag seiner Geburt, im dunklen, krausen Haar zwischen seinen Schenkeln war seine Männlichkeit deutlich zu sehen. »... wenn ich mich richtig erinnere, wurde ich gezwungen, mit dir zu verhandeln, nicht wahr?«

Oh, gnädiger Gott! Ihr Herz raste, ihr Blut rauschte in ihren Ohren. Ihr Hals war so trocken wie der Wüstenwind im Sommer, ihr Blut kochte wie ein Topf Wasser, den man auf dem Herd vergessen hatte. »Du ... du hast deinen Teil des Handels nicht eingehalten«, rief sie ihm ins Gedächtnis.

»Nach dreizehn Jahren.«

Er stand direkt vor ihr, so nahe, dass sein Duft ihr in die Nase stieg, dass sie die Wärme seines Körpers fühlte und das Verlangen in seinen Augen las.

*Hilf mir*, dachte sie, und wusste, dass sie bereits verloren war.

»Wenn ich mich recht erinnere, Lady«, sagte er mit einer Stimme, die viel tiefer war als in ihrer Erinnerung, »musste ich als Strafe dafür, dass ich deine Unterhaltung mit der alten Hebamme belauscht hatte, drei Tage in deinem Bett verbringen.«

O Gott. Sie schluckte.

»Nun, was sagst du jetzt? Wäre es nicht fair, wenn wir beide jetzt einen ähnlichen Handel abschließen würden?« Er hob einen Finger und fuhr ihr damit über ihr Kinn.

Ein Schauer lief durch ihren Körper, ihr wurde ganz warm, doch trotzdem gelang es ihr, herablassend zu lächeln. »Das war eine andere Zeit und andere Umstände. Wäre ich nicht schwanger geworden, hätte mein Ehemann mich umgebracht.«

»Wäre er nicht passenderweise gefangen genommen worden.« Er hob das Haar in ihrem Nacken, beugte sich ein wenig vor und drückte seine Lippen auf die empfindsame Stelle hinter ihrem Ohr.

Ihre Knie wurden weich wie Pudding, und sie schloss die Augen. »Eine Gefangennahme ist niemals passend.«

»Nein?« Seine Lippen waren warm und oh, so verführerisch auf ihrer Haut. Verlangen erwachte tief in ihrem Körper.

»Nein.«

»Wie hättest du das Baby erklärt? Sicher wusste er doch, dass du nicht von ihm schwanger sein konntest, denn du warst ja noch Jungfrau, als du mich in dein Bett holtest.«

Dieselbe Frage hatte sie ihm auch vor so vielen Jahren nicht beantwortet. Er zupfte an dem Ausschnitt ihres Kleides und küsste dann ihre nackte Schulter. Wilde Lust stieg in ihr auf. »Das ist jetzt nicht mehr wichtig.« Sie räusperte sich, schob die Leidenschaft mit Macht beiseite, die er, und nur er allein, in ihr wecken konnte. »Ich sollte jetzt gehen.«

»Noch nicht, Liebling.«

Sie verschloss ihre Ohren vor diesem Kosewort, weil sie in ihrem Herzen wusste, dass er dasselbe Wort zu vielen anderen Frauen auch gesagt hatte. Sie sollte ihm nicht in seine verführerische Falle tappen, und dennoch, als er die Arme um sie legte und ihr Gesicht zu sich hob, hielt sie ihn nicht zurück, sie hatte nicht die Kraft, dem zu entsagen, was sie sich so verzweifelt wünschte. Als er sie gegen seinen nackten Körper zog, fühlte sie, wie all ihr Widerstand dahinschmolz.

Verlangen, der so lange gehasste Feind, wallte in ihr auf. Bitte, Gott, wenn Du mir zuhörst, hilf mir. Gib mir die Kraft, diesen Wahnsinn aufzuhalten.

Aber Gott hatte für ihre Bitten kein Ohr.

Die Bänder ihres Kleides öffneten sich ohne Mühe, der schwere Stoff fiel von ihren Schultern zu Boden. Starke Hände legten sich um ihren Brustkorb, warme Finger brannten auf ihrer Haut, durch den dünnen Stoff ihres Hemdes.

Seine Lippen fanden die ihren, und sie sank gegen ihn. Obwohl sie wusste, dass das, was sie jetzt tun würde, eine Sünde war, dass sie in den Augen Gottes und der Kirche eine verheiratete Frau war, so konnte sie doch nicht die Kraft aufbringen, den Lauf ihres gemeinsamen Schicksals aufzuhalten. Ihr Herz raste, ihr Atem ging flach, und alles, was sie noch fühlte, waren die Berührungen dieses einen Mannes.

*Oh, Trevin, bitte tu mir nicht weh.*

Sein Mund war heiß, hart, drängend. Seine Zunge presste sich gegen ihre Lippen, und sie öffnete sie ihm willig, sie fühlte eine erregende Erwartung, als seine Zunge sich tief in ihren Mund schob, ihre Zunge in einem heißen Tanz umspielte und sie neckte.

Sie erwiderte seinen Kuss, schmeckte und berührte ihn, während nur noch Leidenschaft ihren Körper beherrschte. Sie schlang die Arme um seinen Hals, und ihre Brüste sehnten sich nach seiner Berührung.

»Oh, Weib, was soll ich nur mit dir anfangen?«, seufzte er.

Alles, ging ihr durch den Kopf, doch sie hielt das Wort zurück, stattdessen küsste sie ihn, bis sie atemlos war.

Mit einem gutturalen Aufstöhnen zog er sie noch näher an sich. Mit einer Hand hob er ihr Bein bis zu seiner Hüfte, und dann fühlte sie, wie sich seine Männlichkeit gegen sie drängte.

*Tu das nicht, Gwynn. Denk nach! Denk an Gareth! Erinnere dich daran, dass du die Frau eines anderen Mannes bist! Du weißt, dass nichts Gutes daraus erwächst, wenn du mit dem Dieb schläfst.* Und dennoch gelang es ihr nicht, sich selbst aufzuhalten. Ihre Hände erforschten seinen Körper, sie fühlte seine Muskeln, seinen Bauch, der so fest war wie ein Schild, das Haar auf seiner Brust, das sich unter ihren Fingern kräuselte.

Er stöhnte an ihrem Ohr, dann zog er sie mit sich auf das Bett. Der Schein des Feuers lag auf seinem Gesicht, er fiel auf die Narben auf seinen Schultern und seinem Rücken und glänzte in seinem Haar und in seinen Augen.

Er schob sich über sie, küsste ihre Augen, ihren Hals, ihre Wangen. »Ah, Gwynn«, flüsterte er, und sie fühlte seinen warmen Atem auf ihrer Haut. »Du bist wunderschön.« Er küsste ihre Brüste nacheinander, durch die dünne Spitze ihres Hemdes, bis sie so feucht war, dass sie durchsichtig wurde. Mit seiner Zunge, seinen Lippen und seinen Zähnen liebkoste er sie. Warm. Feucht. Hart. Sie bewegte sich unter ihm, sehnte sich nach mehr. Heiß pulsierte das Verlangen in ihrem Körper. Schneller. Glühender.

»Du bist so süß, eine Verführerin, das ist sicher«, flüsterte er, als er mit seiner Zunge ihre Brustspitze streichelte, die sich dunkel unter der Spitze ihres Hemdes abzeichnete. Ihre Haut prickelte, und die geheimste Stelle ihres Körpers wurde feucht.

»Und du . . . du bist ein glattzüngiger Schuft.«

»Ein Schuft ist es doch, was du willst, Lady Gwynn.« Er hob den Kopf und starrte sie mit seinen blauen Augen an. »Sag es.«

»Nein, ich . . .«

Wieder küsste er ihre Brustspitze, er saugte daran, als wäre er ein Baby. »Sag es«, raunte er an ihrer Brust.

»Nein.«

»Oh, Weib.« Er hob den Saum ihres Hemdes, und während sich seine Lippen auf ihre pressten, erforschte er ihren Körper mit seinen Händen. Seine Finger berührten sie, und ein sengender Wirbelwind schien ihren Körper einzuhüllen. Schweiß glänzte auf ihrer Haut, und sie begann sich unter ihm zu bewegen, das Verlangen in ihr war so drängend und ungezähmt, dass sie sich kaum zurückhalten konnte. »Sag mir, dass du mich willst.«

Sie leckte sich über die Lippen, und er stöhnte auf, ehe er sie noch einmal küsste. Seine Hand bewegte sich. Sie wölbte ihm ihren Körper entgegen. Er fing sie auf und ließ sie langsam wieder zurücksinken. Ihr stockte der Atem, als er sie an der Stelle berührte, an der sie dadurch eine süße Qual im ganzen Körper fühlte. Als das Licht des Feuers seinen Körper in einen tiefgoldenen Schein hüllte, nickte sie. »Aye, Dieb, ich will dich.«

»Und ich will dich, Liebling«, gestand er und runzelte die Stirn. »Mehr, als ich je eine andere Frau gewollt habe. Ich bin verflucht, nach dir zu verlangen, und ich fürchte, ich werde auf immer verdammt sein.«

Mit einer Hand streifte er ihr das Hemd über den Kopf und zog sie dann an sich. Seine harten Muskeln drängten sich gegen ihre samtige Haut, und die Anstrengung in seinem Blick verschwand. »Der Teufel soll das Morgen holen, möge diese Nacht ewig dauern«, flüsterte er und küsste sie noch einmal, hielt sie an sich gedrückt und schob mit seinem Knie ihre Schenkel auseinander. Gwynn starrte ihn an, als sich seine Männlichkeit gegen sie drängte, als er ganz vorsichtig in sie eindrang, nicht tief, und sie dazu brachte, ihm die Hüften entgegenzuheben.

Ein feiner Schweißfilm überzog ihren Körper, tief in ihrem Inneren brannte die Sehnsucht. Noch immer neckte er sie. Er drang nicht tiefer in sie ein, während sie sich voller Inbrunst unter ihm wand.

»Trevin ...« Ihre Stimme war nur noch ein verzweifeltes Flüstern. »Trevin ... bitte«, flehte sie und hasste sich selbst dafür.

»Für dich, Liebling.« Mit einem einzigen Stoß drang er tief in sie ein. Ihr Herz raste. Ihre Lungen brannten. Die Wände des Schlosses schienen sich zu bewegen. Langsam zog er sich aus ihr zurück, nur um dann noch einmal tief in sie hineinzustoßen. »Trevin!« Ihre Fingernägel krallten sich in seine Schultern, sie passte sich seinen Bewegungen an. Langsam zuerst, dann schneller und schneller, bis sie nicht mehr atmen konnte, nicht mehr denken konnte, bis sie verloren war in dem Wunder, ihn zu lieben.

Die Jahre drehten sich zurück, und sie schenkte ihm noch einmal ihre Jungfräulichkeit, sie wölbte sich ihm entgegen, flüsterte seinen Namen, hielt ihn fest, als sei er der einzige Mann auf dieser Welt.

»Gwynn ... Gwynn ... Faith ... verzeih mir ...«

Mit einem triumphierenden Schrei, der das Schloss in seinen Grundfesten erschütterte und in ihrem Herzen widerhallte, vereinten sich ihre Seelen, als wäre es für immer. Er ergoss sich in sie, und auch wenn sie mit einem anderen Mann verheiratet war, so wusste sie doch in ihrem Herzen, dass dieser Dieb, der sein Schloss in einem unehrlichen Glücksspiel gewonnen hatte, der einzige Mann war, den sie je wirklich lieben würde. Selbst wenn er den Namen seiner toten Frau gerufen hatte, als er sie liebte.

# 10

Die Glut des Feuers war erloschen, als Trevin vorsichtig aus dem Bett schlüpfte. Gwynn rollte sich herum und seufzte leise auf. Er erstarrte, weil er erwartete, dass sie die Augen öffnen würde, doch dann atmete sie wieder tief und rhythmisch. Sein Herz tat ihm weh bei ihrem Anblick, wie sie so unschuldig in seinem Bett schlief, ihr zerzaustes Haar fiel ihr in rotbraunen Locken über ihre glatten, nackten Schultern. Gedanken an ihr Liebesspiel – heiß und wild und sündig – stiegen in ihm auf, und er brauchte seine ganze Willenskraft, um sie nicht noch einmal in seine Arme zu nehmen.

Er hatte nur so getan, als würde er schlafen, und als sie sich an ihn geschmiegt und ihren nackten Körper gegen seinen gedrängt hatte, hatte er sich bemüht, wach zu bleiben und sie schlafen zu lassen, denn er war entschlossen, sie zu verlassen.

Er widerstand dem Wunsch, sich zu ihr zu beugen und ihr einen Kuss auf die Stirn zu drücken oder zurück ins Bett zu klettern und sie noch einmal zu lieben. Doch dazu war jetzt keine Zeit, und ehe er das Schloss verließ, musste er noch mehr als eine Pflicht erfüllen, wie es zu seiner Gewohnheit geworden war.

Ohne sich anzukleiden, schloss er die Tür auf und schlüpfte aus dem Zimmer in den kalten Flur. Schnell lief er in ein anderes Zimmer, wo er, ohne Lärm zu machen, seine Tunika, seine Hose, den Mantel und die Stiefel anzog. So leise wie eine Katze, die ihr Opfer verfolgt, lief er dann die dunkle Treppe hinunter.

Draußen im Schlosshof herrschte bereits gedämpfte Aktivität. Waffen, Nahrungsmittel und Zelte wurden in Karren gepackt. Ochsen wurden eingeschirrt, und einige Pferde waren gesattelt worden und warteten nervös. Ihr Atem stand in der kalten Nachtluft wie eine weiße Wolke vor ihren Nüstern. Sieben von Trevins getreuesten Männern würden mit ihm reiten, während Sir Bentley, der sich noch immer von einer schlimmen Wunde erholte, die er sich bei der Jagd auf einen wilden Eber zugezogen hatte, im Schloss bleiben und ein Auge auf Gwynn werfen würde. Es war Bentleys unangenehme Aufgabe, die Lady zurückzuhalten und sie sicher innerhalb der Mauern von Black Oak zu bewahren. Trevin beneidete den Mann nicht um seine Aufgabe.

Einige der Männer hatten sich in der Nähe der Ställe versammelt, sie wählten ihre Pferde aus und überprüften die Sättel, das Zaumzeug und die Waffen.

»Alles ist beinahe bereit«, versicherte ihm Sir Stephen. Er fuhr mit dem Daumen über die Schneide seines Schwertes, um seine Schärfe zu überprüfen. Die Klinge glänzte im silbernen Mondlicht.

»Es dauert nur noch eine Minute, dann bin ich bereit.«

»Lasst Euch Zeit.« Sir York gähnte. Er war ein großer Mann mit einem blonden Bart und einem rundlichen Bauch. Gerade zurrte er den Sattel seines Pferdes fest, er hatte es nicht eilig, die Annehmlichkeiten des Schlosses hinter sich zu lassen.

Trevin ging hinter den Ställen vorüber, durch den äußeren Schlosshof und winkte der Wache, das Tor zu öffnen. Ratternd und klirrend wurde das Fallgatter hochgezogen. Trevin ging mit schnellen Schritten über den ausgetretenen Pfad zu dem Friedhof, wo blassweiße Grabsteine und hölzerne Kreuze die Gräber zierten. Seine Schritte zögerten nicht, als er zum Grab von Faith und Alison ging.

Das Herz tat ihm weh, und wie immer, so schnürte auch jetzt wieder ein Schuldgefühl seine Seele ein. Er kniete auf dem feuchten Moos nieder und schloss die Augen. Wie hatte es nur so weit kommen können? Von einem Dieb zu einem Geächteten, zu einem unwürdigen Baron? Die Hälfte der Menschen, über die er herrschte, sahen ihn als ihren Retter an, der Rest fand, er sei ein Dämon, der herzlos einem alten Mann sein Schloss gestohlen, ihn dann umgebracht und seine einzige Tochter geheiratet hatte.

Voller Stolz hielt er den Rücken gerade, doch er ballte wütend die Hände zu Fäusten und biss die Zähne zusammen.

Er stellte sich Faith vor, wie er sie zum letzten Mal gesehen hatte, matt und voller Schmerzen, noch immer das Baby in ihrem Arm haltend, das bereits zwei Tage tot war. »Liebe keine andere«, hatte sie ihn angefleht, und in ihren Augen hatte der Schmerz gelegen. »Trevin, bitte entehre mich nicht.« Sie hatte sich an seinen Arm geklammert, Tränen waren über ihre hohlen Wangen gelaufen. »Ich habe dich geliebt. Lieber Gott, wie sehr habe ich dich geliebt. Bitte ...« Sie hatte gehustet, und er hatte sie in seine Arme gezogen. »Schwöre mir, Trevin, dass du niemals wieder eine andere Frau lieben wirst. Schwöre es.«

»Ich schwöre es. Bei meinem Leben, Faith. Ich werde niemals eine andere lieben.«

Er hatte diese Worte geglaubt. Tief in seinem Herzen hatte

er gewusst, dass er nicht log. Doch jetzt hatte Gwynn von Rhydd ihn dazu gebracht, an all dem zu zweifeln, was er für wahr erachtete. Er schluckte noch einmal, ein dicker Kloß saß in seinem Hals.

»Verzeih mir«, murmelte er, als könnten seine tote Frau und sein Kind ihn hören. »Ich ... ich habe es versucht, und ... und ich habe versagt. Euch beiden gegenüber.« Sein Adamsapfel hüpfte auf und ab, als er an seine einzige Tochter dachte, die geboren worden war, ohne zu atmen und an die Frau, die ihr Leben hingegeben hatte, um ihm einen Erben zu schenken. »Ich bin nur ein Mann, Faith.« Das Geständnis zerrte an seiner Seele, denn er hatte sie betrogen und auch den Schwur gebrochen, den er ihr gegeben hatte. »Ich habe dich wirklich geliebt, weißt du das«, sagte er und blickte zum Mond und schüttelte dann den Kopf über seine eigenen Dummheit. »Ich habe es nur nicht gewusst, erst als du mir genommen wurdest.«

Er dachte an die dunklen Tage nach ihrem Tod, die Einsamkeit und das Bedauern, das ihm das Herz zerrissen hatte, den Schmerz in seiner Seele, um das Kind, das er nie in seinen Armen halten würde, das er nie auf seinen Schultern würde reiten lassen. Er hatte Alison nicht gekannt, doch er vermisste sie, und es war ihr Tod gewesen, der ihn auf die Suche nach seinem Sohn geschickt hatte. Er würde nicht noch ein weiteres Kind verlieren.

»Ich wollte dich nicht anlügen«, versicherte er Faith. »Und ich wollte auch nie wieder eine andere Frau lieben, ich glaubte, ich wäre dazu gar nicht fähig, aber ...« Er hielt inne, und seine Worte verwehten mit dem Wind. Liebte er Gwynn? War das möglich? Oder verwechselte er nur Liebe mit Lust?

Er griff in die Tasche seines Mantels und fand dort die kleine Börse, die er vor einigen Tagen in die Tasche gesteckt hatte. Er band sie auf und schüttete den Inhalt in seine Handfläche. Der Ring mit dem Rubin glänzte in der Nacht. »Ich verfluche dich«, sagte er und betrachtete das Juwel, das er all die Jahre bei sich getragen hatte. Warum? Er hatte sich eingeredet, dass er den Ring als eine Art Glücksbringer ansah, dass er ein Symbol seiner Freiheit war, denn die Münzen und Juwelen, die Gwynn ihm vor so vielen Jahren gegeben hatte, hatten ihm die Möglichkeit gegeben, von einem niedrigen Stallburschen und einem Dieb zu einem Ritter aufzusteigen und dann schließlich zum Lord von Black Oak Hall.

Eine Station in seinem Leben, die er bedauerte.

Seine Finger schlossen sich um den kalten, herzlosen Stein, und er fragte sich, wohin sein Schicksal ihn führen würde. »Ich vermisse dich, Faith«, gestand er ihr zum ersten Mal in seinem Leben. »Aber ich kann keine Lüge leben.«

Aber was war die Wahrheit? Dass er Lady Gwynn von Rhydd liebte? Er biss die Zähne zusammen und steckte den Ring wieder in die Börse. Nein. Für den Rest seiner Tage würde er niemanden lieben, nicht einmal die wunderschöne Herrin von Schloss Rhydd. Ihrer beider Leben schien wegen Gareth für immer miteinander verbunden zu sein, doch er würde nicht so dumm sein, sein Herz an diese Frau zu verlieren.

Er steckte die Börse zurück in seine Tasche und sah zum dunklen Himmel, wo der Mond und die Sterne hell schienen. Ein kalter Wind wehte über seine Wangen. Es war Zeit. Mit neuer Entschlusskraft ging er zum Schloss zurück. Sein neues Pferd, der Dunkle, Sir Webbs Hengst, wartete ungeduldig auf ihn, er scharrte mit den Hufen auf dem feuchten Boden und wich jedem aus, der in seine Nähe kam.

Trevin berührte das zitternde Pferd. Mit einem grimmigen Lächeln gab er der kleinen Gruppe schweigend den Befehl, loszureiten, weg von Black Oak Hall, nach Rhydd, um seinen Sohn zu finden.

Er warf noch einen letzten Blick über die Schulter zurück zum Schloss, wo Gwynn tief und fest schlief. Wieder verspürte er ein Schuldgefühl, wie mit Nadeln stach es in seiner Seele. Er hatte sie überlistet, doch hatte sie nicht geplant, das Gleiche auch mit ihm zu tun? Hatte sie sich nicht in seinem Zimmer versteckt und seinen Plan belauscht, Gareth zu retten? Sie verdiente es, für ein paar Tage als Gefangene gehalten zu werden.

Immerhin war es nur zu ihrem Besten.

»Psst!« flüsterte Gareth in Boons aufgerichtete Ohren. »Schon bald werden auch wir etwas zu essen bekommen.« Der junge Hund jaulte leise. Gareths Magen knurrte vor Hunger, und seine Beine schmerzten, weil er stundenlang über verlassene Straßen gelaufen war. Seine letzte Fahrt auf dem Wagen eines Bauern war schon sehr lange her, und zum ersten Mal schalt sich Gareth, weil er das Pferd des alten Muir in der Taverne zurückgelassen hatte. Er hatte schreckliche Angst gehabt, und das erklärte, warum er so schnell und so weit weggelaufen war.

Auf keinen Fall war er ein Feigling. Nicht er. Oder vielleicht doch? Zweifel beschlichen ihn und drängten sich in seine Gedanken, die bereits voller Schuldgefühl und Bedauern waren. Oh, was war er doch für ein selbstsüchtiges Gör gewesen. Wenn er noch eine Möglichkeit hätte, sich mit seiner Mutter zu versöhnen, die ihr ganzes Leben aufgeopfert hatte, um für ihn zu sorgen, dann würde er diese Möglichkeit ergreifen. Er dachte an all die vielen Male, an denen er ihr widersprochen hatte, sie angelogen hatte, sich aus dem Schloss geschlichen und sie zu Tode geängstigt hatte.

Aber er würde es wieder gutmachen. Ganz sicher. Wenn er nur die Möglichkeit dazu bekäme.

Er hätte sich in das Durcheinander in der Taverne werfen müssen, um zu versuchen, den Zauberer zu retten. Stattdessen war er geflohen wie ein ängstliches Weib. Nun, er würde sie alle überraschen, überlegte er, als er den Welpen in Richtung auf Rhydd auf seinen Armen trug. Er hoffte, in der Morgendämmerung nur noch eine Meile von Rhydd entfernt zu sein. Dann würde er den größten Teil des Tages in einem Versteck in der Nähe des Baches schlafen und sich in das Schloss schleichen, wenn die Sonne unterging und die Wachen wechselten. Er besaß genügend Freunde innerhalb des Schlosses, die ihn schützen würden, bis er einen Weg fand, den alten Mann zu retten. Sicher würde Tom ihm helfen, und Alfred, der Hundemeister und ... nun, es gab sicher noch mehr. Aye, sein Plan würde aufgehen, und er würde sich rächen. Es musste so sein.

»Ich werde dem alten Ian das Schwert in den Leib rammen«, prahlte er vor dem Hund, obwohl er sich seiner Selbst gar nicht so sicher war wie es den Anschein hatte. Im silbernen Licht des Mondes war der Wald unheimlich. Kahle Bäume reckten ihre dürren Äste zum Himmel, und in den Farnen und den Beerensträuchern, die leblos wie Skelette aufragten, versteckten sich alle Arten von Kreaturen, von denen er sich beobachtet fühlte. Und was das Töten eines Mannes betraf, das hatte er bereits einmal getan, und er fühlte keinen Schimmer von Befriedigung, weil er einem anderen Menschen das Leben genommen hatte. Es war nicht edel.

Wieder knurrte sein Magen. Oh, wenn er doch jetzt ein Bein von einem der fetten Fasane von Jack, dem Koch, hätte oder ein Stück Kuchen oder eine brutzelnde Wurst. Sogar die Suppe, die die Bauern aßen, würde die Leere in seinem Bauch vertreiben.

»Wir werden bald etwas finden«, erklärte er dem Hund und wusste, dass er wieder einmal das Hühnerhaus eines Bauern ausrauben musste, um frische Eier oder ein Hühnchen für Boon zu finden. Obwohl Gareth ein paar Winteräpfel von den kahlen Bäumen gepflückt hatte, aß der Hund kein Obst, und seine Rippen stachen bereits deutlich hervor. »Wenn wir zurück in Rhydd sind, dann verspreche ich dir, wirst du die feinsten Abfälle vom Tisch des Lords bekommen.« Der Hund wedelte mit dem Schwanz, als würde er ihn verstehen.

Die Nacht war klar, die Luft frisch, der Wald war still. Gareth fragte sich, was wohl mit seiner Mutter geschehen war. Und der alte Zauberer, war er schon tot oder wurde er in einem der Kerker von Rhydd gefangen gehalten? Zitternd zog er seinen Mantel fester um sich. Er hoffte, dass ihm noch genug Zeit blieb, um Muir zu retten. Zum ersten Mal in seinen zwölf Lebensjahren wünschte er, er hätte besser aufgepasst und zugehört, wenn seine Mutter und die alte Idelle ihre Zaubersprüche gemurmelt und die Runensteine geworfen hatten. Er konnte alle Hilfe brauchen, die er bekommen konnte, selbst wenn sie von den heidnischen Riten stammten.

Schon bald hörte er das Rauschen von Wasser und wusste, dass er sich dem Fluss näherte, der am Schloss vorüberfloss. Sein Herz schlug schneller wie auch seine Schritte ausgreifender wurden. *Rhydd.* Es war eigenartig, welche Gefühle er für dieses Schloss hegte, in dem er aufgewachsen war. Es gefiel ihm, dort als Sohn des Barons zu leben, doch jetzt, wo er nicht länger ein Blutsverwandter von Roderick war, wo er wusste, dass seine Mutter alle im Schloss betrogen hatte, auch ihn, Gareth, verspürte er den Wunsch, nach Hause zurückzukehren, zu den stilleren Tagen der Vergangenheit. Doch das war nicht möglich.

Er rief sich ins Gedächtnis, dass er verbannt worden war. Wenn man ihn irgendwo in der Nähe der Mauern von Rhydd finden würde, würde das ganz sicher seinen Tod bedeuten. Ian, den er sein ganzes Leben lang als seinen Onkel angesehen hatte, war ein grausamer, herzloser Mann. Allein der Gedanke, dass dieser Bastard mit dem schwarzen Herzen jetzt mit seiner Mutter verheiratet war, ließ ihm die Galle aufsteigen. Um diesen Geschmack in seinem Mund loszuwerden, spuckte er aus – und Boon jaulte aufgeregt.

»Nein! Still!«

Die Bäume des Waldes machten dem Unterholz Platz, und Gareth blieb stehen. Auf einem Hügel, dunkel und unheimlich, stand Rhydd. Eine Festung. Das Schloss eines grausamen Eindringlings. Der einzige Ort, den Gareth je sein Zuhause genannt hatte.

Morgen würde er seinen eigenen, persönlichen Angriff auf den augenblicklichen Baron beginnen. Er würde sich an den Wachen vorbeischleichen und – er zuckte zusammen, als er die Spitze einer kalten Stahlklinge in seinem Nacken fühlte.

Er ließ den Hund fallen.

Boon stieß ein ärgerliches Bellen aus, als er auf den Boden fiel.

Beinahe hätte Gareth sich vor Angst in die Hose gemacht.

»Nun, nun, Junge«, ertönte eine unfreundliche Männerstimme. »Wer bist denn du? Oder soll ich raten? Sag mir nicht . . .«

Gareth griff nach seinem Dolch.

»Das würde ich nicht tun.« Die Schwertspitze bohrte sich in seine Haut. Er erstarrte. »So ist es besser. Also, sei ein kluger Junge. Es gibt noch immer eine Möglichkeit, dass du überlebst, Gareth von Rhydd, auch wenn es nur eine verschwindend kleine Möglichkeit ist. Ich würde keine Wette eingehen, dass du deine elende Haut retten kannst.«

Bam! Bam! Bam!

Ians Kopf dröhnte. Zu viel Wein. Das war es, er hatte viel zu viel Wein getrunken.

»Lord Ian!« Wieder dröhnte es.

»Geht weg!«, murmelte er.

»Aber, Mylord . . .«

»Still, Mann!« Vorsichtig öffnete er ein Auge und starrte zur Tür, während er gleichzeitig versuchte, das dumpfe Dröhnen in seinem Kopf zum Verschwinden zu bringen. Er wischte sich mit der Hand über das Gesicht, reckte sich in seinem Bett, und dann entdeckte er das hübsche Frauenzimmer, das betrunken neben ihm auf seinem Bett lag. Ihre Haut war weiß und seidig, ihr Haar schimmerte flachsfarben, ihre Augen – die sie jetzt geschlossen hatte – waren groß und blau, und sie konnte einen Mann die halbe Nacht reiten. Aber bei allen Heiligen, sie hatte nicht einmal so viel Verstand wie der alte Bauer und sein Ochse, der mit seinem Wagen den Mist aus dem Schlosshof fuhr. Bei der ganzen Störung hatte sie sich nicht gerührt.

Doch der Wachmann gab nicht auf. »Lord Ian, bitte ...«

»Verfluchte Hölle, was ist denn?«, verlangte Ian zu wissen, er kletterte ächzend aus dem Bett und warf sich einen schwarzen Morgenmantel über, der einmal seinem Bruder gehört hatte. Dann ging er mit drei großen Schritten zur Tür und riss sie auf.

»Ich hasse es, Euch zu stören, Mylord«, entschuldigte sich der dürre Wachmann, und sein Adamsapfel bewegte sich auf und ab, als er das Mädchen auf dem Bett entdeckte. »Es geht um den Jungen – Lady Gwynns Sohn. Einer der Soldaten hat ihn erwischt, wie er im Wald herumgeschlichen ist und ...«

»Wo ist er?«, wollte Ian wissen, und seine Kopfschmerzen hatte er plötzlich vergessen. Beinahe hätte er sogar gelächelt. Konnte es sein, dass sich sein Glück gewendet hatte?

»Unten in der großen Halle ...«

Ian hörte schon gar nicht mehr zu. Er schob den Mann beiseite und flog geradezu die Treppe hinunter, obwohl ihn seine Beine noch immer schmerzten. Der Morgenmantel wehte wie ein Segel im Wind hinter ihm her.

Endlich!

Das Objekt all seiner elenden Suche und seiner Alpträume war wirklich gefangen genommen worden und stand jetzt lebend vor dem Feuer. Der neue Gefangene hielt seinen mitleiderregenden Köter fest, als sei er sein Leben. Er zuckte zurück, wenn eine der Wachen ihn berührte oder ihn dazu bringen wollte, sich zu bewegen.

»Lasst mich in Ruhe, ihr schmutzigen Aasgeier«, grollte er, obwohl Ian glaubte, dass sein Mut nur gespielt war. Der Junge war so verängstigt, dass er sichtbar zitterte.

Dennoch schien Gareth noch immer Kampfgeist zu besitzen. Gut so. Ian schloss den Gürtel seines Morgenmantels und musste trotz allem grinsen. »Nun, nun, nun, sieh einmal, was uns die Katze da angeschleppt hat.«

»Es war keine Katze, sondern ein Esel, der mich hierher geschleppt hat«, fuhr Gareth ihn an.

»Eine ziemlich rüde Sprache für einen Jungen, der den Baron getötet hat.«

Der Kerl besaß noch die Frechheit den Kopf zu heben und Ians wütendem Blick standzuhalten. Obwohl der Junge schmutzig und abgemagert war und diesen verdammten Hund festhielt, als könne er das zappelnde kleine Vieh beschützen, so benahm sich der anmaßende kleine Hundesohn doch so, als sei *er* der Herr des Schlosses.

»Du steckst in Schwierigkeiten, Junge.«

Gareth antwortete nicht.

Sir Webb und ein anderer Soldat, ein heimtückisch aussehender Mann mit schlechter Haut, bewachten ihren jungen Schützling mit gezogenen Schwertern, als dächten sie, dass der kleine Wicht die Möglichkeit hätte, sie zu überlisten oder ihnen zu entkommen.

»Wo habt ihr ihn gefunden?« Ian verschränkte die Arme vor der Brust und ging um den Fluch seines Lebens herum. Oh, was war es doch für eine ungetrübte Freude, endlich einen weiteren der Verräter gefangen zu haben. Zuerst der Zauberer, jetzt der Junge und als Nächster der Dieb? Oder dieses verruchte Weib, seine Frau?

»Er ist im Wald umhergeschlichen, Mylord«, antwortete der Soldat mit dem vernarbten Gesicht. »Er schien sich für diesen Zauberer zu interessieren, wahrscheinlich ist er zurückgekommen, um zu versuchen, ihn zu befreien.«

Gareth biss die Zähne zusammen. Offensichtlich hatte der Wachmann die Absicht des Jungen durchschaut.

»Ich dachte, Ihr wolltet ihn sehen.«

»Das wollte ich.« Ian gönnte sich ein zufriedenes Lächeln.

»Was sollen wir mit ihm anfangen?« Sir Webb runzelte die Stirn, als hätte sich herausgestellt, dass Gareth der Teufel persönlich war.

»Spontan würde ich sagen, wir hängen ihn am Morgen. Doch das ist vielleicht nicht sehr weise.«

»Es wäre besser, wenn Ihr mich schnell umbringt«, hatte dieser verwahrloste Knabe den Mut zu sagen. Seine blauen Augen blitzten mutig, und Ian konnte nicht anders, als einen Anflug von Respekt für ihn zu fühlen. »Denn sonst werde ich Euch finden und Euch Euer eigenes Schwert in den Leib stoßen!«

»Wirst du das?« Ian prustete erheitert über den lächerlichen Edelmut des Jungen. »Das glaube ich nicht.«

Um seine Behauptung zu unterstreichen, spuckte Gareth in die Binsen vor Ians Füßen.

»Bastard!« Webb gab dem Jungen eine Ohrfeige, von deren Wucht er gegen die Wand flog. Gareths Kopf krachte an die Steine, seine Knochen knackten. Der Hund stieß ein jämmerliches Winseln aus und fiel auf den Boden. Schnell lief er zum Tisch und versteckte sich darunter.

Blut rann Gareth aus dem Mundwinkel, doch es gelang ihm, auf den Beinen zu bleiben. Mit dem Handrücken wischte er sich über den Mund. Lächelnd spuckte er noch einmal aus. Diesmal landete die blutige Spucke auf Webbs Stiefeln.

Der dunkle Ritter packte den Jungen am Kragen. »Hör mir zu, du undankbares kleines Gör«, warnte ihn Webb leise. »Ich werde liebend gern deinen Hund umbringen, und nachdem du zugesehen hast, wie er elendiglich gestorben ist, werde ich ihm sein Fell abziehen und das Fleisch von seinen Knochen lösen.«

Gareth wurde ganz grün im Gesicht.

»Glaub mir, ich würde mir nichts daraus machen, auch dich umzubringen. Es würde mein Herz erfreuen.«

Gareth wurde blass, doch hielt er dem giftigen Blick des Soldaten stand. »Verrottet in der Hölle.«

»Nein, Sohn, das ist dein Privileg.«

»Lasst ihn in Ruhe«, befahl Ian.

Webb zögerte kurz, dann ließ er den Jungen los.

Gareth taumelte und wischte sich noch einmal mit dem Handrücken das Blut aus dem Gesicht. Wenn Blicke wirklich töten könnten, dann wäre Sir Webb auf der Stelle umgefallen.

Er wandte sich zu Ian und fragte: »Wo ist meine Mutter?«

»Weißt du das nicht?« Ian runzelte verärgert die Stirn. Er hatte gehofft, dass der Junge wusste, wo sich Gwynn versteckte.

»Nein, aber ich denke, Ihr wisst es.« In seinen blauen Augen blitzte der Hass, und einen verrückten Moment fühlte Ian von Rhydd Furcht. Der Junge war der Sohn des Banditen. »Also, *Onkel*, sagt mir, wo sie ist.«

»Das ist eine gute Frage.« Ians Blicke trafen sich für eine Sekunde mit denen von Webb, dann schob er die Hände tief in die Taschen des schwarzen Morgenmantels.

»Er war allein«, erklärte Webb, und sein Begleiter nickte.

»Leider.« Ians Gedanken wanderten bereits in die Zukunft, und er überlegte, wie er seine flüchtige Frau am schnellsten zurückholen könnte. »Aber sie wird nach ihm suchen.« Er deutete mit dem Finger auf Gareth. »Genau wie dieser hier zurückgekrochen ist, um nach dem Zauberer zu sehen, so wird die Lady kommen, um ihren Sohn zu suchen.«

»Aye.« Webb leckte sich über die Lippen und grinste boshaft. »Siehst du, Junge, es ist gar nicht so schlecht. Du willst deine Mutter sehen, und sie wird dir den Gefallen tun. Du bist der Köder.«

Aber Ian war noch nicht fertig mit seinen Überlegungen. »McBain wird zweifellos mit ihr kommen«, dachte er laut nach, und die Galle stieg in ihm hoch, als er an den miesen Dieb dachte, der vor so vielen Jahren mit Gwynn geschlafen hatte. »Aus irgendeinem Grund scheint er sich entschlossen zu haben, den Jungen haben zu wollen.«

»Mich will er haben?«, wiederholte Gareth. »Was meint Ihr damit?« Offensichtlich verwirrt tupfte er mit dem Ärmel seiner Tunika das Blut von den Lippen.

»Oh, hast du das denn nicht gewusst?«, fragte Ian mit gespielt unschuldigem Gesicht. Er freute sich außerordentlich darüber, dem Jungen die schlechte Nachricht mitzuteilen.

»Was soll ich gewusst haben?« Der Junge war vorsichtig.

»Dass du, der du Ansprüche auf den Thron von Rhydd erhebst, von einem gewöhnlichen Dieb gezeugt worden bist?«

Der Junge schüttelte den Kopf. »Nein . . .«

»Oh, es ist die Wahrheit.«

Entsetzen stand in den blauen Augen des Jungen, als er die verwirrten Teile seines Lebens zusammenfügte. »Aber meine Mutter . . . sie hätte niemals . . .« Er schüttelte überraschend gelassen den Kopf. »Ich werde mir keine von Euren Lügen mehr anhören.«

»Denk doch einmal nach, Junge.« Ian machte es Spaß, zuzusehen, wie sich die Gesichtszüge des naiven Jungen voller Verachtung verzogen, als er an die Umstände seiner Zeugung dachte.

»Du hast geglaubt, du seist von edler Geburt, wie?«, fügte Webb verächtlich hinzu. »Und was deine Mutter betrifft, wer weiß schon, was geschehen ist. Entweder ist sie eine hurende Schlampe, die ihre Beine für jeden gewöhnlichen Mann breit macht, oder sie ist von dem Dieb kompromittiert worden.«

»Lügner!« Gareth sprang vor und warf sich auf den Ritter,

doch Webb war vorbereitet. Mit einer lässigen Bewegung schleuderte er den Jungen auf den Tisch und drückte ihn darauf nieder. »Noch einmal, Junge, dann bekommst du noch mehr«, versprach er.

Gareth rollte auf die Seite, sein Kopf hing über der Tischkante. Er würgte heftig, sein ganzer Körper verkrampfte sich. Hätte er etwas in seinem Magen gehabt, so hätte er sich in die Binsen übergeben, dessen war Ian sicher. Doch so presste er nur eine Hand auf seinen Magen und kämpfte gegen Tränen der Hilflosigkeit. »Nein«, sagte er immer wieder. »Nein, nein, nein.«

Webb richtete sich wieder auf und lachte. Ian musste sich bemühen, nicht von einem Ohr bis zum anderen zu grinsen. Endlich begann sein Plan Gestalt anzunehmen.

»Ihr seid ein mordender Bastard«, warf ihm Gareth vor.

»Vorsichtig, Junge. Erinnere dich daran, wer ohne Vater geboren wurde«, meinte Ian, dann wandte er sich an Webb. »Bringt ihn hinunter in den Kerker und sorgt dafür, dass jeder im Schloss weiß, dass er eingesperrt bleiben wird, bis ich entscheide, wann er an den Galgen kommt.«

Gareth wurde blass.

»Sehr gern.«

»Oh, und sorgt dafür, dass ein Bote geschickt wird – nein, ein Verräter, der verwundet ist, wäre noch besser – nach Black Oak Hall, mit der Nachricht, dass Gareth von Rhydd hier gefangen gehalten wird und dass er zum Tode verurteilt wurde.« Er warf dem Jungen einen amüsierten Blick zu. »Das sollte deine Mutter sehr schnell hierher bringen, um dich zu retten, glaubst du nicht auch?«

»Fahrt zur Hölle.«

Ian lachte. »Du wirst dort sein, lange bevor ich dort ankomme.«

Der Junge reckte sich und holte tief Luft. Doch gab er Ian nicht die Genugtuung, ihn um sein Leben anzuflehen. Stattdessen warf er dem Herrn des Schlosses einen solch verächtlichen Blick zu, als wäre Ian nicht mehr als ein nutzloses Insekt, das er gern unter seinen Stiefeln zertreten würde. »Ich bin noch nicht tot.«

»Das wirst du auch nicht sein, bis meine Frau zurückkehrt.«

»Sie ist nicht . . .«

»O doch, Sohn. Sie ist mit mir verheiratet. Vor dem Gesetz. Und sie wird zurückkehren. Deinetwegen.«

Gareths Augen verdunkelten sich, so wie die Augen von Trevin von Black Oak. »Und sie wird mich retten.«

»Gegen alle meine Männer? Das glaube ich kaum«, gackerte Ian vergnügt, doch fühlte er plötzlich eine Vorahnung des Todes, die ihm über den Rücken kroch.

Gareth zog einen Mundwinkel hoch und lächelte bitter, aber entschlossen. Wieder eine Erinnerung an den Dieb. »Denkt lieber noch einmal nach, denn Ihr wisst, dass sie Euch tausend Mal bestrafen wird, wenn mir, Boon oder Muir etwas zustoßen sollte.«

»Oh, und wie sollte sie so etwas tun?«

»Das wird ganz einfach sein«, erklärte Gareth und spuckte Blut auf den Boden. »Denkt daran, Lord Ian, sie ist mehr als nur eine Frau und viel mehr als nur meine Mutter.«

»Ist sie das?«, fragte Ian, den die Unterhaltung langsam langweilte. Seine Kopfschmerzen kehrten zurück, und er hatte noch viele Stunden vor im Bett mit dem Frauenzimmer, obwohl sie so langweilig war wie eine der Predigten von Vater Anthony. »Das werden wir ja sehen.«

»Aye, das werdet Ihr sehen.«

»Bringt ihn weg. Er redet Unsinn.« Ian reckte die Schultern und dachte an die Zeit, wenn Gwynn sein Bett wärmen würde. Oh, bei den Göttern, dann würde seine Rache süß sein.

»Seid gewarnt«, erklärte Gareth kühn, als zwei Wachen ihm die Hände unter die Arme schoben und ihn wegzerrten, während ein anderer seinen Hund jagte. »Meine Mutter wird das nicht dulden.«

»Was kann sie schon dagegen tun?« Ian war die Drohungen des Jungen jetzt Leid.

»Das möchtet Ihr lieber nicht wissen«, warnte Gareth ihn und wandte den Kopf, um Ian noch einmal anzusehen. »Aber vergesst nicht, dass sie eine Hexe ist.«

Ian schüttelte den Kopf und fühlte ein schwaches Mitleid mit dem Jungen, der so leidenschaftlich an seine Mutter glaubte. »Nein, Kind, Lady Gwynn ist nicht mehr als eine Dirne, und eine billige noch dazu.«

Sobald Gareth außer Hörweite war, wandte sich Ian an Webb. »Und jetzt sorgt dafür, dass einer der Ritter, die der Lady treu ergeben sind, Sir Reynold vielleicht . . . nein, Charles, Sir Charles wird der Richtige sein. Sorgt dafür, dass er erfährt, dass Gareth gehängt werden soll.«

»Heute Abend?«

»Aye«, stimmte Ian zu, ging zu seinem Sessel und starrte in das ersterbende Feuer. »Macht einen Aufruhr, redet darüber, tut so, als wäret Ihr betrunken, wenn es sein muss, aber sorgt dafür, dass Charles aufwacht und die Neuigkeit hört. Dann lasst die Tore des Schlosses geöffnet und folgt ihm. Ich würde wetten, dass er nach Black Oak Hall reitet.«

»Ihr wollt, dass ich mich in das Schloss schleiche?«, fragte Webb, und seine Augen leuchteten begeistert auf.

»Nein. Folgt ihm, damit Ihr sehen könnt, wohin er reitet, dann verwundet Ihr ihn, damit die Lady und der Dieb begreifen, dass das Leben des Jungen in Gefahr ist.«

»Mit Freuden.«

Ian hob die Hand. »Aber bringt ihn nicht um. Er muss die Botschaft abliefern.«

»Aye, mein Pfeil fliegt sicher. Ich werde ihm eine tödliche Wunde zufügen, die ganz langsam sein Leben beendet.«

»Vorher solltet Ihr den Jungen umbringen, und es sollte so

aussehen, als wäret Ihr selbst dabei verwundet worden, doch Ihr habt versagt.«

»Es wird nicht noch einmal vorkommen«, schwor Webb. »Ich versage nur sehr selten.«

»Sorgt dafür, dass es diesmal klappt.«

Webb rieb sich den Bart, ein kratzendes Geräusch, das Ian irritierte. »Seid Ihr sicher, dass ich nicht doch besser Charles folgen sollte und nicht nur ihn, sondern auch die anderen umbringen sollte?«

Ian schüttelte den Kopf. »Der Tod wird diejenigen holen, die es verdienen«, erklärte er. »Aber ich will zuerst meine Frau und den Dieb vor mir sehen.« Seine Muskeln wurden hart, als er daran dachte, dass die beiden womöglich zusammen waren. Sie waren in der Vergangenheit Liebende gewesen und, so nahm er an, sie waren es auch jetzt wieder. »Meine Gerechtigkeit wird langsam sein und vernichtend«, erklärte er und genoss seine Worte. »Trevin von Black Oak wird sterben in dem klaren Bewusstsein, wer ihn umgebracht hat.«

Gwynn räkelte sich genüsslich auf dem Bett, Erinnerungen daran, dass sie Trevin geliebt hatte, spazierten wie warme, sinnliche Wogen durch ihren Kopf. Ah, es war wundervoll, mit ihm zu schlafen. Lächelnd öffnete sie die Augen und streckte die Hand aus, um seinen warmen Körper zu berühren, doch das Bett neben ihr war leer und kalt.

Sie riss die Augen auf und fuhr hoch.

Sie war allein.

Das Bett war leer.

Eine eisige Kälte schlich sich in ihr Herz, denn sie wusste so sicher, wie die Sonne aufgehen würde, dass Trevin sie betrogen hatte.

Das Feuer war ausgegangen, und das Zimmer des Lords von Black Oak verströmte klamme Feuchtigkeit.

»Oh, um der Liebe der Heiligen Maria willen.« Sie schlug

mit der Faust auf die Decke, denn sie hatte sich übertölpeln lassen. Er hatte Black Oak verlassen, genau wie er es geplant hatte. Ohne sie.

»Diebischer Sohn einer Hündin mit einem schwarzen Herzen!«, knirschte sie. Sie warf die Decke beiseite. Während sie gefangen gewesen war in dem Zauber, ihn zu lieben, hatte er sie benutzt, wieder und wieder, bis sie erschöpft in seinen Armen eingeschlafen war.

Oh, was war sie doch für ein Schwachkopf. Wie hatte sie all ihre Ängste um Gareth vergessen können, ihre Sorgen wegen Ian, nur weil sie sich der süßen Verführung dieses Banditen hingegeben hatte. »Dummes, dummes Mädchen!«, schalt sie sich, während sie, zitternd vor Kälte, in ihre Kleidung schlüpfte – in Faiths Kleidung –, um sich dann mit den Fingern durch das Haar zu fahren und mit dem Wasser aus der Schüssel ihr Gesicht zu waschen. Ärgerlich öffnete sie die Tür zum Flur und erwartete schon, dass eine Wache vor ihr stehen würde, um ihr zu befehlen, zurück in das Zimmer zu gehen, doch der Flur war leer.

Gut. Sie würde sich nicht zur Gefangenen machen lassen, von keinem Mann und schon gar nicht von Trevin von Black Oak. Dieser Mann hatte Nerven, sie zu verführen, in sein Bett zu locken und sie dann schlafen zu lassen. Aber – hat er denn anders gehandelt als du vor so vielen Jahren?

Sie stampfte zornig mit dem Fuß auf und erschreckte eine Katze, die eilends vor ihr flüchtete. Kurz darauf war sie die Treppe hinuntergelaufen in ihr eigenes Zimmer, wo ihre Stiefel und ihr Umhang auf sie warteten. Sie hatte keine Zeit mehr, ihr eigenes Kleid anzuziehen, das sauber und trocken auf dem Bett lag, doch sie suchte nach ihrer Waffe, nach dem Dolch, auf den sie vertraute. Schließlich stellte sie fest, dass er fehlte, zusammen mit ihrer Tasche mit den Kräutern, Beeren und Wurzeln, die sie gesammelt hatte, um ihre Zauberformeln durchführen zu können.

»Ich verfluche deine verdammte Haut, Trevin McBain«, murmelte sie und zog ihren Umhang über den Kopf. Dann machte sie sich auf den Weg nach unten und hoffte trotz allem, dass sie ihn falsch beurteilt hatte und dass Trevin noch im Schloss war, dass sie die falschen Schlüsse gezogen hatte. Vielleicht war er in der Schatzkammer und sah sich die Bücher des Schlosses an, oder er aß sein Frühstück in der großen Halle, vielleicht ging er über den Schlosshof und besprach die Lieferungen oder Reparaturen oder den Verkauf von Ochsen mit dem Verwalter.

*Aye, und im Übrigen bist du ein Dummkopf!*

In der großen Halle waren Pagen damit beschäftigt, Tische und Bänke aufzustellen. Der Koch rief seine Befehle, und die Diener hasteten durch die Flure und die Treppen hinauf.

Gwynn ignorierte sie alle und wäre beinahe an der Tür zum Hof mit dem Priester zusammengestoßen. »Oh, Vater Paul«, sagte sie und bekreuzigte sich schnell. »Könntet Ihr mir sagen, wo Lord Trevin ist?«

»Der Baron? Hat er Euch das denn nicht gesagt?« Pauls graue Augenbrauen zogen sich zusammen, und er lächelte. »Ich glaube – ja, ich bin sicher, dass der Verwalter mir gesagt hat –, dass der Baron heute Morgen mit einer Gruppe Soldaten weggeritten ist – mit seinen besten. Sucht er denn nicht nach Eurem Sohn?«

»Ja ... ja, ich denke schon«, sagte sie und wieder wallte der Zorn in ihr auf, auch wenn sie versuchte, es sich nicht anmerken zu lassen. »Ist er bereits weggeritten?«

»Das weiß ich nicht«, gestand ihr der Mann. »Ich habe nur angenommen ...«

»Aye«, wehrte sie ab und wandte sich zur Tür. Es bestand noch immer die Möglichkeit, dass sie ihn einholen konnte.

»Wir sollten für ihre sichere Rückkehr beten.«

»Natürlich.«

Der Priester begann zu strahlen. »Gut. Dann werde ich

Euch in der Kapelle sehen, und es wird kein Gerede mehr geben«, er bewegte nervös die Finger, »von der Anbetung des Teufels.«

»Wie bitte?«

Er beugte sich zu ihr, als erwarte er, dass die Wände seinen nächsten Worten lauschen würden. »Es gibt keinen Grund, es abzustreiten, Mylady. Man sagt, Ihr praktiziert die dunklen Künste.«

»Nein«, widersprach sie vehement. »Ich bin eine christliche Frau, die zu unserem Vater betet, die aber auch die Gaben der Erde zu schätzen weiß, die Er uns schenkt.« Es gab keinen Grund, diesem Mann der Kirche zu erklären, dass Zauberformeln und Runen für sie nur ein weiteres Mittel waren, um ihren Sohn zu retten und dass sie alles versuchen würde, aye, sie würde sogar mit dem Teufel persönlich verhandeln, wenn es Gareth helfen würde. »Friede sei mit Euch.« Sie griff nach der Türklinke.

»Oh, da seid Ihr ja, Mylady!« Hildys Stimme übertönte das Rascheln ihrer Röcke, als sie die Treppe hinuntergelaufen kam. »Guten Morgen, Vater Paul«, fügte sie hinzu und bekreuzigte sich mit der Geschwindigkeit einer Eidechse, die in die Sicherheit des hohen Grases läuft. »Lord Trevin hat gesagt, ich soll Eure Zofe sein, und ich fürchte, ich bin meiner Aufgabe nicht gerecht geworden, da ich heute Morgen an den Färbebottichen gearbeitet habe.« Sie hob die Hände und zeigte, dass die Haut an einem Arm leuchtend blau geworden war. »Ich habe ein wenig verschüttet, als ich den Stoff gewendet habe, und die alte Mary kam vorüber und hat mir befohlen, das wegzumachen. Als ob sie jemanden einfach so herumkommandieren kann.« Hildy schnüffelte. »Sie ist doch nur die Frau des Metzgers und besitzt weder das Geschick noch die Geduld, Wolle zu färben.«

Gwynn hatte zwar keine Zeit für das Geplapper des Mädchens, aber sie war offensichtlich befangen.

»Das macht doch nichts«, meinte Vater Paul und wischte mit einer Bewegung seines Handgelenkes Hildys verletzten Stolz beiseite. »Du musst dich um deine eigene Arbeit kümmern, und die ist, wie du sagst, die Sorge um die Lady.«

»Ich brauche keine Zofe«, wehrte Gwynn ab, während kostbare Sekunden vergingen.

»Aber Lord Trevin hat gesagt . . .«

»Es ist mir gleich, was er gesagt hat«, unterbrach Gwynn sie.

»Nein, natürlich nicht, Mylady. Ich wollte damit nicht sagen, dass . . .«

»Mach dir keine Sorgen.« Gwynn gelang sogar ein Lächeln, sowohl für den Priester als auch für das Mädchen. »Ich werde dich wissen lassen, wenn ich deine Dienste benötige, und bis dahin kannst du zurück zu dem Färbebottich gehen oder was auch immer du sonst zu tun hast.«

Sie ließ Hildy mit offenem Mund stehen, und der Priester schüttelte leicht den Kopf, als würde er in der Herrin von Rhydd den Ausbund des Bösen sehen. Gwynn raffte ihre Röcke und lief nach draußen.

Das Sonnenlicht flirrte über dem Schlosshof. Gänse schnatterten laut und schlugen mit den Flügeln, als sie sich an dem Weiher versammelten, wo einige Buben Kröten fingen. Andere, ältere Jungen trugen Eimer mit Wasser vom Brunnen zur Küche, während die Mädchen kichernd und lachend Eier in Körbe sammelten oder in einem Trog in der Nähe der Küchentür Fische ausnahmen.

»Beeilt euch, ihr elenden Nichtsnutze!«, rief der Koch. »Ich kann keine Suppe kochen ohne Wasser, nicht wahr?«

Gwynn schlüpfte auf einen Pfad hinter der Küche, wo der Geruch nach Rauch und trocknenden Kräutern sich mit dem Duft von frisch gebackenem Brot und Wildbraten mischte. Zwei Frauen rahmten Milch ab, während eine andere eine gefleckte Kuh molk, die friedlich wiederkäute.

Gwynn bog um eine Ecke, das Herz schlug ihr bis zum Hals, ihre Augen suchten den Schlosshof ab, doch Trevin war nirgendwo zu sehen. Sieh den Tatsachen ins Auge, Gwynn, er hat dich benutzt. Schlicht und einfach benutzt.

Sie lief am Garten vorbei und entdeckte an der anderen Seite des inneren Hofes die Ställe.

»Hey! Jetzt nicht!«, rief der Kerzenmacher den Jungen zu, die Eimer mit Tierfett in seine Hütte schleppten. »Bei den Göttern, ich habe heute Morgen keinen Platz mehr für ... oh, stellt sie in die Ecke und verschwindet.«

Gwynn zog den Umhang noch enger um sich und lief zum Stall, wo sie die Pferde musterte, um voller Enttäuschung festzustellen, dass nicht nur das Pferd von Sir Webb fehlte, sondern auch das Pferd, das sie geritten hatte – Trevins Pferd – nicht mehr im Stall stand. Dieser verflixte Mann! Er hatte sie hinters Licht geführt und nicht sie ihn, wie sie es vorgehabt hatte. Nun, sie würde sich das nicht gefallen lassen, und während sie noch die Pferde im Stall betrachtete und diejenigen, die im äußeren Schlosshof grasten, entschied sie sich insgeheim, welches der Pferde sie stehlen würde, ein feuriges, geflecktes Tier, das gesund und schnell zu sein schien.

Jetzt brauchte sie nur noch ein wenig Hilfe, um ihre Flucht einzufädeln. Aber das würde ganz einfach sein.

Zunächst einmal hatte sie jedoch einen Besuch beim Apotheker geplant, in der Küche, beim Waffenschmied und schließlich auch noch beim Kerzenmacher, um diejenigen Dinge zu ersetzen, die Trevin ihr weggenommen hatte. Es würde einige Zeit dauern, doch sie würde schon bald unterwegs sein, um ihren Sohn zu finden.

Sie bog um eine Ecke und wäre beinahe mit dem kräftigen Ritter zusammengestoßen, von dem sie wusste, dass er Bentley hieß. »Oh.«

»Mylady«, sagte er und sie sah, dass er den rechten Arm in

der Schlinge trug, nachdem er einen Unfall bei der Jagd erlitten hatte. »Ich habe Euch schon überall gesucht.«

»Wirklich?« Sie runzelte besorgt die Stirn. »Was kann ich für Euch tun?«

»Es ist meine Pflicht und mein Vergnügen, Euer persönlicher Bewacher zu sein.«

»Mein was?«, fragte sie und vermutete sofort eine Verschwörung.

Zwei Kinder – ein Junge und ein Mädchen – trieben einen Reifen vor sich her. Lachend und rufend hüpften sie an ihnen vorbei, ein Hund folgte ihnen aufgeregt bellend.

»Euer Bewacher, Mylady.«

»Ich brauche niemanden, der auf mich aufpasst.« Wut stieg in ihr auf.

»Der Baron hat mich gebeten, zu ...«

»Macht Euch keine Mühe, Sir Bentley. Wie Lord Trevin Euch vielleicht erzählt hat, habe ich ein Schloss ganz allein geführt. Wenn Ihr mich jetzt bitte entschuldigen würdet ...« Sie hob die Röcke, doch der Mann ließ sich nicht so schnell abweisen.

»Das kann ich nicht. Es ist meine Pflicht, bei Euch zu bleiben und Euch zu beschützen.«

»Während ich im Inneren des Schlosses bin?«, fragte sie und hätte den Mann, der sie vor kurzem noch geliebt hatte, am liebsten erwürgt.

»Aye.«

»Und wenn ich mich entschließe, das Schloss zu verlassen?«

Eine Sekunde schaute er zu Boden, dann sah er sie wieder an. »Der Baron denkt, es ist sicherer, wenn Ihr im Inneren des Schlosses bleibt.«

»Wirklich? Aber das ist ganz unmöglich.«

»Nein, Mylady, so muss es sein.«

Er besaß wirklich die Anständigkeit, so auszusehen, als

täte es ihm Leid. Doch Gwynn, die mittlerweile vor Zorn innerlich bebte, würde sich diesmal nicht so leicht für dumm verkaufen lassen. Sie fühlte, dass er ein Mann war, den sie nicht würde umstimmen können. Seine Aufgabe war es, sich um ihre Sicherheit zu kümmern, und sie zweifelte nicht daran, dass er das ernst nahm. Sie hatte keine andere Wahl als so zu tun, als würde sie ihm beipflichten.

»Fein, Sir Bentley, auch wenn mir das nicht gefällt. Ich werde warten, bis der Baron zurückkommt und meine, wie würdet Ihr das nennen, naja, Gefangenschaft ertragen, oder sollten wir sagen«, der Ritter zuckte bei ihren Worten ein wenig zusammen, »Lord Trevins fragwürdige Gastfreundschaft.«

»Danke«, antwortete er, und seine Augen verrieten ihr, dass er ihr nicht glaubte.

Sie würde Geduld haben müssen, doch fürchtete sie, dass die Zeit knapp wurde.

»Es ist beinahe Zeit zum Essen, und der Koch hat sich selbst übertroffen.«

»Gut.« Sie zwang sich zu einem Lächeln, auch wenn es sie schmerzte. »Wenn ich noch das passende Kleid wählen könnte ...«

»Sicher, Lady Gwynn.«

»Aber Ihr werdet vor meiner Tür Wache stehen?«

Er war todernst. »Aye. So hat es der Lord befohlen.«

»Dann, Sir Bentley, lasst uns nicht trödeln«, erklärte sie, ging um eine Pfütze herum und warf einen Blick zum Tor, wo das Fallgitter hochgezogen war. Doch Soldaten bewachten den Eingang und kontrollierten alle, die hinein- oder hinausgingen mit scharfen Augen. Dieser verdammte McBain mit seinem schwarzen Herzen! Wenn ich ihn erwische, so schwor sich Gwynn insgeheim, dann wird er den Tag bereuen, an dem er mich übertölpelt hat.

# 11

»Warum hast du mir das nicht gesagt?«, fragte ihn eine Stimme in seinem Traum.

Muir schnaufte und drehte sich um, dann fühlte er, wie sich junge Finger auf seine Schultern legten und sich tief in seine alten Muskeln gruben.

»Wacht auf.«

Muir bewegte sich, sein ganzer Körper schmerzte. Wer störte ihn? Langsam öffnete er sein gesundes Auge und starrte in das Gesicht von Gareth von Rhydd. Sein Herz setzte einen Schlag lang aus. Bei den Göttern, ging denn gar nichts so, wie es sein sollte? »Was zum Teufel tust du hier?«

»Eine bessere Frage wäre doch wohl, wie ein Zauberer sich fangen lassen und in einen Kerker werfen lassen konnte?«, fragte der Junge, sah sich um und schüttelte den Kopf, als er das dunkle, feuchte Gefängnis betrachtete.

»Es gibt einige Dinge, Junge, die du von meiner Zauberei noch nicht weißt«, brummte Muir.

»Es scheint einige Dinge zu geben, die *Ihr* noch nicht wisst. Und die bringen Euch in immer noch größere Schwierigkeiten und helfen Euch nicht weiter.«

Muir reckte sich und fühlte, wie sein Rücken knackte. Ach, was würde er für einen Krug Bier geben. »Weißt du denn nicht, dass Geduld eine Tugend ist?«

»Geduld?«, wiederholte der Junge, trat nach dem schmutzigen Stroh, und ein Stück Knochen sauste über den Boden. »Wie kann jemand nur geduldig sein, während er in einem Gefängnis verrottet?« Er sah den alten Mann mit misstrauischem Blick an. »Außerdem, *Zauberer,* habt Ihr mich angelogen.«

»Ich sage immer nur die Wahrheit.«

»Und wer ist dann mein Vater?«

Muir öffnete den Mund und schloss ihn wieder.

»Ist es Trevin von Black Oak?«

Also war die Wahrheit ans Licht gekommen und die verfluchte Prophezeiung würde sich selbst erfüllen.

»Hey, ruhig da drüben!«, brummte der Wachmann auf seinem Stuhl, der eingeschlummert war. Andere Gefangene starrten Gareth aus ihren Zellen an, doch sie sagten nichts, als die beiden sich weiter unterhielten.

»Könnt Ihr nicht sprechen, wie?«, flüsterte Gareth. Er lief von einem Ende der kleinen Zelle zum anderen. »Warum habt Ihr mir nicht gesagt, dass der Dieb und ...«

»Mörder? Ist es das, was dich beunruhigt, Junge? Hör mir zu, Lord Trevin hat niemanden umgebracht, auch nicht Dryw von Black Oak. Hör nicht auf den Klatsch, Gareth, denn sonst wirst auch du zum Gegenstand der losen Zungen werden.«

»Oh, Ihr seid mir der Richtige, so etwas zu sagen.« Gareth hob beide Hände. »Ihr habt gelogen.«

»Um dich zu beschützen.«

»Das hat auch nichts genützt.«

»Weil du zurückgekommen bist«, meinte Muir.

»Aye, ich war ein Idiot.«

Muir mochte den Jungen, trotz all seiner Frechheit. »Also bist du zurückgekommen, um mich zu retten, wie?«

»Ja, wie ich schon sagte, ich bin ein Dummkopf.«

»Und ein frecher Junge, der Mitleid mit sich selbst hat.«

Gareth schnüffelte und rieb sich mit dem schmutzigen Arm über die Nase. An seinem Kinn klebte Blut, und in seinen Augen brannte der Zorn. »Sie haben auch Boon. Sir Webb hat vor, ihn umzubringen.«

»Oh, um der Liebe des Heiligen Petrus willen. Sir Webb wird dem Hund nichts zuleide tun«, wehrte Muir ab, als er sah, dass der Junge wirklich besorgt war. »Und was uns betrifft, wir werden sowieso bald schon wieder frei sein.« Er räusperte sich und blickte mit seinem gesunden Auge zu dem Wachmann. »Hab keine Angst, ich werde uns schon hier herausbekommen.«

Gareth rollte mit den Augen. »Oh, jetzt wo ich also hier bin, könnt Ihr plötzlich dafür sorgen, dass sich die eisernen Gitter biegen und die Mauern verschwinden.«

»Aye, in gewisser Weise schon.« Muir musste trotz allem lächeln bei dem Gedanken an das kleine Messer, das in seiner geheimen Tasche steckte. »Um die Wahrheit zu sagen«, verkündete er, »ich kann es sogar noch besser.«

»Ach, wirklich?«, spottete der Junge und glaubte ihm offensichtlich kein Wort.

»Hab ein wenig Vertrauen, Gareth. Wir werden schon sehr bald hier herauskommen.«

»Eine Minute hier drinnen ist schon zu lange.« Offensichtlich traute der Junge ihm nicht, und Muir machte ihm, trotz seiner verletzenden Worte, nicht einmal einen Vorwurf deswegen.

»Es wird mein Tod sein, wenn Mary herausfindet, dass ich gegen den Wunsch des Lords gehandelt habe.« Hildy stellte den Korb mit Eiern auf das Bett in Gwynns Zimmer.

»Nur weil du mir die Eier bringst?«, fragte Gwynn und zog eine Augenbraue hoch. Sie hatte keine Zeit für das Mädchen mit ihrem dummen Aberglauben. Sir Bentley war ihr wie ein Schatten überallhin gefolgt, und sie musste einen Weg finden, ihn abzulenken, während sie ihren Plan ausführte.

»Nicht die Eier, Mylady.« Hildy sah sich schnell in dem Zimmer um, als erwarte sie, jemanden dort zu finden, vielleicht einen der Geister, der sich in einer Ecke versteckte. Zufrieden, dass sie und Gwynn wirklich allein waren, nahm das Mädchen einige der gefleckten Eier aus dem Korb und hob das Tuch darunter. Unter dem Tuch versteckt waren die Kräuter und der Dolch, der aus Gwynns Zimmer verschwunden war. »Ich dachte, Ihr könntet auch das hier gebrauchen . . . für Eure Zauberformeln.«

Gwynn war überrascht über den Einfallsreichtum des schlichten Mädchens.

Stolz hob Hildy das Kinn. »Lord Trevin, er hat befohlen, dass all Eure Waffen weggenommen werden sollten, und Mary – Ihr wisst doch, wer sie ist, die Fette, die ihrem Mann beim Schlachten helfen soll, aber sie steckt ihre Nase in alles hinein und glaubt, sie kann uns allen sagen, was wir zu tun haben. Nun, auf jeden Fall, sie hat mir befohlen, Euch all das wegzunehmen, was mit dem Teufel zu tun haben könnte und mit Zauberformeln. Wie ein Hund hinter einem verwundeten Kaninchen war sie hinter mir her, und um sie mir vom Hals zu halten, habe ich Eure Sachen gestohlen und habe sie Mary gegeben, und als sie nicht aufgepasst hat, habe ich sie ihr wieder weggenommen.«

Gwynn konnte ihr Glück kaum fassen. »Wird sie dich denn nicht danach fragen?«

Hildy grinste. »Wenigstens eine Weile lang nicht. Sie glaubt, dass ich ein dummes Mädchen bin ohne jeden Verstand und ich, ich lasse sie denken, was sie will. Auf diese Art ist das Leben viel einfacher. Momentan vermutet sie, dass ihr eigener Sohn, Elwin, die Sachen genommen hat. Er ist ein gemeiner Kerl, dieser Elwin, und er macht ihr nur Schwierigkeiten.«

»Verstehe«, sagte Gwynn, die sich nicht so sehr für die Angelegenheiten der Bauern und der Diener interessierte als für ihre eigenen Probleme.

»Es ist wichtig, dass Ihr den Fluch von diesem Schloss nehmt, und ich hatte nicht vor, zuzulassen, dass die alte Mary Euren Plan vereitelt.«

»Gut gedacht«, lobte Gwynn sie, doch ihre Gedanken schlugen ihren eigenen Weg ein. Wenn Hildy klüger war als sie zuerst angenommen hatte, würde sie noch viel vorsichtiger sein müssen. »Also, mit diesen Dingen, die du mir zurückgegeben hast, und einigen anderen Sachen, die ich von dem Apotheker und dem Kerzenmacher bekommen habe, habe ich, glaube ich, alles, was ich brauche. Aber wir müssen ungestört sein, und es ist am besten, wenn man eine solche Zauberformel im Wald spricht.«

»Im Wald?«

»Aye. Es ist viel wahrscheinlicher, dass Morrigu und Owein Ap Urien uns hören werden, wenn wir irgendwo abgeschieden im Wald sind, besonders wenn wir in der Nähe von Wasser sind.« Sie senkte die Lider und fügte noch eine kleine Lüge hinzu, um sich Hildys Hilfe zu versichern. »Außerdem hast du mir von den Geistern erzählt, die in den Mauern von Black Oak herumwandern. Wir müssen weit weg vom Schloss sein, wenn wir die Geister davon abhalten wollen, sich in unsere Zauberformeln einzumischen.«

»Oh.« Hildy nickte und biss sich auf die Unterlippe, als würde sie ihr jedes Wort glauben. »Aber wenn Lord Trevin herausfindet, dass ich Euch geholfen habe . . .«

»Mach dir seinetwegen keine Sorgen. Ich werde mich schon um den Baron kümmern. Du brauchst dir nur Sorgen um Sir Bentley, Mary und die anderen Diener zu machen, denen es vielleicht auffallen wird, wenn ich verschwinde. Ich habe einen Plan.«

»Einen Plan?« Hildy zog misstrauisch die Augen zusammen.

Wie weit konnte sie diesem Mädchen trauen? Immerhin war Hildy, trotz der Sorge um ihr ungeborenes Kind, Black Oak treu ergeben. Aber die Zeit verging, und Gwynn musste sich beeilen, wenn sie Trevin noch einholen wollte.

»Wenn ich dein Baby retten soll und die Ungeborenen der anderen in diesem Schloss auch, muss ich meine Zauberformel sprechen, während die Geister und Dämonen im Schloss schlafen, während die Sonne hoch am Himmel steht.«

Hildy nickte, doch sie schien nicht überzeugt zu sein.

»Einen Fluch aufzuheben ist keine einfache Aufgabe.«

»Nein, das kann ich mir vorstellen.«

»Also werde ich deine Hilfe brauchen, während ich eines der Pferde des Barons stehle.«

Hildys Mund wurde ganz rund, und ihre Augen weiteten sich. Erneut blickte sie nervös über ihre Schulter. »Oh, nein. Es ist eine Sache, Mary ein paar Kräuter und eine Waffe zu mopsen, die ihr sowieso nicht gehört haben, aber von Baron Trevin etwas zu stehlen ... das kann ich nicht.«

»Es wird aber das Schloss von den dunklen Mächten befreien, von denen du behauptest, dass sie hier regieren.«

»Ich weiß ...« Hildy rieb sich nervös mit den Finger über ihre Lippen. »Aber ...«

»Und es wird dein Kind retten.«

Wieder zögerte das Mädchen und legte die Stirn in Falten. Abwesend strich sie über ihren flachen Bauch. »Könntet ... könntet Ihr auch darum bitten, dass sich ein Mann in mich verliebt und mir und meinem Baby seinen Namen gibt?«

»Welcher Mann?«

»Nun ja, der Vater des Babys, Sir Henry.«

Henry? Der junge Ritter mit dem zotteligen braunen Haar und den traurigen, misstrauischen Augen. Er war Hildys Geliebter? Gwynn hatte ihn erst einmal gesehen und hatte gefunden, dass er ein armseliger Ritter war. Sie konnte Trevins Vertrauen in den Jungen nicht verstehen, doch jetzt hatte sie keine Zeit, sich darüber Gedanken zu machen. »Das ist schon so gut wie erledigt«, versicherte Gwynn ihr ungeduldig. »Solange du dafür sorgst, dass ich genügend Zeit habe, Sir Bentley zu entkommen.«

»Und um ein Pferd zu stehlen. Oh, Mylady, Ihr seid verrückt.«

Gwynn achtete nicht auf Hildys Sorgen. »Wirst du mir helfen?«

Das Mädchen zögerte, dann nickte es. »Ich werde tun, was ich kann.«

»Gut.« Gwynn seufzte erleichtert auf. Sie konnte es kaum erwarten, ihren Plan in Angriff zu nehmen, denn mit jeder Minute entfernte sich Trevin weiter von diesem Schloss, auf der Suche nach ihrem Kind.

Auf die eine oder die andere Art hatte sie vor, sich ihm anzuschließen.

»Wir werden hier unser Nachtlager aufschlagen.« Trevin schwang sich am Ufer eines Flusses, der sich durch die steilen Hügel wand, aus dem Sattel des Dunklen. Eine Lichtung am Rande des Waldes bot Raum für die Zelte und auch für den Ochsenkarren. Sein Pferd watete in das flache Wasser, senkte den Kopf und begann zu trinken.

Die Männer, die bei ihm waren, stiegen von ihren Pferden ab, während Sir York, der den Karren mit dem gefleckten Ochsen lenkte, einen Platz fand, an dem er den Wagen abstellen konnte. Als er den Ochsen ausschirrte, beobachtete Trevin die Männer, wie sie zusammenarbeiteten. Ralph und Henry würden ihre Bögen und Pfeile nehmen und sich auf die Suche nach frischem Fleisch machen. Stephen und York würden das Lager aufschlagen. Winston würde die Pferde versorgen, während Nelson Wache stand und Gerald die Straße zwischen dem Lager und Rhydd ausspionierte.

Alles war in Ordnung, warum also fühlte er sich so ruhelos, als würde etwas nicht stimmen? Seine Muskeln waren angespannt, er malmte mit den Zähnen, doch es gab keinen Grund für seine Beunruhigung. Ihre Versorgung war ausreichend, die Waffen waren zahlreich, die Tiere und Menschen stark und gesund und dennoch ... er fühlte sich nervös und ahnte, dass Gefahr lauerte. Vielleicht hatte er deshalb seinen Männern seine Pläne nicht verraten.

*Oder vielleicht ist es die Herrin von Rhydd, die dich so*

*sehr irritiert.* Er pflückte einen Grashalm vom Ufer und kaute darauf herum, während er die Männer beobachtete, die eifrig bei der Arbeit waren, doch er war abgelenkt von der Erinnerung an Gwynn, die nackt und warm in seinen Armen gelegen hatte.

Er entschied, dass er durch solche Gedanken sich und andere nur in Schwierigkeiten bringen würde, deshalb half er lieber dabei, die Zelte aufzubauen und den Ochsen und die Pferde zu versorgen. Die Gedanken an Gwynn schob er dabei weit von sich.

Henry, der Ritter, der am wenigsten begabt war, kam mit drei Kaninchen zurück, die sie häuteten und ausnahmen, um sie dann über dem Feuer zu rösten. Gerald war noch nicht zurückgekehrt als das Fleisch gebraten war, und als Trevin dann am Feuer saß und sich von dem Fleisch bediente, fühlte er ein nagendes Gefühl der Unsicherheit. Er schnitt eine Scheibe Brot ab, während er versuchte, mit den Augen die Dunkelheit zu durchdringen und über dem Rauschen des Flusses auf das Geräusch von Hufen zu lauschen.

»Er sollte eigentlich zurück sein«, meinte Ralph, als hätte er Trevins Gedanken gelesen. Er war ein nachdenklicher Mann, der sich immer zu viel Sorgen machte. »Wieso braucht Gerald nur so lange?« Er biss in eine saftige Kaninchenkeule.

»Vielleicht ist er Ians Soldaten begegnet«, meinte York.

»Nein, er wird schon kommen.« Stephen machte sich mit dem Messer an einem Stück Fleisch zu schaffen, dann schob er es in seinen Mund. »Habt nur ein wenig Geduld.«

»Auf diesem nutzlosen Einsatz?«, spottete Henry. Er schüttelte den Kopf mit dem zotteligen Haar und sah den Funken nach, die zum Himmel aufstiegen. »Wenn ihr mich fragt, so können wir alle von Glück reden, wenn wir überleben.«

»Nun, dich fragt aber niemand«, sagte York, und einige der Männer lachten.

Henry zog eine Augenbraue hoch. »Wartet nur ab«, warnte er leise. »Ich werde jetzt gehen und beten.«

»Gut. Lass dir nur Zeit.« York schüttelte den Kopf, als Henry zwischen den Bäumen verschwand. »Er nimmt das Leben viel zu ernst.«

»Er ist noch jung«, wehrte Trevin ab.

»Und grün. Warum er bloß mit uns gekommen ist? Nun ja, Mylord, es ist Euer Kampf.«

Trevin schüttelte den Kopf und griff nach dem Krug. »Nein, es ist unser aller Kampf. Wir alle haben Grund, Rhydd zu misstrauen und auch dem Baron, der dort herrscht.«

»Amen«, stimmte York ihm zu.

»Aye. Auf Ians Tod!«, murmelte Winston. »Er und dieser Hund, Sir Webb.«

Ralph schnaufte. »Den Tod ihnen allen.«

Trevin hob den Krug an die Lippen und nahm einen großen Schluck. Das starke Bier brannte ihm im Hals und legte sich dann wie Feuer in seinen Magen. Er reichte den Krug weiter an Ralph, dann wischte er sich mit dem Handrücken über den Mund.

Die Männer brummten, lachten und scherzten und reichten den Krug herum. Henry kam zurück und einige andere verschwanden im Wald, um sich zu erleichtern. Es gab ein wenig Disharmonie, doch eigentlich schienen alle gut zusammen zu passen.

»Ich werde die erste Wache übernehmen«, erklärte Trevin, als der Krug leer, die Bäuche gefüllt und das Feuer heruntergebrannt waren.

»Nein, Mylord, das ist meine Pflicht«, bestand Nelson.

Trevin stimmte ihm zu, doch er schlief schlecht, warf sich auf seinem Lager hin und her und machte sich Sorgen um Gwynn und Gareth und fragte sich, wie er ihnen wohl würde helfen können. Als schon beinahe die Morgendämmerung anbrach, hörte er Hufgetrappel, laut und schnell näherte sich ein Reiter.

»Wer ist . . .«, verlangte Nelson zu wissen, als Trevin bereits aus seinem Zelt trat.

Schwer atmend, schweißbedeckt und mit Lehm bespritzt, galoppierte Geralds Pferd in das Lager und blieb dann stehen. »Ich bringe schlechte Neuigkeiten«, sagte Gerald und schwang sich aus dem Sattel, während Nelson nach den Zügeln griff. »Schwierigkeiten auf dem Weg.« Er rang nach Atem, sein Gesicht war voller Schmutz.

»Was für Schwierigkeiten?«, fragte Trevin.

»Ich war auf dem Weg zum Schloss Rhydd, als ich einen Ritter entdeckte, die Tunika voller Blut, der in Richtung Black Oak ritt. Ein Pfeil steckte tief in seiner Schulter und ein anderer in der Flanke seines Pferdes. Ich habe ihn angerufen, doch er hat mich nicht gehört, er hat sich an den Sattel geklammert, um nicht vom Pferd zu fallen. Ich weiß nicht, wer er ist, doch er trug die Farben von Rhydd und hat besessen sein Pferd angetrieben.«

Trevin legte die Stirn in Falten. »Und dann?«

»Ich bin hierher zurückgeritten, so schnell mein Pferd laufen konnte. Ich weiß nicht, was geschehen ist, Mylord, aber ich fürchte, wir könnten in eine Falle laufen.«

Die Sorgen, die Trevin gehabt hatte, seit sie zu ihrer Mission aufgebrochen waren, wurden noch größer. Sie waren noch einen Tagesritt von Rhydd entfernt und zwei Tagesritte von Black Oak. Er rieb sich die angespannten Muskeln, als die Sonne aufging. »Bleibt hier«, befahl er der kleinen Gruppe von Männern. »Wartet auf mich. Ich komme zurück, und dann werden wir unsere Reise fortsetzen.«

»Wo wollt Ihr hin?«, fragte Stephen und rieb sich die Augen, während er sich in einem der Zelte ausstreckte.

Trevin hatte das Zaumzeug vom Dunklen genommen. »Ich weiß nicht, aber ich werde zurückkommen.«

»Und wenn Ihr das nicht tut?«, fragte Henry, und seine dunklen Augen blickten misstrauisch.

»Dann kehrt nach drei Tagen nach Black Oak zurück. Bis dahin wartet hier auf mich.« Er legte dem Hengst den Sattel auf, dann schickte er ein Gebet für die Sicherheit von Gwynn und Gareth zum Himmel. Angst hatte sich in seiner Seele eingenistet, doch er versuchte sie zu ignorieren.

Weder Gwynn noch ihrem Sohn würde ein Leid geschehen. Dafür würde er sorgen.

*Und was ist, wenn dir das nicht gelingt?*, quälte ihn sein Verstand, als er den Sattelgurt anzog und sich in den Sattel schwang. Er wollte nicht daran denken. Er würde seinen Sohn und die Frau, die ihn geboren hatte, retten oder er würde bei dem Versuch sterben.

»Bist du sicher, dass es das beste Pferd deines Vaters ist?« Orwin, der Stallmeister von Black Oak, war klein und untersetzt, ein bulliger Mann mit trüben kleinen Augen, die tief in seinem Kopf lagen und mit Armen, so dick wie Schinken. Das fragliche Tier lief an einer Leine im Kreis herum, die Orwin in der Hand hielt. Mit der anderen Hand knallte er mit der Peitsche, und das Pferd wechselte vom Gang in den Trab.

Ein Junge von ungefähr sechs oder sieben Jahre sah zu, wie das Pferd in den verschiedenen Gangarten ging, dann nickte er. »Aye, das ist Paddy, das ist ein gutes Pferd. Es hat für meinen Dad den Wagen gezogen.«

Hildy und Gwynn näherten sich den beiden, sie blieben in der Nähe der Ställe, außer Reichweite der Peitsche und des kräftigen Windes, der über das kurze Gras des Schlosshofes wehte und die ersten Wolken des Tages vor sich hertrieb. Gwynn wusste nicht mehr weiter. Zwei Tage waren vergangen, seit Trevin weggeritten war, und es hatte noch keine Möglichkeit gegeben, zu entkommen.

»Du weißt doch, dass deine Mutter dem Baron das beste Tier, das ihr besitzt, als Abgabe geben muss.«

»Das ist eine schlechte Steuer, hat meine Ma gesagt.«

»Aber es ist Gesetz.«

Der Junge nickte, obwohl Gwynn den Eindruck hatte, dass er keine Ahnung von Steuern und Abgaben hatte. Alles, was er begriff, war, dass sein Dad nicht mehr da war und dass jetzt der Lord, der diebische, mörderische Lord von Black Oak seiner Mutter ihr bestes Pferd nahm. Gwynn war nicht ganz wohl bei der Sache. Die Mutter des Jungen hatte Recht. Diese Abgabe war eine schlechte Steuer. »Paddy«, sagte der Junge und deutete auf das kränklich aussehende Tier, »war das Pferd meines Vaters.«

»Hmmm.« Orwin wandte sich um, er zog die Leine an und schnalzte mit der Zunge, und das Pferd ging zögernd in einen unsicheren Galopp über. »Ich muss erst noch die anderen Pferde sehen. Komm schon, du alter Klepper.« Er ließ das Pferd langsamer gehen, bis es schließlich stehen blieb. Mit erfahrenen Händen untersuchte er das Pferd, fuhr mit der Hand über seinen Rücken und öffnete sein Maul. »Sag deiner Ma, ich muss mit ihr reden. Wenn dieser Wallach wirklich das Beste ist, was ihr besitzt«, er ließ das Pferd los und deutete mit dem Daumen darauf, »dann müsst ihr eine ganz mitleiderregende Herde besitzen.«

Der Junge zuckte mit den Schultern, nahm die Zügel des Pferdes und kletterte auf seinen Rücken.

»Also, Mylady, tut mir Leid, dass Ihr warten musstet.« Orwin wischte sich die Hände an seiner schmutzigen Hose ab. »Wie kann ich Euch dienen?« Sein Lächeln zeigte unregelmäßige gelbe Zähne.

»Ich brauche ein Pferd.« Gwynn versuchte, entschlossen und sicher aufzutreten. Obwohl sie vorhatte, ein Pferd zu stehlen, wenn es nötig sein würde, so würde sie doch zuerst versuchen, eines vom Stallmeister zu bekommen.

»Wirklich?« Dunkle Schweißflecken zeigten sich auf der Tunika des Mannes, und auch wenn es ein windiger Nachmittag war, so bedeckten doch kleine Schweißtropfen seine Oberlippe. »Ich bitte um Verzeihung, Mylady, doch Lord Trevin selbst hat mir gesagt, dass Ihr Euch nur innerhalb der Schlossmauern bewegen dürft.«

Damit hatte sie gerechnet, dennoch machten Trevins Befehle sie schlagartig wütend. »Das habe ich auch gehört, aber es ist unnötig. Wenn es das Pferd ist, um das Ihr Euch Sorgen macht, so versichere ich Euch, dass ich eine gute Reiterin bin. Ich werde das Pferd des Barons gut behandeln.«

»Es geht nicht um das Pferd, Mylady. Der Lord hat gesagt ...«

»Ich bin nicht seine Gefangene«, unterbrach ihn Gwynn schnell. Sie war die ganzen Entschuldigungen leid, mit denen sie hier in Black Oak festgehalten wurde. Sie war höflich gewesen und hatte versucht, weder Sir Bentley noch James, den Verwalter, den Priester und auch sonst niemanden zu kränken, die sich alle darum bemühten, dass sie sich in dem Schloss zu Hause fühlte. Die Wahrheit jedoch war, dass sie nicht länger hier bleiben konnte. »Ich kann kommen und gehen, wie ich es möchte.«

»Nein, nein, das weiß ich. Der Baron hat deutlich gemacht, dass Ihr sein Gast seid.« Er zog beide Augenbrauen hoch. »Er hat gesagt, dass Sir Bentley und Hildy sich um Euch kümmern sollten.«

»Das tun die beiden auch«, stimmte ihm Gwynn zu. »Also, wenn ich jetzt bitte einen Sattel, Zaumzeug und das graue Pferd haben könnte ...«

Der Mann war es gewöhnt, Befehle entgegenzunehmen, doch war er nach wie vor unsicher. »Baron Trevin hat mir gesagt, dass Ihr versuchen würdet ... nun ja, das Schloss zu verlassen.«

Gwynn reckte das Kinn und starrte den Mann hochmütig

an. »Und das sollte ich auch. Wenn ich eine Gefangene wäre, hätte er mich dann nicht in mein Zimmer eingesperrt oder in den Kerker?«

»Aye.«

»Und hat nicht der Baron allen befohlen, sich um mich zu kümmern?«

»Ja, aber der Lord hat sich um Eure Sicherheit Sorgen gemacht. Er hat gesagt, dass es Männer in Rhydd gibt, die Euch Schaden zufügen wollten.«

»Wie können sie das tun, wenn sie in Rhydd sind?« Sie lächelte ihn betörend an, auch wenn sie dabei die Zähne zusammenbeißen musste. Wer war dieser Mann – dieser Stallmeister –, dass er ihr erlauben konnte, ob sie nun das Schloss verlassen durfte oder nicht? Selbst in der Zeit, als sie verheiratet war, hatte sie tun können, was sie wollte. *Weil dein Ehemann als Geisel festgehalten wurde.* Dennoch war sie in den letzten dreizehn Jahren ihr eigener Herr gewesen, und sie würde sich jetzt nicht von einem Diener befehlen lassen. Schon bald, wenn sie Ian wieder gegenüberstand, würde sich ihr Schicksal vielleicht ändern, aber vorher nicht. Sie hob den Kopf noch ein wenig höher und wollte gerade dem Mann befehlen, ein Pferd für sie zu satteln, als sie das Geräusch von Hufen im Schlosshof hörte.

Eine Trompete ertönte.

»Öffnet das Tor, um Himmels willen«, rief einer der Wachleute dem Torhüter zu.

»Aber er trägt die Farben von Rhydd . . .«

Gwynns Kopf fuhr hoch. Ihr Herz hörte auf zu schlagen.

»Um der Gnade des Lords willen, öffnet das Tor. Er ist verwundet!«, rief der Wachmann. Das Fallgitter wurde hochgezogen, und ein Pferd mit einem Reiter kam in den äußeren Schlosshof.

»Wer ist das?«, fragte Hildy und wandte sich um. »Oh, mein Gott, er blutet.«

»Oh, nein!« Furcht beschlich Gwynn. Sie erkannte den Reiter, es war Sir Charles, der einzige Mann, dem sie das Leben ihres Sohnes anvertraut hatte. Blut floss aus einer Wunde an seiner Schulter, und sein Pferd, das schweißbedeckt war, stolperte unsicher. Der Schaft eines Pfeiles steckte in seiner Flanke, und ein dunkles Rinnsal Blut rann am Hinterbein des Pferdes hinunter.

»Gütiger Jesus!«, flüsterte Gwynn, dann rief sie: »Charles!« Sie lief über den Schlosshof, ihre Röcke wehten hinter ihr, ihre Schuhe versanken in dem weichen Lehm. »Hol den Arzt«, befahl sie Hildy. »Und ... und meine Kräuter. Sofort!«

»Aber Mylady, denkt Ihr denn ...«

»Ich sagte, sofort!«

Charles' sonst so frisch aussehendes Gesicht war bleich wie der Tod, und er konnte den linken Arm nicht bewegen. Seine Tunika war blutverkrustet. Er fiel aus dem Sattel in Gwynns Arme. »Sir Charles«, flüsterte sie und legte ihn auf den feuchten Boden. »Oh, nein, nein!« Er atmete kaum noch, und seine Augen, mit denen er sie anstarrte, waren glasig. »Charles, hört mir zu. Ich weiß, dass Ihr mich hören könnt. Ihr seid hier in Black Oak Hall, und Ihr seid hier in Sicherheit. Gebt nicht auf. Ihr müsst kämpfen, bitte ... Charles ... Charles?«

»L-lady Gwynn?«, röchelte er.

»Ja, das bin ich.«

Charles war schon so lange in ihren Diensten, solange sie die Herrin von Rhydd gewesen war. Er hatte ihr zur Seite gestanden und hatte viele Stunden mit Gareth verbracht. Er hatte ihm beigebracht, wie er Pfeil und Bogen benutzte oder wie man ein Schwert schwang oder vom Himmel das Wetter ablesen konnte. Er war ihr Kämpfer gewesen und ihr Freund. Sie konnte ihn nicht verlieren. Das durfte nicht sein.

»Hört mir zu, ich bringe Neuigkeiten ...« Er hustete, es

rasselte in seiner Brust, und sein Gesicht wurde vor Schmerz noch blasser, seine Gesichtszüge verzogen sich. Obwohl er sie ansah, so war sie doch sicher, dass er sie gar nicht sehen konnte.

»Psst, Ihr müsst Euch schonen.«

Er hustete noch einmal, und Bauern und Diener sammelten sich um sie. Mary erteilte mit rauer Stimme Befehle. »Macht Platz für ihn, ihr lausigen Kerle, macht Platz. Und jemand – du Orwin, du solltest dich um das arme Pferd kümmern.«

»Wo ist der Arzt?« Gwynn schrie fast, und eine Wolke schob sich vor die Sonne.

»Es geht um Gareth«, sagte der Verwundete und umklammerte Gwynns Arm.

»Gareth?« Ihr stockte der Atem.

»Aye ... er ist in Rhydd ... im Kerker ...«

»Nein, Charles. Ihr irrt Euch, Ihr sprecht in Eurem Schmerz«, widersprach Gwynn, obwohl sie keinen Grund hatte, an seinen Worten zu zweifeln. »Gareth ... Gareth ist in Sicherheit!« *Woher willst du das wissen?*

»Mylady, es ist wahr. Er ... er soll gehängt werden.«

»Oh, Gott.« Angst griff nach ihrem Herzen, und sie konnte kaum atmen. Sie wollte ihm sagen, dass er log, doch sie brachte kein Wort heraus.

»Er ... er ist bei dem Alten ... dem Zauberer ... ich musste Euch ... Euch das sagen, aber ich wurde von Sir Webb entdeckt. Es war ... sein Pfeil, der mich verwundet hat ... ein weiterer Pfeil hat das Pferd getroffen ...« Seine Stimme erstarb.

»Charles! Charles!« Gwynn, die bis in ihr Innerstes aufgewühlt war, hielt ihn in ihren Armen. Sie fühlte, wie sein Blut auf ihr Kleid floss, als der Donner zu grollen begann. »Ihr dürft nicht aufgeben!« *Lieber Gott, rette diesen Mann und rette meinen Jungen. Lass ihn nicht sterben!*

Mit fliegendem Ornat kam Vater Paul angelaufen, er bahnte sich einen Weg durch die Menge, und als er den sterbenden Mann erblickte, fiel er auf die Knie. »Unser Vater im Himmel . . .«

»Ich habe ihn nicht gefunden!« Hildy drängte sich durch die Menge. »Der Arzt ist nicht in seiner Unterkunft, und niemand im Schloss weiß, wo er sich versteckt. Ein verdammter Dummkopf ist er, wenn Ihr mich fragt.« Atemlos reichte sie Gwynn den Korb mit Eiern, die jetzt alle zerbrochen waren und ausliefen.

Auch wenn Gwynn den Wunsch verspürte, aufzugeben, zu weinen und die Fäuste voller Zorn zum Himmel zu erheben, so nahm sie doch all ihren Mut zusammen. Jemand musste sich um den verwundeten Ritter kümmern und dann Gareth befreien. »Sir Charles soll in die große Halle gebracht werden – in das Sonnenzimmer«, befahl sie, und zwei Männer, die sie noch nie zuvor gesehen hatte, traten vor, um den verwundeten Ritter zu tragen. »Vorsichtig, bitte.« Sie wandte sich zu Hildy. »Ich brauche heißes Wasser und saubere Handtücher, Kerzen und roten Bindfaden.«

»Aye«, sagte das Mädchen, während die beiden Männer Charles vorsichtig ins Schloss schleppten. »Und Ihr«, wandte sich Gwynn an Sir Bentley. »Wenn Ihr die Absicht habt, mir zu folgen, dann macht Euch wenigstens nützlich. Sorgt dafür, dass sich jemand um das Pferd kümmert und haltet Ausschau nach noch mehr Verwundeten.« Grimmig fügte sie hinzu: »Charles ist vielleicht nur der Erste.«

»Jawohl, Mylady.«

Der Stallmeister drängte das Pferd, das zu Boden gefallen war, dazu, wieder aufzustehen.

»Ah, er ist eine Schönheit«, erklärte Orwin, der sich mehr für den neuesten Zugang zu den Ställen zu interessieren schien als für den verwundeten Soldaten.

Gwynn achtete nicht auf die Menschenmenge, die sich um

sie versammelt hatte. Die ersten Regentropfen begannen zu fallen, als sie sich den Weg durch die neugierigen Menschen bahnte. Sie dachte an Gareth im Kerker von Rhydd. *Lieber Gott, bitte lass ihn leben. Und wenn dieser Zauberer etwas wert ist, dann kann er vielleicht eine Zauberformel sprechen und einen Weg finden, zu fliehen.*

Wo war Trevin? Wusste er von Gareths Schicksal? Das Herz tat ihr weh, doch sie durfte sich jetzt keine Sorgen machen, nicht, solange sie sich um Sir Charles kümmern musste.

Im Sonnenzimmer wurde Sir Charles auf einen Tisch gelegt, mit jeder Sekunde schien das Leben mehr aus seinem Körper zu weichen. Er hatte das Bewusstsein verloren, und als Gwynn sich zu ihm beugte und seinen Namen flüsterte, bewegte er sich nicht.

»Es wird alles wieder gut«, versicherte sie ihm, obwohl sie an ihren eigenen Worten zweifelte. »Ruht Euch aus, Sir Charles.« Vater Paul kam in das Zimmer und schüttelte den Kopf. »Verliert nicht den Glauben«, schalt sie ihn. »Wir wollen noch nicht die letzten Riten hören.«

Mit der Hilfe von zwei Frauen zog Gwynn Charles seine Tunika aus und entdeckte die Wunde, eine frische, klaffende Wunde in seiner vernarbten Haut, die er sich in den Kämpfen zum Schutz von Rhydd und der Schlossherrin geholt hatte. Schuldgefühle nagten an Gwynn. Wie viel Schmerz hatte dieser stolze Mann ertragen, während er Schloss Rhydd und auch ihre Ehre beschützt hatte?

»Die Wunde ist tief«, sagte eine der Frauen, berührte die Wunde leicht und schüttelte dann den Kopf.

»Es wird alles wieder gut.« Gwynn säuberte die Haut um die Wunde herum von Blut und Schmutz.

»Es ist eine tödliche Wunde«, widersprach die andere Frau und schnalzte traurig mit der Zunge.

»Das wissen wir nicht. Kommt schon, redet nicht so. Wir müssen die Wunde nähen.« Gwynn hatte schon zuvor schlimme Wunden gesehen, und auch wenn die von Charles ernst war, so war er doch ein kräftiger Mann. Während der Priester sich bekreuzigte und die Augen schloss und in einer Ecke des Raumes für Charles Seele betete, wusch Gwynn die Wunde mit heißem Wasser aus und begann dann, sie zu nähen.

»Es ist zu spät, fürchte ich«, unkte das Mädchen, doch Gwynn hörte nicht auf sie. Vorsichtig nähte sie Muskeln, Sehnen und Haut zusammen, dann wusch sie sich die Hände.

»Ihr könnt jetzt gehen«, wandte sie sich an den Priester und zog ihren Korb heran.

»Warum . . . oh, nein«, sagte Vater Paul, als er sah, dass sie ihr Messer und Kerzen aus dem Korb holte. »Ihr werdet nicht die Geister in diesem Haus rufen, Mylady.«

»Ich werde tun, was getan werden muss.« Sie starrte den Mann der Kirche an, und er seufzte und betrachtete sie mit besorgtem Blick.

Als sie sich weigerte, nachzugeben, seufzte er noch einmal und griff dann nach seinem Rosenkranz. »Ich werde für Eure Seele beten.«

»Und ich für die Eure.«

Während der Priester mit bleichem Gesicht und die Frauen in dem Sonnenzimmer ihr zusahen, zündete Gwynn die Kerzen an und verstreute heilende Kräuter in der Luft. Leise sang sie eine Zauberformel, dann warf sie Stückchen von Äpfeln, Rosen und wilden Beeren in die Flammen der Kerzen und des Feuers im Kamin. »Rettet diesen gutherzigen Mann«, bat sie und machte Knoten in den roten Bindfaden und band ihn vorsichtig um Charles Schulter.

»Bitte, Lady Gwynn, ruft nicht die dunklen Mächte hier an!«, flehte Vater Paul erneut.

»Ich habe nur um Hilfe gebeten.«

»Aber die Anrufung der dunklen Mächte ist verboten. Bitte, ich bitte Euch noch einmal, verunglimpft dieses christliche Schloss nicht.«

»Ich suche Hilfe, wo ich kann«, fuhr Gwynn ihn an und legte die Hände auf Charles' Brust. Sie verschloss ihre Gedanken vor dem Stammeln des Priesters und konzentrierte sich ganz auf die Heilung, sie ließ ihre Energie von ihren Händen zum Quell des Schmerzes fließen. In Gedanken sah sie die Wunde von innen, fühlte die Hitze und die Kälte dort, wo Sir Charles die Schmerzen fühlte.

Als ihre Energie nachzulassen begann, sagte sie: »Ich wünsche Euch wohl, Sir Charles.«

Er bewegte sich nicht, doch sie fühlte, dass das Lebensblut, das aus seinem Körper geflossen war, gestillt war. Ihre Beine waren schwach, ihr Körper ausgelaugt, als sie ihren Dolch und die Kräuter in die Tasche steckte. Während der Priester in der Nähe des Fensters auf die Knie sank und die Frauen sich wieder um den verwundeten Soldaten kümmerten, schlüpfte Gwynn aus dem Zimmer.

Auf der Treppe begegnete ihr der Arzt, der gleich zwei Stufen auf einmal nahm und schwer atmete. »Der Patient?«, fragte er.

»Er lebt. Er ist im Sonnenzimmer.« Sie deutete in die Richtung und lehnte sich gegen die kühle Mauer, während die Kerzen flackerten und ein schwaches, honigfarbenes Licht über alles warfen. Sie konnte nichts mehr tun für Sir Charles, diesen tapferen Ritter.

Aber sie konnte ihrem Sohn helfen. Noch ehe Ian ihn hängte.

Gott sei Dank hatte das Schicksal ihr eine neue Fluchtmöglichkeit geboten.

Während sich im Schloss noch alles um die Ankunft von Sir Charles drehte und Orwin damit beschäftigt war, das verwundete Pferd zu retten, plante Gwynn, Black Oak zu verlassen und nach Rhydd zu reiten. Sir Bentley war anderweitig beschäftigt, und auch Hildy war nicht länger in ihrer Nähe.

Sie dachte an Trevin, doch entschied sie sich dann, so weit wie möglich von ihm fernzubleiben. Nicht nur konnte sie ihrem Herzen nicht trauen, wenn er in ihrer Nähe war, er hatte sie auch verführt und dann in diesem Schloss gefangen gehalten.

Ihr eigensinniges Herz schmerzte, denn sie fürchtete, dass sie ihn nie wieder sehen würde. Doch jetzt hatte sie keine Zeit zu verlieren. Nein, sie musste allein nach Rhydd reiten. Wenn sie erst einmal im Schloss wäre, würde sie sich der Gnade von Ian ausliefern. Die Galle stieg in ihr auf, doch sie schluckte den schlechten Geschmack hinunter. Sie würde alles ertragen können, sie würde sogar das Bett mit Ian teilen können, wenn er dafür Gareth freiließ.

»Sei mit mir«, betete sie, weil sie dringend Kraft brauchte.

Ihre erste Sorge war, ein Pferd zu finden. Der Graue kam ihr in den Sinn, doch Gwynn würde nicht wählerisch sein, solange das Pferd schnell und sicher war. Als sie die letzten Stufen hinunterlief, schickte sie noch ein Gebet für Gareths Sicherheit zum Himmel und für ihre eigene Fähigkeit, eines von Trevins Pferden zu stehlen. Der Gedanke wärmte ihr Herz.

Niemand hielt sie auf, als sie durch die große Halle eilte und die Tür öffnete.

Draußen war der Tag bereits in die Nacht übergegangen, schwarze Wolken türmten sich am Himmel. Starker Wind trieb den Regen vor sich her. Die Mädchen versuchten hastig, die Wäsche von der Leine zu nehmen, die neben dem Kräutergarten gespannt war. Jungen zogen die Köpfe ein, während sie die Schafe in den Pferch am anderen Ende des Schlosshofes trieben, Gwynn duckte sich und lief an ihnen vorüber.

Im Stall versorgte Orwin das verwundete Pferd, er sprach so sanft mit ihm, wie Gwynn es niemals erwartet hätte. Einige Jungen halfen ihm bei der Versorgung der anderen Pferde im Stall, und es gab keine Möglichkeit, eines der Pferde zu nehmen, ohne dabei aufzufallen.

Das Herz sank ihr, als sie den Stall verließ und mit zusammengekniffenen Augen in den Sturm blickte, ehe sie hinauslief. An der Ecke der Hütte des Steinmetzes entdeckte sie nicht nur ein Pferd, das an einen eisernen Ring angebunden war, sondern gleich zwei. Der Schmied beugte sich über seinen Amboss, er drehte ihr den Rücken zu, und noch ehe Gwynn richtig nachdenken konnte, lief sie schon auf die Tiere zu. Es gelang ihr, den Zügel eines graubraunen Wallachs zu lösen, mit dem er festgebunden war. Seine schwarze Mähne und sein Schwanz wehten im Wind, seine Ohren stellten sich auf, als sie näher kam. Er wieherte leise, als Gwynn sich ohne Sattel auf seinen nassen Rücken schwang.

Der Schmied sah nicht auf von seiner Arbeit.

Mit laut klopfendem Herzen zog Gwynn ihren Umhang fester um sich und zog die Kapuze ins Gesicht, und obwohl ein Wachmann ihr etwas zurief, ritt sie durch das Tor unter dem Fallgitter her und ignorierte ihn.

»Halt!«, schrie der Mann.

»Hey! Wartet! War das nicht die Lady?« Die Stimme von Sir Bentley ertönte vom westlichen Wachturm.

»Oh, verdammt, um der Liebe Christi willen!«

»Wenn sie das wirklich war, wird der Baron uns allen bei lebendigem Leib die Haut abziehen!« Bentley klang verzweifelt, und Gwynn verspürte ein leises Schuldgefühl, das sie aber sogleich beiseite schob. »Schneller!«, befahl sie dem Pferd und beugte sich vor. »Lauf wie der Wind!«

Das Pferd gehorchte. Seine Schritte wurden größer. Die Hufe donnerten auf dem Weg. Es rannte durch den Regen, vorbei an Reisenden, Ochsenkarren und Wagen. Mit den Hufen wirbelte es den Lehm auf, den Hals hatte es weit vorgestreckt, und es galoppierte so schnell, dass Gwynn die Kapuze vom Kopf flog und ihr Haar wie eine Fahne hinter ihr flatterte. »Lauf«, befahl sie dem Pferd. Würden die Soldaten ihr folgen? Oh, Himmel, das hoffte sie nicht, denn dann würde sie nicht nur versuchen müssen, den Rittern von Black Oak zu entkommen, sondern sie würde sie zu der wartenden Armee von Rhydd führen. Selbst jetzt schon konnten Ians Soldaten auf genau dieser Straße unterwegs sein. »Lauf! Lauf! Lauf!«

Wenn sie klug wäre, würde sie wenig benutzte Seitenstraßen benutzen, die sich durch die Felder und Hügel wanden, die die beiden Schlösser voneinander trennten. Sie könnte den Wald als Deckung nutzen und dennoch Rhydd schon übermorgen erreichen, wenn sie Tag und Nacht ritt, allerdings nicht vor der Abenddämmerung. Doch das machte nichts. Sie hatte keinen Plan, wie sie ihren Sohn würde retten können, nur den, sich selbst zu opfern und Ian ihrer unsterblichen Treue zu versichern. Und auch wenn ihr bei diesem Gedanken ganz übel wurde, so schluckte sie doch ihren dummen Stolz hinunter. Es war das Opfer wert, wenn Gareth dafür am Leben bleiben konnte.

Und was war mit Trevin?

»Der Bastard mit dem schwarzen Herzen«, knirschte sie, als der unebene Weg, der voller Pfützen war, sie in den Wald führte. Wie hatte sie sich nur so übertölpeln lassen können von seiner Liebe? Bei dem Gedanken daran fühlte sie einen ziehenden Schmerz in ihrem Herzen und eine Antwort tief in ihrem Unterleib. Wie konnte er sie nur so vollkommen lieben und sie dann herzlos allein lassen und sie in seinem eigenen Schloss wie eine Gefangene halten? Oh, wenn sie ihn wieder sah, dann würde sie ihm die Hände um den Hals legen und ... und was? Ihn erdrosseln? Ihn schütteln, bis er zu Verstand kam? Oder ihn küssen, bis ihrer beider Beine weich waren?

Sie war dumm gewesen, sich ihm hinzugeben, in seinen Armen zu liegen, einzuschlummern und immer wieder von seinen erregenden Küssen und dem brennenden Gefühl seiner nackten Haut an ihrer aufgeweckt zu werden.

Es stimmte, er war ihr einziger Geliebter gewesen. Oh, klar, sie hatte mit ihrem ersten Mann geschlafen, hatte das Bett mit ihm geteilt und sich gewundert über seine merkwürdigen Zärtlichkeiten.

Trotz all ihres Widerspruchs und ihrer Argumente hatte ihr Vater ihretwegen mit Roderick von Rhydd verhandelt, so wie er beim Verkauf eines seiner preisgekrönten Hengste verhandelte.

Sie hatte ihr Heim am Tag ihrer Hochzeit verlassen, ihr Ehemann hatte ihr erklärt, dass er von ihr erwartete, ihm viele Söhne zu schenken. In dieser Nacht und in den Wochen danach, hatte sie das Bett mit ihm geteilt und hatte versucht, sich dem ekelhaften Akt zu unterwerfen. Sie hatte Rodericks leidenschaftslose Küsse und auch seine kalten Hände über sich ergehen lassen. Aye, er hatte sie bestiegen, doch niemals hatte er eine Erektion gehabt, es war ihm nie gelungen, in sie einzudringen. Natürlich hatte er sie dafür verantwortlich gemacht, er hatte sie gezwungen, widerwärtige Dinge zu tun, doch auch die hatten bei ihm keine Erektion bewirken können.

An dem Tag, an dem er in die Schlacht gezogen war, hatte er es noch einmal versucht, er hatte darauf bestanden, dass sie sich erniedrigte, indem sie wie ein Hund vor ihm kniete, damit er sie von hinten nehmen konnte. Sie hatte die Erniedrigung erduldet, doch nur um zu fühlen, dass er wieder einmal versagte. Er hatte sie heftig geschlagen, dann war er losgeritten und hatte ihr versichert, dass sie es bedauern würde, wenn sie ihm nicht die gewünschten Erben schenkte.

Die Bedeutung seiner Worte war sehr deutlich gewesen. Es gab bereits zwei tote Ehefrauen, die ihm auch keine Kinder geschenkt hatten.

Es war keine Überraschung gewesen, als Idelle vor dreizehn Jahren Gwynn in ihrem Zimmer eröffnet hatte, dass sie nicht schwanger war, und dennoch hatte sie es nicht glauben wollen. Es war reines Glück gewesen und Trevins Geldgier, dass er an diesem Tag in ihr Zimmer geschlichen war. An diesem ersten Nachmittag, als sie ihre Jungfräulichkeit an einen Dieb verloren hatte, hatte sie erfahren, wie die Liebe sein konnte, und all die Jahre hatte sie sich danach gesehnt.

Trevin, dieser verflixte Kerl, hatte sie nicht enttäuscht. Seine Berührungen hatten jetzt, wo er ein erwachsener Mann war, ihre Leidenschaft noch mehr angefacht. Trotz ihres Zorns auf ihn wusste sie, dass sie nie für einen anderen Mann diese Eindringlichkeit, diese Lust, verdammt, diese Liebe fühlen könnte, die sie für ihn fühlte.

Es war ihr ganz eigenes Geheimnis. Niemand, ganz besonders nicht der diebische Baron selbst, würde je etwas von den Gefühlen tief in ihrem eigensinnigen Herzen erfahren.

Sie preschte weiter durch den Regen, und sie entdeckte weder einen Wachmann noch einen Ritter von den beiden Schlössern.

Irgendwann in der Nacht, als ihre Finger vor Kälte erstarrt waren und ihre Beine taub, verzogen sich die Wolken, und die Regenschauer, die sie bis jetzt begleitet hatten, machten einem klaren Nachthimmel Platz.

Wie Juwelen waren die Sterne am schwarzen Himmel verstreut, und ein großer runder Mond warf ein schwaches, silbernes Licht über die Landschaft.

Ihr Pferd war müde, Schweiß und Lehm hatten sein goldenes Fell ganz dunkel gemacht, und auch sie fühlte die Müdigkeit in all ihren Knochen. Obwohl der Drang, weiterzureiten, bis sie vor den Toren von Rhydd stand, fast übermächtig war, so hatte sie doch keine andere Wahl, als ihren Ritt zu unterbrechen, um sich auszuruhen.

»Du warst ein gutes Pferd«, sagte sie und streichelte den

Hals des Pferdes, als sie die Zügel anzog und das Tier langsamer gehen ließ.

Am Ufer eines Stromes stieg sie ab und ließ das Pferd trinken, dann wusch sie sich das Gesicht und die Hände. Ihr Rücken schmerzte, ihre Beine versagten ihr nach den langen Stunden im Sattel den Dienst, dennoch öffnete sie ihre Börse und warf Staub in die Luft für Gareths Sicherheit.

»Und jetzt zu dir, Hildy«, sagte sie, als wäre das Mädchen bei ihr. Vorsichtig zeichnete sie Runen in das Flussbett, dann sprach sie einen Zauberspruch und hoffte, dass er den Fluch auflösen würde, von dem Hildy sicher war, dass er über Black Oak Hall ausgesprochen worden war. Das Mädchen war natürlich einfältig, doch es sorgte sich um sein ungeborenes Kind.

»Sei mit ihnen allen«, betete sie zu Gott, der nur sehr selten ihre Gebete erhört hatte. Dann führte sie das Pferd auf eine kleine Lichtung, wo das Wintergras ihm ein wenig Nahrung bot. Nachdem sie es an einen jungen Baum gebunden hatte, suchte sie Schutz unter den ausladenden Ästen einer Kiefer mit langen Nadeln.

Der Boden war trocken, die alten, abgefallenen Nadeln boten ihr ein weiches Kissen auf der harten Erde. Sie zog ihren Umhang um sich und achtete nicht auf den nagenden Hunger in ihrem Magen und die dumme Sehnsucht nach Trevin. Sie brauchte nur an ihre letzte gemeinsame Nacht zu denken, um wieder zu fühlen, wie ihre Haut unter seinen Berührungen geprickelt hatte, wie sich seine warmen Lippen auf ihren Mund gepresst hatten und welch berauschende Gefühle sein kräftiger männlicher Körper in ihr hervorgerufen hatte.

»Hör auf«, murmelte sie. Sie musste schlafen, musste sich auf den nächsten Tag vorbereiten, wenn sie Ian von Rhydd gegenübertreten würde. Ihrem Ehemann. Dieser Gedanke war fürchterlich, doch wenn sie an Gareth dachte, wandelte sich ihr Herz zu Eis. Er durfte nicht sterben! Sie würde alles tun, alles, um ihn zu retten.

Sie hatte keine Zeit, an den lügnerischen Bastard zu denken, der sie so wundervoll geliebt und sie dann ohne ein Wort verlassen hatte.

Der Schlummer kam schnell. Sie lauschte dem leisen Klirren des Zaumzeugs ihres Pferdes, das an dem Gras zupfte, dem Seufzen des Windes in den Ästen über ihr und dem Quaken eines einsamen Frosches, als ihre Träume sie einhüllten.

Erst viel später, als eine Wurzel sich in ihren Rücken bohrte und sie sich bewegte, hörte sie noch ein anderes Geräusch – ein Knacken von Holz, das zerbrochen wurde und die leisen Schritte eines Menschen. Angst stieg in ihr auf. Sie war sofort hellwach und holte ihren Dolch aus der Scheide.

»Die Lady ist also aufgewacht«, hörte sie eine wohl bekannte Stimme.

Ihr Herz setzte einen Schlag lang aus.

Trevin von Black Oak, dieser verdammte, lügnerische Kerl, trat aus dem Schatten. Groß und beeindruckend verschränkte er die Arme vor der Brust und sah mit gerunzelter Stirn auf sie hernieder. »Warum bin ich gar nicht einmal überrascht, Weib, dass du mir nicht gehorcht hast?«

# 12

»Von dir nehme ich keine Befehle entgegen.« Gwynn kam auf die Beine. Ihr Herz raste, das Blut rauschte in ihren Ohren, und sie hätte am liebsten den Mann geschüttelt, der es wagte, so vor ihr zu stehen. »Wie hast du mich gefunden?«

»Glück«, gestand er ihr mit einem Lächeln, bei dem seine Zähne weiß in der Dunkelheit aufblitzten. Er war völlig schwarz gekleidet, der Schatten eines Bartes lag um sein

Kinn. Seine Augen waren jetzt so dunkel wie die Mitternacht. Sie erinnerte sich, wie sie in diese Augen geschaut hatte, während er sie langsam und sinnlich geliebt hatte. Nur um sie dazu zu bringen, ihm zu vertrauen. Oh, was war sie doch für ein Dummkopf gewesen.

»Glück«, wiederholte sie und verspottete ihn. »So wie das Glück, das du hattest, als du das Schloss von Lord Dryw gewonnen hast?« Er machte sich nicht die Mühe, ihr zu antworten, und sie trat einen Schritt näher. Ihr Zorn wuchs, als sie sich an all die Erniedrigungen erinnerte, die sie ertragen hatte, weil er sie wie eine Geisel gehalten hatte, denn das war es, was er in Black Oak Hall mit ihr gemacht hatte. »Du . . . du hattest kein Recht, mich als deine Gefangene zu halten!«

»Ich wollte dich lediglich in Sicherheit wissen.« Seine Stimme war so leise wie das Meer, wenn sich die Gezeiten ändern.

»Das war nicht deine Absicht, Mylord.« Schleierwolken bedeckten den Himmel, sie verdeckten einen Teil der Sterne, und der Wald schien sich um sie herum zu schließen, als wären sie beide die einzigen Menschen auf der Welt. »Ich . . . ich kann ganz gut für mich selbst sorgen.«

»Kannst du das?« Er zog spöttisch eine seiner dunklen Augenbrauen hoch und schaute sie so lange an, bis sie kaum noch atmen konnte. Ihr Magen verknotete sich, ihr Hals wurde eng.

Sie hörte die Geräusche der Nacht, das Summen der Insekten, das entfernte Rufen einer Eule und das Gluckern eines Baches, der hinter dem Dickicht aus Eichen und duftenden Fichten rann. Oh, was war das doch für ein grausames Schicksal, dass er ihre Gedanken so verwirren konnte, wo sie doch keine Zeit hatte, keine Zeit, weil sie Gareth retten musste.

»Habe ich das denn nicht in den letzten dreizehn Jahren getan?«, forderte sie ihn heraus. »Ich habe mich nicht nur um mich selbst gekümmert, sondern auch um meinen Sohn und habe ein Schloss geführt.«

»Ja, und jetzt bist du eine Braut, die vor ihrem Ehemann davongelaufen ist, unser Sohn ist verbannt und sieht vielleicht dem Tod ins Auge, und dein Schloss ist in den Händen eines Mannes, der dein eingeschworener Feind ist.«

»Und alles nur deinetwegen!« Sie würde nicht zulassen, dass er alles verdrehte. Schließlich war es genauso gut sein Fehler. Sie strich sich das Haar aus dem Gesicht, und einer seiner Mundwinkel zog sich belustigt hoch, als er eine lange Haarnadel aus ihrem zerzausten Haar zog. Seine Finger berührten ihre Wange, und ihr Hals wurde trocken. Wild und doch zärtlich. Bedrohlich und doch sanft. So war Trevin, der Bandit.

Kurz dachte sie daran, seine harten, schmalen Lippen zu küssen, mit ihm zusammen auf den Boden zu sinken. Doch das konnte sie nicht tun. Es stand viel zu viel auf dem Spiel. »Weißt du, dass man Gareth gefangen hat?«

»Nein.« Sein Gesichtsausdruck wurde hart.

»Es stimmt, Trevin. Obwohl er ernsthaft verwundet war, ist Sir Charles nach Black Oak geritten, um mir zu sagen, dass unser Sohn jetzt Gefangener auf Rhydd ist. Wie es scheint, sind sowohl er als auch dein Freund, der Zauberer, in den Kerker geworfen worden.« Ihr Herz wurde schwer bei dem Gedanken, dass ihr eigener Sohn in dem elenden Gefängnis unter den Türmen des Schlosses lag, das er als sein Zuhause gekannt hatte.

Trevin biss die Zähne zusammen, und in seinen Augen blitzte eine rasende, tödliche Wut. »Einer meiner Männer hat einen verwundeten Mann gesehen, der die Farben von Rhydd trug und nach Black Oak geritten ist. Er hat auch Webb gesehen, und er glaubt, dass er es war, der ihn angegriffen hat.«

»Aye, das hat Charles gesagt. Zweifellos hat Ian angeordnet, dass Charles ermordet werden sollte, um ihn daran zu hindern, mir die Neuigkeit von Gareths Gefangennahme zu bringen.« Gwynn schüttelte sich die Tannennadeln aus dem Haar und griff nach ihrem Dolch.

»Es scheint so.« Er blickte zum nachtschwarzen Himmel und sah dann wieder Gwynn an. »Mach dir keine Sorgen, ich werde sowohl Gareth als auch Muir befreien.«

»Nein«, wehrte sie ab, denn auch wenn sie schrecklich wütend auf ihn war, so wusste sie doch, dass Trevin den Tod finden würde, wenn er Ian gegenübertrat. Und der Gedanke, dass er tot sein würde, dass sie ihn nie wieder sehen würde, war eine Qual, die sie nicht ertragen konnte. »Ich werde zu ihm gehen. Ian wird mit mir verhandeln.«

»Verhandeln?« Er schnaufte verächtlich.

»Ich werde mich selbst anbieten.«

»Wieso glaubst du, dass er den Handel mit einer Frau einhalten wird, die ihm bereits versprochen ist?« Trevin rieb sich den Nacken, und er runzelte seine Augenbrauen.

Sie selbst hatte sich diese Frage auch bereits gestellt, doch fand sie keine Antwort darauf. »Ich denke . . . wenigstens hoffe ich, dass er mir eine Freude machen möchte.«

»Und wenn das nicht so ist?«, fragte Trevin.

Ihre Blicke trafen sich und hielten einander gefangen. »Dann denke ich, dass ich keine andere Möglichkeit haben werde, als mich auf dich zu verlassen, Dieb.«

Trevin bückte sich so weit, dass seine Augen auf gleicher Höhe mit ihren waren. Sein warmer Atem strich über ihre Haut. »Mach keinen Fehler, Weib. Unserem Sohn wird kein Leid geschehen«, schwor er.

»Wie kannst du da so sicher sein?«

»Dein Mann ist nicht so dumm, das Risiko einzugehen, dass ich mich an ihm rächen werde.« Seine Nasenflügel blähten sich. »Außerdem benutzt er unseren Sohn als Lockmittel.« Trevin musterte sie und für eine atemlose Sekunde verlor sie sich in seinen Augen. »Er wagt es nicht, ihm etwas zuleide zu tun, denn du bist es, die er haben will.«

»Und dich will er auch.«

Er nahm ihre Hand und zog sie vom Baum weg. »Nein, Mylady. Ian will mich tot – oder lebendig, damit er mich mit großem Aufwand töten kann.«

»Dann werde ich mich selbst in seine Gewalt . . .«

»Diese Möglichkeit wird er gar nicht erst erhalten«, schwor Trevin.

»Aber . . .« Die Vorstellung, dass Ians Schwert Trevin ums Leben bringen sollte, war zu schrecklich, um sie ertragen zu können. »Du kennst ihn nicht. Er ist vielleicht viel älter als du, aber mit dem Schwert und dem Messer ist er sehr schnell.«

»Nicht schnell genug, Mylady«, versprach Trevin. Er legte seine Hand in ihren Nacken und zog ihren Kopf näher zu sich. »Solange ich lebe und atme, wirst du dich niemals diesem Schuft hingeben.«

»Aber für Gareth . . .«

»Psst. Du musst wissen«, erklärte er, und sein Atem strich über ihr Gesicht, »ich werde dich niemals enttäuschen, Gwynn von Rhydd. Und ich werde auch nicht zulassen, dass du dich selbst oder deinen Sohn in Gefahr bringst. Wenn du an nichts anderes in der Welt glaubst, dann glaube wenigstens daran, dass du mir vor allem anderen vertraust.«

Sie schluckte und versuchte, das heiße Begehren, das in ihr aufstieg, zu unterdrücken. Doch er war ihr zu nahe, er war viel zu männlich.

Sein beunruhigender Duft mischte sich mit dem Geruch des regenfeuchten Waldes. Sie fühlte seine Wärme und das beginnende Gefühl der Lust in ihrem Körper. »Ich . . . das kann ich nicht.«

»Versuch es«, murmelte er, und seine Lippen berührten hauchzart die ihren.

O Gott, war das ihr Herz, das so laut dröhnte?

»Bitte, Trevin ... oh, nein ...«

Das blasse Mondlicht lag auf ihrem Gesicht, als er sie in seine starken Arme nahm und seine kühlen, drängenden Lippen auf ihre presste. Sie fühlte Verzweiflung in seinem Kuss, ein wildes Verlangen, das ihr bis in die Seele drang.

Sie hatte keine Zeit für diesen Wahnsinn, sie konnte ihr Schicksal nicht in die Hände eines Mannes legen, der sich aus ihrem Bett stahl und sie zu seiner Geisel machte. Sie konnte es nicht, sie würde es nicht ...

All ihr Widerstand schwand.

Ihre Lippen öffneten sich seinem Kuss. Sein Körper spannte sich an, als er sie küsste, als würde er nach ihr verlangen, als würde er sie brauchen und ebenfalls gegen dieses Verlangen ankämpfen.

Nur zu willig öffnete sie ihren Mund seiner fordernden Zunge, warm und feucht drang sie in ihren Mund, berührte sie, verbrannte sie, spielte mit der ihren.

Er zitterte heftig, und sie war verloren. Sie wusste, dass sie einen Fehler machte, als sie sich an ihn schmiegte und die Arme um seinen Hals legte.

»Gütiger Jesus«, flüsterte er. »Verzeih mir.«

Er zog sie mit sich zu Boden, und Gwynn verschloss sich gegenüber allen Zweifeln, die ihr durch den Kopf schossen. Aye, das war falsch. Aye, sie würde es für den Rest ihres Lebens bedauern, sich ihm hingegeben zu haben, doch nein, sie würde ihn nicht aufhalten. Die heutige Nacht könnte die Letzte sein, die sie je zusammen verlebten, es könnte das letzte Mal sein, dass sie seine Küsse fühlte, das letzte Mal, dass sie seinen Körper auf sich spürte. Ohne jeden Zweifel schloss sie die Augen, sie zehrte von seiner Kraft und fühlte, wie sich die dunkle, unversöhnliche Nacht um sie schloss, während sie sich dem einzigen Mann hingab, den sie je geliebt hatte.

»Ich hasse diesen Bastard.« Gareth hockte in diesem Rattenloch von einem Gefängnis vor Muir und starrte ihn an. Ihm war kalt, er war geschlagen und hungrig und wollte jetzt die Wahrheit wissen.

Der alte Mann bewegte sich, doch wachte er nicht auf.

»Und ich glaube, du bist ein lügnerischer, einäugiger Dummkopf.«

»Was ... hast du gesagt?« Der alte Zauberer, der auf der Seite lag, öffnete ein Auge.

»Trevin von Black Oak. Dieser mörderische Dieb. Ich hasse ihn. Er ist *nicht* mein Vater.« Gareth würde nichts von all dem Unsinn glauben. Sein Vater war also nicht der Baron. Fein. Er brauchte keinen Erzeuger. Er war bis jetzt auch ganz gut ohne Vater ausgekommen ... nun, außer der Tatsache natürlich, dass er jetzt ein Gefangener in einem elenden Verließ war und gehängt werden sollte.

»Ah, Junge. Trevin ist ein guter Mann.« Schnell hob Muir die Hand, als er sah, dass Gareth protestieren wollte.

»Ich sehe keine Anzeichen dafür«, brummte Gareth, als die Wache mit klirrenden Schlüsseln die Zellentür öffnete. Ratten huschten durch das schmutzige Stroh.

»Du. Alter Mann. Der Baron will mit dir reden.« Der Wachmann rülpste und kratzte sich seinen Bauch, während Muir langsam auf die Beine kam und den Rücken durchdrückte, bis seine Wirbel knackten. »Komm jetzt.«

Gareth sah den Anflug eines Lächelns auf den Lippen des Zauberers. »Versuche, etwas über meine Mutter herauszufinden«, bat er ihn. »Und über Boon.« Er umklammerte die Gitterstäbe, als Muir von der Wache aus dem Kerker geführt wurde. Es war ein entsetzlicher Ort, voll mit Ungeziefer aller Art, das durch die Löcher in den brüchigen Wänden schlüpfte, und es stank nach schimmeligem Essen und nach Urin.

Wenn seine Mutter ihn jetzt sehen könnte, würde sie auf der Stelle umkippen. Es wäre besser, wenn sie es nie erfahren würde. Mutter, dachte er, ich habe dir gegenüber versagt. Er hätte nie erwartet, dass er sie vermissen würde, oft hatte er geglaubt, dass ihre Bevormundung ihn störte, doch, oh, was würde er jetzt darum geben, sein glückliches, unbeschwertes Leben zurückzuhaben, als er noch als der Sohn des Barons angesehen wurde.

»Frisches Stroh für die Gefangenen«, rief eine Stimme vom oberen Ende der Treppe, und Gareth riss erstaunt die Augen auf, als er Tom entdeckte, den Sohn des Metzgers, der ein Bündel Stroh auf seinem Rücken trug. »Wohin soll ich es bringen?«

Der zweite Wachmann, der zurückgeblieben war, saß auf einer Bank unter einer schwach brennenden Fackel. »Irgendwohin«, murmelte er. »Wen interessiert das? Ihr elendes Leben ist sowieso nichts mehr wert.«

Tom, der unter seiner Last taumelte, ließ das Bündel in der Nähe von Gareths Zelle fallen und öffnete die Schnur, die es zusammenhielt. »Um Himmels willen, Gareth, wie hat man dich denn gefangen?«, flüsterte er.

»Das ist doch egal.«

»Ich habe schon immer gesagt, dass du ein Blödmann bist.« Seine dicken Finger lösten die Schnur, und er warf einen schnellen Blick über seine Schulter zurück. Als er feststellte, dass der Wachmann nicht zu ihm hinsah, schob er einen kleinen Teil des Strohs zwischen die Gitterstäbe, dann richtete er sich wieder auf.

»Was ist mit Boon?«, fragte Gareth leise.

»Das weiß ich nicht.«

»Hey! Was ist da los?« Der Wachmann hatte die Unterhaltung zwischen dem Gefangenen und dem Arbeiter bemerkt. Er musterte Tom misstrauisch.

»Nichts. Der arme Kerl will, dass ich ihm ein paar Würste vom Koch hole. Ha!« Tom spuckte auf den Boden, dann wandte er sich ab und ging davon.

»Hier wird nicht geredet, habt ihr mich gehört?«, knurrte der Wachmann, und sein misstrauischer Blick wanderte von Zelle zu Zelle.

Gareth antwortete nicht, und er berührte auch nicht das kleine Bündel Heu, das neben ihm lag. Erst als der Wachmann seine Aufmerksamkeit auf die anderen Gefangenen richtete, durchsuchte Gareth das trockene Bündel, und er fand eine Schleuder, die aus Knochen und Leder angefertigt war. Zwei Steine steckten ebenfalls darin, doch es war kein Problem, in den brüchigen Mauern des Verlieses Steine zu finden. Ah, Tom war also doch gar kein so schlechter Kerl, dachte Gareth, und seine Finger schlossen sich um seine neu erworbene Waffe. Er konnte es kaum erwarten, sie an einem der brutalen Kerle auszuprobieren, die ihn hier hereingeschleppt hatten.

Niemand sollte es wagen, Hand an ihn zu legen. Der Wagemutige würde sich glücklich schätzen können, wenn er dabei nicht ein Auge verlor.

»Ich kenne dich.« Ian strich sich nachdenklich über das Kinn, als er mit übergeschlagenen Beinen auf seinem Sessel saß. Die große Halle war fast leer, doch die verlockenden Gerüche von gebratenem Fleisch und Gewürzen hingen noch im Raum. Eine hölzerne, mit Silber beschlagene Trinkschale in seiner Hand war mit Wein gefüllt, und der süße Duft der fermentierten Trauben stieg in Muirs Nase und lenkte ihn ab. Einige Wachleute standen an den Türen, doch sie schienen nicht interessiert an ihrem Herrn, sie wurden erst aufmerksam, als ein hübsches Mädchen an ihnen vorüberging. »Wir sind uns irgendwo begegnet.«

»Jeder in diesem Königreich hat von Muir gehört«, erklärte der Zauberer sarkastisch. Oh, was würde er darum geben, einen Schluck aus der Schale des Herrn nehmen zu dürfen. »Es sind meine übersinnlichen Kräfte, die mich vom Rest der Bevölkerung abheben.«

»Ihr sollt nicht scherzen«, befahl Ian und rieb Daumen und Zeigefinger gegeneinander. »Es liegt mir auf der Zunge. Ich kann mich nicht erinnern, wo und wann wir einander begegnet sind, doch es wird mir schon noch einfallen.« Er presste die Lippen zusammen und konzentrierte sich.

Muir machte ein ausdrucksloses Gesicht, denn es würde nur schaden, wenn sich der Lord plötzlich wieder erinnerte und ihm die verdammungswürdige Wahrheit wieder einfiel. Ihre Begegnung lag schon Jahre zurück, aye, als sowohl Muir wie auch Ian noch junge Männer gewesen waren. Schuldgefühl stieg in ihm auf, denn sie beide waren es gewesen, die diese blutige Kettenreaktion begonnen hatten. »Ich verstehe nicht, warum Ihr den Jungen in Eurem Kerker einsperrt«, meinte er.

»Er ist ein Verräter. Er hat den Baron umgebracht.«

»Nein, nein.« Muir schüttelte seinen kahlen Kopf. »Er ist doch noch ein Junge, dummerweise wollte er die Ehre seiner Mutter schützen.«

Ian schnaufte, und zu Muirs Enttäuschung trank er die Schale leer. »Ehre?« Die Adern in seinem Gesicht wurden sichtbar, als langsam der Zorn in ihm aufstieg. »Es ist keine Ehre und auch keine Tugend, die Dirne eines Diebes zu sein.« Er stöhnte, als er aufstand, zog sein Schwert und betrachtete die lange, glänzende Klinge, in der sich das goldene Licht des Feuers widerspiegelte. »Aber ich werde mich mit ihr befassen. Sie wird bald erscheinen, denn ich habe ihr ein Geschenk geschickt – einen verwundeten Boten mit der Neuigkeit, dass ihr Sohn eingesperrt worden ist.«

Muir verspürte einen dumpfen Schmerz in seinem schlimmen Auge.

»Der Dieb wird ihr folgen.«

Ein heftiger, stechender Schmerz fuhr durch Muirs Gehirn. Er beugte sich vor und presste die Hand vor sein Auge. Nicht jetzt! Er durfte jetzt keine Vision bekommen, doch so sicher wie die Tatsache, dass er geboren worden war, kam jetzt die Vision, und er sah Trevin und Gwynn zusammen, wie sie auf Rhydd zuritten.

Auf Ians Soldaten zu.

Auf den Galgen zu.

Auf ihren Tod zu.

Sein Mund war ausgetrocknet, und sein Herz fühlte sich an, als wäre es verbrannt worden.

Ians Stimme drang aus weiter Entfernung zu ihm. »Es ist nur noch eine Frage der Zeit, und dann, alter Mann, wird die Rache mir gehören.«

Nein, sie wird mir gehören, dachte Muir, als die Qualen seinen ganzen Körper erfassten. Und Ihr, Lord Ian, werdet für all Eure Sünden bezahlen.

Trevin verfluchte sich selbst. Er war ein Idiot, daran bestand überhaupt kein Zweifel. Er stützte sich auf einen Ellbogen und starrte auf Gwynn hinunter, die noch immer schlummerte und nicht ahnte, dass die Morgendämmerung bereits ihr erstes graues Licht über den Wald schickte. Ein einsamer Wintervogel hatte begonnen, sein Lied zu singen.

Gwynn war eine Schönheit. Daran bestand kein Zweifel. Ihre Haut war weiß und rein, ihr kastanienbraunes Haar umrahmte mit vorwitzigen Löckchen ihr ovales Gesicht mit der kessen Nase und dem energischen Kinn. Lange, gebogene Wimpern lagen über ihren Wangen, die pfirsichfarben angehaucht waren. Ihre Lippen waren leicht geöffnet, ihr Atem ging regelmäßig, und er wusste, dass unter ihrem Umhang, mit dem sie sich zugedeckt hatte, ihr nackter Körper fest und verlockend war, ein herrlicher Ort der Freuden und der Zuflucht.

Ein Ort, den er sich geschworen hatte, niemals mehr zu suchen.

Er malmte mit dem Unterkiefer. Niemals hatte er so für

eine Frau gefühlt, doch diese Frau hier, mit ihrem feurigen Temperament und der flinken Zunge hatte irgendwie den Weg unter seine Haut gefunden. Er konnte nicht genug von ihr bekommen, und auch wenn sein Glied wund war, weil er sie in dieser Nacht so oft besessen hatte, so verlangte er nach wie vor nach mehr.

Sanft strich er ihr eine Strähne ihres Haares von der Wange und fragte sich, warum sie ständig in seinen Gedanken spukte. Der Grund dafür war nicht ihre Schönheit, andere Frauen waren auch schön. Und es war auch nicht, weil sie die Mutter seines Sohnes war, auch andere Frauen hätten ihm das Kind gebären können, nach dem er sich so sehr sehnte. Nein, da war noch mehr. Sie faszinierte ihn mit ihren hellbraunen, manchmal waldgrünen Augen, ihrem offenen Lächeln und ihrem wachen Verstand. Sie war so tapfer, dass sie schon beinahe tollkühn war. Für eine Frau ihres Standes reagierte sie äußerst unumwunden, auch für jemanden, der nicht nur an Gott glaubte, sondern auch an Mutter Erde und ihre Magie.

Es war nicht so, dass er ihr deshalb einen Vorwurf machte. Sehr oft, so schien es, war Gott taub gegenüber Gebeten. Hatte er das nicht selbst erlebt, als Faith und das Baby Alison gestorben waren? Schuldgefühle stahlen sich wieder in sein Herz und pressten es mit eiserner Faust zusammen. Er hätte Faith lieben sollen, doch wenn er ganz ehrlich war, hatte er das nicht getan. Obwohl er nie mit einer anderen Frau geschlafen hatte, so hatte er für sie doch niemals die gleichen Gefühle gehegt wie für diese Frau mit ihrer scharfen Zunge.

Auch wenn Gwynn mit einem anderen Mann verheiratet war.

Oh, was war er doch für ein Idiot. Es schien ganz unmöglich zu sein, nicht mit ihr zu schlafen, auch wenn sie zu seinen Feinden gehörte. Zuerst war sie die Frau Rodericks gewesen – wenn auch nur dem Namen nach. Und jetzt gehörte sie Ian. Gütiger Himmel, hatte er denn nicht bei ihr sein können, als sie gerade keinen Ehemann hatte? Insgeheim verfluchte er sich dafür.

Er kannte falsche Ehen. Hatte er nicht selbst Faith aus einem Schuldgefühl heraus geheiratet, weil er das Schloss ihres Vaters gewonnen und dann voller Entsetzen zugesehen hatte, wie er sich selbst in den Tod gestürzt hatte? Seine Bemühungen, den alten Mann zu retten, waren vergebens gewesen und waren ihm zum Verhängnis geworden. Viele, die in den Mauern von Black Oak lebten und zugesehen hatten, wie er mit Dryw gerungen hatte, hatten angenommen, dass Trevin den alten Lord über die Brüstung in den alten Schlosshof gestoßen hatte und hatten ihm nicht geglaubt, dass er versucht hatte, den betrunkenen Trottel zu retten. Auf jeden Fall hatte er dabei verloren, und als Sühne hatte er Faith geheiratet. Es war sein Fehler, dass sie ihren Vater und ihr Zuhause verloren hatte, und er musste seine Schuldgefühle beruhigen.

Aber geliebt hatte er sie nicht. Bei der Geburt ihrer Tochter hatte er sich ihr nahe gefühlt und hatte sie tröstend in seine Arme geschlossen, als das Baby nicht geatmet hatte. Er hatte Faith und ihr tot geborenes Baby festgehalten, während sie geweint hatte, und er hatte ihr geholfen, den Verlust ihres Kindes zu akzeptieren. Doch sie hatte sich geweigert, seinen Trost anzunehmen.

Es war ihm nicht gelungen, sie zu retten. Als Faith auf ihrem Totenbett gelegen hatte, hatte er ihr geschworen, dass er sie liebte, doch sie hatte ihn nur mit sorgenvollem Blick angesehen und hatte den Kopf geschüttelt.

»Lüg mich nicht an, Trevin McBain«, hatte sie gesagt und die Hand gehoben, um ihm über das Haar zu streichen.

»Das würde ich nicht tun.«

»Oh, du magst mich. Aye, dir liegt sogar etwas an mir«, hatte sie schwach gelächelt. »Aber du solltest uns beide nicht mit einer Lüge beschämen.«

Er hatte ihre kalten Lippen geküsst und sie hatte, mit ihrem toten Kind im Arm, ihn angefleht, niemals eine andere zu lieben.

*Schwöre es mir, Trevin, dass du niemals eine andere Frau lieben wirst. Schwöre es.*

Er hatte an ihrem Grab geschworen, dass er niemals wieder heiraten würde, niemals wieder so tun würde, als würde er eine andere Frau lieben. Er hatte diesen Schwur gehalten – bis heute Morgen, während er auf die einzige Frau hinunterblickte, die ihn dazu bringen konnte, diesen Schwur zu brechen.

Die Frau eines anderen Mannes.

Selbst jetzt noch wollte er sie mit einem Kuss aufwecken. Stattdessen widerstand er dem mächtigen Drang, sie noch einmal zu nehmen. Ärgerlich über sein Schicksal zog er seine Hose an und schlüpfte in seine Tunika. Er würde nicht mehr daran denken, wie sie einander geliebt hatten, denn es benebelte nur seinen Verstand. Er brauchte einen klaren Kopf, und außerdem hatte sich ihm ein neues Problem in den Weg gestellt – was sollte er mit ihr machen? Er war nicht überrascht, dass sie seinen Wachen entkommen war, viele von ihnen waren nur schlecht ausgebildet und waren ihm nicht treu. Die besten Männer aus seinem Schloss hatte er mitgenommen, bis auf Henry, den Jungen, den er aus einem Pflichtgefühl heraus zu seinem Ritter gemacht hatte.

»Lady«, sagte er, und seine Stimme war rauer und tiefer als üblich. Sanft schüttelte er ihre Schulter. »Wach auf. Es ist Zeit, dass wir zu den anderen zurückkehren.«

Sie reckte sich und lächelte ihn an, als sie die Augen öffnete, leuchtete in ihren braungrünen Tiefen ein silbernes Licht. »Mmm. Oh, Mylord«, flüsterte sie und zwinkerte ihm zu. »Hast du keine Zeit, mich noch einmal zu küssen?«

»Nein, wir müssen weiter . . .«

»Es wird nicht lange dauern«, flötete sie, und wieder einmal wurde er seinen Vorsätzen untreu. Er verfluchte seine

Schwäche, zog sie in seine Arme und küsste sie, als die Sonne über die Hügel im Osten stieg. Ihr warmer, schläfriger Körper schmiegte sich an seinen, und er wusste tief in den dunkelsten Regionen seiner Seele, dass er verloren war. Er würde sich noch ein letztes Mal mit ihr vereinen, denn es würde keine andere Vereinigung mehr geben, und wenn sie begriff, wie er geplant hatte, sie zu hintergehen, wäre sie so wütend auf ihn, dass sie ihn nie wieder würde küssen wollen.

Ihr Liebesspiel war bittersüß, und er hielt die Augen offen und sah zu, wie die Sonnenstrahlen ihr Haar aufleuchten ließen. Für immer würde sich dieses Bild in seine Erinnerung brennen, denn es wäre das letzte Mal, dass er ihre makellose Haut liebkoste, dass er fühlte, wie ihr der Atem stockte, dass er ihre sanften Finger spürte, die in dem krausen Haar auf seiner Brust nach seinen Brustwarzen suchten, das letzte Mal, dass er das herrliche Gefühl ihrer Zunge auf seiner Haut fühlte.

Allmächtiger Gott, er würde sie vermissen.

Doch er hatte keine andere Wahl.

»Wir müssen ihnen helfen, das sage ich Euch«, drängte Idelle. Sie trabte in der kleinen Kapelle hin und her und bedachte den Priester mit einem Blick, unter dem er sich hoffentlich winden würde. Was war er doch für ein Geistlicher, immer ließ er sich von einem Pagen auspeitschen, bis sein Rücken blutig war – das war doch verderbt.

»Ich kann mich nicht gegen die Wünsche des Lords stellen.«

»Warum nicht? Oh, Ihr seid ein Einfaltspinsel, Vater Anthony.«

»Es ist nicht Gottes Wille.« Er wischte mit dem Ärmel den goldenen Kelch ab, dann stellte er ihn in einen Schrank, in dem silberne und goldene Kreuze sowie kostbare Becher aufbewahrt wurden.

»Glaubt Ihr denn, dass es Gottes Wille ist, dass der Sohn von Lady Gwynn wie ein Krimineller eingesperrt worden ist?«

»Er ist ein Verräter. Er hat den Lord umgebracht.« Eine große Traurigkeit legte sich über sein Gesicht. »Das ist das Gesetz.« Vater Anthony schloss den Schrank ab und steckte den Schlüssel tief in die Taschen seiner Kleidung.

»Und Ihr seid an höhere Gesetze gebunden, weil Ihr ein Priester seid, ist das nicht so? Sind nicht die Verpflichtungen Gott gegenüber geheiligter als irdische Verordnungen und Besitztümer?« Ihr Blick schweifte immer wieder angelegentlich zu dem geschnitzten, abgeschlossenen Schrank.

»Wer seid Ihr, dass Ihr mir Vorschriften machen könnt, Weib? Ich kenne Eure dunklen Künste. Habe ich nicht absichtlich weggesehen, wenn Ihr die Namen Eurer heidnischen Götter genannt habt? Man sagt, Ihr sprecht Zauberformeln aus, und Ihr stimmt nicht die Gebete der Kirche an, sondern Ihr phantasiert von Teufeln und Dämonen und ähnlichem. Es ist an der Zeit, dass Ihr den ersten Schritt macht, Tochter, und Euren üblen Künsten abschwört.«

Idelle stand dem Priester ganz nahe gegenüber. Ihre Augen waren vielleicht schwach, doch ihr Herz bei weitem nicht. »Es ist nichts Übles, Vater, das ich anbete, sondern nur Dinge, die gut und weise sind. Ich glaube an den christlichen Gott, aye, aber es liegt auch eine Magie in der Erde, dem Wind und dem Meer, die ich für ewig benutzen werde. Außerdem haben wir gar keine Zeit, uns über Gut und Böse zu streiten, denn wir wissen doch beide, was das ist. Wir sprechen hier von einem Jungen, Vater Anthony, vom Sohn von Lady Gwynn, und von einem alten Mann, der bald sterben wird.«

»Von dem Zauberer.«

»Aye.«

»Auch er übt die Künste aus, die verboten sind. Ich flehe Euch an, Idelle, s-sucht in Eurem Herzen. Schaut auf Gott.«

»Und ich flehe Euch an, Vater Anthony«, sagte sie, und der Blick aus ihren milchigen Augen richtete sich auf ihn, »in Eure eigene Seele zu schauen. Wer seid Ihr, frömmlerisch mit dem Finger zu deuten? Ich kenne Euch, Anthony, ich habe Eurer armen toten Mutter geholfen, Euch auf die Welt zu bringen. Ich habe zugesehen, wie Ihr von einem Kind zum Manne geworden seid, und ich habe weggesehen, als ich begriff, was aus Euch geworden ist.«

Er schluckte. »I-ich w-w-weiß nicht, w-w-was Ihr meint.«

»Sicher wisst Ihr das, Vater«, erklärte ihm Idelle und sah durch den Schleier ihrer Augen, wie sein Adamsapfel nervös auf und ab hüpfte. »Und jetzt solltet Ihr an das Gute in Rhydd denken, an die Menschen in seinen Mauern und ganz besonders an Lady Gwynn und ihren Sohn.«

»Ich . . . ich werde dafür beten.«

»Tut das.« Idelle bekreuzigte sich und knickste vor dem Altar, dann wandte sie sich schnell ab und verließ diesen Schwachkopf von einem Priester. Er war eine ernsthaft gestörte Seele, jemand, der nicht in einen Spiegel blicken konnte, ohne zurückzuschrecken. Sie hoffte nur, dass er sein Herz erforschen würde, denn sie brauchte verzweifelt Hilfe, wenn sie die Absicht hatte, den Sohn der Lady zu befreien.

Die letzten Klagen waren gehört worden, und Ians Kopf schwirrte. Die Streitigkeiten waren nichtig. Einer der Bauern stritt mit seinem Nachbarn über die Größe seines Landes, ein hungernder Farmer bat um Verzeihung, weil er ein Reh im Wald gewildert hatte, und der Koch jammerte ständig, weil der Verwalter die Gewürze nicht in Vorrat hielt und dass das Mahlgeld, die Gebühr für das Mahlen des Getreides, nicht genügte, um die Nachfrage nach Brot zu befriedigen. Das alles war viel zu viel für Ian, und er fragte sich, wie Roderick, und nach ihm Gwynn, alle im Schloss friedlich gehalten hatten. Obwohl er sie über so viele Jahre hinweg beobachtet und ihr seinen Rat angeboten hatte, hatte er sie doch nicht bei ihrer Arbeit beobachtet. Gwynn hatte in der Abwesenheit ihres Mannes über Rhydd geherrscht und hatte auch noch diesen verflixten Jungen ohne jegliche Schwierigkeiten großgezogen. Und er hatte niemals, während sie dafür verantwortlich gewesen war, etwas von der unterschwelligen Rebellion gefühlt, die momentan im Schloss zu herrschen schien.

Er stand auf und reckte sich, dabei versuchte er den Schmerz in seinem Bein zu ignorieren. Seine Wunde heilte langsam, aber schon bald würde nur noch eine Narbe übrig bleiben vom Schwert von Trevin von Black Oak.

»Bastard«, zischte er, als Webb näher kam, der von seinem Platz an der Tür aus dem Lord zugesehen hatte, wie er mit den Leibeigenen verhandelte. »Habt Ihr Neuigkeiten von meiner eigensinnigen Frau?«, fragte er, obwohl er die Antwort bereits kannte.

»Nein. Sie ist so schlüpfrig wie ein Aal.«

Ian musste ihm zustimmen.

»Und weil sie bei Trevin von Black Oak ist, ist sie noch viel schwieriger zu finden.«

Ian sah die Belustigung im Blick des Ritters und wusste, dass nicht nur Webb allein insgeheim darüber lachte, dass dem neuen Baron Hörner aufgesetzt wurden.

Die meisten Menschen im Schloss, er eingeschlossen, glaubten, dass Gwynn bei Trevin war. War er nicht der Vater ihres Kindes? Hatte er nicht Jahre zuvor mit ihr geschlafen? Ihre Ehe mit Roderick hatte sie nicht davon abgehalten, mit dem Dieb ins Bett zu gehen, und sicher würde sie auch ihren Eheschwur mit Ian, den sie ihm im Austausch für das Leben ihres Sohnes gegeben hatte, nicht ernster nehmen.

Er wollte Sir Webb in seine Schranken verweisen, doch verkniff er sich die scharfe Antwort, weil er wie immer glaubte, dass der, der zuletzt lachte, am meisten lachte, und dass niemand, nicht einmal der Dieb oder Ians Frau, die Dirne, ihn übertölpeln würden.

»Ihr seid Soldat«, wandte er sich an Webb. »Ein Soldat, der meinem Bruder geholfen hat, aus dem Gefängnis zu entkommen, wo er viele Jahre festgehalten wurde. Sicher können doch eine schwache Frau und ein gewöhnlicher Dieb nicht so schlau sein, Euch hinters Licht zu führen.«

Die Gemeinheit in Webbs Blick verschwand. »Das ist nur eine Sache der Zeit.«

»Gut.« Ian zog eine Augenbraue hoch. »Ich würde nämlich nicht gern feststellen, dass das Vertrauen, das ich in Euch gesetzt habe, nicht gerechtfertigt ist.«

»Nein, Mylord«, erklärte Webb steif, doch dann zögerte er. »Es ist allerdings eine Frage der Bezahlung.«

»Bezahlung? Wofür?«

»Für die Ergreifung des Jungen.« Webb presste die Lippen zusammen.

»Ich habe Euch versprochen, dass Ihr dafür bezahlt werdet, nicht wahr?« Ian strich sich über das Kinn. »Und ich denke, dass Ihr dafür eine Belohnung bekommen solltet, auch wenn der Junge schließlich ganz von selbst in das Schloss hereinmarschiert ist.«

Die Anspannung im Gesicht des dunkles Ritters löste sich ein wenig.

»Ich werde dafür sorgen«, meinte Ian und nickte. »Aber da die Sache so einfach war, möchte ich, dass Ihr noch etwas für mich tut.«

»Noch mehr?« Webb schnaufte, und Ian wischte seine Zweifel beiseite. »Macht Euch keine Sorgen, ich habe gesagt, ich würde Euch für Gareth bezahlen, und das werde ich auch tun. So war unser Handel. Jetzt möchte ich, dass Ihr die Verräter innerhalb des Schlosses ausfindig macht. Trevin und die Lady konnten nicht entkommen, ohne dass sie Hilfe hatten. Hört Euch den Klatsch an, lasst von Männern Eures Vertrauens die Verstecke hier in Rhydd durchsuchen, achtet auf alle ganz genau und findet heraus, wer seine Treue nicht mir schwören würde, wenn es darauf ankäme.«

Webb stützte sich auf sein Schwert. »Gibt es denn jemanden, dem Ihr nicht vertraut?«

»Ich vertraue niemandem.« Er winkte einem der Pagen zu, damit man ihnen zwei Becher Wein brachte, dann wartete er, bis der Page seinen Befehl ausgeführt hatte und setzte sich zusammen mit Sir Webb an den Tisch. »Beginnt mit der alten Frau – der Hebamme –, die sich um meine Frau gekümmert hat.«

»Idelle?«

»Aye. Obwohl sie beinahe blind ist, sieht sie alles.« Ian drehte seinen Becher zwischen den Fingern. »Dann seht Euch die freien Männer an. Dem Metzger blitzt das Misstrauen aus den Augen, der Zimmermann ist viel zu still, und der Steinmetz ist eine grüblerische, düstere Seele.«

»Glaubt Ihr, dass sie Eure Feinde sind?«

»Vielleicht.« Ian nippte an seinem Wein und ließ ihn genüsslich durch die Kehle rinnen, während er den Becher in den Händen drehte. »Aber es gibt noch andere, Soldaten in unserer Armee, die die Waffen gegen mich erheben würden, wenn sie die Wahl hätten zwischen meiner Frau und mir.«

»Und wie steht es mit dem Priester?«, fragte Webb.

»Vater Anthony?« Ian legte die Stirn in Falten. Dieser Mann hatte schon immer etwas an sich gehabt, das ihn gestört hatte, aber er konnte nicht genau sagen, was es war. »Nein, er ist ein Feigling, dessen bin ich sicher. Er hat kein Rückgrat und ist nervös, aber er war meinem Bruder treu ergeben und würde es nicht wagen, sich mir zu widersetzen.« Er dachte einen Moment angestrengt nach, doch dann schob er Webbs Bedenken beiseite. »Um ihn braucht Ihr Euch keine Sorgen zu machen.«

»Lord Ian!« Ein Wachmann näherte sich. »Wir haben Sir

Keenan gefunden, so nackt wie an dem Tag, an dem er geboren wurde. Völlig schmutzig ist er durch den Wald gestolpert.«

»Sir Keenan?«

»Der Ritter, der in der Nacht vermisst wurde, als Trevin von Black Oak entkommen ist«, erklärte Webb, der die Hand auf sein Schwert gelegt hatte.

»Aye«, stimmte der Wachmann zu.

»Aber er lebt?«

»Kaum. Er ist zusammengebrochen, noch ehe wir ihn durch das Tor bringen konnten. Er plappert vor sich hin wie der Dorfidiot und erzählt nichts als Unsinn. Wir . . . wir haben ihn bis zum Haus des Armbrust-Machers gebracht, denn der alte Mann ist sein Vater.«

Ian presste die Lippen zu einem dünnen Strich zusammen. »Ich werde sofort mit Keenan sprechen. Vielleicht erinnert er sich an das, was in dieser Nacht geschah, und weiß, wer die Verräter sind, die dem Banditen bei der Flucht geholfen haben.« Es wäre eine süße Rache, herauszufinden, wer ihm untreu war, wirklich eine süße Rache.

»Wenn ich herausfinde, wer diese Verräter sind, dann werde ich dafür sorgen, dass sie bestraft werden, so sehr, dass sie ihr elendes Leben gerne verlieren werden.« Er trank seinen Becher aus und stellte ihn heftig auf den Tisch. Dann sah er Sir Webb an und fügte hinzu: »Wenn ich mit den Verrätern fertig bin, werden sie wünschen, sie wären nie geboren worden.«

# 13

»Vertraut Ihr dem Bogenmacher?«, fragte Webb, als er neben Ian über den Schlosshof ging. Nebel stieg vom Fluss her auf und hüllte das Schloss in seinen durchsichtigen Schleier.

Ian warf dem dunklen Ritter einen Blick von der Seite zu. »Habe ich nicht gesagt, dass ich niemandem vertraue?«

»Das ist sehr weise.«

Obwohl das Leben im Schloss im gleichen Rhythmus weiterzugehen schien, so fühlte man doch unterschwellig eine gewisse Unruhe, so dunkel und geheimnisvoll wie ein Strudel. Ian spürte es, wenn er über die Wege und Straßen von Rhydd ging. Es war nichts, was man sehen konnte, nur ein Gefühl, dass es Menschen im Schloss gab, die nichts lieber tun würden, als ihm die Gurgel durchzuschneiden.

*Aber wer?*

Der Bauer mistete die Ställe aus. Er nickte den beiden zu, als sie vorübergingen. »Guten Tag, Mylord«, sagte er und lächelte breit, als wisse er nicht, dass er nach Dung stank, und so, als sei er eines Verrates gar nicht fähig.

Schafe blökten in ihrem Pferch. Ein Schwein quiekte protestierend, als der Sohn des Metzgers ein Seil um seinen Hals band. Hammerschläge dröhnten. Der Stellmacher reparierte ein Karrenrad, und der Zimmermann stützte den Strebebalken eines Daches ab, unter dem die Wildvögel lebend gehalten wurden, bis der Koch sie in der Küche brauchte.

Die beiden nickten höflich. »Mylord«, begrüßten sie Ian und widmeten sich wieder ihrer Arbeit, als sei alles in Ordnung. Waren sie ihm treu ergeben oder waren die beiden nur gute Schauspieler? Er wusste es nicht. Aber er würde es herausfinden. Auf die eine oder die andere Art.

Zusammen mit Webb ging Ian an der Hütte des Waffenschmiedes vorüber, wo der untersetzte Mann auf einem

Schleifstein Schwerter schärfte. Das Knirschen des Metalls auf dem Schleifstein grellte durch den ganzen Schlosshof.

Nachdem er die Waffe geschliffen hatte, reichte der Waffenschmied sie an seinen Sohn weiter, der die geschärften Klingen polierte, bis sie hell und tödlich glänzten. Der Mann und sein Sohn nickten Ian zu, doch sie sahen ihm nicht in die Augen. Das war ein schlechtes Zeichen. Ein sehr schlechtes Zeichen. »Seht Euch diese beiden ganz genau an«, flüsterte Ian Webb zu. War der Schwertmacher ihm treu ergeben oder seiner verräterischen Frau?

Seit Gwynns Flucht hatte Ian das Gefühl, als würden ihn misstrauische, gefährliche Blicke verfolgen und das eisige Starren derjenigen, die seine Herrschaft in Frage stellten. Sogar unter den Dienern in der Küche und der Wäscherei gab es eine schweigende, doch ständig fühlbare Ablehnung, ein Strom der Unredlichkeit, der sich an den Wänden vorbeizustehlen schien und sich in den schattigen Ecken des Schlosses versteckte und dort geduldig wartete, bis er ihn, wenn er es am wenigstens erwartete, vernichten konnte.

Es war ein beunruhigendes Gefühl, und er schlief nicht nur mit seinem Schwert an seiner Seite, sondern auch mit einem Dolch unter seinem Kopfkissen. Er versuchte sich einzureden, dass diese bösen Schwingungen verschwinden würden, wenn Gwynn wieder zurückgekehrt wäre und ihren rechtmäßigen Platz an seiner Seite als Herrin von Rhydd eingenommen hätte.

Falls sie das tat.

Die Tür der Hütte des Bogenmachers war offen, im Inneren hingen an Haken die verschiedensten Armbrüste, die repariert werden mussten. Der Raum war klein und eng. Parr, der Mann, der die Armbrüste herstellte, war ein kleiner Mann, dessen Figur nichts von seiner Kraft ahnen ließ.

»Ah, Mylord, ich bin froh, dass Ihr gekommen seid, um den gefallenen Krieger zu besuchen«, sagte er, nickte und rieb sich die knotigen Finger. Er wurde für seine Dienste sehr gut bezahlt, daher schien es unwahrscheinlich, dass er seinen Herrn betrügen würde. Doch Ian hielt sich mit seinem Urteil zurück, während sich seine Augen an das schwache Licht in der Hütte gewöhnten.

Sir Keenan lag auf dem Tisch. Jemand hatte eine schmutzige Decke über ihn geworfen, doch darunter war er so blass wie der Tod, er zitterte, seine Augen waren weit aufgerissen, und der Speichel lief ihm aus dem Mund. »Nein ... nein ... oh, Jesus Christus ...«

Der Arzt, ein alter gebeugter Mann, sah in Keenans Augen und schüttelte den Kopf. »Er ist schon fast tot, Mylord.«

»Nun, dann tut etwas. Ich muss mit ihm reden.«

»Da gibt es nichts mehr zu tun. Wir können ihm nur etwas Wasser einflößen und warten.« Der hagere Mann schnalzte mit der Zunge und legte die Stirn in tiefe, besorgte Falten. »Sir Keenan? Der Lord von Rhydd ist hier und möchte mit Euch sprechen.«

»Nein ... nein ... nein ...«, flüsterte er mit blauen Lippen.

Ian hatte genug gesehen. »Keenan! Was zum Teufel ist Euch zugestoßen?«

Der Mann blickte nicht in die Richtung des Lords, er glotzte nur auf die staubigen Balken über seinem Kopf.

»Keenan, wacht auf!«

Der Mann zitterte und bebte, doch er antwortete nicht.

»Er hat Wunden und blaue Flecken und dies hier ...« Der kahle Kopf des Arztes nickte bedächtig, während er die Decke von der Brust des Soldaten zog, wo drei große, gleichmäßige klaffende Wunden seine Haut verletzt hatten. Das Blut war getrocknet, die Wunden eiterten. »Vielleicht war es ein Bär oder ein Vielfraß oder sonst ein wildes Tier.«

Webb zog das Schwert aus der Scheide. »Das hier wird ihn zum Reden bringen.«

»Nein. Er ist sowieso verloren. Steckt das wieder weg!« Ian deutete auf Webbs Waffe. Auch wenn die Geduld noch nie zu seinen Tugenden gehört hatte, so wusste er doch, dass Keenan selbst mit einer Schwertklinge am Hals nicht aufwachen würde. Zu dem Arzt gewandt, meinte er: »Sobald er aufwacht, lasst mich holen – nein, noch besser, bringt ihn in die große Halle und lasst einen der Wachleute bei ihm. Ich will sofort gerufen werden, wenn er sich rührt.«

»Aye«, stimmte der Arzt ihm zu. »Doch ich fürchte . . .«

»Wo hat man ihn gefunden?« Ian war nicht in der Stimmung für weitere Erklärungen.

»Ungefähr eine Meile vom Schloss entfernt. Er ist im Kreis herumgelaufen.«

Ian seufzte. »Wir werden hier nichts mehr erfahren. Wir müssen warten, bis Sir Keenan aufwacht.«

»*Falls* er aufwacht«, grunzte Webb, und Ians schlechte Laune wurde noch schlechter. Es war fast so, als wäre der Teufel selbst sein Feind und kein sterblicher Mann – nein, ein niedriger Dieb. *Habe Vertrauen,* sagte er sich insgeheim, als er in die große Halle zurückging. Es war nur noch eine Frage der Zeit. Früher oder später würde Trevin zurückkehren und dann, bei Gott, würde Ian bereit sein für ihn.

»Wir teilen uns in zwei Gruppen auf.« Trevin spielte mit seinem Dolch, er hockte in der Nähe des Feuers, wo zwei Enten und ein Kaninchen auf einem Spieß brieten. Zischend tropfte das Fett ins Feuer, und die Flammen loderten hell auf, der Rauch stieg zu den kahlen Ästen empor in den winterblauen Himmel.

Seine Gruppe von Soldaten, acht Männer insgesamt, versammelte sich um ihn und gab Gwynn genügend Raum. Ihr waren die hochgezogenen Augenbrauen der Männer nicht entgangen, als Trevin sie mit in das Lager gebracht hatte, sie hatte beobachtet, wie sie einander ansahen und ihr Gesichtsausdruck von Belustigung bis hin zu Missbilligung reichte, als Trevin ihnen erklärt hatte, dass sie Sir Bentley hintergangen hatte und aus Black Oak geflohen war.

»Die erste Gruppe wirst du führen, Gerald. Nimm Henry, York, Winston und Nelson mit.« Mit seinem Dolch deutete Trevin auf die einzelnen Männer. »Ihr werdet die Gruppe sein, die die anderen ablenkt, ihr werdet Ians Soldaten vom Schloss weglocken.«

»Und Ihr werdet nicht bei uns sein?«, fragte Henry, offensichtlich verwirrt.

»Nein.«

»Aber warum sollten sie uns dann folgen?«

»Weil sie glauben werden, dass ich bei euch bin. Ihr dürft Ians Soldaten nicht zu nahe an euch heranlassen, weil einer von euch auf meinem Pferd sitzen wird – auf dem Hengst, der Sir Webb gehörte – und da ihr alle Helme tragen werdet, sollte es nicht zu schwierig sein, die Soldaten vom Schloss wegzulocken. Denn sie werden glauben, dass ich der Reiter auf dem Dunklen bin.«

»Und wenn sie uns nun nicht folgen?«, fragte Winston, der über die Situation nachdachte und seine Schnurrbartenden zwirbelte.

»Glaubt mir, vor allem anderen will Webb sein Pferd zurückhaben. Es war eine bittere Erniedrigung, ein solches Pferd zu verlieren, und Webb ist ein stolzer Mann. Also, wenn Ians Armee Rhydd erst einmal verlassen hat und hinter euch herjagt, werden wir anderen uns ins Schloss begeben.«

»Auch die Lady?« Sir Henry schien dieser Gedanke nicht zu gefallen.

»Aye. Sie wird bei mir sein.« Trevins Blick hielt den des jüngeren Mannes gefangen, um weitere Einwendungen zu unterdrücken. »Aber wir werden noch eine weitere Ablenkung brauchen«, erklärte er der Gruppe. »Einer von euch muss sich als Frau verkleiden.«

Die Männer hielten alle mitten in ihren Bewegungen inne, Sir Winstons Finger hielten seine Schnurrbartenden fest.

Henry hatte sich gerade am Kopf gekratzt. Seine Hand blieb auf seinem Kopf liegen.

Nelson war dabei gewesen, mit seinem Messer seine Fingernägel zu säubern, bei Trevins Worten hatte er sich geschnitten. »Ich muss Euch falsch verstanden haben, Mylord«, krächzte er jetzt und lutschte das Blut von seinem Daumen.

York hatte gerade an einem Stück Kiefernholz geschnitzt, die Späne, die von dem Stück Holz in schöner Gleichmäßigkeit gefallen waren, fielen nicht mehr.

»Ich meine das ernst. Ians Männer werden nach Gwynn Ausschau halten. Also muss einer von euch ihren Umhang tragen.«

»Nein.« Henry schüttelte den Kopf. »Ich werde mich nicht als Mädchen verkleiden, darauf könnt Ihr Euch verlassen. Kommt schon, Mylord, Ihr macht Euch einen Spaß mit uns.«

»Das ist kein Spaß.«

»Oh, heilige Mutter!« Henry rollte die Augen gen Himmel, als könnte sie ihn hören.

Alle Vertrauten Trevins sahen Gwynn mit einer Mischung aus Verwunderung und Abscheu an. Sie schlang die Arme um sich, als acht Augenpaare ihren Umhang musterten – der tiefblau war – beinahe schwarz – und mit weißem Pelz besetzt. Er war auffällig, ganz sicher, und der neue Baron von Rhydd hatte ihn schon oft genug gesehen.

»Werden sie nicht glauben, dass Ihr sie in Black Oak Hall gelassen habt, anstatt das Risiko einzugehen, dass sie verwundet oder gefangen genommen wird?«, fragte Nelson.

»Das wäre möglich«, stimmte Trevin ihm zu, doch dann zog sich einer seiner Mundwinkel ein wenig hoch, und er lächelte teuflisch. »Aber Ian kennt sie gut. Er würde erwarten, dass sie mir entkommt, genau wie sie ihm entkommen ist.

Eine Frau, die sich sogar in einem Sarg versteckt hat, würde alles tun, um ihr Ziel zu erreichen.«

»In einem Sarg?« Henry war entsetzt, sein Gesicht war so bleich wie ein Laken.

»Er war wohl leer, wie?«, fragte Ralph.

Gwynns Gesicht war ernst. »Nein, Sir Ralph, ich habe mich unter der Leiche einer anderen Frau versteckt.«

Henry sprang auf die Füße, als hätte ihn etwas gebissen. »Ach herrjeh! Eine tote Frau? Gütige Mutter Maria.« Er erschauderte, und als würde er fühlen, dass die anderen ihn als Feigling betrachteten, räusperte er sich und beruhigte sich ein wenig. »Das ist ... das ist ... Ihr seid sehr schlau, Mylady.«

»Danke, Sir Henry.« Sie glaubte ihm kein Wort.

Trevin unterdrückte ein Lächeln. »So. Es würde also Sinn machen, anzunehmen, dass Lord Ian nach seiner Frau sucht.«

Bei dem Wort ›Frau‹ zuckte Gwynn zusammen. Wie konnte sie nur mit einem Mann verheiratet sein und einen anderen Mann lieben? In der letzten Nacht unter der Fichte hatte sie Trevin wieder und wieder geliebt, sie hatte gebebt in Erwartung seiner Berührungen, hatte sich voller Ekstase hingegeben, hatte seinen Namen geschrien, als die Nachtvögel ihr Lied angestimmt hatten und die Dämmerung über die Hügel im Osten gekrochen war.

Jetzt wich sie den verurteilenden Blicken aus und tat so, als interessiere sie sich für das verkohlte Fleisch, das über dem Feuer briet. Sie nahm einen von Trevins Handschuhen, um sich nicht die Finger zu verbrennen und hob den Spieß vom Feuer. Auf einem flachen Stein schnitt sie die Vögel und das Kaninchen in Viertel, dann bot sie den Männern die Stücke an.

»So schlimm wird es nicht sein«, erklärte Trevin den Männern, als sie sich hinhockten und Felsbrocken oder dicke Wurzeln als Sitzgelegenheit benutzten. »Der Umhang der

Lady ist groß genug, dass einer von euch ihn über seiner eigenen Kleidung tragen und unter der Kapuze sein Gesicht verstecken kann.«

»Und was ist mit dem Helm?«

Bei Henrys Frage biss Trevin die Zähne zusammen. »Derjenige, der den Umhang trägt, reitet ohne Helm.«

»Aha.«

Dies ist also der Mann, der Hildy geschwängert hat, wunderte sich Gwynn. Besaßen die beiden zusammen überhaupt einen Anflug von Verstand? Gwynn hielt sich zurück, doch sie glaubte, dass das Mädchen ohne einen so hirnlosen, selbstsüchtigen Mann als Ehemann besser bedient wäre. Warum Trevin ihn ausgewählt hatte, um auf dieser gefährlichen Reise mitzukommen, war ihr ein Rätsel, denn der Soldat – der noch beinahe ein Junge war – war eigenwillig, stur, hochmütig und dumm. Eine schlechte Kombination, fand Gwynn.

Sie knabberte nachdenklich an ihrem Stück Kaninchenfleisch, während die Männer kräftig zulangten und einen Krug Bier herumgehen ließen. Sie saßen um das Feuer und besprachen ausgiebig, wie sie die Soldaten von Rhydd hinters Licht führen würden. Während die Zeit verging und das Bier üppig floss, erzählte jeder Soldat in der Gruppe, warum er ganz persönlich etwas gegen Ian oder Roderick von Rhydd hatte.

Nelsons Nasenflügel blähten sich, als würde er einen unangenehmen Geruch wahrnehmen, als er die Geschichte seiner Schwester erzählte, die in sehr jungen Jahren von Sir Webb vergewaltigt worden war. Yorks Geschichte war nicht viel besser. Sein ganzes Dorf war vor langer Zeit von Ian und einer Bande von Soldaten aus Rhydd geplündert worden, während Roderick noch lebte. Vor einigen Jahren hatte Henry als Junge einen von Ians Männern dabei erwischt, wie er bei einem Glücksspiel betrogen hatte. Als Henry so dumm gewesen war, ihn darauf anzusprechen, hatte der Betrüger sein Geld und auch seinen Stolz verloren. Später hatte er Henry dafür zusammengeschlagen und ihn dann einfach liegen lassen, weil er glaubte, er sei tot.

Und so ging es weiter. Jeder von Trevins Männern war nicht nur auf einer Mission für seinen Lord, er suchte auch seine eigene, persönliche Rache.

Wenigstens waren sie ihrer Aufgabe treu ergeben, dachte Gwynn, die es kaum erwarten konnte, weiterzureiten. Trevin hatte ihr erklärt, dass sie warten würden, weil sie erst bei Sonnenuntergang vor den Toren von Rhydd ankommen wollten. Das Zwielicht würde dafür sorgen, dass man sie nicht sofort entdeckte. Als das Feuer herunterbrannte und das Bier alle war, trat Trevin das Feuer aus. Er flüsterte mit Stephen und Gerald, den Anführern der beiden Gruppen der Soldaten. Auch wenn Gwynn sich sehr anstrengte, um zu hören, was gesprochen wurde, so konnte sie doch nichts verstehen. Stephen nickte und puhlte mit dem Fingernagel an einem glänzenden Stück Harz, das an einer der Fichten herunterlief, die die Lichtung umgaben. Gerald kniff die Augen zusammen und kratzte sich am Kinn.

Als sie ihre private Diskussion beendet hatten, räusperte Trevin sich und wandte sich dann an die anderen Männer. »Es gibt da etwas, das ihr alle wissen solltet über mich und die Lady«, gestand er ihnen.

Gwynns Kopf fuhr hoch. Was kam denn jetzt? Ihre Augen trafen sich mit denen von Trevin, und sie wusste sofort, dass er ihnen die Wahrheit über Gareths Geburt verraten würde. *Nein. Nicht jetzt.*

»Der Junge, den wir retten wollen, Gareth . . .«

»Nein, Lord Trevin«, unterbrach sie ihn, dann ging sie die wenigen Schritte zu ihm hinüber. Verzweifelt bemüht, ihr Geheimnis zu bewahren, legte sie ihm eine Hand auf den Arm. »Jetzt ist nicht der richtige Zeitpunkt dafür.«

»Der Zeitpunkt ist längst überschritten.« Er entzog ihr seinen Arm und sah die Männer einen nach dem anderen an. Gwynn bereitete sich innerlich auf seine nächsten Worte vor, stolz hob sie ihr Kinn, obwohl sie fühlte, wie eine heiße Schamröte ihr vom Nacken aus in die Wangen stieg.

Der Wald war eigenartig still. Blasses Sonnenlicht warf ein Muster auf den Boden. »Der Junge, den wir zu retten versuchen, Gareth von Rhydd, ist mein Sohn.«

Niemand rührte sich. Nur Henrys Adamsapfel hüpfte auf und ab, und er vermied es, Gwynn anzusehen.

Trevin steckte seinen Dolch in die Tasche. »Die Lady und ich, wir kannten einander vor langer Zeit, und ich habe zugelassen, dass Gareth als Sohn Lord Rodericks ausgegeben wurde. Das war eine Lüge. Eine Lüge, die ich oft bedauert habe, und die ich schon vor langer Zeit hätte ungeschehen machen sollen. Doch Lady Gwynn und ich hatten damals einen Handel abgeschlossen, und ich dachte, es sei das Beste, dass Gareth nicht wusste, wer sein Vater war.«

Ralph pfiff leise durch die Zähne.

Winston trat mit der Stiefelspitze in den Boden.

Stephen grinste, als würde er sich freuen.

Gwynn wünschte, der Boden würde sich öffnen und sie verschlingen. Sicher würden doch alle Männer wissen, dass sie mit Gareth schwanger geworden war, während sie mit einem anderen Mann verheiratet gewesen war. Selbst wenn ihr Eheschwur mit diesem anderen Mann erzwungen gewesen war und ihr Vater sie verkauft hatte wie einen preisgekrönten Hahn, so hatte sie doch vor der Kirche und dem Staat geschworen, dass sie die Frau Roderick von Rhydds sein würde und ihm für immer treu ergeben war. Niemand hier würde verstehen, warum Gareth Trevins Sohn war.

Trevins Soldaten fühlten sich nicht wohl in ihrer Haut. York trat unruhig von einem Fuß auf den anderen. Nelson räusperte sich. Andere vermieden es, Gwynn und Trevin anzusehen. Nur Sir Stephen sah in Gwynns Gesicht.

»Ich gelobe mit meinem Leben, dass ich den Sohn des Lords finden und ihn beschützen werde.« Er reckte sich und stieß sein Schwert in den weichen Waldboden. Die Klinge blieb stecken. »Es ist mir eine Ehre, das zu tun.«

»Mir auch«, stimmte Gerald ihm zu. Auch er rammte sein Schwert in die Erde. »Ich werde nicht ruhen, bis der Sohn des Barons zu ihm und zu der Lady zurückgekehrt ist.«

»Aye!« Winstons Schwert steckte neben den anderen und auch das von Ralph, Nelson und York.

Nur Henry schien Bedenken zu haben. Er sah Gwynn an und biss sich auf die Lippe. »Ich . . . auch ich verpflichte mich Euch, Lord Trevin«, sagte er und schluckte, weil die Blicke aller auf ihm ruhten.

»Aber Ihr habt Bedenken.«

»Aye.« Henry nickte und drückte die Brust heraus. »Es ist die Lady, Mylord. Ich mag es nicht, mit einer Frau in den Kampf zu reiten, ich traue den Frauen nicht.«

Trevins Lächeln war so kalt wie der Tod. »Ich versichere Euch, Lady Gwynn kann genauso gut reiten wie ihr alle auch. Ihre Geschicklichkeit mit Pfeil und Bogen ist so gut wie die der meisten Soldaten.«

Sir Henrys Gesichtsausdruck sagte alles. Er glaubte nicht, dass sie zu etwas anderem fähig war als zu spinnen, zu sticken und Kinder in die Welt zu setzen.

Sie hatten jetzt keine Zeit für so was. Gareths Leben hing von dieser Gruppe Soldaten ab, auch von Sir Henry. »Vielleicht möchte der Ritter eine Demonstration sehen«, sagte Gwynn und versuchte, ihren Zorn unter Kontrolle zu kriegen, obwohl sie in Wirklichkeit diesem Emporkömmling am liebsten eine saftige Ohrfeige verpasst hätte. »Sir York, darf ich mir Euren Bogen und einen Pfeil ausborgen?«

»Nein, nein, das ist nicht nötig«, wehrte Henry ab. »Es ist ja nicht so, dass ich die Zielgenauigkeit der Lady mit einer Waffe anzweifle sondern . . . sondern . . .«

»Sprecht es aus, Mann, wir haben nicht den ganzen Tag Zeit!«, schnauzte Trevin.

»Man sagt, sie ist eine Hexe, Mylord.« Seine Augen waren vor Sorge weit aufgerissen.

»Was?«, fragte Trevin verdutzt.

»Aye, es heißt, sie widmet sich der Zauberei und den dunklen Künsten und ruft die Dämonen an und . . . betet nicht zu unserem Vater.« Schnell bekreuzigte er sich, als erwarte er, dass Gwynn ihn mit einem Fluch belegen und mit einem Blitz ins Jenseits befördern würde.

»Hat denn nicht auch Muir die Geister angerufen?«, fragte Trevin.

»Nur, wenn sie auf dem Boden eines Bechers Bier waren.«

Bei dieser Bemerkung begannen einige der Männer zu glucksen.

»Es ist wahr«, erklärte Gwynn, sie trat ein paar Schritte auf Henry zu und lächelte ihn kalt an. Sie war es Leid, dass der junge Ritter ständig jammerte. »Ich bin eine Hexe.« Es war Zeit, dem Idioten eine Lehre zu erteilen.

Trevin murmelte etwas von einer dummen, starrköpfigen Frau vor sich hin. »Bitte, Mylady, Ihr solltet nicht . . .«

»Aber er hat doch nur die Wahrheit gehört, und wenn er nach Black Oak zurückkehrt, wird er erfahren, dass ich meine Zauberei eingesetzt habe, um den armen Sir Charles von seiner tödlichen Wunde zu retten. Er wird auch erfahren, dass ich vor den Toren des Schlosses angehalten und versucht habe, den Fluch zu bannen, von dem einige der Menschen in den Mauern von Black Oak glauben, dass er gegen das Schloss ausgesprochen wurde. Aye, Sir Henry, ich habe Runen in den Sand geschrieben. Ich habe Zauberformeln gemurmelt und zum Heiligen Vater gebetet, in der Hoffnung, dass irgendjemand, ob es nun Morrigu oder die Heilige Maria ist, mir zugehört hat und mir bei meiner Aufgabe, meinen Sohn zu retten, helfen wird.«

»Aber ...« Henry leckte sich über die Lippen. »Das ist eine Sünde.«

»Genug damit!«, zischte Trevin.

Gwynn ließ sich nicht einschüchtern, sie stand dem jungen Ritter nahe genug, um zu riechen, dass er schwitzte. »Ich habe noch nie eine Zauberformel ausgesprochen, um jemandem zu schaden, aber Ihr, Henry von Black Oak, stellt mich auf eine harte Probe, und Ihr verärgert mich. Und wenn Ihr Lord Trevin bei der Suche nach seinem Sohn nicht helfen wollt, dann werde ich vielleicht versucht sein, ein paar Zauberformeln auszusprechen, von denen ich weiß, dass sie Warzen bilden oder einen ständigen Juckreiz, der den Körper eines Mannes befällt oder ...« Sie hielt inne, als würde sie nachdenken und stellte fest, dass alle Ritter in ein tödliches Schweigen gefallen waren und sie mit besorgten und skeptischen Blicken ansahen. »... da gibt es noch eine Zauberformel, die das Glied eines Mannes schrumpfen und es für den Rest seiner Tage nutzlos werden lässt. Mal sehen, dazu brauche ich den Wünschelknochen eines Erpels ...« Sie griff nach den abgenagten Knochen einer der Vögel.

Sir Henry keuchte auf, und nicht zum ersten Mal wunderte sich Gwynn darüber, wie ein solcher Einfaltspinsel hatte Ritter werden können. Er war hirnlos, ließ sich leicht zu etwas aufwiegeln und besaß keinen Mut. Dieser Junge, der ein Mann sein wollte, war diesen Titel nicht wert.

»Da haben wir ihn ja«, meinte sie und hob den fraglichen Knochen hoch. »Also, mit ein wenig Disteln und Sankt Johanns Wurzel und ...«

»Nein!« Henry sah aus, als würde er sich jeden Augenblick in die Hose machen.

»Genug der Späße«, unterbrach Trevin sie. »Wir haben eine ernsthafte Aufgabe, der wir uns widmen müssen.« Er bedachte Gwynn mit einem Blick, der eine nicht so mutige Frau bis ins Herz getroffen hätte. »Du, Lady, wirst mit deinen erfundenen Geschichten aufhören, und Henry, Ihr werdet akzeptieren, dass Lady Gwynn mit uns reitet. Ihr werdet sie verteidigen, sie beschützen und sie ehren, und vor allen Dingen werdet Ihr ihr erlauben, ihre Waffe zu benutzen, wann immer es nötig sein wird.«

»Aber wenn sie nun die Geister anruft und ...«

»*Wann immer* es nötig sein wird«, wiederholte Trevin drohend, und das Echo seiner Stimme wurde von den Hügeln um sie herum zurückgeworfen. »Habt ihr jetzt alle eure Aufgabe begriffen?«

»Aye, Mylord.«

»Ja.«

»Ganz, wie Ihr wünscht.«

Sie waren sich alle einig, wie es schien, und sogar Henry nickte und schwor, sich seiner Aufgabe zu widmen. Trevin musterte Gwynn scharf, und auch sie gab nach, allerdings mit steil durchgedrücktem Rücken. »Ich wünsche mir nichts sehnlicher, als meinen Sohn zu befreien.«

»Gut. Dann werden wir unser Lager abbrechen. Sir Gerald und seine Männer werden die Soldaten durch den Wald nach Norden führen. Nachdem der Aufruhr sich ein wenig gelegt hat, werden wir uns im Wagen eines Händlers in das Schloss schummeln.«

»Habt ihr denn einen solchen Wagen?«

»Aye.« Trevin und Stephen warfen einander einen amüsierten und geheimnisvollen Blick zu, der Gwynn beunruhigte. »Gekauft und bezahlt. Er wartet schon auf uns.« Trevin verteilte mit der Fußspitze Erde über das noch glühende Holz. Als er davon überzeugt war, dass das Feuer gelöscht war, winkte er den Männern, ihre Waffen zu nehmen. »Lasst uns losreiten!«

Der Karren des Händlers war nicht gerade besonders hübsch anzusehen. Die Räder waren lehmverschmiert, und die wenigen Waren, die auf dem Karren lagen, hatten auch schon bessere Tage gesehen. Schmuckstücke aus Zinn und Silber, verstaubte Pelze und Stoffballen, die bereits zu verblassen begannen, waren einige der Dinge, die zum Verkauf ausgestellt wurden.

Der Esel, der vor den Wagen gespannt war, hatte ein stumpfes Winterfell und trübe Augen, mit denen er Trevins Männer gelangweilt betrachtete. Die Ohren hatte er zurückgelegt, ein Hinterbein eingeknickt, so döste er in der leichten Brise des Nachmittages.

»Was auch immer du dafür bezahlt hast, es war viel zu viel«, flüsterte Gwynn Trevin zu, als sie die Zügel ihres Pferdes anzog und das Gespann betrachtete.

»Ah, Mylord, ich hatte Euch schon fast aufgegeben.« Der Eigentümer des Gefährts war ein fetter Mann mit einem Umfang, der so rund war wie ein Wagenrad. Sein winziger Schnurrbart und der spitze Kinnbart schienen in seinem dicken Gesicht völlig unpassend. Mit seinen kleinen, eingesunkenen Augen und der kurzen Nase erinnerte er Gwynn an ein Schwein.

Sie änderte ihre Meinung allerdings, als er grinste und dabei perfekte weiße Zähne entblößte. Seine winzigen Äugelchen blitzten voller Vergnügen auf, während er Gwynn betrachtete. »Mylady«, sagte er, zog seinen Hut ab und verbeugte sich so tief, dass er beinahe mit einer Hand den Boden berührte. »Mein Name ist Fitch, und es ist mir ein Vergnügen, Euch kennen zu lernen.«

»Ganz meinerseits, guter Mann«, antwortete Gwynn und bemerkte erst jetzt, dass seine Daumen krumm waren und sich kaum bewegt hatten, als er sich verbeugte.

»Wie ich höre, seid Ihr unterwegs, um Euren Sohn zu retten. Ich wünsche Euch Gottes Segen dazu.«

»Danke.«

Er reichte Trevin die Zügel seines Wagens. »Und Ihr, Mylord, wisst, was ich von Sir Webb halte. Wenn ich Euch irgendwie behilflich sein kann, das Herz dieses elenden Teufels aus seinem Leib zu schneiden, werde ich liebend gern mit Euch reiten.«

»Der Wagen und der Esel genügen«, versicherte ihm Trevin. »Danke, Fitch.«

»Ihr braucht Euch nicht bei mir zu bedanken, Mylord. Ihr braucht mir nur zu versichern, dass die Erde von dieser Viper befreit wird.«

»Das versichere ich Euch.«

Ein Handel wurde abgeschlossen – Trevin gab ihm zwei seiner Pferde für den Wagen und den Esel, und der Händler ritt davon. Erst als er um eine Biegung des Weges verschwunden war, wandte sich Trevin wieder an seine Begleiter. »Jetzt ist es Zeit. Wenn unsere Pläne misslingen und ihr gefangen werdet, dann erinnert euch daran, dass es Menschen in Rhydd gibt, die Lady Gwynn und mir die Treue geschworen haben. Ihr könnt Richard, dem Zimmermann, vertrauen und Mildred, die das Bier braut.«

»Aye, und Idelle, sie ist eine Hebamme«, fügte Gwynn noch hinzu.

Trevin sah jedem Ritter in die Augen. »Wenn ihr gefangen werdet, werde ich euch retten. Das schwöre ich euch.«

»Und was ist, wenn Ihr gefangen werdet?«, wollte Henry wissen.

Trevin lächelte teuflisch. »Darum braucht Ihr Euch keine Sorgen zu machen.«

»Aber ...«

»Macht Euch nicht die Mühe, mich zu retten, denn ich werde meinen eigenen Kampf kämpfen. Es genügt schon, dass Ihr um meines Sohnes willen mit mir gekommen seid und um Muirs Haut zu retten.« Er blickte zu der Sonne, die langsam am Himmel versank. »Es ist Zeit.«

»Oh, um der Liebe des Heiligen Judas willen«, brummte

Henry, als Gwynn ihren Umhang auszog und ihn ihm reichte, weil er der kleinste der Ritter war. Widerwillig legte er ihn um seine Schultern und zog die Kapuze über den Kopf. Dann lugte er betreten unter der pelzbesetzten Kapuze hervor.

»Oh, sieht er nicht süß aus?«, neckte York ihn und zwinkerte Henry zu.

»Er ist wirklich eine seltene Schönheit, nicht wahr?«, stimmte Winston ihm zu und lachte laut.

»Das reicht!« Trevins Stimme duldete keinen Widerspruch, doch auch er konnte die Belustigung in seinen Augen nicht verbergen. »Also, Sir Gerald, reitet los. Beeilt Euch.«

»Kommt«, forderte Gerald seine Männer auf und schnalzte mit der Zunge.

»Du auch, meine Süße«, flüsterte York Henry zu, der ihn mit einem bösen Blick bedachte.

»Lass mich in Ruhe, du Hornochse.« Henry nahm die Zügel in die Hand und lenkte sein Pferd hinter das von Sir Gerald.

»Oh, ich mag ein Mädchen mit feurigem Temperament ...« Yorks Stimme erstarb, als er davonritt, und einige Vögel aus den Ästen der Bäume aufflogen.

»Sie machen Spaß und sollten doch eigentlich ernst sein«, meinte Gwynn.

»Es sind gute Männer.«

Sie zweifelte nicht daran und auch nicht an ihrer Ergebenheit, doch fürchtete sie, dass sie die Situation falsch einschätzten. »Gott sei mit euch«, flüsterte sie, als die letzten Männer um die Wegbiegung verschwanden. Ihr besorgtes Herz war schwer. Wie konnte sie nur dieser Gruppe von Grobianen zutrauen, Trevins Plan auszuführen, denn sie waren noch nicht einmal sehr intelligente Grobiane. Es ging hier um Gareths Sicherheit, falls er überhaupt noch lebte. Der Gedanke, dass seine Zukunft davon abhing, Ians Männer mit Männern wie Sir Henry hinters Licht zu führen, ließ ihren Magen zu einem Eisklumpen werden. Nein, sie konnte sich auf diese Kerle nicht verlassen.

»Mach dir keine Sorgen«, versicherte ihr Trevin, als hätte er ihre Gedanken gelesen. »Sie brauchen nicht mehr zu tun als Ians Männer abzulenken.«

»Ich bete zu Gott, dass sie das schaffen«, sagte sie verzweifelt und schickte ein Gebet zum Himmel, ehe sie auf ihr Pferd stieg.

»Wir werden die Pferde hier bei Euch lassen, Sir Ralph«, befahl Trevin. »Ihr werdet sie zurück nach Black Oak bringen mit der Nachricht, dass unsere Mission fehlgeschlagen ist und dass man uns gefangen genommen hat, wenn wir nicht bis morgen früh zurück sind.«

Der Ritter schien widersprechen zu wollen, doch dann hielt er sich zurück. »Aye, Mylord«, stimmte er Trevin zu.

»Stephen, könnt Ihr Eure Rüstung ausziehen und dann die Kleidung anziehen, die Fitch zurückgelassen hat?« Trevin griff in den Wagen und holte eine schmutzige Hose und eine fleckige graue Tunika hervor, die er dem blonden Ritter zuwarf. »Es ist Euer Job, die Wachen von Rhydd davon zu überzeugen, dass Ihr wirklich ein Händler seid. Und da niemand im Schloss je zuvor Euer Gesicht gesehen hat, wird das keine sehr schwierige Aufgabe sein.«

»Und was ist mit uns?«, wollte Gwynn wissen.

Trevins Lächeln war entschieden satanisch. »Du und ich, Mylady, wir werden hiermit reisen.« Er griff unter den Wagen, öffnete einen Metallriegel und zeigte ihr einen falschen Boden in dem Wagen.

»Was ist das?«

»Fitch ist mehr als nur ein Händler«, erklärte Trevin.

Sie hätte es wissen müssen. Sie betrachtete den staubigen, versteckten Kasten. »Er ist ein Dieb, genau wie du.«

»Und ein Schmuggler, der Katzen, Menschen und Gold schmuggelt. Aye.«

»Warum hasst er Sir Webb?«

»Hast du denn seine Hände nicht gesehen? Sir Webb war der Mann, der ihm die Daumen gebrochen und ihm dann erklärt hat, dass er Glück gehabt hat, dass sie ihm nicht abgeschnitten wurden.«

»Hat man ihn beim Stehlen erwischt?«

Trevin nickte. »Aye. Er hat einen Laib Brot gestohlen für ein hungerndes Kind.«

»Oh.« Gwynn verspürte einen ganz neuen Respekt für den rundlichen Mann, dessen Gesichtszüge dem eines Schweines glichen, das zum Schlachten bereit war.

»Du darfst das nicht missverstehen. Fitch würde einen armen Mann genauso bestehlen wie einen reichen Mann. Er ist ein wirklicher Krimineller.«

»Aber sein Herz ist gut.«

Trevin zuckte die Schultern. »Meistens, obwohl einige Menschen mir da vielleicht nicht zustimmen würden.« Er deutete auf den dunklen Kasten unter dem Boden des Wagens. »Wir haben keine Zeit mehr für eine Unterhaltung«, drängte er. »Kommt, Mylady, deine Kutsche wartet auf dich.«

Sie zögerte. Irgendetwas an der Sache stimmte nicht. Es stimmte ganz und gar nicht. Dennoch war es eine schlaue Art, unbemerkt ins Schloss zu gelangen, und sie hatte keine andere Wahl. Sie musste Trevin vertrauen, denn auch er wollte nur ihren Sohn befreien, genau wie sie.

»Beeil dich und rutsch auf die Seite, denn ich muss auch noch Platz darin haben.«

Behutsam kroch Gwynn unter den Wagen und schlüpfte in den schmalen, dunklen Zwischenraum. Staub wirbelte auf, und sie musste niesen. Trevin folgte ihr unter den Wagen, doch anstatt hinter ihr in den Kasten zu klettern, schloss er die Luke.

Plötzlich war es so dunkel wie die Nacht.

»Nein . . .«

Mit einem leisen Klick wurde der Bolzen vorgeschoben.

»Trevin!« Sie schlug mit der Faust gegen die Seite des Wagens, als ihr klar wurde, dass sie gefangen war. Er würde sie hier zurücklassen! Oh, um der Liebe des Heiligen Petrus willen. Er würde so etwas nicht tun! Nein! Nein! Nein!

»Es ist nur zu deinem Besten.«

»Du Teufel! Du kannst das nicht tun! Um der Liebe Gottes willen ...« Sie trat und schlug um sich, wütend auf sich selbst, weil sie ihm vertraut hatte und rasend vor Zorn, weil er sie hintergangen hatte. Wieder einmal.

Seine Stimme klang gedämpft, doch sie konnte ihn deutlich verstehen. »Bringt sie zurück nach Black Oak und stellt zwei Wachen vor ihre Tür. Es ist Eure Pflicht, sie sicher dort zu behalten.«

»Nein!« Tränen des Zorns brannten hinter ihren Augen. Was war sie doch für ein Dummkopf gewesen. Wie oft würde sie sich von diesem Mann noch hintergehen lassen? »Trevin, bitte, ich muss mit dir gehen. Um Gareths willen.« Sie dachte an ihren Sohn in diesem dunklen, entsetzlichen Kerker. »Tu das nicht!«, flehte sie. »Trevin!« Sie trat gegen die Wand und schlug mit den Fäusten dagegen, bis ihre Hände zu bluten begannen, doch es nützte nichts.

Wusste Trevin denn nicht, dass Ian Gareth umbringen würde, wenn sie nicht zu ihm zurückkehrte? War er bereit, mit dem Leben ihres Sohnes zu spielen? »Ich verfluche dich, Trevin von Black Oak, lass mich hier heraus!«

»Wie Ihr wünscht, Mylord«, sagte Sir Stephen, und die Räder knirschten und begannen sich zu drehen. Der Wagen holperte über den unbefestigten Weg.

Gwynn biss die Zähne zusammen und kämpfte mit ihren Tränen. Ob es ihr nun gefiel oder nicht, sie war auf dem Weg zurück nach Black Oak Hall. Weg von Trevin. Weg von Gareth. Weg von jeder Hoffnung, ihren Sohn je wieder lebend zu sehen.

# 14

»Was zum Teufel tut Ihr da?«, fragte Gareth, und in seiner Stimme klang Entsetzen. Der alte Mann war wirklich verrückt geworden, er hatte das ganze Stroh vom Boden des Kerkers weggeschoben und irgendwie – Gareth war nicht sicher, wie er das gemacht hatte – begann sein Finger zu bluten. Er murmelte monotone Worte vor sich hin, die keinen Sinn ergaben, dann ließ er das Blut auf den Boden tropfen, in einem schlangenähnlichen Muster, das sich über den Boden wand.

»Psst.« Muir verzog das Gesicht und drückte noch fester, während sich auf Gareths Körper eine Gänsehaut bildete. Auf seiner Bank neben der Treppe schnarchte der Wachmann laut, sein Mund stand offen, sein Kopf war nach vorn gesunken.

»Das gefällt mir nicht«, flüsterte Gareth.

»Mir auch nicht, aber es ist nötig.«

»Warum?«

»Möchtest du aus diesem Kerker entkommen? Ja oder nein?«

»Aye, doch . . .«

»Dann tu so, als würdest du schlafen, und stell mir keine weiteren Fragen«, befahl Muir und fügte dann flüsternd hinzu: »Dummer, elender Junge.« Die Tropfen Blut bildeten weiter das verschlungene Bild eines Labyrinths, bis der alte Mann endlich zufrieden zu sein schien.

»Und was jetzt?«, wollte Gareth wissen, als Muir aufseufzte, sich auf den Boden setzte und den Kopf gegen die Wand lehnte.

»Jetzt warten wir.«

»Worauf?« Gareth war verwirrt, es gefiel ihm nicht, dass der alte Mann in Rätseln sprach.

»Bis es entdeckt wird.«

»Und dann?«

Muir lächelte. »Dann, mein Junge, wirst du meine Zauberei sehen, wie du noch nie zuvor eine gesehen hast.«

»Von Euch?« Gareth schnaufte verächtlich. »Das bezweifle ich.«

Muirs gesundes Auge richtete sich auf ihn. »Du wirst schon sehen.«

Gareth war all die Rätsel leid und auch das Gerede, dem keine Taten zu folgen schienen. Er hatte seinen eigenen Plan, wie er aus diesem Kerker entkommen konnte, und dazu brauchte er keine Zauberformeln oder geheimnisvolles Gemurmel und auch keine blutigen Zeichen. Nein, mit seiner Schleuder würde er mehr als nur einen der Wachleute außer Gefecht setzen, dann würde er die Treppe hinauflaufen und wieder frische Luft atmen. Er würde nicht auf Muirs dummes Gerede hören und auf seine Prahlereien, die nichts zu bedeuten hatten. »Ich werde es erst glauben, wenn ich es sehe.«

»So sei es«, sagte Muir und schloss die Augen. »Ehe diese Nacht vorüber ist, wirst du deine Meinung ändern.«

Gareth schnaufte noch einmal ungläubig, und dennoch fühlte er einen eisig kalten Hauch in seinem Nacken, obwohl in diesem dunklen Loch kein Fitzelchen frische Luft existierte. Er erschauerte und ignorierte den Rat des alten Mannes, indem er nach einem weiteren Stein suchte, den er seinem ständig wachsenden Vorrat an Steinen noch hinzufügen konnte. Der blöde Zauberer konnte an Hexerei glauben oder an die heidnischen Götter oder Dämonen, das interessierte Gareth nicht. Er war wesentlich praktischer, er würde sich auf seinen wachen Verstand und auf seine Waffe verlassen.

Seine rauen Finger erfühlten ein kleines Stück Stein, das aus der Wand gebrochen war, und er lächelte leicht vor sich hin, als er es in die Tasche steckte und es seinem Steinvorrat zufügte. Aye, wann immer die Soldaten kamen, um ihn zum

Galgen zu führen, dann würde eine Überraschung auf sie warten. Er würde ihnen einen verdammt guten Kampf liefern.

Sein Kopf wurde von Kissen gestützt, und Ian blickte hinunter auf sein schlaffes Glied und fluchte insgeheim. Warum konnte er bei diesem hübschen Frauenzimmer nicht hart werden? Ihre Haut war dunkel, ihr Haar pechschwarz, ihre Augen, die sie vor Angst weit aufgerissen hatte, von einem tiefen, dunklen Blau. Er hatte sie gezwungen, sich rittlings über ihn zu setzen, und sie hatte ihm gehorcht, und dennoch fühlte er keine angenehme Wärme und auch keine Anspannung in seinen Lenden.

»Verdammte Hölle.« Er schob sie von sich und warf ihr einen bösen Blick zu. Obwohl er schon seit beinahe fünf Jahrzehnten lebte, so besaß er doch den Körper eines jüngeren Mannes, und es geschah nur sehr selten, dass er bei einer Frau versagte. Normalerweise war der Grund für ein solches Versagen der Genuss von zu viel Wein.

Doch heute Abend nicht. Heute Abend hatte er kaum etwas getrunken, während er auf Neuigkeiten aus Black Oak Hall wartete. Sicher hatte Sir Charles das Schloss schon längst erreicht. Aye, er war verwundet worden, doch war er ein kräftiger Mann, und Ian war sicher, dass er den Weg bis nach Black Oak Hall geschafft hatte. So treu der Mann Gwynn ergeben war, würde er sich gegen den Tod wehren, bis er die Lady gefunden hatte. Erst dann würde er es wagen, seine Seele aufzugeben.

Also hätte Gwynn, wenn sie im Schloss gewesen war, wie Ian es vermutete, gehört, dass ihr kostbarer Sohn gefangen genommen worden war. Sie würde gar nicht erst lange nachdenken, sondern sich auf den Weg machen, entweder, um an Ians Mitleid zu appellieren – oh, dieser Gedanke war herrlich – oder um einen Weg zu finden, dem Jungen bei seiner

Flucht zu helfen. Auf jeden Fall würde Ians untreue Frau zurückkehren.

Er konnte es kaum erwarten.

Aber was war mit Trevin – dem geächteten Lord? Ian wälzte sich unruhig im Bett hin und her. Er durfte den Dieb nicht ignorieren. Zweifellos würde auch er zurückkehren. Ian plante eine Überraschung für ihn. Für die Erniedrigung, dass dieser Mann ihm seine Braut gestohlen hatte, würde er mit seinem Leben bezahlen. Doch zuerst würde Trevin von Black Oak für die Wunde, die er Ian zugefügt hatte, leiden, und zwar ausgiebig, im Angesicht aller Menschen im Schloss, ganz besonders von Gwynn.

Der Dieb würde für alle anderen, die die Absicht hatten, sich gegen ihren neuen Herrscher zu stellen, eine Warnung sein. Es gab genügend andere, sowohl Männer als auch Frauen, Diener und Bauern, die Lady Gwynn mehr ergeben waren als ihrem neuen Lord. Auch sie würden in aller Öffentlichkeit vernichtet werden.

Genau wie der Junge. Er durfte nicht zulassen, dass Gareth überlebte.

Jawohl, dachte Ian und blickte auf den Wandbehang neben dem Kamin, auf dem ein großer Hirsch abgebildet war. Alles, was er jetzt noch brauchte war ein wenig Geduld und Erleichterung.

»Fass mich an«, befahl er der Frau in seinem Bett.

»Mylord?«, fragte das Frauenzimmer, und ihre Stimme war so sanft wie der Atem eines Rehs.

»Ich habe gesagt, du sollst mich anfassen. Bist du schwerhörig?«

Das Mädchen biss sich auf die Lippe, streckte die Hand unter die Bettdecke, und er fühlte, wie ihre jungen Finger ihn schüchtern umfassten. Er schloss die Augen und zwang sich zu einer Erektion, doch nichts geschah. Bei den Göttern, was war nur los mit ihm?

»Streichle mich!«

Sie gab ein leises, protestierendes Geräusch von sich.

»Tu es einfach.«

Das Mädchen begann vorsichtig, und er seufzte auf. Es war, als würde ein schweres Gewicht auf seiner Brust liegen. All seine Sorgen um seine verräterische Frau, ihren Sohn und den verdammten Dieb machten ihm Kopfschmerzen. Oh, wenn er diese Frau, die er geheiratet hatte, erst in seinen Händen hatte ... Bei dem Gedanken an Gwynn fühlte er die ersten Regungen des Verlangens in seinem Blut. Hochmütig war sie, dieses kleine Luder. Oh, wenn er sie endlich nahm, das wäre die reinste Ekstase für ihn. Er würde sich nicht zurückhalten, wie ein Hengst würde er sie besteigen und würde sie dazu bringen, vor Lust zu schreien. Er wusste, wie man eine Frau befriedigte, aber bei Gwynn würde es keine Vereinigung der Freude sein, sondern eine Herausforderung, eine Machtdemonstration. Er würde sie dazu bringen, dass sie sich unter ihm wand und ihn anflehte, und dann würde er ihren Körper ausbeuten.

Vielleicht konnte er es so einrichten, dass der Dieb ihre wilde Vereinigung beobachtete, ehe man ihn umbrachte.

Sein Glied begann zu pochen, obwohl das Mädchen die Geschicklichkeit eines Schmiedes besaß und mit schweren Händen arbeitete. Bei Gwynn würde das alles ganz anders sein. Und er würde sie zahlen lassen. Dafür, dass sie mit dem Dieb geschlafen hatte, würde sie ihn mit ihren Händen, ihren Lippen und ihrem ganzen Körper befriedigen müssen. Der Gedanke, dass sie seinen Befehlen folgen musste, dass sie alles tun musste, was er von ihr verlangte, gab ihm Befriedigung.

Er blickte hinunter auf das Mädchen in seinem Bett, und für den Bruchteil einer Sekunde erinnerte er sich an eine andere Frau, vor so langer Zeit, dass es schien, als sei sie die Frau eines anderen gewesen.

Auch dieses Mädchen, das gerade erst zu einem Mädchen

erblüht war, hatte rabenschwarzes Haar gehabt und Augen, so strahlend wie Saphire. Es hatte eine hübsche Figur gehabt und war verlockend gewesen. Sie war die Schwester eines Mannes gewesen, der sich eingemischt hatte, als Ian, der damals noch sehr jung gewesen war, seine Absichten deutlich gemacht hatte. Die Frau hatte ihn abgewiesen und er, aufgeputscht von einem Kampf kurz zuvor, hatte sich geweigert, ihre Ablehnung zu akzeptieren.

»Ja, ja«, stöhnte er, als das Frauenzimmer in seinem Bett ihn rieb, doch noch immer hüllte ihn die alte Erinnerung ein wie ein Leichentuch. Sein Atem ging stoßweise, seine Brust fühlte sich an, als würde sie explodieren, doch er konnte den anderen Akt vor so langer Zeit nicht vergessen.

Es war in einem Wald gewesen, wo das Mädchen Pilze gesammelt hatte. Ian hatte sie und ihren Bruder entdeckt und hatte sofort nach ihr verlangt. Als sie seine lüsternen Annäherungsversuche abgelehnt hatte, hatte er keine andere Wahl gehabt, als sie mit Gewalt zu nehmen, mit seinem Dolch hatte er sie zur Unterwerfung gezwungen.

Der Bruder, ein Junge mit wildem Blick, hatte sich von hinten auf ihn gestürzt, und in dem folgenden Kampf hatte Ian sein Messer, das er zuvor der Frau an den Hals gehalten hatte benutzt, um den Burschen zu verwunden. Ein Treffer war im Bein des Jungen gelandet, ein anderer in seinem Arm und dann ein zermalmender Schlag ins Gesicht. Er war brüllend zu Boden gefallen und hatte die Hände auf seine Wunden gepresst. Das Blut war durch seine Finger gesickert. Die Frau war hysterisch geworden, und während ihr Bruder verblutet war, hatte Ian sie bestiegen. Der Rest, sie ihrer Jungfräulichkeit zu berauben und seinen Samen in sie zu ergießen, war einfach gewesen.

Er hatte dieses besondere Dorf verlassen und sich stark und mächtig gefühlt. Wie ein wahrer Herrscher. Damals hatte es ihm nichts ausgemacht, dass sein Bruder, der älter war als er, Rhydd erben würde. Er hatte bewiesen, dass er nicht nur ein Krieger war, sondern auch ein Mann.

Und jetzt, so viele Jahre später, suchten ihn die Geister seiner Vergangenheit heim. Auch wenn das Mädchen in seinem Bett verängstigt war, so war sie doch willig, selbst wenn er diese verdammte Erektion nicht schaffte. Er wurde durch so viele Dinge abgelenkt, und die Wahrheit war, so entschied er, als er sich von dem Mädchen wegrollte und ihr bedeutete, zu verschwinden, dass er nicht eher befriedigt sein würde, ehe er seine Frau besitzen konnte.

Und er würde sie besitzen.

»Wir können jetzt nicht anhalten«, erklärte Sir Gerald. »Wir sind nur noch eine Stunde von Rhydd entfernt.«

Henry ließ sich nicht einschüchtern. »Ich muss austreten.«

»Daran hättest du früher denken sollen.«

»Ich bin eben nervös.« Henry zog die Zügel an, mit Gwynns Umhang kletterte er von seinem Pferd. Je näher sie Rhydd gekommen waren, desto dicker war die Luft ihm erschienen, sie war feucht vom Nebel. »Es dauert nur eine Minute.«

Sir Gerald warf ihm unter seinem Helm her einen bösen Blick zu, doch er hob die Hand und bedeutete so schweigend dem Rest der Gruppe, anzuhalten. »Wenn jemand den Drang verspürt«, wandte er sich an die anderen Männer, doch sie warteten stumm, als Henry hinter einem kleinen Dickicht aus Fichten und Eichen verschwand, den Umhang hob und dann seine Hose öffnete.

Als er fertig war, nutzte er die Möglichkeit und schlich noch tiefer in den Wald, dorthin, wo die Bäume dicht beieinander standen und Nadeln und trockene Blätter den Boden bedeckten. Dort sank Henry auf die Knie. Er bekreuzigte sich schnell und nahm allen Mut zusammen, denn er hatte eine Aufgabe zu erfüllen, die gefährlich und sehr schwierig war.

Er war noch nicht sehr lange ein Ritter, und er wäre wohl auch nie einer geworden, wäre nicht sein Vater gestorben, als er das Leben von Lord Trevin gerettet hatte. Bei der Erinnerung an den toten Körper seines Vaters, der in seinem eigenen Blut gelegen hatte, hob sich Henrys Magen, und der gleiche bittere Geschmack, den er auch an diesem Tag damals geschmeckt hatte, stieg erneut in ihm auf.

Lord Trevin hatte in einem Akt der Dankbarkeit den einzigen Sohn des ermordeten Soldaten zum Ritter geschlagen, und, so befürchtete Henry, er begann bereits zu begreifen, dass er damit einen großen Fehler gemacht hatte. Auch wenn Henry sich verzweifelt darum bemühte, dem neuen Herrn von Black Oak zu gefallen, so schaffte er es doch nicht. Der neue Lord war nicht so viel wert wie der Dung des Pferdes seines Vaters.

Hatte nicht Lord Trevin mit einer verheirateten Frau geschlafen?

Er vertraute ihr, obwohl sie den dunklen Künsten anhing und der heidnischen Magie.

Hatte er nicht Lord Dryw umgebracht?

Wäre Trevin nicht gewesen, würde dann nicht sein Vater heute noch leben?

Hatte Lord Trevin nicht mit der Frau eines anderen Mannes ein Kind gezeugt?

Henry spuckte aus und fühlte ein Hämmern hinter seinen Augen. Trevin von Black Oak, der Dieb, war kein Mann, dem Henry oder sein vertrauensvoller Vater seine Treue schwören sollte, seine Verbundenheit oder sein Leben schenken sollte. Der neue Lord von Black Oak war nichts anderes als ein Betrüger, ein Mann, der die Braut eines anderen entführte, ein Mann, der bei einem Würfelspiel betrog, um ein Schloss zu gewinnen, ein Mann, der ein mörderisches, schwarzes Herz hatte.

Eine Krähe flog über ihn hinweg und krähte laut.

»Vergib mir Vater, denn ich habe gesündigt«, flüsterte Henry, und sein Herz schlug wild. Er dachte an Hildy und an die Tatsache, dass sie ein Kind erwartete – sein Kind. Er hätte nicht mit ihr schlafen dürfen, und dennoch war sie so sanft und so warm. Sie hatte ihm eine süße Zuflucht geboten, als sein Leben so durcheinander geraten war. »Hilf mir in meinem Bemühen, Dir zu dienen. Wache über mein ungeborenes Kind und über die süße Hildy. Ich schwöre, wenn ich meine Aufgabe siegreich beendet habe, werde ich Hildy heiraten und meinem Sohn einen Namen geben, und ich werde für immer Dein ergebener Diener sein.«

»Hey, Henry!«, rief Gerald von dem Weg. »Bist du denn immer noch nicht fertig?«

»Aye, gleich«, sagte er und ärgerte sich darüber, dass sein Gebet unterbrochen worden war.

»Er pinkelt sogar wie eine Frau. Das dauert den ganzen Tag«, meinte Sir York laut und lachte. Henrys Blut begann zu kochen.

Er würde es ihnen allen zeigen. Schneller als er eigentlich wollte, beendete er sein Gebet, stand auf und klopfte diesen dummen Frauenumhang ab, den man ihn zu tragen gezwungen hatte. Eine weitere Erniedrigung, die er von den Händen von Lord Trevin erdulden musste. Nun, nicht mehr lange.

Er erschien zwischen den Bäumen, und York, der auf seinem Pferd saß, pfiff leise durch die Zähne. »Du bist wunderschön, Mädchen«, ulkte er.

»Ja, was wisst Ihr denn schon von schönen Frauen«, gab Henry zurück. »Alle Frauen, mit denen Ihr zusammen wart, waren hässlich wie die Geier.«

»Glücklicherweise waren es nicht viele«, fügte Sir Winston grinsend hinzu, und sein Schnurrbart bebte.

»Genug des Unsinns!« Gerald sah sie einen nach dem anderen ernst an. »Wir haben keine Zeit für solchen Unsinn. Wir haben noch viel zu tun, und es ist schon bald Nacht.«

Henry schwang sich in den Sattel. Seine Hände, mit denen er die Zügel hielt, schwitzten, sein Mund war ganz trocken, und sein Herz raste. Auch er hatte noch viel zu tun, ehe die Nacht hereinbrach, und er war bereit. Es würde eine wunderbare Rache sein, zu beweisen, was für ein mörderischer Bastard Trevin von Black Oak wirklich war.

Gwynns Beine hatten überhaupt kein Gefühl mehr, und ihr Rücken schmerzte, während sie im Inneren des dunklen Kastens hin und her geworfen wurde. Wie oft würde sie sich von Trevin noch übertölpeln lassen? Wenn sie jemals wieder aus diesem verfluchten Kasten auf Rädern herauskam, dann würde sie schon einen Weg finden, um mit ihm abzurechnen.

*Wirst du das wirklich?*, wollte diese kleine Stimme in ihrem Kopf wissen. *Denk daran, wie er dich geliebt hat, denk daran, was du gefühlt hast, als er dich geküsst hat, denk daran, wie schnell er deinen Willen dem seinen unterworfen hat.*

Nie wieder, schwor sie sich, als eines der Räder des Wagens gegen einen Stein stieß und der Wagen schwankte.

»Oh, Gareth, ich fürchte, ich habe dich im Stich gelassen«, murmelte sie, doch dann rief sie sich energisch wieder zur Ordnung. Sie konnte nicht aufgeben. Es war ihre Pflicht, ihren Sohn zu retten und niemand, nicht einmal der verfluchte Trevin von Black Oak, würde sie aufhalten. Irgendwie, auf irgendeine Art, musste sie Sir Stephen austricksen. Das würde schwierig sein, denn von allen Soldaten Trevins erschien er ihr als der klügste, und er war auch derjenige, der Trevin am treuesten ergeben war.

Sie schlug gegen den Boden des Wagens. »Sir Stephen! Bitte. Haltet an!«

»Nein, Mylady«, hörte sie seine Stimme über dem Knirschen und Rattern der Räder.

»Aber ich muss austreten.«

»Dann tut Ihr es am besten dort drinnen.«

»Bitte, Ihr wollt doch nicht, dass ich mich beschmutze.«

Er antwortete nicht.

»Ich könnte Euch mit einem Fluch belegen und Euch zwingen, mir zu Willen zu sein.«

Er lachte leise. »Aye, das behauptet Ihr.«

»Ich mache keinen Spaß.«

»Ich auch nicht.«

Er war also nicht abergläubisch. Verflixtes Schicksal.

»Ihr könntet genauso gut schlafen und damit aufhören, Eure Kraft an mich zu verschwenden«, sagte er. »Denn wenn nicht der Teufel selbst mich aufhält, werde ich Euch sicher nach Black Oak bringen.«

Es musste noch eine andere Möglichkeit geben. Zum wiederholten Mal ließ sie die Finger über das Innere des Kastens gleiten, von einer Ecke zur anderen, über die rauen Bretter. Doch ihre Bemühungen brachten ihr nur Splitter in den Händen ein. Sie entdeckte die Stelle, wo der Riegel in den falschen Boden eingelassen war, doch er war fest und alles, was sie von ihren Öffnungsbemühungen hatte, waren blutige Finger und abgebrochene Fingernägel.

Sie schloss die Augen und konzentrierte sich. Sie war in einer Kiste – in einer hölzernen Kiste, die aus Brettern hergestellt war, die untereinander verbunden waren. Über der Kiste war der Wagen und darüber zusammenklappbare Regale und Schubladen, in denen die Waren des Händlers verstaut waren. Nein, sie konnte keinen Weg nach oben finden.

Doch sie konnte nicht aufgeben! Und sie durfte sich auch nicht auf ihr Glück verlassen.

Wieder tastete sie die Bretter ab, und diesmal fuhr sie mit den Fingern den Umrissen jedes einzelnen Brettes nach. Unter einer ihrer Schultern ertastete sie ein Astloch, das groß genug war, um drei Finger hindurchzustecken. Wenn sie sich ein wenig bewegte, würde durch das Loch ein wenig Licht in ihren dunklen Sarg dringen, doch nicht sehr viel, denn draußen wurde es langsam dunkel. Sie reckte den Hals, und es gelang ihr, die Achse zu sehen, die die beiden Vorderräder miteinander verband. Wenn es ihr irgendwie gelingen würde, diese Achse zu zerstören ... sie besaß noch immer ihren Dolch, doch damit konnte sie nicht durch die Bretter dringen, und außerdem war die Klinge viel zu klein, um ein festes Eichenbrett zu durchschneiden.

Aber es musste eine Möglichkeit geben.

*Denk nach, Gwynn, denk nach! Du bist eine kluge Frau. Du hast in Abwesenheit deines Mannes über ein ganzes Schloss geherrscht. Du hast einen Weg gefunden, am Leben zu bleiben, als Roderick dich mit dem Tode bedrohte, wenn du ihm kein Kind schenken würdest. Du hast Sir Bentley überlistet und die Wachen in Black Oak, damit sie dich freiließen. Sicher kannst du dich nicht einfach in einem schlichten Kasten gefangen halten lassen!*

Ein Plan nach dem anderen tauchte in ihrem Kopf auf, doch sie verwarf sie alle wieder. Schnell brach die Nacht herein, und mit jeder Umdrehung der Räder wurde sie weiter weg von ihrem Sohn geführt. Weiter weg von dem Mann, den sie liebte.

Obwohl sie schrecklich wütend war auf Trevin, weil er sie betrogen hatte, so machte sie sich doch Sorgen um seine Sicherheit. Wenn Ian ihn entdeckte, würde er gefoltert und dann getötet werden. Ian von Rhydd war weder ein freundlicher noch ein geduldiger Mann. Auch wenn sie in das Schloss zurückkehrte und sich seiner Gnade unterwarf, so konnte sie dennoch nicht sicher sein, ob er Trevin und Gareth freilassen würde.

Aber es war die einzige Möglichkeit, die sie hatte.

Wieder betrachtete sie das Astloch. Drei Finger zwängte sie durch den schmalen Spalt. Sie griff in ihre Tasche, holte den Dolch daraus hervor und stellte fest, dass auch er sich durch das Loch schieben ließ. Doch er war trotzdem nutzlos … oder vielleicht doch nicht? Wenn sie vielleicht … In ihrem Kopf formte sich ein neuer Gedanke, sie nutzte den kleinen Dolch und begann, ihr Gewand damit zu zerschneiden. Zuerst ein Streifen, dann ein weiterer und noch einer. Vorsichtig knotete sie die Streifen zusammen. »Heilige Mutter, bitte gib, dass es klappt«, flüsterte sie, nachdem sie ihre Tunika völlig zerschnitten hatte und sie vor Kälte zitterte. Dann band sie ein Ende des Stoffes um den Dolch, den sie als Gewicht benutzte. Wenn sie ihn durch das Astloch fallen ließ, bestand die Möglichkeit, dass sich die Stoffstreifen um die Achse drehen würden, bis hin zum Rad, dann würden sie sich um die Speichen des Rades wickeln und das Rad so sehr bremsen, dass Stephen den Wagen anhalten musste.

Und was dann? Das würde noch lange nicht bedeuten, dass er den Kasten öffnete. Nein, sie war dazu verdammt, nach Black Oak zurückzukehren.

Dennoch ließ sie den Dolch durch die Öffnung fallen. Er fiel auf den Boden, sprang von einem Stein zurück und schlug gegen die Achse. Langsam begann sich ihr selbst gemachtes Seil durch das Astloch zu ziehen, und wie sie es erwartet hatte, wand es sich um die Achse. Sie rieb sich die Arme, weil sie fror und fühlte, wie der Esel langsamer zu gehen begann.

»Komm schon, komm schon«, schrie Stephen das Tier an. »Hey, was …« Der Wagen drehte sich im Kreis. »Mach voran, du elendes Biest.«

Gwynn drückte sich selbst die Daumen.

»Was um alles in der Welt …?«

Der Wagen wurde noch langsamer, dann blieb er stehen, er wackelte, als Stephen vom Wagen sprang. »Was ist denn mit dir los?«, fragte er den Esel. »Oh, um der Liebe Christi willen. Was zum Teufel ist das?«

»Sir Stephen, bitte«, sagte sie. »Ihr müsst mich rauslassen.«

»Nach allem, was Ihr getan habt? Bei den Göttern, es ist

gut möglich, dass Ihr diesen Wagen zerstört habt, und was würde dann geschehen?«

»Ich ... ich musste Eure Aufmerksamkeit erringen.«

»Indem Ihr den Wagen kaputtmacht? Um Gottes willen, Mylady, das hilft uns doch auch nicht weiter.«

»Wir müssen Lord Trevin retten.«

Er schwieg.

»Bitte, hört mir doch zu, ich flehe Euch an.« Sie machte sich gar nicht die Mühe, die Verzweiflung in ihrer Stimme zu unterdrücken. »Mein Mann ... der Baron von Rhydd, er wird Lord Trevin umbringen, wenn er die Möglichkeit dazu bekommt.«

»Die wird er nicht bekommen.«

»Ihr kennt Ian nicht«, rief sie. »Bitte, wir müssen ihn und Gareth retten. Ich kann weder von hier noch von Black Oak aus etwas tun.« Als er nicht antwortete, fügte sie hinzu: »Ich weiß, dass der Lord glaubt, er würde mich retten, dass ich ihm nur im Weg sein würde, aber Ihr müsst mir glauben. Ich habe seit über dreizehn Jahren in Rhydd gelebt, und ich kenne das Schloss wie meine Westentasche. Ich kann Trevin und Gareth retten.«

»Ihr seid nur eine Frau ...«

»Ich war die Herrin von Rhydd. Ich habe das Schloss ganz allein regiert. Ich habe Diener, Soldaten und Bauern innerhalb der Mauern des Schlosses, die auf mich hören, wenn ich sie nur erreichen kann. Trevin weiß nicht, wer Freund oder Feind ist. Bitte, wir müssen uns beeilen. Wir haben nicht mehr viel Zeit.«

»Ich kann mich nicht den Wünschen des Barons widersetzen.«

»Natürlich könnt Ihr das, wenn es darum geht, sein Leben zu retten! Sir Stephen, ich weiß, dass Ihr ihm treu ergeben seid, aye, aber Ihr seid auch ein kluger Mann. Bitte, ich flehe Euch an, öffnet diese Kiste«, bat sie. »Ich würde Euch Geld dafür bieten, aber ich weiß, dass Ihr ein Edelmann seid und dass Ihr Euch dadurch beleidigt fühlen würdet. Aber was auch immer Ihr dafür haben wollt, ich werde es Euch geben. Ihr braucht mich nur entkommen zu lassen.«

Sie fühlte, wie sich seine Meinung änderte, sie wusste, dass er über ihre Worte nachdachte. Er war Trevin treu ergeben, und natürlich wollte er ihm helfen.

»Ihr und ich – zusammen können wir den Baron bei seiner Aufgabe unterstützen. Was nützt es denn schon, wenn Ihr Euch als Händler verkleidet und zwei Tage unterwegs seid, wenn Ihr doch Euer Schwert nehmen und die verschworenen Feinde von Black Oak Hall bekämpfen könntet?«

»Ich darf Eurem Gerede nicht lauschen . . .«

»Es ist kein Gerede, Sir Stephen. Sagt mir, wie würdet Ihr Euch fühlen, wenn der Lord und sein Sohn sterben, und Ihr damit beschäftigt wärt, einen Eselskarren und eine Frau von dem Ort des Kampfes wegzufahren?«

Wieder schwieg er.

»Sir Stephen, habt Ihr darüber nachgedacht?«

»Aye . . .«

»Ist es das Leben des Lords denn nicht wert, dass er wütend auf Euch ist?«

»Oh, bei den Göttern, man sollte mich in heißem Öl sieden dafür«, brummte er, doch sie hörte, wie etwas metallisch knirschte, dann klickte es, und der Riegel öffnete sich. Die versteckte Tür wurde geöffnet, und frische Luft drang in das dunkle Innere des Kastens.

Gwynn verschwendete keine Sekunde. Sie ließ sich auf den Boden fallen, noch ehe er die Möglichkeit hatte, seine Meinung zu ändern. Kalte Luft traf sie, und eine Gänsehaut überzog ihren Körper.

»Oh, um der Liebe Gottes willen. Ihr habt nichts an, Mylady, bitte!« Stephen stand schnell auf, nachdem er die Klappe und den Riegel wieder vorgeschoben hatte. Er wandte sich ab, suchte in den Waren auf dem Wagen herum und zog schließlich eine lederne Tunika daraus hervor, die mit Metallknöpfen verziert war und aussah, als sei sie für einen kleinen Jungen gemacht. »Hier, bis wir Black Oak erreichen ...«

»Wir fahren nicht nach Black Oak«, korrigierte sie ihn, zog die Tunika über den Kopf und schloss den dünnen Gürtel um ihre Taille. Er hatte noch einen Hut in den Sachen gefunden, und sie fasste ihr Haar auf dem Kopf zusammen und stülpte den Hut auf. Mit gerunzelter Stirn betrachtete sie den Wagen. »Kann man das Rad wieder reparieren?«

»Aye.« Stephen kniete auf dem Boden und zerrte die zerrissenen Stoffstreifen von der Achse. Nachdem er ihren Dolch davon abgeschnitten hatte, reichte er ihn ihr. »Eure Waffe, Mylady.«

»Danke.«

»Also«, meinte er, streckte sich und wischte die Hände an seiner Hose ab, die ihm viel zu klein war. »Ich werde Euch zurück nach Schloss Rhydd bringen und den Zorn meines Herrn ertragen, selbst wenn er mich verbannen sollte. Aber ich möchte, dass Ihr mir versprecht, das zu tun, was ich Euch sage und Euch von aller Gefahr fern zu halten.« Seine blauen Augen blickten sie besorgt an.

»Ich schwöre es. Aber ich muss mit Ian sprechen.«

»Aber nur in meinem Beisein«, versicherte er ihr. »Denn sonst werde ich Euch nach Black Oak Hall bringen, und wenn ich Euch wie einen Sack Mehl über meine Schulter werfen und Euch hintragen muss.«

»Aber ...«

»Keine Einwände, Mylady. Ich fürchte weder Eure scharfe Zunge noch Euren kleinen Dolch oder Eure unsinnigen Zauberformeln. Und ich fürchte auch nicht den Zorn von Lord Trevin oder die Wut von Ian von Rhydds Klinge, aber ich werde mich den Wünschen meines Lords nicht widersetzen ohne Euren Schwur, dass Ihr mir gehorchen werdet und auch dem Lord von Black Oak, wenn wir ihm wieder begegnen.«

Die Worte blieben ihr im Hals stecken. Stephen stand wie angewurzelt vor ihr. Er verschränkte die Arme vor seiner breiten Brust und wartete. »Wie habt Ihr Euch entschieden, Lady Gwynn? Wollt Ihr zurück in Euer Versteck in dem Wagen und nach Black Oak – oder werdet Ihr Euch meinen Wünschen fügen, und wir fahren nach Rhydd?«

»Ich habe keine Wahl.«

»Dann sprecht es aus.«

»Ich, Sir Stephen, werde tun, was Ihr mir befehlt.« Es war eine Lüge, doch nur eine kleine, nur ein Schwindel, um sicherzugehen, dass sie die Möglichkeit bekam, Gareth zu retten.

»Ihr solltet Euch mir nicht widersetzen, Mylady.«

»Das werde ich nicht. Nun kommt schon, lasst uns losfahren. Wir dürfen keine Zeit verschwenden!« Sie kletterte auf den Fahrersitz, und Stephen, der vor sich hinmurmelte, was für ein ausgemachter Trottel er doch war, stieg neben ihr in den Wagen und griff nach den Zügeln.

Die Nacht war bereits angebrochen, sie waren noch viele Stunden von Rhydd entfernt. Gwynn machte sich schreckliche Sorgen. Was wäre, wenn sie zu spät kämen?

»Ich schwöre bei Gott, Sir Webb, sie waren dort draußen. Fünf, vielleicht sogar sechs Männer, alle in den Farben von Black Oak Hall.« Vom Wachturm aus, wo sie durch die Zinnen hinunterblickten, machte der Wachmann eine ausladende Geste und deutete auf den Wald, aus dem dichter Nebel aufzusteigen begann.

Webb sah den jungen Mann an, als zweifele er an seinem Verstand. »Warum sollten sie sich zeigen? Wenn ich versuchen würde, in das Schloss eines anderen zu schleichen, würde ich mich verkleiden und meine Feinde nicht auf mich aufmerksam machen.«

»Ich weiß nicht«, zweifelte der junge Mann und zog die Augenbrauen zusammen. Er war ein ernsthafter junger Mann mit schmutzig blondem Haar, dunklen Augen und einer schiefen Nase. Webb hatte von ihm noch nie eine Lüge gehört und wusste, dass er auch keine Geschichten erfand. Doch sie lebten in eigenartigen Zeiten, und man konnte niemandem trauen. Nicht einmal diesem rotznäsigen Soldaten. »Ich weiß, was ich gesehen habe. Es war ein halbes Dutzend Männer und eine Frau – aye, es war der Umhang einer Frau, genau wie der der Lady.«

»Von Lady Gwynn?«, fragte Webb, der plötzlich aufmerksam geworden war.

»Aye. Ich habe sie schon zuvor mit diesem Umhang gesehen – tiefdunkelblau mit Pelz – mit weißem Pelz besetzt.«

»Sie sollte sich so nahe an das Schloss schleichen? Warum sollte sie ein solches Risiko eingehen?« Webb fummelte am Griff seines Schwertes und starrte in den immer dunkler werdenden Wald mit seinen unheimlichen Nebelschwaden. Obwohl der Soldat keinen Grund hatte zu lügen, so vermutete Webb doch eine Falle. »Und was habt Ihr sonst noch gesehen?«

»Euer Pferd.«

»Was?« Sein ganzer Körper spannte sich an.

»Das schwarze Pferd mit der unregelmäßigen weißen Blesse auf der Nase. Oder es muss sein Zwilling gewesen sein«, bestand der junge Wachmann auf seiner Behauptung. »Ich schwöre auf das Grab meiner armen Mutter, dass der Anführer der Bande dieses Pferd geritten hat.«

Wut, heiß und dunkel, wallte in Webb auf. Dieser verdammte Dieb hatte ihn wie einen Idioten aussehen lassen, damals bei der Mühle, als er ihm sein Lieblingspferd gestohlen hatte. Und jetzt ritt er auf eben diesem Tier und machte sich noch lustig über die Tatsache, dass er Webb übertölpelt hatte. »Und die Frau mit dem Umhang ist bei ihm und den Männern gewesen?«

»Aye.« Der Junge nickte so heftig wie ein Huhn, das nach Körnern pickt. »Ich glaube nicht, dass sie bemerkt haben, dass man sie entdeckt hat, denn es war schon beinahe dunkel, und der Nebel zog herauf, doch ich habe scharfe Augen.«

»Das sieht ganz so aus.« War es wirklich möglich?

»Könnte es nicht so sein, dass sie ein Lager im Wald aufgeschlagen haben, bis es Zeit ist, anzugreifen?«

»Es ist nur eine kleine Gruppe Männer«, dachte Webb laut nach und rieb sich das Kinn.

»Und eine Frau«, rief ihm der Wachmann ins Gedächtnis. »Das habe ich wirklich gesehen.«

»Und sie sind zum Fluss geritten?« Webb seufzte. Es war eine kalte Nacht, und der feuchte Nebel begann über die Mauern des Schlosses zu wabern und den Schlosshof einzuhüllen. Der Gedanke, noch einmal vergebens durch die Wälder zu reiten, war nicht gerade sehr verlockend, nicht wenn ein Becher Bier und ein Würfelspiel auf einen warteten. Die Entdeckung einer feindlichen Armee konnte sich als Übereifer des jungen Wachmannes herausstellen. »Habt Ihr denn einige der Männer aus der Nähe gesehen?«

»Nein«, gab der junge Mann zu. »Aber der Umhang, den die Frau getragen hat, war der von Lady Gwynn, dessen bin ich ganz sicher.«

»Oder er war ähnlich wie der von Lady Gwynn.«

Er zuckte mit den Schultern und besaß wenigstens den Anstand, ein besorgtes Gesicht zu ziehen. »Ich dachte nur, der Lord würde das wissen wollen.«

»Aye. Das will er auch«, dachte Webb noch einmal laut nach. Dann überlegte er, wie hoch wohl die Belohnung sein würde, die er in seine Tasche stecken konnte, wenn er wirklich Trevin von Black Oak und die Lady gefangen nehmen würde. Das wäre es schon wert, einen Becher Wein, ein warmes Feuer und ein Glücksspiel dafür auf später zu verschieben.

Außerdem war seine Untersuchung nicht so abgelaufen, wie er sich das vorgestellt hatte. Der Steinmetz hatte nichts gewusst, der Zimmermann war sehr einsilbig gewesen und hatte ihn mit harten Augen betrachtet. Das war schon ein eigenartiger Mensch. Und was Mildred betraf, die Frau, die das Bier braute, sie war wirklich verängstigt gewesen, doch hatte er sie nicht dazu bringen können, den Mund aufzumachen. Und Parr, der Bogenmacher, schien unschuldig zu sein. Webb hatte niemanden gefoltert, noch nicht, und auch wenn es ihm nichts ausmachte, jemandem Schmerzen zuzufügen, so zog er es doch vor, die Peitsche oder das Brandmal oder ein Messer erst dann einzusetzen, wenn alle anderen Mittel zu nichts führten. Er hatte vorgehabt, am Morgen mit der alten Idelle zu sprechen, und dieser Gedanke war nicht gerade angenehm. Die Hebamme beunruhigte ihn. Ihre fast blinden, trüben Augen sahen weit mehr als die eines normalen Menschen. Die Zauberformeln, die sie flüsterte, wenn sie sich im Schloss bewegte, bewirkten, dass seine Knie weich wurden.

Sie war die Tochter des Satans, daran bestand kein Zweifel.

»Sucht Euch einen Ersatz für Euren Posten, ich möchte, dass Ihr mit mir aus dem Schloss reitet und mir zeigt, wohin diese verdammten Hunde geritten sind. Ich hole noch ein paar Leute, die mit uns reiten«, befahl Webb, dem keine andere Möglichkeit blieb. Vielleicht war der Dieb so töricht und so verzweifelt, weil er seinen Sohn zu retten versuchte. Sicher würde die Lady für den Jungen alles riskieren. Aye, es bestand die Möglichkeit, dass Ians Plan wirklich aufging.

Webb lief in den Turm zurück und eilte dann die Treppe hinunter. Er würde den Hundeführer aufwecken, damit er die Hunde vorbereitete, dann würde er ein Dutzend der besten Männer Ians mitnehmen. Wenn der Dieb wirklich dumm genug war, so nahe vor die Tore von Rhydd zu reiten, dann würde Webb persönlich ihn vor den Lord zerren, und wenn die Lady ... Webbs Gedanken wanderten auf gefährliches Gebiet, als er an Ians Frau dachte. Sie war wie keine andere Frau, die er je gekannt hatte, wunderschön und klug. Und sie besaß eine scharfe Zunge. Webb liebte eigentlich Frauen, die hübsch und einfältig waren, bereit, das zu tun, was er wollte, ohne ihm zu widersprechen. Doch Gwynn von Rhydd war eine Ausnahme – eine feurige Herausforderung. Er fragte sich nicht zum ersten Mal, wie es sein würde, wenn sie einem Mann das Bett wärmte. Doch als er dann die Tür zum Schlosshof öffnete und in den feuchten Nebel hinaustrat, schob er diese abwegigen Gedanken schnell wieder von sich.

Sie war die Frau von Ian von Rhydd, die Herrin des Schlosses, und Webb würde nur in dieser Art an sie denken und sich keine anderen Gedanken erlauben. Denn wenn er das zuließ, würde es seinen Tod bedeuten.

Dann könnte es sehr gut sein, dass er anstatt des Diebes am Galgen des Henkers endete. Webb hatte zu lange und zu hart gearbeitet, um seine Zukunft wegen seines übereifrigen Schwanzes aufs Spiel zu setzen.

Aber er musste dennoch vorsichtig sein. Es bestand immerhin die Möglichkeit, dass der Wachmann sich geirrt hatte und dass es die kleine Armee von Black Oak, die er zu sehen geglaubt hatte, gar nicht gab. Es konnte sein, dass er irrtümlich eine Gruppe Reisender als ihre Feinde ausgemacht hatte oder ... war das möglich? Könnte es sein, dass die Entdeckung der Männer Teil von Trevins Plan war, einige seiner Männer aus dem Schloss wegzulocken, um sie in einen Hinterhalt zu führen?

Webb blickte über seine Schulter, als er zum Hundezwinger ging und einige der Hunde zu bellen begannen. War es nur seine Einbildung oder beobachteten wirklich bereits jetzt die Augen seiner Feinde jede seiner Bewegungen?

Verflucht. Er hatte in seinem ganzen Leben noch keinen Augenblick lang Furcht verspürt, bis er diesem aalglatten Dieb mit den kalten blauen Augen begegnet war. Himmel, der Dieb hatte es geschafft, dass Webb tief in seinem Inneren kalte Angst fühlte.

Je eher dieser Bastard gefangen war und der grausamen Gerechtigkeit von Ian von Rhydd zugeführt wurde, desto besser.

Webbs Gedanken arbeiteten fieberhaft, als er seine Männer weckte – seine besten Soldaten. Einige würden mit ihm reiten, die anderen würden zurückbleiben, wach und aufmerksam, um das Schloss zu verteidigen.

Trevin von Black Oak würde ihn nicht überlisten und ihn noch einmal wie einen Trottel aussehen lassen. Es war an der Zeit, die Rechnung auszugleichen.

## 15

Der Nebel war ein Segen, mit dem er nicht gerechnet hatte. Er stieg vom Fluss auf, hüllte das Schloss ein und gab Trevin den Schutz, den er sonst nur im Schatten von Rhydds Wachturm gefunden hätte. Er grinste, als mit einem Klirren das Fallgatter hochgezogen wurde und zwei Reihen von Rhydds erfahrensten Soldaten auf Pferden, die in der Schlacht erprobt waren, aus dem Schloss galoppierten. Sie trugen Fackeln bei sich, die hell brannten in der Nacht, die jedoch in dem trüben Wetter nur eine schwache Reichweite hatten.

»Reitet nur, ihr Bastarde«, murmelte er und entdeckte Webbs geraden Rücken, als der dunkle Ritter auf einem hellen Ross an ihm vorbeiritt. Die Gruppe schien aus Rhydds besten Soldaten zu bestehen, doch nirgendwo in der kleinen Armee entdeckte er den Herrn des Schlosses. Also befand Ian von Rhydd sich noch innerhalb der Mauern des Schlosses.

Gut. Trevin wollte sich persönlich mit dem Baron auseinander setzen.

Ehe die Wachen noch die Möglichkeit hatten, das Fallgatter wieder hinunterzulassen, schlüpfte Trevin in den Schlosshof. Wie ein Wolf, der durch ein dunkles Tal schleicht, gelangte er unbemerkt zur Hütte des Zimmermanns und glitt ohne ein Geräusch hinein.

»Richard?«, flüsterte er, nachdem seine Augen sich an die Dunkelheit gewöhnt hatten. »Ich bin . . .«

»Ja, ich weiß, wer Ihr seid«, sagte Richard, der in seinem Bett in einer Ecke seiner Werkstatt lag. »Seid still, sonst werden wir alle umgebracht.« Werkzeug hing an den Wänden, und die Luft roch nach Sägemehl und frischem Holz.

»Richard?« Maggie, die Frau des Zimmermanns rollte herum und kletterte dann aus dem Bett.

»Psst, Weib. Es ist nur Trevin.«

»Ah. Der Baron, meinst du. Ich *weiß*, wer er ist und was für Schwierigkeiten er diesem Hause bringt«, brummte Maggie und unterdrückte ein Gähnen. »Ob Ihr nun der Dieb seid, den ich schon vor Jahren gekannt habe, oder der erhabene Lord von Black Oak, Ihr tragt eine dunkle Wolke über Eurem Haupt, Trevin McBain.«

»Still!«, befahl Richard.

»Sei doch selbst still. Hier bin ich, schwanger noch dazu, und Trevin, oh, entschuldige, Seine Lordschaft kommt hier herein, und du bist bereit, dein Leben aufs Spiel zu setzen. Hast du denn nicht schon genug gelitten?« Sie setzte sich in ihrem Bett auf und zog die Decke vor ihre üppigen Brüste, dann verzog sie schmollend den Mund. »Ich brauche dich, Richard. Ich liebe dich.«

»Aye, und du hasst Lord Ian genauso sehr wie ich es tue.«

Maggie seufzte theatralisch auf, dann ließ sie sich auf ihr Lager zurücksinken. »Oh, du hast Recht«, gab sie brummend zu. »Was soll ich denn tun?«

»Tut so, als sei alles normal«, riet Trevin ihr leise.

»Dann verlangt Ihr ein Wunder von mir.«

Richard wandte sich um und griff nach seiner Tunika, die an einem Haken hing. Als er das tat, sah Trevin seinen Rücken, dessen weiße Haut von dicken dunklen Striemen übersät war. »Man hat Euch ausgepeitscht«, flüsterte Trevin, und der Zorn brannte heiß in seinem Blut.

»Fast bis zum Tode. Euretwegen, McBain«, verriet ihm Maggie. »Sir Webb, dieser Teufel, ist über uns hergefallen. Er hat nach Spionen gesucht.«

»Macht Euch keine Sorgen«, versicherte ihm Richard. »Sir Webb hat zuerst nur herumgeschnüffelt, er hat nur Fragen gestellt, nicht nur an mich, sondern auch an andere. Als er nichts herausgefunden hat, hat er zu ... stärkeren Mitteln gegriffen.« Richard griff nach seinem Schwert und befestigte es an seinem Gürtel. »Ich habe geschwiegen, so wie alle anderen auch, sogar die alte Matilda, als er ihr gedroht hat, ihr die Finger einen nach dem anderen zu verbrennen. Sie ist ein zähes altes Huhn, das muss man ihr lassen. Also, mein Freund.« Er blickte auf und grinste erwartungsvoll. »Was habt Ihr vor?«

»Es ist an der Zeit, dem Lord das Schloss wegzunehmen.«

»Oh, ist das alles?«, spottete Richard.

»Nein, wir müssen auch Muir und Gareth befreien.«

»Und habt Ihr eine Armee mitgebracht, die Euch dabei helfen wird?«

Trevin schüttelte den Kopf. »Ich bin allein, aber die besten Soldaten von Lord Ian sind aus dem Schloss geritten, zu einer fröhlichen Verfolgungsjagd.«

»Dann habt Ihr also einen Plan?«

»Einen ganz einfachen«, vertraute Trevin ihm an.

»Von Euch hätte ich auch nichts anderes erwartet.«

»Hoffentlich seid Ihr sicher, dass dieser Plan auch klappt«, murmelte Maggie, die wieder unter die Decke gekrochen war.

»Ich bin sicher«, versicherte Trevin ihr. »Jetzt müssen wir noch schnell alle Männer zusammenrufen und dann die große Halle und den Kerker besetzen.«

»Gern«, stimmte ihm Richard zu, und Maggie seufzte dramatisch auf.

»Sei vorsichtig«, bat sie ihren Mann, und in der Dunkelheit schimmerten ihre Augen.

»Das sind wir immer«, schwor ihr Trevin, dann öffnete er die Tür einen Spalt und spähte hinaus. Wenn er sicher war, dass der Wachmann in die andere Richtung sah, würden er und Richard seinen persönlichen Angriff starten, um seinen Sohn zu retten.

»Gute Arbeit.« Gerald hielt die Zügel des Dunklen ganz fest, als das Pferd zur Seite auswich, nervös schnaufte und dann hin und her tänzelte.

»Hier kommen sie.« Von ihrem Aussichtspunkt aus konnten Trevins Männer kaum das Schloss ausmachen, das in der Dunkelheit aufragte. In dem dichten Nebel erhob sich die Festung wie ein Klotz vor ihnen, bis auf die beiden Reihen von Fackeln, die in dem trüben Licht schwach aufleuchteten.

»Wie ein Hund, der hinter einer läufigen Hündin her ist«, meinte York, und Henrys Herz begann schneller zu schlagen, als er beobachtete, wie sich die Lichter ihnen näherten. Sein Körper war von kaltem Angstschweiß bedeckt.

Die fünf Männer saßen auf ihren Pferden und warteten darauf, die Krieger von Rhydd weg durch die Wälder und über die Hügel zu locken. Doch Henry hatte seinen eigenen Plan, er würde nicht am Fluss entlangreiten und dann auf verschiedenen Wegen durch den Wald verschwinden, damit Ian von Rhydds Soldaten sich aufteilen mussten, um ihnen zu folgen.

»Jetzt!« sagte Gerald, als die Lichter sich ihnen näherten. Er versetzte dem dunklen Hengst einen Schlag, und das Tier schnaubte und galoppierte los. Mit wehendem Schwanz und lautem Hufgetrappel verschwand das Ross zwischen den dunklen Bäumen. Winston, York und Nelson nahmen die Zügel ihrer Pferde und galoppierten durch das Dickicht davon, hinein in den dichten Nebel.

»Führe mich, Vater«, betete Henry, der sich hinter die anderen zurückfallen ließ und sein Pferd langsamer einen breiten Weg entlanglenkte. Das Geräusch des Flusses, der eine tiefe Bergschlucht durchschnitt, drang an seine Ohren und befahl ihm, fest zu sein im Glauben. Er tat das Richtige. Erinnere dich an deinen Vater, daran, dass er nutzlos sein Leben geopfert hat, dass ihn der Pfeil traf, der für den Banditen bestimmt war, der zum Baron geworden war. Erinnere dich an Lord Dryw. Er war ein guter Mann, ein fähiger Führer. Trevin hat ihn umgebracht. Henrys Atem ging rasselnd, Schweiß rann ihm in die Augen. Der Umhang von Lady Gwynn wehte über den Rücken seines Pferdes, das Tier warf den Kopf hoch, als er es zügelte, weil es hinter den anderen Pferde herlaufen wollte, die sich immer rascher entfernten.

»Halt dich zurück«, forderte er das Pferd auf, als sie aus dem Wald heraus auf das felsige Flussufer ritten, an dem der dunkle Fluss vorüberrauschte. Die anderen waren schon auf das sandige Ufer geritten, in der Hoffnung, dass ihre Verfolger die kleine Gruppe entdeckten, ehe die Reiter sich trennten und sich in dem dichten Unterholz verloren. Nelsons Pferd galoppierte am Rande des Wassers, York hielt sich dicht an den Bäumen, Gerald und Winston ritten nebeneinander in der Mitte des sandigen Ufers. Henry fiel weiter zurück, seine Angst stieg, als der dichte Nebel ihn von den anderen trennte.

Sicher war es richtig, was er tat – es war eine edelmütige Tat. Oder vielleicht doch nicht?

Sein Hals schmerzte, weil ein dicker Kloß der Angst darin steckte, und zum ersten Mal zweifelte er an seiner Tat. Hinter sich hörte er das Geräusch von Hufen. Männerstimmen, unbekannte Stimmen, erreichten ihn. Er schluckte und schickte ein weiteres Gebet zum Himmel. »Bitte, Vater, beschütze mich. Lass mich meinem mutigen, edelmütigen Weg folgen, der es wert ist . . .«

»Hey! Da vorne ist einer von ihnen!«, hörte er die Stimmen hinter sich, als er sein Pferd herumriss.

»Tut mir nichts!«, schrie er. »Ich bin auf eurer Seite.«

»Es ist die Lady . . .«, rief einer der Reiter, der wie ein Geist plötzlich aus dem Nebel vor ihm auftauchte.

»Es klingt aber gar nicht so, als wäre es die Lady.«

»Seid vorsichtig. Es darf ihr kein Leid geschehen.« Webbs Stimme drang durch den Nebel. Das Licht der Fackeln hüpfte auf und ab, sie brannten heller, je näher die Reiter kamen. »Haltet eure Waffen zurück!«

Soldaten auf ihren Pferden ritten aus dem Nebel, sie umringten ihn und sein nervöses Pferd.

Henry begann zu zittern. »Tut mir nichts zuleide, denn ich möchte zu euch gehören«, sagte er und zog die Kapuze von Lady Gwynns Umhang von seinem Kopf. »Die Lady ist nicht bei uns, denn wir – die anderen vier Reiter und ich – sind Teil eines Ablenkungsmanövers.«

»Eines Ablenkungsmanövers?«, schnauzte Webb ihn an und ritt näher zu ihm heran.

»Aye. Trevin und die anderen sind zusammen mit der Lady zurückgeblieben. Sie hatten vor, das Schloss einzunehmen.«

»Mit vier Leuten?«, fragte Webb.

»Es gibt noch mehr Leute im Schloss, die sich ihnen anschließen werden; Leute, die Ian von Rhydd nicht treu ergeben sind.« Oh, er hoffte nur, dass er nicht einen schrecklichen

Fehler gemacht hatte, indem er sein Schicksal in die Hände von Lord Ian und seinem mürrischen Ritter gelegt hatte.

»Und warum, verratet mir«, meinte Webb, der sein Pferd so nahe an Henry heranlenkte, dass der heiße Atem des Tieres sein Bein traf, »sollte ich glauben, dass Ihr zum Verräter geworden seid?« Sein Gesicht war feucht vom Nebel. In dem trüben, flackernden Licht der Fackeln sah es unheimlich aus. »Könntet nicht auch Ihr ein Teil des Ablenkungsmanövers sein?«

»Ich sage die Wahrheit. Ich . . . ich bin Henry. Sir Henry.« Warum wollten sie ihm denn nicht glauben?

»Ihr wollt ein Ritter sein?« Einer der Soldaten begann zu lachen, und die anderen stimmten ein. Henry reckte die Schultern und versuchte, sein zitterndes Kinn unter Kontrolle zu halten.

»Still!« Webb warf seinen Begleitern einen drohenden Blick zu, sein Gesicht sah aus wie das des Teufels persönlich. »Sagt mir, Sir Henry, warum habt Ihr Euch gegen den Mann gewendet, in dessen Diensten Ihr steht?«

Schweißtropfen rannen über Henrys Wange und verschwanden in seinem spärlichen Bart. »Ich vertraue ihm nicht. Er hat Lord Dryw umgebracht und . . . und mein Vater hat sein Leben verloren, weil er das Leben dieses Banditen beschützt hat.« Seine Gründe, nein, seine Überzeugung, klang schwach und unbegründet.

»Und Ihr erwartet von mir, dass ich Euch glaube?«

»Aye.« Sir Henry nickte, sein Blick pendelte von einem der Soldaten zum anderen. Sie schienen immer näher zu kommen, wie die bösen Boten der Hölle umringten sie ihn. Sein Pferd warf nervös den Kopf hoch, und Henry brauchte all seine Kraft, um dem Wunsch zu widerstehen, seinem Pferd die Sporen zu geben und vor diesen unheimlichen Kräften, die hier am Werke waren, davonzulaufen. »Es ist . . . es ist die Wahrheit, Sir Webb. Es ist nicht Teil eines Planes, Euch zu hintergehen. Wenn ... wenn Ihr mir nicht glaubt, dann könnt Ihr mich als Geisel mitnehmen, aber bitte, bitte vertraut mir. Trevin ist in diesem Augenblick im Inneren von Rhydd. Er wird nicht eher Ruhe geben, bis sein Sohn frei und Lord Ian tot ist.«

»Und was ist mit meinem Pferd?«, fragte Webb, dessen Gesicht immer düsterer wurde.

»Einer von Trevins Männern reitet es, das gehört zu dem Ablenkungsmanöver, genau wie dieser Umhang von Lady Gwynn.«

»Wo ist sie?«

»Wir haben sie bei einem Händler gelassen, aber ... aber ich glaube, dass Gerald, einer der Ritter, gesagt hat, dass Sir Stephen, ein anderer Ritter von Trevin, sie zurück nach Black Oak bringen soll.«

Ganz langsam zog Sir Webb seinen Dolch. Er beugte sich im Sattel vor, so dass sein Gesicht, das zu einer wütenden Fratze verzerrt war, Henrys Gesicht ganz nahe war. »Hört mir zu, *Sir* Henry«, knurrte er. »Ich werde Euch im Moment vertrauen. Wir werden ins Schloss zurückreiten, und wenn ich herausfinden sollte, dass Ihr mich betrogen habt, dann werde ich Euch persönlich Eure lügnerische Zunge aus dem Mund schneiden und sie den Hunden zum Fraß vorwerfen, habt Ihr mich verstanden?«

Henry wurde beinahe ohnmächtig. Er schwankte im Sattel. »Aye. Aye, aber ich sage die Wahrheit«, brachte er hervor, als Sir Webb sich wieder zurücklehnte, die Zügel seines Pferdes nahm und das Tier, das hochstieg, herumriss, so dass es fast auf Henrys Pferd fiel.

»Nach Rhydd«, befahl er, und Henry war eine Minute lang erleichtert. »Und Ihr«, mit der Hand deutete er auf einen der Ritter, einen kräftigen Riesen, »Sir Patrick, Ihr sorgt dafür, dass unser Gefangener uns nicht entkommt.«

»Gefangener?«, fragte Henry, als jemand seinem Pferd auf

die Hinterhand schlug und das nervöse Tier davonstürmte. »Nein, Sir Webb, ich bin kein Verräter an Rhydd.«

»Nicht? Einem Mann, der seinem Lord den Rücken kehrt, kann man nicht vertrauen. So viel weiß ich.«

»Aber ...« *Gefangener? Nein, das alles war nicht richtig!*

»Ihr habt doch nicht etwa geglaubt, Ihr würdet Gast auf Rhydd sein, wie?«

»Ich dachte, ich würde mit Euren Männern reiten.«

»Das dachtet Ihr?« Webbs Lachen klang böse und unheimlich. »Dann seid Ihr ein Dummkopf. Es ist ein Wunder, dass Ihr überhaupt ein Ritter seid. Kommt! Wenn wir erst das Schloss gesichert haben, werde ich mir mein Pferd zurückholen und die Lady suchen.« Er gab seinem Hengst die Sporen, und das Tier jagte davon, furchtlos galoppierte es in die Dunkelheit.

Henry wurde samt seinem Pferd eingekreist von einem Meer aus Pferden, Soldaten und Fackeln. Obwohl er sich betrogen fühlte, als hätte er sein Schicksal einem Verrückten anvertraut, so blieb ihm doch keine andere Wahl, als den Soldaten zu folgen.

»Hilfe! Wache! Bitte helft mir mit dem Alten. Er ist ... er ist tot!«, rief Gareth und schlug mit der Faust gegen die Stäbe seiner Zelle.

»Tot?«, fragte der Wachmann, ein riesiger Kerl, der sich nur sehr langsam bewegen konnte. »Nein, er schläft nur.«

»Er atmet nicht! Er ... sein Herz schlägt nicht mehr. Bitte, ruft den Arzt.«

»Wenn er tot ist, ist es sowieso schon zu spät.« Mit einem verächtlichen Schnaufen stand der Mann von seiner Bank auf und schlurfte widerwillig durch den düsteren Gang zu der Zelle. »Er sieht ganz normal aus – was zum Teufel ist das?« Er runzelte die Stirn, sein dickes Gesicht verzog sich misstrauisch, dann öffnete er die Tür der Zelle und kam hinein.

»Das weiß ich nicht«, meinte Gareth und blickte auf die Rune, die Muir mit seinem Blut auf den Boden der Zelle gemalt hatte. »Habt Ihr denn nicht gehört, wie der alte Mann pausenlos gemurmelt und das hier auf den Boden gezeichnet hat?«

»Nein ...« Der Wachmann schüttelte bedächtig seinen dicken Kopf. »Ich höre nicht auf das, was die Gefangenen reden.« Er kratzte sich am Ohr und verzog verwirrt sein Gesicht.

»Nun, das hat er aber getan und dann ... dann hat er sich hingelegt als wolle er schlafen und ist gestorben ... ich schwöre es!«

Der Wachmann bewegte sich nicht, er trat auch nicht näher an den alten Mann heran, der bewegungslos auf den schmutzigen Binsen lag.

»Das ist das Zeichen des Teufels«, flüsterte der Wachmann, und seine Nasenflügel blähten sich vor Furcht.

»Nein ...«

Der Wachmann ging langsam rückwärts, anstatt weiter in die Zelle zu kommen, wie Gareth es gehofft hatte, dann schlug er mit einem lauten Krachen die Tür hinter sich zu. »Hey ... John, du da oben an der Treppe. Geh und hol den Priester.«

»Warum?«, rief eine Stimme von oben.

»Tu es sofort, es sei denn, du möchtest dich in teuflische Schwierigkeiten bringen.«

»Geh und hole ihn doch selbst!«

»Liebend gern.« Er ging rückwärts die Treppe hoch und verschwand, und Gareth trat ärgerlich nach dem Stroh.

»Er hat Euch nicht geglaubt«, flüsterte er, weil er glaubte, Muirs Plan, den Wachmann hinters Licht zu führen, sei kläglich gescheitert. »Wir müssen uns etwas anderes einfallen lassen.«

Der alte Mann rührte sich nicht.

»Habt Ihr mich gehört?«, fragte Gareth und trat einen Schritt näher in die Ecke, in der der Zauberer schlief. »Wir müssen – o Gott.« Muir schlief nicht, wie es geplant gewesen war. Nein, er lag dort ohne zu atmen, sein krankes Auge war geöffnet und starrte blicklos zur Decke. »Oh, nein, nein, nein!« Eisig kalt lief ihm ein Schauer der Angst über den Rücken. »Hilfe!«, schrie er noch einmal, lauter diesmal.

»Oh, halt die Klappe«, brummte ein Grobian aus der nächsten Zelle.

»Halt du doch die Klappe, Reginald«, fuhr sein Zellengenosse ihn an.

»Hilfe!«

Gareths Herz raste, seine Hände waren feucht. Er hatte den alten Mann nie gemocht, nicht wirklich, und dennoch verspürte er jetzt ein entsetzliches Gefühl des Verlustes in diesem engen, feuchten Gefängnis mit den nassen Wänden, dem verrottenden Stroh und den Ratten. Allein in diesem Verlies zu sein, ohne jemanden, mit dem er reden konnte, war unglaublich. Der Zauberer war trotz all seiner Fehler ein guter alter Kerl gewesen. Die Welt schien auf Gareth einzustürzen, und er begriff, dass seine Lage hoffnungslos war. Er dachte an seine Mutter, und Tränen brannten in seinen Augen, Tränen die er nie geweint hätte, weil er es als Schwäche empfand zu zeigen, wie sehr er die Frau vermisste, die ihn geboren hatte.

All sein Mut war verschwunden, und auch wenn er versuchte, sich zusammenzureißen, so brauchte er den alten Mann nur anzusehen, dessen Mund offen stand und dessen Brust sich nicht mehr bewegte, dessen krankes Augen geöffnet war, und Gareth wünschte sich nichts sehnlicher, als durch die Gitterstäbe zu klettern und zu fliehen. Seine Schleuder hatte er in die Hosentasche gesteckt, zusammen mit einer Hand voll Steine, doch er war so verängstigt, dass er an nichts anderes mehr denken konnte als daran, von dem Toten wegzukommen.

»Hey, ist der alte Kerl wirklich tot?«, fragte einer der anderen Gefangenen.

»Ach du meine Fresse. Bist du sicher?«, rief jetzt ein anderer. »Ist er denn nicht so eine Art Zauberer? Vielleicht befindet er sich nur in einer verdammten Trance.«

»Aye, und ich bin der König von England.«

Die Männer lachten und machten noch mehr Späße, doch Gareth hörte ihnen nicht zu. Er starrte zur Treppe und betete insgeheim, der Priester, der Wachmann oder *irgendjemand* würde kommen, um die Leiche wegzubringen.

Es schien Stunden zu dauern, ehe er Stimmen hörte und das Flackern eines goldenen Lichtes entdeckte, das von einer Fackel stammte.

»Es ist zu spät für die letzte Ölung«, erklärte Vater Anthony mit verkniffenem Gesicht, der zusammen mit dem Wachmann und der alten Idelle vor die Zelle trat.

»Dieser Ort hier ist eine Schande«, erklärte Idelle und schüttelte ihren Kopf, als könne sie durch ihre milchigweißen Augen noch etwas sehen. »Wenn die Herrin noch zuständig wäre . . .«

»Nun, das ist sie nicht, und so möchte Lord Ian die Dinge haben«, erklärte der Wachmann und griff nach dem Schlüssel.

»Gareth, Junge!« Idelles besorgtes Gesicht erhellte sich, und sie lächelte. »Ich habe mir Sorgen gemacht, als ich hörte, dass du hier bist.« Sie nahm ihn in den Arm und drückte ihn an sich, und wieder stiegen diese verflixten Tränen in seine Augen. Idelle, die ihm so nahe stand wie seine Mutter, war immer sehr gut zu ihm gewesen. »Ich habe versucht, dich zu besuchen, doch Lord Ian hat es verboten.«

»Wo ist meine Mutter?«

»Oh, woher soll ich das wissen«, flüsterte sie und drückte ihm einen Kuss auf das Haar, ehe sie sich wieder Muir zuwandte.

»Seht hier, auf dem Boden!« Der Wachmann deutete zu der Rune, die Muir mit seinem eigenen Blut gezeichnet hatte. »Es ist das Zeichen des Teufels, das sage ich Euch.«

»Nein«, wehrte Idelle die Ängste des Mannes ab. »Es ist nur ein Zeichen über das Leben.«

Der Priester zitterte und bekreuzigte sich schnell, dann beugte er sich über Muir. »Diese arme Seele . . .«

Bei diesen Worten bewegte sich eine Hand des Zauberers.

»Ahhh!«, schrie der Wachmann.

»Heiliger Vater.« Der Priester trat einen Schritt zurück, und Gareth, dessen Herz schneller schlug als das eines Kaninchens, riss die Schleuder aus seiner Hosentasche, lud sie und feuerte einen Stein ab. Ssst! Klack! Der Stein traf den Wachmann am Hinterkopf.

»Autsch! Was habt Ihr gesagt?« Er drehte sich um, und der nächste Stein traf ihn mitten auf der Stirn. »Autsch! Hör auf!« Noch ein Stein kam geflogen. Dieser traf ihn ins Auge. »Hör auf, du hast mich geblendet, du elender kleiner Bastard.« Eine Hand hielt er sich vor das Auge, mit der anderen griff er nach seinem Schwert. Er hatte nicht damit gerechnet, dass ihn der nächste Stein in den Unterleib traf.

»Jesus, Maria und Josef, haltet ihn zurück!« Er zog sein Schwert, doch Muir sprang auf und stieß sein winziges Messer in den Hals des Wachmannes.

»Lauf!«, befahl er.

Blut schoss aus der Wunde. Der Wachmann wedelte wild mit dem Schwert herum, und Gareth hetzte los wie ein aufgeschrecktes Fohlen. Er wartete nicht darauf, was mit Vater Anthony oder Muir oder Idelle geschah. Er lief die Treppe hinauf und nahm zwei Stufen auf einmal, dann riss er die Tür zum Schlosshof auf, wo dicker Nebel alles verhüllte. Er verschwand im Schatten und hielt sich in der Nähe der dicken Mauern, dankbar, dass der Nebel ihn verbarg. Zwei Wachleute standen am großen Portal Wache, das Fallgatter war heruntergelassen. Hier konnte er nicht entkommen. Er schlich sich um eine Ecke des Schlosses und kam zum Zwinger, wo die Hunde, die unruhig geworden waren, leise bellten. Alfred war nirgendwo zu sehen, und Gareth schlich sich in den Zwinger, wo Boon ihn fast umwarf.

Mit heftig wedelndem Schwanz jaulte der junge Hund und sprang um Gareths Füße. »Still«, befahl er und nahm den zappelnden Kerl auf seinen Arm. Die meisten der ausgewachsenen Hunde, die für die Jagd abgerichtet waren, hoben zwar die Köpfe, beruhigten sich aber sofort wieder. Sie waren daran gewöhnt, dass der Junge sie zu den ungewöhnlichsten Zeiten besuchte. Er hielt seinen Hund im Arm und fühlte, wie Boons kleines Herz wild schlug. »Psst«, warnte er ihn und verbarg sich im Schatten.

Muir, der alte Kerl, hatte ihn an der Nase herumgeführt. Warum hatte er ihm nicht verraten, dass er sich in solche Trance versetzen konnte oder was auch immer das gewesen war? Ein Schauer lief durch Gareths Körper, als er Boon aus dem Zwinger hinaustrug und sich mit ihm hinter den riesigen Kesseln verbarg, in denen die Kleidung gewaschen wurde. Er hatte keinen Fluchtplan, doch er wusste, dass er sehr schnell hier verschwinden musste, ehe ihn alle im Schloss suchten.

Vorsichtig richtete er sich wieder auf und schlich an den Käfigen vorbei, in denen die Frettchen gehalten wurden. Die nervösen Tiere liefen in ihren Käfigen hin und her. Boon erstarrte, doch er bellte nicht, als sie an den Käfigen vorbeihuschten und dann stehen blieben, um das Ausfalltor zu beobachten, vor dem ein Wachmann, ein junger Mann, wie es schien, Wache hielt. Er trug keinen Helm, und es bestand die Möglichkeit, dass Gareth seine Schleuder benutzen konnte. Doch er besaß nur noch einen einzigen Stein. Das reichte nicht. Er brauchte eine ganze Tasche voller Steine, dann könnte er den Wachmann angreifen und entkommen.

Wenn er erst einmal außerhalb der Mauern von Rhydd war, würde er das tun, was seine Mutter ihm geraten hatte. Er würde sich nach Süden durchschlagen. Wenn er zügig ging und ab und zu auf einem Wagen mitfuhr, würde er schon bald auf Schloss Heath sein, wo Luella, die Schwester seiner Mutter, Schlossherrin war.

Doch er besaß kein Geld und auch keine Juwelen. Diejenigen, die seine Mutter ihm gegeben hatte, waren bei Muir. Gareth besaß gar nichts, nicht eine einzige Münze. Es sei denn . . . Er schmunzelte in der Dunkelheit vor sich hin. Sein Vater war also ein Dieb gewesen, wie? Nun, das konnte Gareth auch sein. Er würde einen Dolch aus der Waffenkammer stehlen, Brot und Äpfel aus der Küche und ein paar Juwelen aus der Schatzkammer des Schlosses. Denn wenn Ian in der kurzen Zeit, seit der er Herr über Rhydd geworden war, nicht schon alles geändert hatte, wusste Gareth, wo der Ersatzschlüssel zur Schatzkammer versteckt war.

Irgendetwas stimmte nicht. Es stimmte ganz und gar nichts. Die Geräusche im Schloss waren anders als sonst. In seinem Schlaf hatte er Männer schreien gehört, Pferde hatten gewiehert, und das aufgeregte Bellen der Hunde war zu hören gewesen. Ian hatte all diese Geräusche in seine Träume mit einbezogen, und obwohl das Feuer heruntergebrannt und die Fackeln erloschen waren, fühlte er doch, dass jemand in seinem Zimmer war.

Er griff neben sein Bett, wo sein Schwert lag, doch seine Finger berührten nur den kalten Stein und die dichten Binsen, kein Metall war zu fühlen.

Sein Herz schlug laut, er wandte sich um und erwartete, seinen Dolch in der Scheide neben sich auf seinem Lager zu finden, doch auch der war weg.

»Also seid Ihr doch endlich aufgewacht.«

Es war die Stimme seines Feindes. Des Diebes.

»Ich habe schon geglaubt, ich müsste Euch im Schlaf die Kehle durchschneiden.«

Als Ians Augen sich an die Dunkelheit gewöhnt hatten, entdeckte er seinen Widersacher, dunkel und drohend sah er aus, viel größer als er ihn in Erinnerung hatte, stand er in der Nähe des Fensters. In einer Hand hielt er Ians Schwert, in der anderen seinen Dolch.

»Wie seid Ihr hier hereingekommen?«

»Durch die Tür.«

»Wache!«, schrie Ian, doch mit wenigen schnellen Schritten durchquerte Trevin den Raum und drückte ihm den Dolch an den Hals.

»Ich habe mir all diejenigen, die Euch treu ergeben waren, vom Halse geschafft«, flüsterte er rau, mit einer Stimme, die Ians Blut zu Eis gefrieren ließ. »Und jetzt solltet Ihr Euch ankleiden und mit mir kommen.«

Gwynn betrachtete den Himmel und wünschte, der Mond würde scheinen, und sie hätte die Möglichkeit, schneller nach Rhydd zu kommen. Seit Stunden waren sie und Sir Stephen bereits unterwegs, und endlich waren sie in der Nähe des Schlosses angekommen, obwohl der müde Esel immer langsamer wurde, und er nur noch weitertrottete, wenn die Zügel auf seinen Rücken schlugen.

Der Nebel wurde immer dichter, und es war so kalt, dass man erfrieren konnte. Gwynn blies in ihre Hände und hoffte, dass es nicht zu spät war, dass Trevin in Sicherheit war und Gareth ... oh, wenn er doch nur noch am Leben wäre, an einem Ort, an dem er sicher wäre.

»Können wir nicht schneller fahren?«, fragte sie zum wiederholten Male.

»Das wünschte ich mir auch, aber es ist nicht möglich.«

Die Zeit raste, und Gwynn fror entsetzlich. Sie hätte sich niemals von Trevin übertölpeln lassen dürfen, sie hätte ihm nie trauen sollen, doch auch wenn sie schrecklich wütend auf ihn war, so war doch ihr Herz bei ihm und den wenigen Männern, die er mit sich genommen hatte.

Es war eine schwachsinnige Idee gewesen, doch sie konnte den kleinen Hoffnungsschimmer nicht unterdrücken, der hell in ihrem Herzen flackerte. Ganz bestimmt war er in Sicherheit. Es musste einfach so sein. Er war bei Gareth. Oh, was würde sie darum geben, ihren Sohn wieder zu sehen, ihn in die Arme zu nehmen. Wenn sie die beiden nur noch ein letztes Mal sehen könnte, dann wäre sie in der Lage, sich Ian zu unterwerfen und seine gehorsame Frau zu sein.

Der Gedanke war reines Gift, und ihr Magen hob sich. Doch sie würde es überleben, Ian von Rhydds Frau zu sein. Sie würde jede Erniedrigung ertragen, die er für sie bereithielt, solange Trevin und Gareth in Sicherheit waren.

Sie schickte ein weiteres Stoßgebet zum Himmel. Irgendwo im Wald in der Nähe ertönte das Heulen eines Wolfes. Der Esel, der noch kurz zuvor so lustlos gewesen war, zog plötzlich an, und der Wagen rollte schneller dahin.

Sie waren jetzt ganz nahe an Rhydd. Sie fühlte es, doch gleichzeitig mit diesem Gedanken beschlich sie eine dunkle Angst, dass die Menschen, die sie auf der Welt am meisten liebte, sich in Gefahr befanden . . . oder noch schlimmer, dass keiner von ihnen überlebt hatte.

Gareth konnte sein Glück kaum glauben. Seine Taschen waren voller Juwelen und Münzen, die er aus dem Kontor entwendet hatte. Den jungen Hund hatte er unter einen Arm geklemmt, er lief an der Mauer entlang und versteckte sich hinter einem Wagen, um den Schlosshof zu überblicken.

Alle Wachen waren von ihren Posten verschwunden, und ihn beschlich das vage Gefühl, dass etwas nicht stimmte, und zwar nicht nur die Tatsache, dass er so leicht aus dem Kerker entkommen war. War es möglich, dass Muir wirklich einen

Zauber über das Schloss gelegt hatte, der bewirkte, dass vielleicht alle Wachen eingeschlafen waren? Oder konnte es sein, dass sie nach dem Kampf und all der Verwirrung im Kerker jetzt das Schloss nach ihm durchsuchten?

Gareth nahm sich nicht die Zeit, darüber nachzudenken. Er wusste nur, dass das Wachhaus neben dem Tor leer war, und auch wenn das Fallgatter heruntergelassen war, so war es doch einfach, es hochzuziehen und durch das Portal zu schlüpfen. Allerdings würde er Zeit brauchen und viel Geschicklichkeit, denn in dem Moment, in dem das metallene Gitter quietschend hochgezogen würde, würden alle im Schloss aufmerksam werden. Dann hätte er nur noch wenige Sekunden Zeit, um die Treppe aus dem Wachhaus hinunterzulaufen und durch das Torhaus in die Freiheit außerhalb der Mauern des Schlosses zu entkommen.

Vorsichtig schlich er sich an der Mauer entlang und strengte seine Augen in dem dichten Nebel so sehr an, dass ihm der Kopf schmerzte. Seine Schlinge hatte er unter den Hosenbund gesteckt, und in der freien Hand, mit der er nicht den Hund hielt, trug er seinen Dolch.

Er erreichte das Torhaus, schlüpfte durch die Tür und schlich die Wendeltreppe hinauf. Er erwartete jeden Augenblick, einem Wachmann zu begegnen, der die Treppe hinuntergelaufen kam, doch er hörte keine Geräusche, und die Fackeln an den Wänden waren so weit heruntergebrannt, dass sie nur noch glommen und lediglich ein schwaches Licht abgaben.

Mit hämmerndem Herzen erreichte er den Raum, in dem sich die Winde für das Fallgatter befand – und dann wurde ihm klar, dass er das Fallgatter nicht ohne die Hilfe eines anderen Mannes öffnen konnte. »Verdammt«, murmelte er leise vor sich hin, als Boon plötzlich aufjaulte und sich aus seinem Arm zu befreien versuchte. »Psst!«

»Ich habe mich schon gefragt, wann du endlich kommen würdest.«

Gareth erstarrte – und atmete erleichtert auf, als Muir aus einer dunklen Ecke trat und leise lachte. Also konnte der alte Mann doch irgendwie zaubern.

»Beeil dich, Junge. Wir haben nicht mehr viel Zeit. Pack den Griff!«

Gareth tat, wie ihm befohlen wurde. Er wunderte sich nur über die Kraft des alten Mannes. Das Gatter war schwer, zwei kräftige Männer brauchte man, um es hochzuziehen, und dennoch hatten sie keine andere Möglichkeit. Wenn er und Muir und Boon entkommen wollten, mussten sie das Tor öffnen.

»Die Gefangenen sind entkommen!« Ein Wachmann schrie, seine Stimme drang durch den Schlosshof, als Trevin, dessen Schwert noch immer an Ians Hals lag, seinen Gefangenen durch die Tür in die große Halle schob. Niemand reagierte. Einige verschlafene Bedienstete, die an den Fenstern erschienen, hatten offensichtlich nicht die Absicht, dem ängstlich aussehenden Wachmann zu helfen.

Trevin schmunzelte grimmig. Richard und die anderen Gefolgsmänner mussten wohl erfolgreich gewesen sein in ihrem Bemühen, die wenigen Wachleute und Soldaten zu überwältigen, die noch in dem Schloss waren. Er beugte sich vor. »Jetzt ist es Zeit für Euch, den Geruch des Kerkers zu riechen«, knurrte er Ian gut gelaunt ins Ohr. Mit der Spitze seiner Klinge schob er Ian weiter.

Der Wachmann, der auf die große Halle zugelaufen kam, wurde von einem ungelenken Jungen, der nicht älter als dreizehn Jahre sein konnte, zu Fall gebracht. Die beiden rollten im Gras, bis Richard, der sich hinter einem zerbrochenen Wagen versteckt hatte, herbeigelaufen kam und dem Jungen half, den Wachmann außer Gefecht zu setzen. »Tut mir Leid«, entschuldigte sich der Zimmermann und sah ein wenig verlegen aus. »Den hier haben wir vergessen. Gut gemacht, Tom.«

»Was ist mit den anderen?«, fragte Trevin.

»Die meisten von ihnen haben Euch die Treue geschworen, die anderen sind im Kerker.«

Ian sank in sich zusammen, als wäre ihm plötzlich eine schwere Last auf die Schultern gelegt worden. In dem schwachen Licht schien er alt und müde.

»So sollte es auch sein«, meinte Trevin zufrieden.

»Nein, ich bringe keine guten Neuigkeiten. Einige Männer, die diesem hier treu ergeben sind«, er spuckte auf den Boden vor Ians nackte Füßen, »sind entkommen, und der Junge und der Zauberer sind auch nicht da.«

»Was?« Trevins Hand schloss sich fester um sein Schwert. »Sie sind nicht da?«

Richard nickte ernst. »Ich habe die Gruppe in den Kerker geführt, doch der Wachmann war bereits tot, der Junge und Muir waren verschwunden, und alles, was noch übrig war, war eine eigenartige blutige Zeichnung auf dem Boden der Zelle.«

»Alles umsonst, Dieb?«, spöttelte Ian und zog eine Augenbraue hoch.

»Wo sind sie?«

Ian zuckte mit den Schultern. »Ich habe keine Ahnung.«

Trevin glaubte ihm, doch er verspürte einen schwachen Moment Furcht. »Sucht jeden Zentimeter des Schlosses ab«, befahl er seinen Männern, doch als er diese Worte aussprach, hörte er ein Knirschen und Quietschen. Klirrend wie die Ketten sterbender Gefangener hob sich langsam das metallene Fallgatter. »Nein!« schrie er, denn ausgerechnet in dem Augenblick, in dem sich das Tor öffnete, hörte man das Geräusch von Hufen im Schlosshof. »Schließt das Tor!«, befahl er. »Um der Liebe Christi willen, schließt das Tor!« Doch es war schon zu spät. Im Nebel entdeckte er zwei Gestalten, einen alten Mann und einen Jungen, die aus der Tür des Torhauses gelaufen kamen, während gleichzeitig durch das geöffnete Tor eine Gruppe Soldaten mit brennenden Fackeln geritten kam.

An ihrer Spitze, mit gezogenem Schwert, dessen Klinge im Licht golden aufleuchtete, ritt Trevins alter Feind.

Sir Webb, dessen Gesicht vom Hass verzerrt war, kehrte zurück.

Das einzige Hindernis zwischen ihm und dem geächteten Baron war Trevins Sohn.

»Gareth, lauf!«, schrie Trevin. »Hier, nehmt diesen hier!« Er schubste Ian auf Richard zu und lief mit hoch erhobenem Schwert über den Schlosshof, Wut und Angst beherrschten ihn. »Lauf, verdammt, lauf Junge!«

Doch es war schon zu spät.

»Packt ihn!«, befahl Webb. Zwei Männer sprangen von ihren Pferden. Ein anderer zielte auf ihn. Der Hund, den Gareth bis jetzt auf dem Arm gehalten hatte, plumpste zu Boden und lief jaulend davon.

»Nein!« Trevin sprang über einen Stapel Feuerholz, der ihm im Weg stand und hetzte weiter. Er war nur noch fünfzehn Meter von dem Jungen entfernt.

Zisch!

Der erste Pfeil traf Gareth ins rechte Bein. Er schrie auf, und der Ton drang Trevin bis ins Herz. Der Junge fiel zu Boden und wand sich voller Schmerzen. Seine Schleuder fiel zu Boden. Mit einem empörten Aufjaulen verschwand der junge Hund in der Dunkelheit.

Wieder zischte ein Pfeil.

Der zweite Pfeil bohrte sich in Gareths Schulter. Wieder schrie er voller Entsetzen schrill auf.

»Nein!« Wut, so schwarz wie das Herz eines Dämonen, tobte in Trevins Innerem. Er lief weiter, mit hoch erhobenem Schwert, er hörte einen wilden Schrei und begriff, dass er aus seinem eigenen Mund kam. Er schwang sein Schwert, und einer der Bogenschützen fiel zu Boden. Pferde wieherten und stiegen auf. Männer schrien. Schwerter blitzten in dem geisterhaften orangefarbenen Licht. Metall stieß auf Metall. Erwachsene Männer stöhnten vor Schmerz auf.

»Haltet ihn auf!«, donnerte Webbs Stimme über dem grausigen Getümmel.

Ein Pfeil zischte durch die Luft und flog genau an Trevins Kopf vorbei.

Ein anderer Pfeil verfehlte ihn ebenfalls.

»Trevin! Vorsicht!« Das war Richards Stimme. Er war in seiner Nähe. Oder weit weg. Männer sprangen von ihren Pferden, und in der Mitte der Soldaten, gefangen, mit einem Gesicht so weiß wie der Tod, war Sir Henry.

Zisch!

Schmerz jagte durch seinen Schenkel. Trevin stolperte. Sein Schwert fiel ihm beinahe aus der Hand. Er zwang sich weiter. »Gareth!«

Einer der Bogenschützen zielte auf den Jungen.

Trevin warf das Schwert nach dem Mann. Es traf ihn und drang tief in seinen Körper ein.

Schreiend fiel der Soldat auf die Knie, Blut sprudelte aus seiner Brust, er umklammerte die Waffe, die sein Leben beendete.

»Hört mit diesem Blutvergießen auf! Im Namen des Allmächtigen, ich flehe Euch an!« Vater Anthony kam durch den dunklen Schlosshof gelaufen, sein Talar flatterte hinter ihm her, er sah aus wie ein wütender Racheengel direkt vom Himmel gefallen. »T-tut das nicht – Oh, gnädiger Gott!«

Trevin war an Gareths Seite. Er hielt den Dolch in seiner Hand. »Bleibt zurück!« Weitere Männer umzingelten sie. Einige kamen aus ihren Hütten gelaufen, andere griffen nach Waffen. Ob sie für ihn waren oder für seine Feinde, wusste er nicht. Das Licht der Fackeln brach sich im Nebel und spiegelte sich in den panischen Augen der unruhigen Pferde und in den Klingen der Waffen.

Hunde bellten, Pferde wieherten, und in einiger Entfernung hörte man ein Baby weinen. Männer schrien und brüllten, die Geräusche schrillten in Trevins Ohren.

Ein Pfeil zischte an seinem Kopf vorüber, ein weiterer traf ihn in der Schulter. »Gareth, steh auf. Lauf weg.«

»Es ist zu spät.« Muir erschien plötzlich aus dem Nebel und war an seiner Seite. Gareth lag bewegungslos am Boden, seine Tunika war voller Blut.

»Nein. Er wird leben, er wird überleben und ...«

»Es ist für uns alle zu spät«, erklärte Muir.

»Niemals!«

Trevin schob die Hände unter den Jungen, er hatte die Absicht, ihn ins Schloss zu tragen. »Gareth, Junge, ganz ruhig. Ich werde mich um dich kümmern«, versprach er und stolperte, als er den Jungen hochhob und ihm der Schmerz seiner eigenen Wunden bewusst wurde.

»Bleibt stehen!« Ians Stimme klirrte wie Stahl. »Verräter. Mörder. Dieb!«

Trevin ging weiter. Die Worte kamen von weither, und ihre Bedeutung war ihm nicht klar. Es war ein Dröhnen, wie das Geräusch eines mächtigen Wasserfalles in seinem Kopf. Wenn er Gareth ins Schloss bringen, ihn auf ein Bett legen könnte, dann wäre alles wieder gut.

Und was war mit Gwynn?

Bei den Göttern, sie war so wunderschön. Wenn er sie doch nur noch einmal wieder sehen könnte. Nur noch einmal. Er kämpfte gegen den Schmerz und die Dunkelheit an, die ihn zu überwältigen drohten. Das dumpfe Hämmern in seinem Kopf wurde lauter, es war wie das Meer, dessen Wogen an den Strand brandeten. *Gwynn, Liebling. Ich werde dafür sorgen, dass unser Sohn in Sicherheit ist. Denk daran, dass ich dich liebe, wie ich nie eine andere geliebt habe* ... Er schüttelte den Kopf und klärte so seine Gedanken. Er durfte nicht den Verstand verlieren, noch nicht.

»Habt Ihr mich nicht gehört?«, brüllte Ian.

Trevin ging weiter, seine Beine waren schwer, seine Füße glitten in dem mit Blut verschmierten Gras aus. Er würde seinen Sohn retten. Wenn er in diesem elenden Leben noch nichts vollbracht hatte, so würde er doch diesen Jungen retten.

Schweiß strömte über sein Gesicht. Blut floss aus seinen Wunden. Schmerz fraß an seinem Körper und an seiner Seele. Doch noch immer ging er weiter. Es war nicht mehr sehr weit.

»Lauft!«, schrie Richard. »Trevin, bitte . . . es ist alles verloren! Rettet Euch!«

Ian, dem es mit der Hilfe des Müllers gelungen war, Richard die Waffe zu entreißen, sah zu, wie dieser Dummkopf seinen Sohn zum Schloss trug. Mit jedem Schritt wurde Trevin von Black Oak schwächer, dennoch ging er weiter, entschlossen, sein Ziel zu erreichen, für ein Kind zu sorgen, das er nie wirklich gekannt hatte.

Der Kampf war beinahe vorüber. Webbs Soldaten und ihre Waffen waren stark; die Aufständischen – Bauern und Diener – waren keine Gegner für die ausgebildeten Krieger.

Ian wandte sich zu einem Schützen, der einige Männer in dem Aufstand erschlagen hatte. »Kümmert Euch um den Verräter«, sagte er und sah zu, wie der Bogenschütze seinen Bogen hob und auf Trevins Rücken zielte.

»NEIN! TREVIN!« Es war die Stimme einer Frau, *seiner* Frau, die über den Schlosshof hallte. Ian wandte sich um und entdeckte Gwynn, deren Gesicht voller Entsetzen war und die über den Schlosshof gelaufen kam. Ihre Beine bewegten sich schnell, sie lief an den Soldaten vorüber, die die meisten der Verräter zusammengetrieben hatten. Sie war gerade erst angekommen, in einer Art Wagen, und sie trug Männerkleidung, eine lederne Tunika und Hosen. Ihr Haar wehte offen hinter ihr her, Tränen rannen aus ihren schönen Augen. Nie zuvor hatte sie wundervoller ausgesehen. »Hört auf! Ian, ich flehe Euch an, bitte ...«

Trevin, der ihre Stimme gehört hatte, wandte sich um.

Der Bogenschütze zog ab.

Der Pfeil zischte durch die Luft und drang tief in Trevins Schulter ein, nur wenige Zentimeter neben Gareths Kopf.

»Nein, nein, nein!«, schrie sie und lief über das nasse Gras und durch den dichten Nebel.

Der geächtete Baron stolperte. Sein Sohn fiel auf den Boden, und mit einem letzten Blick auf die Frau, die durch die Dämmerung auf ihn zugelaufen kam, sank auch er zu Boden.

»Trevin! Oh, nein, nein, nein!«

Sie versuchte, an Ian vorbeizulaufen, doch das ließ er nicht zu. Diese Frau hatte ihn schon zu oft erniedrigt. Sie war an ihrem Hochzeitstag mit dem Dieb davongelaufen, war ihm entkommen und hatte ihn vor seinen eigenen Männern lächerlich gemacht. Man durfte ihr nicht trauen, sie nie wieder aus den Augen lassen. So wie er es sah, konnte sie bereits ein weiteres Kind des Geächteten unter ihrem Herzen tragen.

Bei diesem Gedanken kochte sein Blut.

Obwohl er beinahe fünfzig Jahre alt war, war er doch noch immer schnell und hielt sie auf. Er griff nach ihrem Arm, aber sie entriss sich ihm, rannte um einen leeren Wagen herum und durch den flachen Teil des Aalweihers, weg von ihm. Als würde seine Berührung sie abstoßen.

Dieses böse kleine Luder.

»Bleib stehen, Weib!«, bellte er, und als sie keine Anstalten machte, ihm zu gehorchen, verfolgte er sie und stieß sie in das lehmige Gras. Tränen standen in ihren Augen. Sie versuchte ihn wegzustoßen, und als er seinen Griff verstärkte, schlug sie mit den Fäusten gegen seine Brust.

Er begrub sie unter sich und packte ihre Hände, damit sie ihn nicht länger schlagen konnte. Sie war ihm so nahe, dass er den Duft nach Heide riechen konnte, der aus ihrem Haar aufstieg. Er hörte, wie sich seine Männer um sie sammelten, wusste, dass Webb und seine Soldaten ihm zusahen, wie er diese Frau zähmte. »Hör mir zu, du kleines Frauenzimmer«, hauchte er in ihr Ohr. »Wenn dir etwas am Leben deines Geliebten und deines Sohnes liegt, dann wirst du jetzt aufstehen und als meine Frau neben mir stehen bleiben. Du wirst einen Weg finden, deine eigene Würde und auch die meine zurückzufinden.«

»Das kann ich nicht.«

»Du hast die Wahl, Mylady«, sagte er und sah das wütende Aufblitzen ihrer Augen. Er fühlte, wie sich ihre Brüste unter ihm hoben und senkten mit jedem Atemzug.

»Ich würde lieber sterben.«

»Es ist nicht dein Leben, um das wir hier verhandeln.«

Jeder Muskel in ihrem Körper erstarrte. Endlich besaß er ihre vollständige, ungeteilte Aufmerksamkeit.

»Wenn du nicht das tust, was ich von dir verlange, dann, fürchte ich, werden sie beide sterben müssen.«

»Nein!« Sie wand sich unter ihm, und es gelang ihr, einen Blick auf ihren Geliebten und ihr gemeinsames Kind zu erhaschen.

Ihr Vertrauen in den Dieb genügte, um es ihm speiübel werden zu lassen, obwohl ihr Mut und die Macht ihrer Gefühle ihm gleichzeitig auch im geheimen Ehrfurcht abverlangten. »Du hast die Wahl, meine Süße«, sagte er und versuchte, seiner Stimme einen normalen Klang zu geben. »Wenn du nicht an meiner Seite stehst, werden sie sterben, entweder von den Wunden, die sie an diesem Abend erlitten haben oder indem sie am Galgen enden, sobald sie wieder kräftig genug sind. Also, entscheide dich. Jetzt sofort. Und denke daran, dass ihr Schicksal in deiner Hand liegt.«

# 16

»Warum bringt Ihr sie nicht einfach um?«, fragte Webb und entfernte mit dem Dolch den Schmutz unter seinen Fingernägeln. Er lehnte am Kamin, während die Diener mit abgewandtem Blick hin und her liefen, die Treppen hinauf und hinunter. Überall standen Wachen, an allen Eingängen des Schlosses, bereit zum Angriff, falls einer von Lord Trevins treuen Soldaten aus Black Oak kommen sollte. Selbst wenn viele der Bauern und Diener im Gefängnis schmachteten, so waren doch noch genügend übrig, die das Schloss versorgten, obwohl man ihnen allen nicht trauen konnte. Noch nicht. Dutzende Augen und Ohren beobachteten und lauschten.

Ian seufzte. Er würde sehr vorsichtig sein müssen, wenn er sich das Vertrauen derjenigen verdienen wollte, über die er herrschte.

Ein Funken flog aus dem Kamin in die große Halle, und er schob ihn mit dem Fuß in die Flammen zurück. Zwei Tage waren seit dem Angriff vergangen, und er würde am liebsten das elende Leben Trevin McBains beenden, so wie er es Gwynn geschworen hatte. Doch er musste in größeren Zusammenhängen denken, an die Zukunft, an seine Frau und seine Macht. Und was den Jungen betraf, nun, Gwynn musste glauben, dass Ian ein nachsichtiger Mann war, obwohl er am Abend des Angriffes seine wahre Natur gezeigt hatte. Er hatte sich selbst immer wieder dafür gescholten, weil er zugelassen hatte, dass sie den Hass gesehen hatte, der sein Herz verdüsterte.

Gwynn war der Schlüssel zu allem. Die traurige Tatsache war, dass er fürchtete, sich in sie verliebt zu haben. Ihr Bild, wie sie voller Schmerz und Angst durch den Schlosshof gelaufen war, in der Absicht, ihr Kind und ihren Geliebten zu erreichen, hatte sich in seiner Erinnerung eingebrannt. Er bezweifelte die Möglichkeit, dass sie je so viel für ihn empfinden würde. Einmal hatte er sich gewünscht, dass sie sich ihm unterwerfen würde, dass er sie zähmen würde und es ihm gleichgültig war, wenn sie ihn verachtete. Jetzt brauchte er mehr. Er wollte nicht nur ihre ausdruckslose Unterwerfung, er wollte auch ihr Herz besitzen.

»Es wäre ganz einfach, sie umzubringen«, meinte Webb und zog die Stirn in Falten, während er seine immer noch schmutzigen Fingernägel betrachtete.

»Aye, und was dann? Sie werden sowieso sterben, doch das muss ich ja nicht noch beschleunigen. Lasst nur die Hebamme ihre Zaubersprüche murmeln und ihre Kerzen brennen.« Er wedelte mit den Fingern, als wollte er eine lästige Fliege vertreiben. »Erlaubt dem Priester zu beten und sich zu kasteien.« Dieser Kerl, Vater Anthony, war schon ein merkwüdiger Mann. Noch niemals hatte Ian einen Mann gesehen, der so sehr darauf versessen war, sich körperliche Schmerzen zuzufügen. »Hindert den Arzt nicht daran, den Urin zu prüfen oder sie zur Ader zu lassen.« Er beugte sich in seinem Sessel vor, stützte die Arme auf den Tisch und betrachtete die Kerzen, die hell in dem Ring der zusammengesteckten Geweihe brannten, der an der Decke hing. Webb war ein Dummkopf, der nur an den Augenblick dachte. Ian, der gegen seine innerste Überzeugung handelte und am liebsten dem geächteten Baron den Hals durchsäbeln würde, versuchte, klug zu sein. »Ich möchte mit ihr an meiner Seite über dieses Schloss herrschen. Und um das möglich zu machen, muss sie mir vertrauen.«

»Warum?« Webb spuckte ins Feuer und steckte seinen Dolch wieder in die Scheide. Er wischte sich mit dem Ärmel über die Nase und betrachtete den Schlossherrn, als sei dieser schwachsinnig. »Für Vertrauen ist es zu spät, Mylord«, erklärte der dunkle Ritter und lachte verächtlich. Er griff nach dem Becher mit Wein, den er auf den Tisch gestellt hatte.

»Wisst Ihr denn nicht, dass es niemals zu spät ist?«

»Oh, aye, und jetzt werdet Ihr gleich die Bibel zitieren oder einen ähnlichen Unsinn. Ah, Lord Ian, Ihr seid mir schon ein feiner und gläubiger Mann.« Wieder lachte er, und Ian kochte vor Wut, sein Nacken rötete sich und wurde ganz warm. Sobald die Dinge in Rhydd sich wieder beruhigt hatten und er und Gwynn in Freundschaft über das Schloss herrschten, würde er einen Weg finden, sich Webbs zu entledigen. Er war ein guter Krieger, das stimmte, aber er fühlte keine Verbindung zu diesem Mann, der seinem Bruder geholfen hatte, die Freiheit zu erlangen, nachdem Ian viel Geld dafür bezahlt hatte, dass Roderick eingesperrt blieb. Webb würde für diesen Fehler sterben müssen.

Ian lehnte sich in seinem Sessel zurück und legte ein Bein auf eine Bank, die neben ihm stand. Heute fühlte er, wie alt er war. Fünf Jahrzehnte, und noch immer hatte er keinen Erben. Es war Zeit, das zu ändern, wenn er es konnte. Margaret hatte ihm keinen Sohn geschenkt, und auch keines der Frauenzimmer, mit denen er geschlafen hatte, hatte behauptet, dass er der Vater eines ihrer Kinder sei. Dazu gab es noch die traurige Tatsache, dass seine Frau vielleicht schwanger war. Wieder einmal mit einem Kind des Diebes. Waren sie schließlich nicht zusammen gewesen, hatten sie nicht die Nächte allein verbracht, nur in der Gesellschaft von Trevins Männern?

Wut stieg in ihm auf, die gleiche blutrünstige Wut, die von seinem Hass angestachelt wurde. Er berührte sein Gesicht, fuhr mit dem Finger über die Narbe der Wunde, die der Dieb ihm zugefügt hatte. Oh, wie sehr sehnte er sich danach, diesen Bastard umzubringen. Es würde so einfach sein. Webb hatte Recht.

Aber Ian würde geduldig sein müssen. Wenn Gwynn wirklich schwanger war von McBain, dann würde das Kind die Geburt nie überleben. Ian würde schon dafür sorgen. Er würde sich nicht für genauso dumm verkaufen lassen wie sein

Bruder es getan hatte. Aber bis er sich dieses Kindes, wenn es überhaupt ein solches gab, entledigt hatte, durfte er es nicht riskieren, mit Gwynn zu schlafen. Wenn sie schwanger wurde, wie würde er dann wissen, ob es sein Kind war oder das des Diebes?

Er würde warten müssen.

Entweder war sie schwanger oder sie würde schon sehr bald ihre monatliche Regel haben, und die Wäscherin würde es wissen. Aber es bestand kein Grund dafür, McBains Tod nicht ein wenig voranzutreiben, nicht wahr? Wer würde schon davon wissen? Vielleicht hatte Webb wirklich einmal Recht. »Ich werde darüber nachdenken«, sagte er. »Jetzt sagt mir, was ist aus dem Zauberer geworden?« Noch etwas, das an ihm nagte.

Webb verzog düster das Gesicht. »Verschwunden.«

»Unmöglich.«

»Er muss durch das Tor verschwunden sein, ehe wir das Fallgatter wieder heruntergelassen haben. In all den Kämpfen und dem verdammten Nebel konnten wir nicht gut genug sehen.«

»Er ist hier. Ich fühle es.« Ian nippte an seinem Becher und versuchte, die Gedanken an den alten Zauberer beiseite zu schieben. Dieser alte Krüppel mit seinem schlimmen Auge hatte etwas an sich, etwas, an das er sich eigentlich erinnern sollte . . .

Er hörte Schritte auf der Treppe, und als er aufsah, entdeckte er Gwynn, die von zwei Wachen in die Halle geführt wurde. Sie trug ein tiefrotes Samtkleid, das Haar hatte sie zu einem Zopf geflochten. Sie hob das Kinn und war so wunderschön, wie er noch nie eine Frau gesehen hatte. Und sie gehörte ihm, sie war seine Frau. Ein Anflug von Stolz stieg in ihm auf, bis er wieder daran dachte, dass sie vielleicht schwanger war. Ein Kind, in dessen Adern nicht sein Blut floss.

»Weib«, begrüßte er sie, stand auf und zog ihr einen Stuhl zurecht. »Komm, komm, es gibt vieles, über das wir reden müssen.«

»Ich möchte meinen Sohn sehen«, sagte sie, und ihre Wangen waren hochrot.

»Das wirst du, sobald es ihm besser geht . . .«

»Jetzt!«, drängte sie. »Ich muss ihn sehen, ihn berühren.«

In ihren braungrünen Augen lag Schmerz, und er wusste, dass er keine andere Wahl hatte. Wenn sie ihm je vertrauen sollte, ihn je lieben sollte, dann würde er ihr diesen kleinen Wunsch erfüllen müssen.

Er senkte den Kopf. »Ich werde dafür sorgen.«

Sie runzelte die Stirn, und Misstrauen verdunkelte ihre Augen.

Ian sah eine ihrer Wachen an. »Wenn wir hier fertig sind, wird die Lady ihren Sohn besuchen.«

Der Anflug eines Lächelns spielte um ihre Lippen. »Und Lord Trevin?«

Seine Geduld war zu Ende. Den Dieb im Schlaf zu ermorden, dieser Gedanke erschien ihm von Minute zu Minute verlockender. »Nein. Auch wenn er versorgt wird, so ist er doch ein Gefangener. Genau wie all die anderen auch. Sobald es ihm wieder besser geht, wird er in den Kerker geworfen, wo er auf sein Urteil warten wird.« Ian musste vorsichtig sein. Er wollte, dass sie ihm vertraute, und er hoffte, dass ihr eines Tages vielleicht sogar etwas an ihm lag, doch er wollte auf keinen Fall schwach erscheinen. Er griff in seine Tasche. »Übrigens, ich habe etwas gefunden, was Euch gehört.«

»Was . . .? Oh, gnädiger Gott.« Tränen standen in ihren Augen, als sie sah, dass er ihren Rubinring zwischen seinen dicken Fingern hielt. Sie hatte ihn seit dreizehn Jahren nicht mehr gesehen, doch erkannte sie sofort den Ring, den Trevin ihr damals gestohlen hatte, den Ring, den sie ihm schließlich gegeben hatte, damit er über Gareths Zeugung schwieg. Jetzt leuchtete er im Licht des Feuers, die dunklen Facetten blitzten, als Ian ihn in ihre Handfläche legte und sie die Hand darum schloss.

»Der Dieb hatte ihn bei sich«, informierte Ian sie, und ihr Herz zog sich voller Schmerz zusammen.

In all den Jahren, in denen sie getrennt gewesen waren, hatte Trevin den Ring nie weggegeben, er hatte ihn nie verkauft. Tränen erstickten ihre Stimme. »Danke«, hauchte sie.

»Für Euch würde ich alles tun.«

Sie sah den Anflug von Zuneigung in seinen verhassten bernsteinfarbenen Augen. »Dann bitte ich Euch, Mylord«, sagte sie, und die Worte kamen überhastet aus ihrem Mund, »verzeiht denjenigen, die sich gegen Euch erhoben haben. Sucht keine Rache gegen den Zimmermann, die Bierbrauerin und all die anderen, die in den Kampf verwickelt wurden. Lasst die Galgen wieder abbauen. Zeigt Mitleid, zeigt, dass Euch an den Leuten liegt, über die Ihr herrscht, und lasst die Soldaten von Black Oak frei ...«

»Das kann ich nicht«, erklärte er geradeheraus. »Auch wenn es mich bekümmert, Lady, diejenigen, die sich gegen mich erhoben haben, müssen bestraft werden.«

»Aber sie haben es für mich getan.«

»Dann werden sie lernen müssen, wer der Lord ist. Ihr seid nur meine Frau, und auch wenn es mein Wunsch ist, Euch glücklich zu machen, so kann ich doch nicht schwach erscheinen. Jetzt geht und besucht den Jungen und«, er blickte zu den Wachleuten, »meine Frau darf auch die Hebamme besuchen, die sich ab sofort um sie kümmern wird. Meine Frau wird nicht länger in ihrem Zimmer eingesperrt sein, aber«, fügte er hinzu, als sie erwartungsvoll den Kopf hob, »sie wird das Schloss nicht verlassen dürfen.«

Gwynn wusste nicht, ob sie sich bei ihm bedanken oder noch mehr Freiheiten verlangen sollte. Sie öffnete den Mund, dann sah sie, dass er unter seinem silbergrauen Bart die Zähne zusammenbiss, und sie nickte. »Danke, Mylord«, sagte sie und hielt noch immer den Ring fest umschlossen. Wenn er bereit war, ihr so viel Freiheit zu geben, so würde sie sich damit zufrieden geben und ihre Pläne dementsprechend schmieden.

»Es ist nichts, Gwynn. Ich bitte Euch nur zu glauben, dass ich Euch eine Freude machen möchte, und ich hoffe, dass auch Ihr mir Freude machen werdet.« Seinem gütigen Lächeln durfte sie nicht trauen, denn das Aufblitzen seiner Augen sagte ihr, dass er schon seit langer Zeit nach ihr verlangte. Sie kannte ihn und wusste, dass er weder ein freundlicher noch ein versöhnlicher Mann war.

»Aye, Mylord.«

»Bringt sie zu ihrem Sohn.«

Mit laut klopfendem Herzen ließ sie sich von den Wachen davonführen. Endlich würde sie Gareth sehen können, sie würde sein Gesicht und sein Haar streicheln können. Wenn sie doch das Gleiche nur bei Trevin tun könnte. Sie sehnte sich danach, ihn noch einmal zu berühren, ihn zu küssen und ihm zu sagen, wie sehr sie ihn liebte ... Sie ging den Flur im westlichen Flügel des Schlosses entlang und dann die Treppe hinauf. Während der ganzen Zeit drückte sie den dunklen Rubin so fest in ihrer Hand, dass ihre Hand beinahe zu bluten begann. Als sie vor der verschlossenen Tür im Turm stand, zog sie den Ring an ihren Finger.

Gareth war in einem kleinen, fensterlosen Raum untergebracht, er lag auf einem schmalen Bett. Eine Kerze brannte in einem Halter, und in der Luft lag der Geruch des Todes. Zum ersten Mal glaubte sie wirklich, dass sie ihr einziges Kind vielleicht verlieren würde. Unendlicher Kummer stieg in ihr auf. »Oh, Gareth«, klagte sie und fiel neben dem Bett auf die Knie. Sie legte die Hand auf seine Stirn. Seine Haut war heiß, seine Augen geschlossen, und er stöhnte leise. Tränen brannten in ihren Augen, als sie die blutdurchtränkten Verbände auf seinen Wunden sah, einen auf seiner Brust, den anderen auf seinem Schenkel.

»Ich bin hier«, sagte sie und hielt seine Hand, die mittlerweile größer war als ihre. Bitte, Gott, rette ihn. Bitte erhöre mein Gebet. »Gareth, ich werde bei dir bleiben. Aber bitte wache auf.« Ihr Herz war schwer, denn er rührte sich nicht, und ihr kam der Gedanke, dass er vielleicht nie wieder aufwachen würde. Ein heißes Schuldgefühl schnürte ihr den Hals zu, und sie weinte. Ihre Tränen benetzten die Decke und fielen auf seinen Körper. »Du warst mein Leben, Sohn«, schluchzte sie, »und du wirst es immer sein.«

Schmerz wühlte in seinem Körper. Jeder Zentimeter seiner Haut fühlte sich an, als würde er von glühenden Kohlen verbrannt, und er konnte die Augen nicht öffnen. Er hörte Stimmen, die Stimmen des Priesters, der alten Hebamme, Stimmen, die er nicht erkannte, doch Trevin wusste, dass er mit einem Fuß auf dem Weg zur Hölle stand.

Gwynn. Wo war sie? War sie entkommen? Nein. Er hatte versagt. Irgendwie war sie nach Rhydd zurückgekehrt und hatte versucht, ihn und den Jungen zu retten. In seinem Kopf klopfte es quälend. Er hatte auch Gareth gegenüber versagt. Sein einziger Sohn war jetzt, ganz ohne Zweifel, wenn er nicht bereits tot war, auf dem Weg zum Galgen.

»Er wacht auf«, hörte er wieder die Stimme des Priesters.

»Nein, er hat sich nur bewegt.« Idelles Stimme klang, als käme sie von weither.

»Wird er überleben?«

»Er hat ein starkes Herz, aber wer weiß? Seine Wunden sind tief, und wenn er überlebt, dann nur, um am Galgen zu enden.« Kalte, raue Hände strichen ihm das Haar aus dem Gesicht.

»Lasst uns beten.«

Idelle stimmte zu, und während Trevin zwischen Wachen

und Bewusstlosigkeit schwebte, hörte er die geflüsterten Gebete für seine verlorene Seele. Er fühlte, wie er davonzugleiten drohte, doch er kämpfte hart dagegen an. Er konnte nicht aufgeben. Nicht, solange noch ein Hauch Leben in seinem Körper war. Nicht, solange Gareth noch lebte und ihn brauchte. Nicht, bis er wusste, dass Gwynn in Sicherheit war.

»Ihr müsst essen, Mylady«, sagte Idelle, als sie feststellte, dass das Tablett mit Essen noch immer unberührt auf dem kleinen Tisch in Gwynns Zimmer stand, auf den sie es gestellt hatte.

»Ich bin nicht hungrig.« Gwynn lief von einer Seite des Zimmers zur anderen, sie blieb stehen, um aus dem Fenster zu sehen und zuckte jedes Mal zurück, wenn sie den Galgen sah, der beinahe fertig aufgebaut war. Ian hatte es genossen, dass Richard, der verwundete Zimmermann, die Aufsicht über den Bau des Galgens hatte übernehmen müssen, an dem schließlich sein eigenes Leben beendet werden würde. Kein Flehen der Frau des Zimmermanns oder von Gwynn konnte ihn davon abbringen, Trevins Komplizen zu verschonen. Alle Männer, die in dieser Nacht ihre Schwerter gegen Rhydd erhoben hatten, waren in den Kerker geworfen worden, auch Henry, der, wie es schien, Trevin verraten hatte, und der sich laut über seine Behandlung beklagte, wenn man einigen der Frauen glauben wollte, die Essen in das Gefängnis brachten.

Mit Ausnahme von Muir waren sie alle gefasst worden. Der alte Mann war in dem allgemeinen Durcheinander verschwunden. Niemand hatte ihn seitdem gesehen oder von ihm gehört, und es waren bereits viele Tage vergangen … lange, traurige und einsame Tage, von denen einer in den anderen überging. Gwynns einziger Trost war es gewesen, dass Gareth und Trevin noch lebten, auch wenn ihr Leben nur noch an einem seidenen Faden zu hängen schien.

Sie verbrachte den größten Teil des Tages bei ihrem Sohn, den Rest in ihrem Zimmer, denn obwohl sie sich frei im Schloss bewegen durfte, so hatte sie doch nicht den Wunsch, ihre Pflichten als Hausherrin wieder zu übernehmen. Sie kümmerte sich nicht um die Kräuter, den Garten und auch nicht um die Bücher und die Eintragungen oder um den verdammten Stoff, der gekauft werden musste. Sie konnte auch den Streit zwischen dem Koch und dem Verwalter nicht länger ertragen.

Alles, was jetzt noch für sie zählte, waren Trevin und Gareth. Irgendwie musste sie die beiden befreien. Es musste einen Weg geben. Es musste ganz einfach sein! Sie ballte die Hände zu Fäusten und fühlte den Ring an ihrem Finger – den Rubin. Das Leuchten des dunklen Steins gab ihr Kraft.

»Ihr müsst an das Baby denken, wenn Ihr schon nicht an Euch selbst denkt«, drängte Idelle.

Gwynn wusste, dass die alte Frau natürlich Recht hatte, immerhin bestand die Möglichkeit, dass sie ihrem Kind, falls ein solches in ihr heranwuchs, schaden würde. Ian vermutete, dass sie mit Trevin geschlafen hatte, und deshalb wartete er darauf, ob sie schwanger war, ehe er sie in sein Bett zerrte. Er wollte seine eigenen Erben, und er würde sich nicht übertölpeln lassen, das Kind eines anderen Mannes anzuerkennen, wie sein Bruder es getan hatte. Also hatte sie noch Zeit, nicht mehr sehr viel, aber immerhin.

»Erzählt mir noch einmal von Trevin.«

»Er wird kräftiger, aye, aber er wacht nicht auf. Er wird ununterbrochen bewacht, aber wenn er einigermaßen geheilt ist, wird er in den Kerker geworfen, wo er zusammen mit dem Rest seiner Männer auf sein Urteil warten wird.«

»Du meinst, auf seinen Tod«, sagte Gwynn und drehte den Ring an ihrem Finger.

»Aye.«

»Erlaubt man dir, ihn zu sehen?«

Idelle nickte.

»Dann musst du ihm eine Waffe bringen, einen ...«

»Er wacht nicht auf. Es wird nichts nützen.«

»Aber wir müssen ihn retten.«

»Und dabei Gareths Leben riskieren?«, fragte Idelle und schüttelte traurig den Kopf. »Glaubt Ihr denn nicht, dass Lord Ians Rache schnell und tödlich wäre, wenn Trevin sich befreien könnte?« Sie nahm das Tablett mit dem Essen. »Lasst ihn gehen«, riet sie ihr. »Mylady, das Schicksal Lord Trevins liegt jetzt in seinen eigenen Händen.«

»Nein ...«

»Denkt an Euren Sohn. An seinen Sohn. Was würde er wohl wollen?«

»Dann musst du mir helfen. Ich muss Trevin noch ein letztes Mal sehen.« Sie war verzweifelt. »Gibt es denn nichts, was du in das Essen des Wachmannes mischen kannst, damit er schläft? Damit ich Trevin wenigstens ein paar Minuten lang sehen kann.«

Idelle zögerte. »Es wäre sehr schwierig.«

»Aber nicht unmöglich.«

Bedächtig nickte die alte Frau. »Nein, es wäre nicht unmöglich.«

»Dann bitte, Idelle, tu es.«

»Ihr werdet nicht in der Lage sein, dieses Zimmer zu verlassen, ohne dass es bemerkt wird. Ihr könnt Euch frei bewegen, aber Ihr werdet beobachtet.«

»Ich werde in der Nacht zu ihm gehen.«

»Eine Wache steht vor Eurer Tür.«

»Ich kenne die Wache, und ich kenne auch seine Eigenarten.« Gwynn fühlte, dass die alte Frau schwach wurde.

»Es ist zu gefährlich. Man wird Euch erwischen.«

»Nein. Bring mir Tierfett, damit werde ich die Scharniere der Tür einschmieren, und mach dir wegen der Wache vor meiner Tür keine Sorgen.«

Idelle zögerte.

»Bitte, Idelle«, bettelte sie noch einmal. »Tu es für mich.«

Mit einem genervten Kopfschütteln rollte die alte Hebamme mit den Augen. »Wie Ihr wünscht, Mylady.«

Zum ersten Mal seit einer Woche fühlte Gwynn einen Hoffnungsschimmer in ihrem toten Herzen. Sie würde nicht aufgeben. Das durfte sie nicht. Sie drehte ihren Ring, ging zum Fenster und betrachtete den Galgen – der mitten im Schlosshof stand, damit jeder ihn sehen konnte. Richard war auf seinem Posten, er war gefesselt und wurde bewacht, aber er leitete die jüngeren Männer an. Er zeigte ihnen, wo sie die Nägel einschlagen mussten, wie die Pfähle aufgerichtet werden mussten, an denen er schließlich sein Leben beenden würde.

Es sei denn, sie tat etwas.

Aber was? Diese Frage ließ sie nicht los, sie raubte ihr in den Nächten den Schlaf. Jetzt hatten die Räder begonnen, sich zu drehen. Sie hatte die Möglichkeit, den einzigen Mann wieder zu sehen, den sie wirklich liebte. Irgendwie musste sie eine Möglichkeit finden, sein Leben zu retten.

*Denk nach, Gwynn, denk nach. Du bist eine kluge Frau. Du hast dieses Schloss regiert. Dein Sohn und der Mann, den du liebst, werden sterben. Du hast keine Zeit mehr. Beeile dich!*

»Im Namen des Vaters und des Sohnes und des ...« Die Stimme des Priesters erstarb, und er erstarrte, als Trevin ihn mit einem giftigen Blick bedachte. »Oh – um der Liebe Gottes willen, Ihr lebt!«

»Psst!« Seit Tagen hatte er gewartet, und jetzt, wo die Nacht hereinbrach, wusste er, dass es an der Zeit war, zu den Lebenden zurückzukehren. Er war aufgewacht, als man ihm Brühe eingeflößt hatte, doch es war ihm gelungen, seinen Verstand zu beherrschen und so zu tun, als befände er sich noch immer in tiefer Bewusstlosigkeit. Er schluckte, doch einen Moment lang konnte er nicht sprechen.

»Ich bin f-f-froh, dass ...«

»Still!«, befahl Trevin rau. »Gebt mir Euer Kreuz.«

»Was?«

»Das Kreuz!«

»Oh. Nein, ich kann nicht ...« Trevins Hand schoss vor und packte das Gewand des Priesters.

»Wenn Ihr es nicht für mich oder Gwynn tut, dann tut es für Roderick«, knirschte Trevin zwischen seinen aufgesprungenen Lippen hervor. »Ich habe Eure Gebete gehört, Vater, wenn Ihr glaubtet, allein zu sein, und ich weiß, dass Ihr das Gebot des Zölibats gebrochen habt, aber nicht mit einer Frau.« Der Priester wurde vor Schreck beinahe ohnmächtig, dann huschte sein Blick zu der geschlossenen Tür. Vorsichtig hob er die Kette hoch, an der das schwere Kreuz aus Gold und Silber um seinen Hals hing. Mit zitternden Fingern reichte er Trevin die Kette, der danach griff und das kalte Metall unter der Decke versteckte. »Sprecht zu niemanden davon, dann werde ich Euer Geheimnis für immer bewahren.«

»Ich ... ich ...«

»Psst. Verschwindet jetzt.« Trevin schloss die Augen und umklammerte das Metall fest. Zuerst hatte er Vater Anthony nicht geglaubt, als dieser in seinen ständigen Gebeten immer wieder um Vergebung gefleht hatte für seine eigenen fleischlichen Sünden mit dem Herrn des Schlosses. Kein Wunder, dass Roderick es nicht geschafft hatte, Gwynn zu schwängern. Er war in einen Mann verliebt gewesen. Der Gedanke krabbelte wie ekliges Ungeziefer durch Trevins Körper, und Galle stieg in ihm auf. Doch er wollte nicht an die beiden Männer zusammen denken, nein, er würde sich lieber auf die Tatsache konzentrieren, dass er jetzt eine Waffe besaß. Er fühlte das kalte Metall in seiner Hand und strich mit den Fingern über die scharfe Spitze des Kreuzes. Jetzt musste er nur noch warten.

Aber nicht mehr lange.

Muirs alte Knochen schmerzten, weil er sich ständig in ein so enges Versteck unter dem Webstuhl zwängen musste, das Idelle ihm am Abend seiner Flucht angewiesen hatte. Sie hatte ihm Essen und Wasser gebracht und sogar ab und zu einen Becher Bier, während er gewartet hatte, in der Hoffnung, dass die Soldaten glaubten, dass er wirklich verschwunden sei oder zumindest durch das offene Tor entkommen war.

Aber er würde Trevin nicht verlassen. Nicht, solange noch ein Hauch Leben in seinem alten Körper war oder in dem seiner beiden jungen Schützlinge. Denn er sah sich noch immer als Trevins Vormund. Und wenn dieser Gedanke nicht genügte, so brauchte er nur an seine Schwester Cleva zu denken und an den grausamen, rücksichtslosen Soldaten, der sie vergewaltigt hatte. Muir, der den Mann zuvor beraubt hatte, hatte natürlich versucht, diese entsetzliche Tat zu verhindern, er hatte den Mann angegriffen, als er seine Hose geöffnet hatte, doch der Soldat war sehr schnell gewesen mit seinem Schwert. Er hatte Muir beinahe umgebracht und ihn auf einem Auge geblendet.

Muir zitterte in seinem Versteck, das nur wenig mehr als ein Grab war, mit einem Bett aus Stroh und Ratten als Gesellschaft, während über ihm die Weberin ihre Arbeit mit dem laut klappernden Schiffchen verrichtete, um den Stoff zu weben.

Er erinnerte sich an den damaligen Schwerthieb, der stark genug gewesen war, um einen Mann in zwei Teile zu spalten, doch der Schlag hatte seinen harten Schädel nur seitwärts und dann am Auge getroffen, als er zu Boden gefallen war. In dieser Sekunde war es gewesen, als hätte ein helles Licht den Wald erhellt. Von diesem Moment an hatte er Visionen gehabt, auch wenn er sie verfluchte, und er hatte die Schreie seiner Schwester gehört, als der junge Soldat – der Bruder des Lords Roderick von Rhydd – sie bestiegen hatte, sie wieder und wieder vergewaltigt hatte, während Muir nichts tun konnte, um die arme Cleva zu retten.

Neun Monate später hatte sie Trevin zur Welt gebracht, und nachdem sie ihrem Bruder das Versprechen abgenommen hatte, sich um das Baby zu kümmern, das sie ewig an diese gewalttätige, grausame Tat erinnern würde, hatte sie Schierling getrunken, um sich umzubringen. Muir hatte nichts tun können, um sie zu retten, und er hatte ihren Sohn – Ian von Rhydds Sohn – großgezogen als wäre er sein eigenes Kind. Er hatte seiner Schwester geschworen, dass er niemals den Namen des Vaters dieses Jungen preisgeben würde und auch nicht die Art, wie er gezeugt worden war. Erst da hatte Cleva ihren Frieden gefunden. All diese Jahre hatte er sein Versprechen gehalten, doch jetzt, wo der Ring des Schicksals sich immer enger zusammenzog, musste er feststellen, dass all seine guten Absichten umsonst gewesen waren.

Er schlug mit dem Knauf seines Stockes gegen die falsche Tür über sich, und das Klicken über ihm hörte auf. Die Weberin, eine untersetzte Frau mit heller Haut und fröhlichen blauen Augen, schob die Binsen beiseite und öffnete die versteckte Tür. Frische Luft drang in die kleine Nische und füllte Muirs alte Lungen.

»Es ist an der Zeit«, sagte er, und die Frau biss sich auf die Unterlippe und nickte nur. Sie gehörte zu einigen der wenigen Menschen im Schloss, die Lady Gwynn treu ergeben waren und Lord Ian von Rhydd verabscheuten und die dennoch dem Gefängnis entgangen waren.

»Gott sei mit dir, Muir«, flüsterte sie, als er sich hinter die Spindeln mit bunter Wolle duckte, die an Haken an der Wand hingen.

»Das ist er immer.« Seine Beine waren verkrampft, das

Blut floss nur langsam durch seine Adern, und seine Füße und Finger prickelten. Es fiel ihm schwer, zu gehen. Doch der Abend brach an, und er hatte keine Zeit mehr. Zuvor hatte er eine Vision gehabt, und wenn er sie richtig verstanden hatte, so näherte sich eine Armee dem Schloss.

Keiner der Soldaten, der die Wege nach Rhydd bewachte, hatte die Männer entdeckt, die zu Fuß durch den Wald schlichen, doch Muir fühlte, wie sie näher kamen, er hatte sie mit seinem blinden, schmerzenden Auge gesehen. Es waren Männer, die Trevin treu ergeben waren – Soldaten von Black Oak, Sir Gerald, York und die anderen. Jetzt musste er seinen Teil erfüllen, der eigentlich ganz einfach war. Er würde dem Wachmann den Schlüssel stehlen, würde den Kerker aufschließen und die Männer darin befreien. Dann würden sie die Wachen an der Ausfalltür überwältigen und lange Seile von den Mauern nach unten werfen, damit mehr bewaffnete Krieger die Mauern erklettern und sie retten konnten.

Der Duft nach warmem Brot und brutzelndem Fleisch stieg ihm in die Nase, als er sich hinter der Küche vorbeischlich, doch er ignorierte seinen knurrenden Magen. Fässer mit Wein wurden in den Weinkeller gerollt, und er leckte sich über die Lippen bei dem Gedanken an den Wein in den Eichenfässern, doch er ließ sich nicht beirren. Jetzt war nicht die Zeit, um seiner Lust nach Wein zu frönen. Er würde schon bald genügend Zeit haben, um den Wein in den Fässern zu kosten. Wenn alles gut ging. Wenn nicht . . . dann würde sein Durst nach Wein sowieso für immer gelöscht sein.

Gwynn sah zu, wie der Mond aufging, sie wartete, bis die Geräusche im Schloss langsam erstarben und der Hammer des Hufschmiedes verstummt war. Die Gänse, Enten und Hühner hatten für die Nacht ihre Köpfe unter die Flügel gesteckt, und die Fackeln waren heruntergebrannt. Der Galgen war im Licht des Mondes deutlich zu erkennen.

Sie hatte eine dringende Aufgabe zu erledigen.

Leise öffnete sie die Tür. Die Scharniere knarzten nicht länger, denn sie hatte sie mit dem Schafsfett eingeschmiert, das Idelle für sie aus der Küche gestohlen hatte. Ihre Stiefel hatten eine weiche Sohle. Sie würden kein Geräusch machen. Gespannt beobachtete sie den Wachmann vor ihrer Tür. Er nahm seine Arbeit sehr ernst und nickte nie ein. Doch sie wusste, dass auch er abgelenkt werden konnte. Und während sie mit laut klopfendem Herzen wartete und sich ein leichter Schweißfilm auf ihrer Stirn bildete, entdeckte sie ein hübsches Küchenmädchen, das ihn am Abend regelmäßig besuchen kam.

Er sprach mit ihr. Das Mädchen lachte und warf den Kopf in den Nacken, als es näher kam. Sie umarmten sich, und einen atemlosen Moment dachte Gwynn daran, wie sie Trevin im Wald leidenschaftlich geliebt hatte – sie erinnerte sich an seine Berührungen und das Gefühl seiner Lippen auf ihrem Körper. Als die beiden vor ihrem Zimmer erst einmal miteinander beschäftigt waren, schlüpfte sie heraus, schloss leise die Tür hinter sich und lief unbemerkt durch den Flur zur Hintertreppe.

Wie ein Schatten huschte sie zu dem Turm am anderen Ende des Schlosses, in dem nicht nur Gareth sondern auch Trevin untergebracht war. Sie hatte sich nach ihm erkundigt, aber die Informationen waren nur sehr bruchstückhaft gewesen. Einige behaupteten, dass er dem Tode nahe war, andere sagten, dass er jeden Tag ein wenig kräftiger wurde, doch dass er noch immer nicht aufgewacht sei. Idelle schien zu glauben, dass er für immer in diesem todesnahen Stadium bleiben würde, und dieser Gedanke war der schlimmste.

*Lass ihn leben*, betete sie insgeheim, als sie die Treppe zu dem Zimmer hinaufeilte, in dem Gareth lag. Keine Wache stand vor seiner Tür, deshalb schlich sie geräuschlos in das kleine Zimmer und drückte einen Kuss auf die Stirn ihres

Sohnes. »Ich vermisse dich. Dein kleiner Hund wartet auf dich, genau wie ich, Gareth.« Ein dicker Kloß saß in ihrem Hals, und Tränen erstickten ihre Stimme, wie immer, wenn sie ihn besuchte.

Es schmerzte sie, ihn zu verlassen, doch sie hatte heute Nacht noch eine andere Aufgabe. Sie hastete in die obere Etage des Turmes, ständig in der Furcht vor einer Entdeckung.

Sie hoffte, dass Idelles Kräuter gewirkt hatten und die Wache vor Trevins Tür schlief. Sie blieb stehen und lauschte, ob sie ihn schnarchen hörte, doch alles war still. Sie hörte kein Geräusch, als sie sich die Stufen hinauftastete und ein stilles Gebet zum Himmel schickte, ehe sie die letzte Biegung nahm.

Der Wachmann war nicht auf seinem Posten. Niemand stand vor der Tür, und die Tür zu Trevins Zimmer war einen Spaltbreit geöffnet. Einen kurzen Moment schlug ihr dummes Herz schneller, denn sie glaubte, dass er entkommen war, doch als sie dann vorsichtig weiterschlich und einen Blick in das Zimmer warf, erstarrte sie. Trevin lag auf dem Bett. Unbewacht. Er rührte sich nicht.

Ihr Herz brach. Er war tot. Oh, nein. »Trevin«, hauchte sie, sank auf die Knie und griff nach seiner Hand, die noch immer warm war. »Oh, Liebling, nein, nein, nein.« Ihr Inneres erstarb. Wie konnte sie ihn nur so lange geliebt haben, ohne es ihm je zu sagen? Wie konnte sie ihn wieder gefunden haben, nur um ihn sofort wieder zu verlieren? Tränen rollten aus ihren Augen und fielen auf seinen Körper, der nackt war bis auf die Verbände. »Ich liebe dich«, flüsterte sie und nahm ihn in ihre Arme. »Verzeih mir, aber ich habe dich von ganzem Herzen geliebt, und ich werde dich immer lieben.« Verzweiflung überwältigte sie. Unendliche Qualen erfassten ihren Körper, wenn sie an die sinnlosen Jahre dachte, die noch vor ihr lagen – allein, ohne ihn. Sie rief sich ins Gedächtnis, dass sie Gareth noch hatte, dass ein Teil von Trevin in seinem Kind weiterleben würde und dass vielleicht noch ein Baby unter ihrem Herzen heranwuchs. »Trevin, bitte ... bitte, du darfst nicht sterben. Ich brauche dich, ich ...«

»Wie rührend.«

Die Stimme troff vor Bissigkeit, und Gwynn zuckte zurück. Sie wandte sich um und entdeckte Ian an der Tür. Doch er war nicht allein. Bei ihm war der Zauberer, gefesselt, wie es schien, die Hände waren hinter seinem Körper verborgen, und der benommene Wachmann, der mühsam versuchte, seine Augen offen zu halten, stand hinter ihm. Ein entsetzter Schrei löste sich aus ihrer Kehle.

Ians bernsteinfarbene Augen brannten vor Wut. Er schob Muir in den kleinen Raum und malmte mit den Zähnen. »Ich habe versucht, geduldig mit dir zu sein«, knurrte er. »Ich habe dir alle Freiheiten gegeben. Ich habe diesen Bastard, deinen Jungen, nicht umgebracht, ich ...«

»Ihr habt Euch nur von mir fern gehalten, weil Ihr glaubtet, dass ich vielleicht Trevins Baby unter meinem Herzen trage«, warf sie ihm vor und sah in seine Augen, die so tödlich blickten wie die eines Wolfes. Tränen rannen über ihre Wangen, und das Herz tat ihr weh, doch sie gab sich nicht geschlagen, niemals würde sie das tun. »Und ich *bin* schwanger.« Aus ihrer zitternden Stimme klang unverhohlener Stolz, und sie hob das Kinn noch höher. »Ich habe meine Zeit nicht bekommen, und ich weiß, dass ich das Kind von Trevin von Black Oak in mir trage.«

Im selben Moment, in dem sie diese Worte ausgesprochen hatte, bedauerte sie sie schon wieder.

»Dirne!« So schnell wie der Blitz hatte er sie gepackt. »Du schmutzige, wertlose Dirne, es gibt also keinen Grund, mich noch länger zurückzuhalten, nicht wahr? Ich habe so lange auf diesen Augenblick gewartet ...«

»Lasst sie in Ruhe!«, ertönte Trevins Stimme klar in der Dunkelheit.

Gwynns Kopf zuckte herum. Ihr Herz jubelte.

Ian stieß sie grob zur Seite und blickte wutentbrannt auf das Bett. »Wagt Ihr es tatsächlich, zu sprechen, Dieb?«

Ein Dolch blitzte in Ians Hand.

»Nein!«, schrie Gwynn. Die Klinge sauste nach unten. »Nein!«

Trevins Arm schoss unter der Decke hervor. Metall traf auf Metall in einem klirrenden Geräusch.

»O Gott, nein ...«

Die scharfe Spitze von Trevins Kreuz bohrte sich tief in Ians Bauch.

»Aaaagh ...« Blut schoss aus der Wunde, und Ian stolperte zurück.

Gwynn schrie noch einmal entsetzt auf.

»Es ist wahr, es ist wahr, Vater zu Sohn und Sohn zu Vater ...«, murmelte Muir, als Ian gegen die Wand taumelte und der Dolch aus seiner Hand fiel.

»Was?«, fragte Trevin, dessen Hand voller Blut war, als er sich aufsetzte.

»Es war dein Schicksal. Ian von Rhydd ist dein Vater.«

»Nein!«, brüllte Trevin verstört, und sein Gesicht war so weiß wie der Tod.

»Heiliger Christus ... das Mädchen in dem Wald ...« Ians Augen wurden glasig, und er murmelte unverständliche Worte vor sich hin. »Ich ... wusste ... oh, Christus im Himmel ... was habe ich getan?«

»Sie war meine Schwester.« Muirs Stimme klang hart und ausdruckslos.

»Wer?«, fragte Trevin, und seine Augen glänzten dunkel. »Wer war deine Schwester?«

»Deine Mutter.«

»Nein ...«

»Es ist wahr«, versicherte Muir ihm.

»Du bist mein ... Sohn.« Ians Gesichtszüge verzerrten sich, sein Atem ging schwer, und er sank zu Boden. »Mein einziger ...« Seine Stimme erstarb, und er hauchte seinen letzten, rasselnden Atemzug aus.

»O Gott.« Gwynn zitterte. Ian war Trevins Vater! Sie liebte den Sohn des Mannes, der ... Gewaltsam verscheuchte sie die grässlichen Gedanken. Nichts anderes war wichtig als Trevins und Gareths Sicherheit.

»Ich ... kann das nicht glauben.« Trevins Gesicht war schmerzlich verzerrt. Er stöhnte auf, und dieses Geräusch kam tief aus seiner Seele. »Nein. Nein. Nein! NEIN!«

»Glaube es«, versicherte ihm Muir.

»Niemals!«

»Du musst es glauben, Trevin, denn es ist die Wahrheit.«

»Es ... es ist die Hölle«, flüsterte er, und tiefe Kerben hatten sich um seinen Mund gegraben.

Gwynn schob all das Entsetzen, das sie ergriffen hatte, beiseite und warf sich in Trevins Arme, in die Arme des einzigen Mannes, den sie je geliebt hatte. »Du lebst. Du darfst jetzt an nichts anderes denken!«

»Aber mein Vater ...«

»Das ist egal.« Sie nahm sein Gesicht in ihre Hände und bedeckte dann seine Wangen und seine Lippen mit ihren Küssen. Tränen rannen über ihre Wangen. »Du lebst. Oh, Trevin, du lebst ...«

»Aber ...«

»Psst. Denke nicht an den Schmerz. Sieh mich an.« Als er es nicht tat, drückte sie seine Wangen. »Sieh mich an!«

Langsam hob er die Lider, und der Schmerz in seinen Augen berührte sie tief. »Du lebst! Ich ... ich dachte, du seiest tot. Jetzt ist nicht die Zeit, an etwas anderes zu denken als an das Leben.«

Er schluckte, warf einen Blick auf den toten Mann, und ein Schauer lief durch seinen Körper. »Aye«, stimmte er ihr schließlich zu und versuchte zu lächeln, als könne er die Qual wenigstens für diesen Moment beiseite schieben. Sie küsste sein Gesicht und seine Schultern und weigerte sich, an den toten Mann neben ihnen zu denken. Sie küsste Trevin auf seine Augenlider und zwang ihn, sich alleine ihr zuzuwenden.

»Ich liebe dich«, gestand er ihr, als sie ihn schließlich freigab.

»Was?« Sie konnte kaum glauben, was sie gehört hatte.

»Ich liebe dich, Gwynn von Rhydd, und ich habe dich mein ganzes Leben lang geliebt. Von der Sekunde an, als ich dich vor so vielen Jahren in deinem Zimmer gesehen habe, war es um mich geschehen.«

Sie hatte das Gefühl, ihr Herz würde davonflattern – vor Liebe zu diesem Mann.

Er legte einen Finger unter ihr Kinn, hob ihr Gesicht und sah ihr tief in die Augen. »Warum wohl, glaubst du, habe ich deinen Ring all diese Jahre bei mir getragen?«

Sie schüttelte den Kopf. »Das weiß ich nicht.«

»Weil ich jedes Mal, wenn ich den Ring angesehen habe und der Rubin im Licht gefunkelt hat, an dich gedacht habe, Lady. Jedes Mal. Sogar als ich eine andere geheiratet habe.« Sein Blick hielt den ihren gefangen. »Es ist mein Fluch, dich zu lieben, Gwynn, ein Fluch, mit dem ich den Rest meines Lebens leben werde.«

»Oh, um der Liebe all dessen willen, was heilig ist«, meldete sich Muir, »würdet ihr wohl aufhören, so dumm daherzureden und mich von meinen Fesseln befreien? Es gibt jede Menge Wein, der getrunken werden muss.«

Man hörte Schritte auf der Treppe, und Trevin sprang auf und griff nach Ians Dolch, bereit, jeden anzugreifen, der den Raum betrat. Er schob Gwynn hinter sich und schützte sie mit seinem Körper. »Halt!« befahl er, als Stephens Gesicht an der Tür erschien.

»Nein, Mylord, tut mir bitte nichts«, grinste er. »Gerald und die anderen sind gekommen, um die Gefangenen zu befreien. Wir haben das Schloss eingenommen. Sir Webb ist hinter Gittern, aber Ian . . .« Sein Blick wanderte durch das kleine Zimmer und fiel dann auf die bewegungslose Gestalt des toten Barons. »Ah. Alles ist in Ordnung.«

»Aye.« Trevin legte seufzend einen Arm um Gwynns Taille.

Stephen löste Muirs Fesseln, und der alte Mann rieb sich die Handgelenke. »Es ist Zeit zum Feiern, denke ich.«

Vor Erleichterung gaben jetzt Gwynns Knie nach, doch Trevin hielt sie fest. Er sah ihr tief in die Augen, dann küsste er sie. »Bring mich jetzt zu meinem Sohn und . . .«, er warf Muir einen düsteren Blick zu, »ich möchte nichts mehr von dem Unsinn hören, dass Ian mein Vater war.«

»Aber . . .«, wandte Muir ein.

»Ich sagte, es soll nie wieder darüber gesprochen werden, wer mein Vater war. Ich möchte jedoch etwas über meine Mutter erfahren.«

Muir zog leicht einen Mundwinkel hoch. »Wie Ihr wünscht, Sire.«

»Du sollst mich nicht so nennen.«

Zusammen gingen Gwynn und Trevin die Treppe hinunter in das Zimmer, in dem ihr Sohn noch genauso lag, wie Gwynn ihn verlassen hatte, unbeweglich und so bleich wie der Tod. »Er hört mich nicht«, sagte sie, und Tränen traten in ihre Augen. Oh, wenn doch Gareth nur aufwachen würde.

»Ich weiß, was der Junge braucht. Ich bin gleich wieder da.« Stephen, dem die Tage im Kerker offensichtlich nicht geschadet hatten, ließ sie allein.

Trevin betrachtete seinen Sohn, und Liebe sprach aus seinem Blick. »Er wird überleben«, sagte er. »Er hat nicht so lange gelebt, um jetzt zu sterben.«

»Ich . . . ich . . . ich bete, dass es so ist.« Gwynn konnte sich ein Leben ohne Gareth nicht vorstellen. Würde Gott wirklich so grausam sein, ihr Trevin zurückzugeben, nur um dafür das Leben ihres Sohnes zu nehmen? Alles in ihr verkrampfte sich, und sie klammerte sich an den Mann, den sie liebte, an den Vater ihres Jungen.

Trevin legte ihr einen Arm um die Schultern. »Du musst Vertrauen haben.« Er küsste sie auf den Mund, und das wunderbare Gefühl, sie zu lieben, erfüllte seine Gedanken.

»Ich liebe dich, Dieb«, flüsterte sie, und ein zitterndes Lächeln lag um ihren Mund.

Er fuhr mit seinem rauen Daumen über ihre Lippen. »So, wie ich dich liebe, Gwynn. So, wie ich dich liebe.«

Sicher würde Gott sie nicht strafen. Er würde ihnen nicht diese kostbare Liebe schenken und sie dann verwunden, indem er ihnen ihren Sohn nahm. Und dennoch ... *Hab Vertrauen.* Trevins Worte tönten in ihrem Herzen, und sie schwor sich, Vertrauen in ihn zu haben, in Gott und in die Mächte all der Dinge, die gut waren auf dieser Erde.

Aber Gareth rührte sich nicht.

Tränen brannten in ihren Augen, als Stephen zurück in das Zimmer kam, mit dem jungen Hund, der unter seinem Arm zappelte.

Der Ritter beugte sich zu dem Jungen und ließ den kleinen Hund an Gareth schnuppern. Entzückt leckte er mit seiner rauen Zunge über Gareths Gesicht.

»Komm, Junge, Boon braucht dich«, drängte Stephen.

Nichts.

Trevins Gesicht war angespannt.

Gwynn biss sich auf die Zunge und schluckte die Tränen hinunter.

»Ich liebe dich, Sohn«, schwor Trevin.

»Oh, Gareth, bitte wach auf«, flüsterte sie.

Gareth rührte sich nicht.

Der Hund jaulte jämmerlich, und Muir seufzte laut auf, so wie der Wind, der über das Meer weht. »Es ist zu spät.«

»Nein!« Gwynn wollte nicht aufgeben.

Boon fiepte durchdringend.

Gareth bewegte sich ein wenig. Oder waren es vielleicht nur die Schatten der brennenden Fackeln auf seinem Gesicht?

»Ich brauche dich«, flehte Gwynn.

»Aye, und ich auch.« Trevin strich ihm eine Haarsträhne aus dem Gesicht.

Die Augenlider des Jungen flatterten eine Sekunde.

»Gareth?« Gwynn sank neben dem Lager auf die Knie und griff nach seiner Hand. »Kannst du mich hören? Gareth?«

»Er wird wieder gesund«, prophezeite Stephen. Er zwinkerte Trevin zu, als Gareth sich bewegte und dann aufstöhnte. »Aber es würde ihm sicher viel besser gehen, wenn seine Mutter und sein Vater verheiratet wären, denke ich.«

»Verheiratet?«, wiederholte Gwynn.

»Es war ja nur so ein Gedanke ...«

»Aber ein sehr guter Gedanke«, versicherte Trevin ihm, und seine Augen blitzten. Er zog Gwynn zu sich hoch und nahm ihr Gesicht in beide Hände. »Was meinst du dazu, Mylady?« fragte er, und sein Blick hielt den ihren gefangen. Im verführerischen Glanz seiner blauen Augen sah sie ihre Zukunft, ihre Liebe. »Willst du mich heiraten?«

Sie warf einen Blick auf Gareth, und es schien ihr, als würde er leichter atmen. Ihr Sohn. Sein Sohn. Ihr erstgeborenes Kind. Es würde noch mehr Kinder geben. Viel mehr. Wenn sie ihm nur ihr Herz anvertrauen könnte.

Aber hatte sie überhaupt eine andere Wahl?

Energisch warf sie das Haar über die Schulter. »Ich soll dich heiraten, wie?«

»Es wäre für mich eine Ehre, wenn du meine Frau werden würdest.«

»Und für mich auch, wenn du mein Ehemann werden würdest.« Sie lachte befreit auf.

»Gut, gut, doch jetzt lasst uns endlich feiern.« Muir war schon die Treppe hinuntergelaufen, er bewegte sich mit verblüffender Schnelligkeit für einen Mann, der behauptete, ein einäugiger Krüppel zu sein. Stephen nahm Gareth auf den Arm, der kleine Hund sprang vergnügt hinter ihm her. Und Trevin hielt Gwynns Hand, als sie alle zusammen in die große Halle gingen, wo Muir bereits den Pagen befahl, zahlreiche Becher samt vielen Krügen von Wein zu bringen.

Als alle Becher gefüllt waren, hob Muir den seinen zu einem Trinkspruch. »Auf den Baron und seine Frau, mögen sie lange leben und sich vermehren.«

»Hört, hört«, fielen auch die Stimmen der Dienerschaft ein.

Trevin prostete Gwynn mit seinem Becher zu. »Auf Euch, hübsche Lady«, sagte er, und sie lachte fröhlich. Das Leben war so, wie es sein sollte.

»Und auf dich, Dieb.« Ihr Lächeln war verführerisch. »Du weißt, dass du vor langer, langer Zeit mein Herz gestohlen hast.«

»Aye, Lady, so wie du meines gestohlen hast.« Er zog sie in seine Arme, sein Becher fiel zu Boden, und er küsste sie, bis sie atemlos war. »Mögest du es mir niemals zurückgeben.«

# Epilog

*Tower Rhydd*
*Sommer 1287*

Trevin reckte sich und fühlte, wie sich der Körper seiner Frau sinnlich an seinen schmiegte. Ein Hahn krähte auf dem Hof, und er hörte die Geräusche des erwachenden Schlosses. Er hatte gelernt, sein Leben hier auf Rhydd zu lieben, und ein Lächeln umspielte seinen Mund, denn er würde den Tag auf der Jagd mit Gareth verbringen.

Sein Sohn hatte seine Verwundung überlebt und Trevin als seinen Vater akzeptiert. Mit Muir und Boon als seinen ständigen Gefährten hatte sich Gareth pausenlos in Schwierigkeiten gebracht, doch wiederum auch nicht viel mehr als sein Vater in seinem Alter.

Trevin hörte ein Kichern und blinzelte. »Wer ist da?«, fragte er streng, was mit hellem Kinderlachen beantwortet wurde. Ein schelmisches Gesicht mit blauen Augen, umrahmt von dunklen Locken, lugte hinter dem Schrank hervor, während ein rothaariges kleines Mädchen – das genaue Ebenbild ihrer Mutter – ihn von der anderen Seite her anblitzte.

Zwillinge! Seine Zwillinge.

»Was tut ihr beide da?«, wollte er wissen, und seine Stimme klang wütend. Die beiden Mädchen jedoch fürchteten sich nicht. Sie kamen quietschend auf sein Bett zugelaufen und sprangen mit einem vereinten Satz auf ihn. Ächzend und stöhnend wehrte er sie lachend ab, und endlich öffnete Gwynn unter herzhaftem Gähnen die Augen.

»Aufstehen! Auf! Auf!«, krähten die beiden Störenfriede.

»Ihr beide seid genauso anspruchsvoll wie eure Mutter«, beschwerte sich ihr Vater.

»Und genauso störrisch wie euer Vater.« Gwynn nahm ihre beiden Töchter in die Arme und küsste sie.

Die Dinge hatten sich wirklich gut entwickelt, überlegte Trevin dankbar. Die Verräter waren verschwunden, Hildy hatte Henry geheiratet und war Gwynns Zofe geworden. Und er selbst? Ja, er hatte sich endlich verziehen, dass er Gwynn liebte. Er hatte seinen Frieden mit Faith gemacht, doch noch immer bekümmerte es ihn, dass er der Sohn von Ian von Rhydd war.

Er würde sich bemühen, nie wieder daran zu denken. Stattdessen wollte er all seine Kräfte auf seine wachsende Familie konzentrieren.

»Da seid ihr ja, ihr kleinen Frechdachse!«, schimpfte Hildy und betrat das Schlafzimmer. Sie stützte die Hände in die Hüften, seufzte und rollte mit den Augen. »Kommt jetzt, ich werde euch zeigen, wie man Eier einsammelt.«

»Sie werden sie alle zerbrechen«, meinte Gareth, der den Kopf durch die Tür steckte und seinen Vater mit einem ungeduldigen Blick bedachte. »Kommst du nicht mit? Es ist beinahe hell. Muir wartet schon . . . wenigstens wartete er, als ich ihn zum letzten Mal sah. Er sprach nämlich davon, dass er den Inhalt eines neuen Weinfasses probieren wollte.« Gareth schüttelte missbilligend den Kopf. »Wir müssen uns beeilen, sonst wird er nicht mehr fähig sein, uns zu begleiten.«

»Ich komme sofort«, versprach Trevin.

Die Mädchen ließen sich willig von Hildy einfangen, die mit ihnen leise vor sich hinschimpfend über den Flur in ihr eigenes Zimmer verschwand.

»Ich werde im Stall auf dich warten. Komm, Boon.« Gareth pfiff dem Hund, die Tür fiel hinter ihm ins Schloss, und seine Eltern waren für einen kurzen Moment des Friedens allein.

Trevin streckte die Hand nach seiner Frau aus. Er drückte ihr einen Kuss auf den Hals, und sie schmiegte sich seufzend an ihn.

»Haben wir noch Zeit?«, fragte er, und eine Hand schloss sich zärtlich um ihre Brust.

Sie lachte gurrend. »Das weiß ich nicht.« Ihre Augen leuchteten, als sie sich eng an ihn presste. »Aber ich denke, wenn du ein wahrer Mann bist, kannst du eine Lady auch schnell befriedigen, oder etwa nicht?«

»Ich kann es wenigstens versuchen«, murmelte er heiser und strich verlangend mit dem Daumen über ihre rosige Brustspitze.

»Dann tu das, Dieb«, schlug sie atemlos vor und küsste ihn leidenschaftlich auf die Lippen. »Versuch dein Allerbestes.«